Wolfgang Burger
Die linke Hand des Bösen

PIPER

Zu diesem Buch

Als Kommissar Arne Heldt in einem Heidelberger Vorort auf grausamste, ja sadistische Weise ermordet aufgefunden wird, ist Kripochef Alexander Gerlach fassungslos. Zwar war das Opfer nicht sehr beliebt, ein Gerechtigkeitsfanatiker, gefangen in einer Welt, in der es nur Gut oder Böse gab. Aber er war ein Kollege. Umgehend beginnt Gerlach mit den Ermittlungen und stößt bald auf einen alten Fall von Vergewaltigung und Mord, den Heldt neu aufrollen wollte. Die Spuren führen schließlich in einen Sumpf von zutiefst menschenverachtenden Geschäften, der nicht nur in die besten Kreise Baden-Württembergs reicht, sondern bis nach Griechenland und Aserbaidschan. Doch wer ist der gewissenlose Kopf des Ganzen?

Wolfgang Burger, geboren im Südschwarzwald, ist promovierter Ingenieur und hat viele Jahre in leitenden Positionen am Karlsruher Institut für Technologie KIT gearbeitet. Er hat drei erwachsene Töchter und lebt heute in Karlsruhe und Regensburg. Seit 1995 ist er schriftstellerisch tätig. Seine Alexander-Gerlach-Romane waren bereits zweimal für den Friedrich-Glauser-Preis nominiert und standen mehrfach auf der SPIEGEL-Bestsellerliste.

Wolfgang Burger

DIE LINKE HAND DES BÖSEN

Ein Fall für Alexander Gerlach

PIPER

Mehr über unsere Autorinnen, Autoren und Bücher:
www.piper.de

Von Wolfgang Burger liegen im Piper Verlag vor:
Alexander-Gerlach-Reihe:
Band 1: Heidelberger Requiem
Band 2: Heidelberger Lügen
Band 3: Heidelberger Wut
Band 4: Schwarzes Fieber
Band 5: Echo einer Nacht
Band 6: Eiskaltes Schweigen
Band 7: Der fünfte Mörder
Band 8: Die falsche Frau
Band 9: Das vergessene Mädchen
Band 10: Die dunkle Villa
Band 11: Tödliche Geliebte
Band 12: Drei Tage im Mai
Band 13: Schlaf, Engelchen, schlaf
Band 14: Die linke Hand des Bösen
Band 15: Wen der Tod betrügt
Band 16: Wenn Rache nicht genügt
Band 17: Der sanfte Hauch des Todes
Band 18: Am Ende des Zorns

Unser Versprechen für mehr Nachhaltigkeit
• Klimaneutrales Produkt
• FSC®-zertifiziertes Papier
• Hergestellt in Europa

FSC www.fsc.org MIX Papier | Fördert gute Waldnutzung FSC® C083411

Ungekürzte Taschenbuchausgabe
ISBN 978-3-492-31397-1
1. Auflage November 2018
2. Auflage Mai 2022

erschienen im Verlagsprogramm Paperback
Umschlaggestaltung: FAVORITBUERO, München
Umschlagabbildung: Jaroslaw Blaminsky / Arcangel;
Eric Isselee / shutterstock.com
Satz: Kösel Media GmbH, Krugzell
Gesetzt aus der Stone Serif
Druck und Bindung: CPI books GmbH, Leck
Printed in the EU

Für Karolina

1

Ich würde nicht hineingehen – das wurde mir in der Sekunde klar, als ich die Hand auf die zerkratzte Aluminiumklinke legte. Sie gehörte zu einer schäbigen Wohnungstür im zweiten Obergeschoss eines zugigen Mietshauses. Die Tür war nur angelehnt, stellte ich fest, und was mich dahinter erwartete, brauchte ich nicht.

Nicht mehr.

Nie mehr.

Ich musste mir das auch gar nicht antun, denn schließlich war ich der Chef hier. Mein Job war es, meine Leute anzuleiten, darauf zu achten, dass sie ihre Arbeit ordentlich machten. Meine Aufgabe war es nicht, ihnen dabei im Weg zu stehen und mit gut gemeinten Ratschlägen auf die Nerven zu gehen.

Sollten sie von mir denken, was sie wollten – ich würde nicht durch diese Tür treten.

Heute war Mittwoch, der sechzehnte November. Buß- und Bettag. Obwohl schon nach neun, war es draußen noch immer nicht richtig hell, und es herrschte ein Wetter, um sich eine Kugel durch den Kopf zu schießen. Was also wollte ich hier?

Ich war gerade dabei gewesen, mit Theresa zusammen den Frühstückstisch abzuräumen, als der Anruf kam: Einer meiner Mitarbeiter war tot. Arne Heldt. Ermordet in Ziegelhausen, einem Vorort östlich von Heidelberg. Hinter dieser hässlichen walfischgrauen Holztür hatte er vor Kurzem noch gelebt.

Im Grunde hatte ich ihn kaum gekannt, diesen Arne Heldt. Er war erst seit wenigen Monaten bei uns. Als er kam, ich meine, es war am ersten September, einem strahlenden, herrlich warmen Spätsommertag, war er bei mir gewesen, um sich vorzustellen. Ich hatte ihn leutselig begrüßt, ihm ein paar launige Bemerkungen mit auf den Weg gegeben, ihn Klara Vangelis zugeteilt und fast sofort wieder vergessen.

Ein unscheinbarer Mensch war er gewesen, der neue Mitarbeiter, mehr konnte ich eigentlich nicht über ihn sagen. Still, ernst, vielleicht ein wenig verbissen. Um nicht zu sagen: verbittert. Ein Mensch, den man leicht wieder vergisst. Schon über sechzig war er gewesen, und in ein, zwei Jahren hätte er in Pension gehen können. Nie hatte ich Klagen gehört. Aber auch nie ein Lob.

Aus der Wohnung drangen halblaute Geräusche, Gemurmel, Kameraklicken, hin und wieder ein verhaltenes Lachen, das sofort wieder erstarb. Dieses Lachen, das immer wieder aufkommt, wenn man das Grauen anders nicht mehr erträgt. Vorsichtig drückte ich die Tür ein wenig weiter auf, blickte in einen länglichen Flur, von dem auf jeder Seite zwei Türen abgingen und eine fünfte am gegenüberliegenden Ende, wo sich vermutlich das Wohnzimmer befand. Sie war als Einzige geschlossen.

Ein Schwall von Altmännermief und abgestandenem Zigarettenqualm kam mir entgegen. Der tote Kollege war offenbar Raucher gewesen.

In sämtlichen Räumen war das Licht eingeschaltet, dennoch war es nicht hell in diesem stinkenden Flur, dessen Boden von einem verschlissenen Läufer im Orientlook bedeckt wurde. Darüber war jetzt eine dünne Plastikfolie gebreitet, die vermeiden sollte, dass eventuell vorhandene Spuren vernichtet oder unabsichtlich falsche Spuren gelegt wurden durch Haare und Hautschuppen der Menschen, die sich um das Elend dort drinnen kümmern mussten.

An den Wänden klebte eine vergilbte Blümchentapete. Helle Stellen verrieten, wo früher Bilder gehangen hatten.

Jetzt hing da nichts mehr. Keine Familienfotos, keine Schnappschüsse aus glücklichen Urlaubstagen, keine Vergangenheit. Eine primitive Messinggarderobe mit vier Haken verunzierte den schmalen Raum. Sie sah aus, als hinge sie seit dem Bau des Hauses dort.

Auf einer kleinen nussbraunen Kommode, unter einem länglichen, an manchen Stellen schon blinden Spiegel, stand die Basisstation eines schnurlosen Telefons, an der ein rotes Lämpchen hoffnungslos blinkte. Der Mann, dem das alles hier gehörte, würde nicht zurückrufen. Er würde niemals wieder ans Telefon gehen.

Weshalb war ich überhaupt hergefahren? Gewohnheit? Neugier? Ich konnte es nicht sagen. Eigentlich war es ein Reflex gewesen, eine völlig automatische Handlung. Eine Idiotie. Durch die zweite Tür rechts, die zu dem Raum führte, wo *es* geschehen war, fiel ein breiter Streifen eiskaltes Licht. Licht der starken Halogenscheinwerfer, die die Spurensicherer aufgestellt hatten, um ihr trauriges Werk verrichten zu können.

Ich wollte gerade wieder kehrtmachen, mich leise verdrücken, als Klara Vangelis aus der Tür trat, ungewöhnlich blass im grellen Licht. Sie bemerkte mich, lächelte tapfer, kam mit zögernden, fast lautlosen Schritten auf mich zu, als hätte sie nicht wirklich Lust, mit mir zu sprechen. Wie alle, die sich jetzt in der Wohnung befanden, trug sie einen weißen Schutzanzug mit Kapuze.

»Es sieht böse aus«, sagte sie, als wir kraftlos Hände schüttelten.

Vangelis war die Tochter griechischer Eltern, jedoch in der Nähe von Heidelberg geboren und in vielem deutscher als die meisten Deutschen. Mit einer Körpergröße von wenig mehr als eins sechzig erfüllte sie die Einstellungsvoraussetzungen der Polizei Baden-Württembergs nur knapp. Dabei war die Erste Hauptkommissarin ein ernst zu nehmender Gegner, wie schon mancher Tunichtgut zu seiner

Verblüffung erfahren hatte, den sie in die Zange nahm. Und sie war eine meiner besten Kräfte. Wenn nicht die beste.

»Ich habe es schon gehört«, erwiderte ich mit belegter Stimme.

Ich sollte mir wirklich abgewöhnen, Tatorte zu besichtigen, mich in die tägliche Arbeit meiner Leute einzumischen. Hatte ich nicht genug Arbeit auf dem Schreibtisch? Akten waren zu lesen, Berichte zu schreiben, Sitzungen zu organisieren, Aufgaben zu delegieren. Zugegeben, es war peinlich, dass ausgerechnet der Chef der Kriminalpolizei kein Blut sehen konnte. Aber so war es nun einmal.

»Ich gehe lieber nicht rein, weil ich keinen Schutzanzug habe«, sagte ich, um mein merkwürdiges Verhalten zu erklären. »Wollte nur mal sehen, wie es so aussieht.«

Vor dem lange nicht geputzten Treppenhausfenster rauschte und gurgelte dieser endlose eiskalte Regen, der mich auf den wenigen Metern vom Wagen bis zur Haustür durchnässt hatte. Klara Vangelis nickte mit einer Miene, als hätte sie gerade an etwas ganz anderes gedacht.

»Wollen Sie Details hören?«, fragte sie.

»Er ist tot«, sagte ich, »ermordet. Das reicht mir fürs Erste.«

»Ich habe schon einiges gesehen«, murmelte die sonst so taffe Klara Vangelis und schob mit einer fahrigen Bewegung eine ihrer dunklen Locken hinters Ohr. »Aber das hier…« Sie schluckte, straffte ihren Rücken. »Am Freitag hat er noch an seinem Schreibtisch gesessen. Wir haben geredet. Über seine Arbeit, über das schreckliche Wetter. Dass in fünf Wochen Weihnachten ist. Er hat mir erzählt, dass er eine Kreuzfahrt machen will, wenn er nächstes Jahr in Pension geht. Kanaren, Azoren, Bahamas, ich weiß es nicht mehr. Er hatte noch nicht viel gesehen von der Welt, hat er mir erzählt. Ungewöhnlich gesprächig war er an dem Tag, das fällt mir erst jetzt auf. So… wie soll ich sagen? Als würde er sich auf ein schönes Wochenende freuen.«

Sie klang ziemlich verschnupft. Schniefte fast ständig.

Ihre Augen waren trüb und traurig. Die grassierende Grippe hatte nun auch sie erwischt.

»Kann man schon etwas zum Tatzeitpunkt sagen?«

Sie hob die schmalen Schultern. »Drei, vier Tage? Heute ist Mittwoch. Also am Wochenende, denke ich. Am Montag ist er nicht zum Dienst erschienen. Da war ich allerdings in Wiesbaden, deshalb habe ich es erst gestern erfahren. Ich dachte natürlich, jetzt ist er auch noch krank geworden. Wird sich schon melden, wenn es ihm wieder besser geht. Ich wusste ja, dass er allein lebt. Hatte viel um die Ohren, sonst... ich meine... ich hätte sonst... vielleicht...«

»Sie hätten ihn nicht retten können«, fiel ich ihr mit hoffentlich fester Stimme ins Wort. »Fangen Sie gar nicht erst an, sich Vorwürfe zu machen. Sie hätten es nicht verhindern können.«

Vangelis nickte mit abgewandtem Blick. Die Locke rutschte wieder nach vorn. Wurde erneut zurückgestrichen.

»Er ist ja nicht nur ermordet worden«, murmelte sie, als führte sie ein Selbstgespräch. »Dem Täter ging es nicht darum, dass Arne stirbt. Er wollte, dass er leidet. Er hat ihn gefesselt und geknebelt auf sein Bett gelegt und...« Wieder schluckte sie. Noch nie hatte ich sie so fassungslos gesehen. »Er muss ihn stundenlang... stundenlang... Ich...«

Sollte ich jemand anderem die Leitung der Ermittlungen übertragen? Aber wem? Fast die Hälfte meiner Mitarbeiter war krank. Die Grippe kam ungewöhnlich früh in diesem Winter, hatten sie am Morgen im Radio gesagt.

»Und niemand im Haus hat irgendwas davon mitbekommen?«, fragte ich, als Vangelis nicht weitersprach.

Sie seufzte. Deutete nach oben. »Unter dem Dach wohnt ein Student, der wahrscheinlich jetzt an der Uni ist. Unter uns eine Frau Seltenreich, die auch nicht zu Hause ist. Nur mit dem alten Ehepaar im Erdgeschoss habe ich kurz gesprochen. Sie waren das ganze Wochenende über hier und sagen, sie haben nichts gehört und nichts gesehen. Wenigstens konnten sie mir die Handynummer des Hausbesitzers geben. Ein Anwalt. Rolf versucht gerade, ihn zu erreichen.«

Rolf Runkels Stimme hörte ich hin und wieder aus den Tiefen der Wohnung. Vermutlich hatte er sich in eine ruhige Ecke verzogen, um ungestört telefonieren zu können.

Die vorwitzige Locke fiel wieder in ihr blasses Gesicht. Dieses Mal ließ sie sie hängen. In diesem Moment trat Runkel aus der Tür, die dem Schlafzimmer des toten Kollegen gegenüberlag. Er stutzte, gesellte sich nach kurzem Zögern zu uns.

»Hab bloß seine Assistentin erreicht«, sagte er. »Ihr Chef hat einen Termin bei Gericht, sagt sie. Er ruft zurück, sobald er Zeit hat.«

»Ich habe zu wenig Leute hier.« Vangelis zückte hastig ein Taschentuch und nieste dreimal hinein.

»Ich übernehme die Herrschaften im Erdgeschoss«, verkündete ich. »Dann habe ich mir wenigstens nicht ganz umsonst nasse Füße geholt.«

2

In der Erdgeschosswohnung schmetterte Wagner-Musik in einer Lautstärke, dass die Tür vibrierte. Ich musste den sauber geputzten weißen Plastikknopf fünf- oder sechsmal drücken, bis innen endlich die Lautstärke heruntergedreht wurde. Außerdem zweimal den rötlich flimmernden Knopf der Treppenhausbeleuchtung, die jedes Mal schon nach wenigen Sekunden wieder erlosch. Inzwischen war es halb zehn geworden, und noch immer herrschte draußen Dämmerung, als würde der heutige Tag einfach ausfallen.

Jetzt, wo die dramatische Musik nicht mehr alles übertönte, hörte ich wieder das Rauschen und Platschen des Regens, hier noch stärker als zwei Stockwerke höher. Durch die Ritzen der nahen Haustür wehte ein böser nasser Wind herein und ließ mich frösteln. Mein Atem bildete weiße Wölkchen, und meine Finger waren immer noch klamm. Noch einmal drückte ich den Klingelknopf. Wieder schrillte innen die misstönende Schelle, als hätte ich sie aus dem Schlaf geschreckt.

Der Wohnungstür hatte jemand vor nicht allzu langer Zeit einen frischen Anstrich verpasst, ein warmes Dunkelblau, wodurch sie sich wohltuend vom schäbigen Eindruck des restlichen Hauses abhob.

Endlich hörte ich Geräusche hinter der Tür. Zögernd und mit vorgelegter Kette wurde sie geöffnet. Ein neugieriges blassgraues Äuglein musterte mich von so weit unten, als stünde auf der anderen Seite ein Kind. Ich hielt meinen Dienstausweis in den Türspalt und stellte mich vor. Die Tür wurde wieder geschlossen, die Kette rasselte, ich durfte eintreten.

Die Wohnung war vom selben Schnitt wie die von Arne

Heldt, jedoch wohlriechend und gut geheizt. Der Flur war von zahlreichen kleinen Halogenstrahlern taghell erleuchtet. An den cremeweiß gestrichenen Wänden hingen Hunderte gerahmte Fotografien, meist Porträts oder Landschaftsaufnahmen, viele davon in Schwarz-Weiß. Es roch nach Blumen und ein klein wenig nach Desinfektionsmittel.

»Frau Dörflinger?«, fragte ich die kugelrunde Frau unbestimmbaren Alters, die noch ein gutes Stück kleiner war als Klara Vangelis. Sie schüttelte stumm den von grauen Kräusellöckchen umrahmten Kopf und bedeutete mir, ihr zu folgen. Die Frau, die offenbar nicht Dörflinger hieß, trug ein mausgraues, schlecht sitzendes Kleid, das ihre Unförmigkeit noch betonte. Ihre Füße steckten in ebenfalls grauen Hauslatschen. Die einzigen Farbtupfer an ihr waren eine Halskette mit blauem Medaillon und Ohrringe, an denen winzige Steinchen im Halogenlicht lustig funkelten.

Kurz darauf saß ich in einem bequemen, modernen Sessel. Der Wohnraum war ebenfalls hell erleuchtet und gut geheizt. Auch hier hingen Fotografien an den Wänden. Größer als die im Flur, liebevoll gerahmt, mit Bedacht arrangiert und viele auf schwer zu erklärende Weise eindrucksvoll. Die Möbel, die sandfarbenen Raffrollos, die beleuchtete Glasvitrine an der Stirnwand, die mit Mitbringseln und Andenken aus der halben Welt gut gefüllt war – alles hier zeugte von Geschmack und bescheidenem Wohlstand.

»Die Bilder sind von mir«, knurrte Herr Dörflinger mit finsterer Miene, der – klobig und aberwitzig fett – jenseits des schweren Eichenholztischs in einem elektrisch verstellbaren Fernsehsessel mehr lag als saß. Auf einem Tisch in Griffweite neben ihm lagen ein Tablet-PC, ein großer aufgeklappter Toshiba-Laptop, diverse Fernbedienungen und zwei Smartphones. »In besseren Zeiten war ich mal Pressefotograf. Hab Ausstellungen gemacht, Preise gewonnen und so weiter. Heute? Na ja …« Mit einem matten Grinsen im schwabbeligen Gesicht wies er an sich herunter. »Those times are gone.«

In einem hohen Regal rechts neben mir steckten Hunderte von LPs. Auf dem Tisch stand ein alter Dual-Plattenspieler mit Ortofon-System. Der Tonarm schwebte über der Wagner-Platte, als wartete er nur auf die Fortsetzung der Oper. In den Ecken des Raums standen zwei mächtige Quart-Boxen.

»Sie wissen, was oben passiert ist?«, fragte ich.

»Sie halten mich für altmodisch, was?«, fragte der Fette, dem mein Blick nicht entgangen war.

»Überhaupt nicht, nein.«

»Ihre kleine Kollegin ist vorhin da gewesen und hat uns erzählt, was oben los ist.«

Noch einmal zeigte ich meinen Ausweis. Dörflinger beugte sich vor, so weit seine Leibesfülle es erlaubte, nahm mir das Kunststoffkärtchen mit dem Wappen Baden-Württembergs aus der Hand, studierte es misstrauisch. »Kriminaloberrat? Dann sind Sie was Höheres?« Achtlos warf er den Ausweis auf den Tisch zwischen uns, woraufhin er noch ein Stück in meine Richtung rutschte. Dann sank er stöhnend in seinen Sessel zurück. Sein Atem ging keuchend, als hätte ihn die kleine Bewegung kolossal angestrengt. »Der Heldt ist tot, hat sie gesagt. Umgebracht, stimmt das?«

»Das ist richtig. Irgendwann am vergangenen Wochenende ist es passiert, vermuten wir.«

Der Dicke nickte nachdenklich. »Sehen Sie, Herr Kriminaloberrat Gerlach«, sagte er dann, immer noch schnaufend. »Ich hab eine Menge Tote gesehen in meinem Leben. Kosovo, Uganda, Afghanistan. Hunderte, ach, was sag ich, Tausende.«

»Haben Sie Ihren Nachbarn gut gekannt?«

»Überhaupt nicht hab ich den gekannt. Er wohnt ja erst seit...« Der ehemalige Fotograf sah die graue Frau mit schmalen Augen an. Sie saß still und bescheiden auf einem

Stuhl neben der Tür und erwiderte seinen Blick unbefangen, machte jedoch keinerlei Anstalten, seinem Gedächtnis auf die Sprünge zu helfen. Die Hände hatte sie zwischen ihren Oberschenkeln versteckt.

»September?«, fragte er sich selbst. »Oder war's im August, wie er eingezogen ist?« Jetzt sah er wieder mich an. »Na, jedenfalls wohnt er noch nicht lange da oben, und man hat sich kaum gesehen. Ich geh nur noch raus, wenn ich zum Arzt muss, und das ist dann immer eine elende Plackerei. Aber er hätte ja ruhig mal läuten können, der Herr Heldt, und sich vorstellen. Oder macht man das heutzutage nicht mehr so? Er ist ein Kollege von Ihnen gewesen, stimmt das?«

Ich beugte mich vor, um den Dienstausweis wieder an mich zu nehmen. »Er war bei der Kripo wie ich. Bevor er sich nach Heidelberg hat versetzen lassen, war er in Konstanz.« Ich wandte mich an die Frau, die mich mit wachen Äuglein aufmerksam beobachtete. »Sie haben Ihren neuen Hausgenossen doch bestimmt hin und wieder getroffen?«

Ihr Blick war konzentriert, die Stirn kraus, als versuchte sie, mir die Worte vom Mund abzulesen. Aber sie antwortete nicht.

»Sie spricht nicht.« Dörflinger drückte einen Knopf, die Rückenlehne des Fernsehsessels fuhr brummend ein wenig nach oben. »Die gute Alva versteht viel. Aber sie spricht nicht gern.«

»Sie beide sind …?«

Er schüttelte den schweren Kopf. Schnaufte asthmatisch, als hätte ihn schon das Drücken des Knopfs überanstrengt. »Bin nie verheiratet gewesen. Das unstete Leben, nie daheim, das ist nichts für feste Beziehungen. Alva ist meine Hilfe. Mein Faktotum, mit ›a‹, nicht mit ›u‹.« Er lachte dreckig. »Der Witz ist übrigens von Arno Schmidt. Sie kommt aus Weißrussland, meine gute Alva, und ist eine treue Seele. Sauber, fleißig, stellt keine Ansprüche. Besser als jede Ehefrau, sage ich Ihnen, und die kommen einen ja letztlich auch nicht billiger. Der Heldt war also früher am Bodensee, sagen Sie? Was treibt ihn dann hierher, in die Kurpfalz? Hat's ihm da unten nicht mehr gefallen?«

»Das weiß ich nicht.«

»Nette Gegend da unten. Tausend Mal schöner jedenfalls als dieses Kaff hier.«

Bisher wusste ich nur, dass Arne Heldt fast vierzig Jahre lang am Polizeipräsidium Konstanz seinen Dienst verrichtet hatte und sich dann, nur ein Jahr vor seiner Pensionierung, nach Heidelberg hatte versetzen lassen.

»Ein bisschen was werden Sie doch über Ihren neuen Nachbarn wissen«, sagte ich. »Haben die anderen Leute im Haus vielleicht mal was über ihn erzählt?«

Dörflinger zog krachend die Nase hoch, wandte den Blick zum Fenster. »Morgens um halb acht ist er in seinen Passat gestiegen und zur Arbeit gefahren. Da draußen steht er, der dunkelgrüne Kombi. Und abends gegen sechs, halb sieben ist er wieder heimgekommen. Meistens hat er vorher noch eingekauft, hat oft eine Tüte dabeigehabt oder zwei. Dann: Treppe rauf, Tür zu, Feierabend.«

»Wer wohnt sonst noch im Haus?«

Unter seinen kaum sichtbaren Augen hingen schwere Tränensäcke. Darüber buschten mächtige Brauen. Die leichenblassen, feisten Hände lagen in seinem Schoß, als wären sie längst tot.

Er lachte bitter auf. »Früher, da hat man sich noch gekannt im Haus. Aber heute? Vergessen Sie's! Unterm Dach haust ein Student. Schrack heißt er, Tobias, glaube ich, den sieht man so gut wie nie. Vor ein paar Wochen hat er auf einmal Alva den Schlüssel gebracht und ist nach China geflogen, Auslandssemester. Wo genau – fragen Sie mich nicht. Dabei kenne ich China recht gut. Tibet, die Mandschurei, den Süden, überall schon geknipst.« Er wandte den Blick zur Decke. »Und jetzt geht meine Alva zweimal die

Woche rauf und gießt sein Grünzeug. Auf meine Kosten. Aber man will ja kein Unmensch sein. Man ist ja hilfsbereit.«

»Und über Ihnen?«

»Eine junge Frau. Nina Seltenreich. Sie macht Musik, Jazz, und ist viel unterwegs.« Dörflinger schloss die Augen mit einer Miene, als quälten ihn Schmerzen. »Mein Geschmack ist es ja nicht, dieses Gedudel, das man manchmal von oben hört. Falls Sie mal gerade nicht auf Tournee ist, was ja zum Glück selten vorkommt. Ich mag Jazz, aber das, was die da oben fabriziert, ist mir dann doch ein bisschen zu... na ja.« Er öffnete die Augen wieder, sah mich an. »Very free, very schräg, wenn Sie verstehen, was ich meine.«

»War sie am Wochenende hier?«

Kopfschütteln. »Am Samstagmorgen hab ich sie gesehen. Mit einem kleinen Koffer und ihrem Saxofon ist sie in ihre blaue Reisschüssel gestiegen.«

»Reisschüssel?«

»Sie fährt so einen kleinen Japaner. Nach Karlsruhe ist sie gefahren, das weiß ich.«

»Woher wissen Sie das denn?«

Dörflingers Atem ging immer noch schwer, obwohl er sich überhaupt nicht mehr bewegte. »Diese Bruchbude ist hellhörig wie eine Schuhschachtel. Und auch wenn mit mir sonst nicht mehr viel los ist, hören tue ich immer noch ganz gut.« Plötzlich klang er zornig und vorwurfsvoll. »Wenn sie oben telefoniert, dann versteht man hier unten jedes Wort. Sie hat aber auch eine kräftige Stimme, die Frau Seltenreich. Am Sonntagnachmittag war sie wieder da, und am Montag, also vorgestern, ist sie dann schon wieder los. Diesmal war der Koffer größer.«

Ich meinte den Namen der jungen Jazzerin schon gehört zu haben und beschloss, später das Internet nach ihr zu durchstöbern.

»Und sie spielt Saxofon?«

»Genau. Tenor und Alt. Manchmal auch Trompete. Echt ein Segen, dass sie selten daheim ist. Hat mich übrigens gewundert ...«

Er brach ab. Seine Miene wurde abweisend, als hätte er sich verplappert.

»Was?«

»Dass er überhaupt da gewesen ist, Ihr Kollege, hat mich gewundert. An den Wochenenden ist er sonst ja immer weg gewesen. Denke, er wird wen besucht haben. Seine Kinder vielleicht. Hat er Kinder?«

»Das weiß ich nicht. War er mit dem Auto unterwegs?«

»Ja, wie denn sonst?«, keuchte der alte Fotograf. »Ohne Auto sind Sie hier komplett aufgeschmissen. Hab mich übrigens gewundert, wie der überhaupt Auto fahren konnte mit seinem steifen Knie.«

Arne Heldt war gehbehindert gewesen, fiel mir erst jetzt wieder ein. Er hatte das linke Bein nachgezogen.

»Hat er manchmal Besuch gehabt? Haben Sie mal jemanden gesehen? Vielleicht sogar am vergangenen Wochenende?«

Dörflinger rülpste dröhnend, schüttelte matt den schweren Kopf, der ohne Hals direkt am Brustkorb angewachsen zu sein schien. »Nichts gehört, nichts gesehen«, erwiderte er knapp. »Auch am Wochenende nicht.«

»Dieses Zimmer grenzt an den Hausflur. Ich habe schon dreimal die Haustür gehört, seit ich hier sitze.«

»Ich höre viel Musik. Was soll ich sonst machen, den lieben langen Tag? Außerdem gehen wir früh ins Bett, die brave Alva und ich. Spätestens um zehn, halb elf bringt sie mich ins Bett. Und dann legt sie sich auch hin. Ich habe weiß Gott nicht mehr viel vom Leben, aber einen guten Schlaf, den habe ich immer noch.« Er zögerte kurz, bevor er weitersprach. »Würd mich ja nicht wundern ...«

»Was?«, fragte ich wieder, allmählich ein wenig gereizt.

»Wenn ihn irgendwelche Moslems gekillt hätten. Islamisten, Sie wissen schon. Man sieht in letzter Zeit ziemlich viele Ausländer hier in Ziegelhausen.«

»Wie kommen Sie darauf?«

»Man muss ja nur Nachrichten gucken«, erwiderte Dörflinger feindselig. »Überall jetzt diese Vergewaltigungen, Frauen werden Treppen runtergetreten, diese Anschläge überall. Ich hab nichts gegen Ausländer, weiß Gott nicht. Hab mich ja selber jahrzehntelang im Ausland rumgetrieben. Afrika, Südamerika, Russland, Syrien, Iran, was Sie wollen. Einmal hab ich eine große Reportage gemacht, für den *Stern*, über die alten Städte da. Damaskus, Bagdad, Aleppo, Teheran, Islamabad. Hab sogar einen Preis dafür gekriegt. Und heute? Alles kaputt. Die ganze uralte Pracht zusammengeschossen und zerbombt wegen nichts und wieder nichts. Und jetzt kommen diese irren Moslems hierher und… Wenn Sie mich fragen, die sind nicht wie wir. Die gehören nicht hierher.«

»Aber wie kommen Sie darauf, dass ausgerechnet Islamisten…?«

»Nur so«, erwiderte er und sah plötzlich verlegen aus. »Hab nur so gedacht.«

»So was denkt man doch nicht ohne Grund.«

»Doch. Tut man manchmal. Vergessen Sie es einfach, okay? Ich hab nichts gesagt, okay? Nichts.«

»Haben Sie Telefonnummern von Herrn Schrack und Frau Seltenreich?«

»Von ihr nicht. Von dem Studiosus…« Dörflinger sah seine Haushälterin und Pflegerin an. Die zog die Stirn kraus. »Hat er dir nicht seine Handynummer gegeben für den Fall, dass mal was ist, während er sich in China rumtreibt?«

Offenbar verstand sie wirklich, was gesprochen wurde, denn sie sprang auf, verließ mit eiligen kleinen Schritten den Raum und kehrte Sekunden später mit einem Zettel in der Hand zurück. Ich notierte mir die Nummer des jungen Mannes. Der Kontakt zu der Jazzerin sollte problemlos herzustellen sein, wenn sie auch nur halb so bekannt war, wie ich vermutete. Ich erhob mich, schüttelte nicht ohne Widerwillen Dörflingers klebrige Rechte und verabschiedete mich.

Alva brachte mich zur Tür, nickte freundlich zum Abschied, zögerte im letzten Moment. Ihr Blick veränderte sich, sie kam ganz nah, ich beugte mich zu ihr hinunter, und sie flüsterte mir ins Ohr: »Nix gut Mann!«

»Wer?«, fragte ich ebenfalls leise. »Herr Heldt?«

»Treffen auf Treppe manchmal. Und er immer guck …«

»Er hat geguckt?«

Ein scheues Nicken ersetzte die Antwort.

»Wie denn?«

»Wie wenn … hassen mich. Weil nix deutsch. Er mich einmal sprechen. Aber ich nix versteh. Dann er böse. Nix gut Mann, Herr Heldt. Viel böse. Böse Gedanken. Auf Ausländer.«

Als ich wieder im Treppenhaus stand, rauschte vor der Tür immer noch der Regen. Irgendwo in der Nähe krächzte eine verschlafene Krähe, als würde sie um Hilfe schreien. Der Wind schien ein wenig nachgelassen zu haben.

3

»Kein Handy und kein Internet!« Sven Balke, der sich inzwischen ebenfalls am Tatort eingefunden hatte, war fassungslos. »Kommunikationstechnisch hat Arne anscheinend komplett hinter dem Mond gelebt.«

Ich hatte mich dann doch überwunden, die Wohnung zu betreten. Allerdings hatte ich es vermieden, ins Schlafzimmer zu sehen, wo noch immer Arne Heldts blutüberströmter Leichnam lag.

Einen Teil der Wohnung – unter anderem die Küche – hatten die Kriminaltechniker inzwischen freigegeben. So waren wir nun zu viert in der spartanisch eingerichteten Junggesellenküche unseres toten Kollegen und versuchten, uns einen ersten Überblick zu verschaffen. Vangelis, Balke und ich hatten uns an den Küchentisch mit Chromgestell und Resopalplatte gesetzt. Runkel, immer noch im weißen Schutzanzug, lehnte am Herd, einem alten, schmalen Elektroherd mit nur drei Platten, der wie so vieles hier noch von irgendeinem Vormieter zu stammen zu schien. Nichts hier erweckte den Eindruck, als hätte Heldt vorgehabt, lange zu bleiben. Balke gefiel der hässliche Tisch. Er fand ihn »voll Vintage«.

Jemand hatte für Kaffee gesorgt. Tassen standen auf dem Tisch. Ich schenkte mir ein, sah fragend in die Runde. Alle nickten. Balke sprang auf, fand eine fast leere Zuckertüte in einem klapprigen Hängeschrank. Runkel sah in den Kühlschrank, schüttelte den schweren Kopf. »Milch hat's keine.«

»Wenigstens hat er schon Telefon gehabt«, murmelte Balke immer noch erschüttert, während er Zucker in seine Tasse löffelte. Vangelis trank ihren Kaffee schwarz. Runkel wollte auf einmal doch keinen, murmelte etwas von »Arzt« und »Blutdruck«.

»Vielleicht hat der Täter das Handy mitgehen lassen?«, schlug ich vor. So ließ sich schließlich vermeiden, dass wir allzu rasch herausfanden, mit wem sein Opfer in letzter Zeit telefoniert hatte.

»Dass er nicht mal einen PC gehabt hat…« Balke rang immer noch um Fassung. »Meine Güte, keine Mails, kein WhatsApp, wie kann der Mensch so leben?«

Vangelis schüttelte den schmalen Kopf mit den schwarzen Locken. »Ich habe vorhin Arnes Kontoauszüge durchgesehen. Da war nichts, was nach Handy oder Internet aussieht. Er hatte Kabelfernsehen und Telefon, eine kleine Stereoanlage im Wohnzimmer und das da.«

Sie deutete auf ein schmutziges kleines Kofferradio mit verbogener Antenne, das einsam neben der Spüle stand.

»Was ist mit Angehörigen?«, fragte ich in die Runde. »Müssen wir jemanden informieren?«

Allgemeines Kopfschütteln. »Keine Briefe, keine Ansichtskarten«, sagte Vangelis mit Schnupfenstimme. »Es ist…« Ein Hustenanfall unterbrach sie. »Es ist, als hätte er allein auf der Welt gelebt.«

»Ist ja auch nicht der Allernetteste gewesen«, warf Runkel mürrisch ein. Er und der Tote hatten sich ein Büro geteilt, da sie etwa gleich alt waren und – so hatten wir gehofft – vielleicht auch charakterlich zueinander passen würden. »Ich hab ihn nicht besonders gut leiden können, ehrlich gesagt. Der Arne ist – wie soll ich sagen – halt gern für sich gewesen. Aber immerhin hat er einem nicht dauernd die Hucke vollgequatscht.«

»Erzählen Sie doch mal, wie das heute Morgen abgelaufen ist«, bat ich ihn.

Ich selbst hatte ihn am Vorabend gebeten, nach unserem neuen Kollegen zu sehen, da er auf seinem Weg nach Hause praktisch an Heldts Wohnung vorbeifuhr.

»Eigentlich wollt ich ja gestern gleich bei ihm vorbeischauen. Er ist schon am Montag nicht gekommen, und angerufen hat er auch nicht, und drum hab ich dann der Frau Walldorf Bescheid gegeben.«

Die daraufhin am Dienstagmorgen feststellte, dass Arne Heldt auch nicht ans Telefon ging. Meine unersetzliche Sekretärin Sonja Walldorf, Sönnchen, war es gewesen, die mich darauf aufmerksam machte, dass unser Neuzugang, sonst die Verlässlichkeit in Person, seit dem Wochenende nicht mehr zum Dienst erschienen war.

Vangelis schlürfte vorsichtig heiße, schwarze Brühe aus ihrer Tasse. Am Montag war sie auf Dienstreise gewesen, erinnerte ich mich, beim BKA in Wiesbaden, zu einer eintägigen Fortbildung zum Thema »Operative Fallanalyse«. Aber spätestens gestern hätte ihr auffallen müssen, dass einer ihrer Mitarbeiter unentschuldigt fehlte.

»Aber dann, wie ich schon unterwegs gewesen bin, hat mich die Mahsuri auf dem Handy angerufen«, fuhr Runkel fort. »Der Hund hat mal wieder irgendwas gefressen, was er nicht vertragen hat, und wir haben zum Tierarzt gemusst. Drum hab ich's dann erst heut Morgen geschafft. Ich hab gleich gesehen, dass sein Passat vor der Tür steht, und da hab ich gedacht, hoffentlich hat er keinen Herzinfarkt oder so was. Er ist ja auch nicht mehr der Jüngste … gewesen.«

Er selbst war nur zwei oder drei Jahre jünger als unser toter Kollege und freute sich inzwischen ganz unverhohlen darauf, in nicht mehr allzu ferner Zukunft an Tagen wie diesem einfach im Bett bleiben zu können.

Unbehaglich räusperte er sich und fuhr fort: »Ich läute also unten, aber nichts tut sich. Die Leute im Erdgeschoss haben mich dann reingelassen. Ich die Treppe rauf, hab oben noch mal geläutet, aber wieder nichts. Ich hab geklopft und gerufen …«

»Die Tür war zu?«

»Die war zu, genau. Und irgendwie… weiß auch nicht. So ein Gefühl hab ich gehabt auf einmal, ein ganz saublödes Gefühl. Da hab ich die Klara angerufen, und wir haben beschlossen, ich lass den Schlüsseldienst kommen.« Runkel schien ebenfalls ein wenig erkältet zu sein wie so viele zurzeit. »Hat eine Weile gedauert, bis der Typ endlich aufgekreuzt ist. Ich bin dann rein, und die Schlafzimmertür ist die einzige gewesen, die zu war und…« Er brach ab, schluckte, sprach sehr leise weiter: »Und da ist er dann gelegen. Es war… furchtbar war's. Seit vierzig Jahren bin ich jetzt bei der Truppe, und ich hab weiß Gott schon viel gesehen, aber so was…«

Kopfschütteln. Schniefen. Kopfschütteln.

»Sie sollten nicht hierbleiben«, ermahnte ich den aufgewühlten Kollegen. »Fahren Sie ins Büro. Oder nach Hause. Wie Sie wollen.«

Unwirsch schüttelte er den kantigen Bauernschädel. »Wenn der geschnappt wird, der das gemacht hat, dann will ich dabei sein. Und wenn es das Letzte ist, was ich in diesem Leben mache, da will ich dabei sein.«

Gewalt gegen Kollegen ist etwas, das jeden Polizisten dieser Welt wütend und fleißig macht.

»Haben Sie hin und wieder privat Kontakt gehabt?«

»Kontakt?« Mit gesenktem Blick überlegte Runkel, was das Wort wohl bedeuten mochte, nagte auf der Unterlippe. »Privat nie. Im Büro haben wir schon mal geredet. Mal hat er mich gefragt, ob ich hier herum einen guten Arzt kenne. Ich hab ihn gefragt, wieso er nicht am Bodensee geblieben ist. Was er da unten so getrieben hat. Ob er Kinder hat, so Sachen.«

»Und was hat er geantwortet?«

»Er ist mal verheiratet gewesen, aber die Frau ist ihm früh gestorben. Kinder hat er keine. Hat dann später keine Frau mehr gefunden, die's mit ihm ausgehalten hat. Kein Wunder, so maulfaul, wie der Arne gewesen ist. Frauen wollen reden, das weiß man doch. Die wollen hören, was man den Tag über so erlebt hat, wenn man abends heimkommt.«

»Was hat er denn in Konstanz gemacht?« Ich sah Vangelis fragend an, die so etwas am ehesten wissen musste. »Was waren seine Aufgaben dort?«

»Das Gleiche wie bei uns«, antwortete sie ruhig. »Cold Cases.«

Jetzt erinnerte ich mich: Gemeinsam hatten wir im September beschlossen, den gehbehinderten Hauptkommissar Heldt mit der unbeliebten Aufgabe zu betrauen, alte, nicht aufgeklärte Fälle aus dem Archiv zu holen und erneut zu sichten. Meist ging es dabei um Mord, Totschlag oder Vergewaltigung. Er sollte die Akten und Asservaten daraufhin überprüfen, ob die Täter mithilfe der modernen Techniken der DNA-Analyse vielleicht doch noch zu ermitteln waren. Außendienst hatten wir ihm nicht zumuten wollen mit seinem kaputten Knie.

»Mein Eindruck war, dass er mit dem Job ganz zufrieden war. Und wie schon gesagt, in Konstanz hat er in den letzten Jahren das Gleiche gemacht.«

»Hat er Erfolg gehabt?«

Vangelis hob erschöpft die Schultern. »In Konstanz hin und wieder, soweit ich weiß. Hier bei uns noch nicht. Um ehrlich zu sein, ich habe mich nicht groß um ihn gekümmert. Wie Rolf sagte, er war eher das Gegenteil eines Teamplayers. Und nach einigen Versuchen, mit ihm ins Gespräch zu kommen, habe ich aufgegeben und ihn einfach machen lassen. Dachte, die paar Monate bis zum Ruhestand will ich ihm nicht mehr groß auf die Nerven fallen. Außerdem …« Bedächtig nahm sie einen großen Schluck Kaffee. »Er ist nicht besonders gut damit klargekommen, dass er eine Frau als Chef hat, fürchte ich.«

Man war sich also aus dem Weg gegangen. Was ich in diesem speziellen Fall als lässliche Sünde wertete.

»Von seinem Festnetzanschluss hat er auch kaum telefoniert.« Balke hielt das schnurlose Telefon hoch wie eine Trophäe. »Vor zehn Tagen hat er eine Schweizer Nummer gewählt, Vorwahl Winterthur. Die werde ich später gleich mal checken. Zwei-, dreimal hat er eine Nummer in Heidelberg gewählt, die kläre ich dann auch gleich ab.« Er sah um sich, um sicherzustellen, dass auch alle zuhörten.

Arne Heldts letzter Anruf war am Freitagabend um achtzehn Uhr dreiunddreißig an einen Pizzaservice gegangen. Selbst angerufen worden war er nie.

»Oder er hat die Nummern immer gleich gelöscht«, meinte Balke. »Gibt ja diese komischen Vögel mit Verfolgungswahn, die das so machen.«

Ich bat Balke, die Gesprächslisten von der Telekom anzufordern.

Vangelis hatte sich inzwischen erhoben, trat wortlos auf das Pedal des Mülleimers, warf einen Blick hinein. »Ich sehe hier nirgendwo einen Pizzakarton. Und auch keinen ungespülten Teller.«

Eine Spülmaschine gab es nicht.

»Er war ein Ordnungsfanatiker«, erwiderte Balke leichthin. »Wahrscheinlich hat er den Teller sofort gespült und den Karton vorschriftsmäßig entsorgt.«

»Es bringt nichts, wenn wir hier herumspekulieren«, mischte ich mich ein. »Klären Sie das ab, und berichten Sie später, was Sie in Erfahrung gebracht haben.«

Vangelis nickte, als hätte ich ihr das Wort aus dem Mund genommen, und setzte sich wieder.

»Weiß jemand, wieso er sich hat versetzen lassen?«, fragte ich in die betreten schweigende Runde.

»Vielleicht hat's in Konstanz Krach gegeben?«, schlug Runkel vor. Die anderen beiden schwiegen mit abgewandten Blicken und nicht zu deutenden Mienen. Ich ergriff die schwarze, schon etwas ramponierte Thermoskanne und füllte meine Tasse noch einmal auf.

»Hoffentlich leistet er Widerstand«, murmelte Balke mit Blick auf den billigen Linoleumboden.

»Wie?«, fragte ich. »Was war das?«

»Ich hoffe, das Schwein liefert mir einen Grund, auf ihn zu schießen«, sagte Balke laut und trotzig und immer noch, ohne mich anzusehen.

»Das will ich nicht gehört haben!«, fuhr ich ihn an. »Solche Sitten reißen hier nicht ein, solange ich etwas zu sagen habe!«

»Köbele!«, meldete sich mit knarrender Stimme der Leiter des Konstanzer Polizeipräsidiums. »Was verschafft mir die Ehre, Herr Gerlach?«

»Es geht um Arne Heldt.«

»Arne? Macht er Zicken?«

Ich berichtete ihm in knappen Sätzen, was geschehen war. »Hat er denn bei Ihnen Zicken gemacht?«, fragte ich am Ende.

»Kann ich eigentlich nicht sagen, nein. Es war nur eher, na ja, mehr so der Typ einsamer Wolf. Sie wissen schon.«

»Haben Sie ihn deshalb auf die alten Fälle angesetzt?«

»Erstens das. Und zweitens, sein Bein.«

»Woher hat er das eigentlich?«

»Es ist nicht im Dienst passiert, soweit ich weiß. Aber ich bin erst seit sechs Jahren hier, und wie ich den Laden übernommen hab, da hat der Arne schon gehinkt.«

Köbele hatte als oberster Chef der Behörde nicht viel mit Heldt zu tun gehabt. Aber die Kriminalrätin Hilpert, Heldts frühere Vorgesetzte, müsse mir mehr über ihn sagen können, meinte er. Auch in Konstanz hatte Heldt also eine Frau als Chef gehabt.

»Blöderweise hockt die aber grad beim Gericht. Ich richte ihr aus, sie soll sich bei Ihnen melden, wenn sie wieder im Haus ist. Und den Heldt hat also tatsächlich einer umgebracht, sagen Sie? Ich kann's immer noch nicht ganz glauben.«

»Umgebracht trifft es nicht ganz. Eher zu Tode gemartert.«

»Da muss ihn der Täter aber sehr gehasst haben.«

»So sehen wir das auch.«

»Finden Sie diesen Drecksack, Herrgott! Und springen Sie bloß nicht allzu zimperlich mit ihm um.«

»Regnet es bei Ihnen auch so?«

»Allerseelenwetter«, stöhnte Köbele. »Nicht mal den See kann ich von hier aus sehen. Dabei mag ich diesen Blick so, vor allem am Vormittag, wenn die Sonne über dem Wasser steht, herrlich, sage ich Ihnen, einfach herrlich!«

4

»Die Nummer in Winterthur gehört Arnes Bruder«, berichtete mir Sven Balke am Nachmittag aufgeräumt, als nach und nach alle an ihre Schreibtische zurückkehrten. »Er behauptet, sie hätten seit Jahren keinen Kontakt mehr gehabt. Angeblich wusste er nicht mal, dass sein Bruder jetzt in Heidelberg wohnt.«

»Und auf einmal telefoniert man wieder miteinander?«

»Es ging um die Frage, ob das Grab der Eltern aufgegeben werden soll. Sie sind vor fünfundzwanzig Jahren gestorben. Kohlenmonoxidvergiftung in ihrem Wohnwagen. Die beiden Brüder sind die einzigen Kinder.«

Andere Verwandte schien Heldt nicht gehabt zu haben. Zumindest keine, mit denen er im Kontakt stand.

»Er hatte es ja nicht so mit zwischenmenschlichen Beziehungen«, meinte Balke ungerührt. »Aber noch was anderes, Sekunde ...« Mühsam puhlte er ein zusammengefaltetes DIN-A4-Blatt aus einer der Taschen seiner eng sitzenden Jeans. »Die Verbindungsdaten von Arnes Festnetzanschluss sind schon da. Er ist doch hin und wieder angerufen worden.«

Und hatte offenbar wirklich die Nummern regelmäßig gelöscht. Viele der Anrufe waren abends gekommen, beinahe täglich zwischen sieben und acht.

»Und immer vom selben Prepaidhandy.« Balke legte den Computerausdruck auf den Tisch und versuchte, ihn mit der Handkante glatt zu streichen.

»Haben Sie das Handy versuchsweise mal angerufen?«

»Hab ich. Aber es ist zurzeit aus. Hier, sehen Sie mal«, Balke klopfte mit seinem kräftigen Zeigefinger auf die Liste, als wollte er die Haltbarkeit des Papiers testen. »Sie haben immer ziemlich lange gesprochen, oft über eine Stunde. Wenn man Arne gekannt hat, kaum zu glauben.« Er lehnte sich zurück, sah mir ins Gesicht. »Wenn Sie mich fragen, Chef – dieses Handy gehört einer Frau.«

»Sie haben schon einen Nachforschungsantrag gestellt?«

Entspannt nickte er. »Spätestens morgen kann ich Ihnen sagen, mit wem unser schweigsamer Arne stundenlang geturtelt hat.« Er faltete die Hände im Genick und sah mit schmalen Augen über mich hinweg auf die Ordner an der Wand hinter mir. »Schon irgendwie komisch. Da ist der Mann über sechzig, maulfaul und verschlossen, und jetzt plötzlich eine Liebesgeschichte?«

»Eifersucht«, sagte ich nachdenklich. »Wäre ein prima Motiv.«

»Frauen bringen niemanden um. Nicht so.«

»Gehörnte Ehemänner manchmal schon.«

Um Geld war es nicht gegangen, so viel wussten wir inzwischen. Weder hatte die Wohnung den Eindruck gemacht, als hätte jemand sie auf der Suche nach versteckten Wertsachen durchwühlt, noch hätte ein Einbrecher sein Opfer auf so bestialische Weise getötet.

Arne Heldt war einem Racheakt zum Opfer gefallen, in diesem Punkt waren wir uns einig. Und der Täter musste ein Sadist sein. Jemand, der es genoss, andere zu quälen.

»Er wird irgendwem ein bisschen zu heftig auf die Zehen getreten sein«, spekulierte Balke schon wieder.

»Womöglich wollte er deshalb zu uns?«, spann ich den Faden weiter. »So weit weg von Konstanz wie nur möglich.«

Wenige Kilometer nördlich von Heidelberg beginnt Hessen, und dorthin kann sich ein baden-württembergischer Polizist nur unter vielen lästigen und komplizierten Umständen versetzen lassen.

Es klopfte.

Klara Vangelis trat ein, ohne auf mein »Herein« zu warten.

Balke, der im Begriff gewesen war zu gehen, fiel wieder auf seinen Stuhl zurück.

Die Spurensicherung hatte bislang wenig vorzuweisen, berichtete sie, während sie den Rock ihres novembergrauen Kostüms glatt strich. »Was wir schon sagen können: In der Wohnung sind nur Arnes Fingerabdrücke zu finden und ein paar sehr alte, vermutlich von der Vormieterin.«

»Das spricht für unsere Theorie vom Racheakt«, sagte ich, »der Täter hat seine Tat gründlich vorbereitet. Er hat Vorkehrungen getroffen, um keine Spuren zu hinterlassen.«

»Da wird er leider Pech haben«, meinte Balke.

Natürlich hatte er recht. Es würde einige Tage dauern, vielleicht eine Woche, aber früher oder später würden unsere Techniker Spuren finden. Haare des Täters, Hautschuppen, wie jeder Mensch sie in jeder Sekunde zu Tausenden verstreut. Er mochte sich noch so viel Mühe gegeben haben, irgendetwas hatte er hinterlassen. Eine Winzigkeit im Treppenhaus, an der Wohnungstür oder eben doch am Tatort.

»Die Gerichtsmedizin ist mal wieder überlastet«, fuhr Vangelis fort. »Aber Arne kommt heute noch auf den Tisch. Bis zum späten Nachmittag kennen wir die Todesursache, haben sie mir versprochen.«

»Was ist mit Überwachungskameras in der Umgebung?«, fragte ich. »Was ist mit Nachbarn im weiteren Umfeld?«

»Läuft alles. Was Kameras betrifft: bisher Fehlanzeige.«

Der Täter war höchstwahrscheinlich mit dem Auto gekommen, hatte dieses aber wohl in einiger Entfernung vom Tatort abgestellt.

»In einem Ort wie Ziegelhausen fällt ein fremdes Auto auf«, meinte ich. »Da kennt jeder jeden.«

»Außer Arne natürlich.« Balke grinste müde.

Wir wandten uns der Frage zu, wie der Täter ins Haus gekommen war.

»Die Haustür hat zwar ein Sicherheitsschloss, aber ein uraltes Modell«, wusste Vangelis zu berichten. »Das knackt sogar ein Amateur, ohne Spuren zu hinterlassen.«

Mit Werkzeug, das man heutzutage für zwanzig Euro im Internet kaufen konnte. Samt ausführlicher Anleitung.

Für die Wohnungstür galt das Gleiche.

»Arne müsste doch gehört haben, dass sich jemand an seiner Tür zu schaffen macht«, fand Balke.

»Anscheinend nicht«, widersprach Vangelis, ohne von ihren Notizen aufzusehen. »Es gibt keine Kampfspuren im Flur, wir haben an Arne keine Abwehrverletzungen gesehen.«

Dann hatte der Täter sein Opfer vermutlich im Schlaf überrascht.

Unser toter Kollege habe allerdings ein ausgeprägtes Hämatom an der Stirn gehabt, berichtete Vangelis weiter. »Der Täter hat ihn erst k. o. geschlagen und anschließend gefesselt und geknebelt.«

»Dafür spricht auch, dass Arne im Pyjama war«, sagte Balke in meine Richtung, »den der Killer ihm später vom Leib geschnitten hat. Die blutverschmierten Fetzen lagen überall am Boden verstreut.«

Der Täter habe sein Opfer kampfunfähig gemacht, ans Bett gefesselt und dann in aller Ruhe abgewartet, bis Heldt wieder zu sich gekommen sei, meinte Vangelis und nieste dreimal. »Gefesselt hat er ihn übrigens mit Handschellen. Zwei für die Hände, zwei für die Beine. Die Dinger waren fabrikneu.« Sie schüttelte den Kopf, als wollte sie Spukbilder daraus vertreiben. »Und überall war Blut. Überall.«

»Er hat Spuren hinterlassen«, murmelte Balke durch zusammengebissene Zähne. »Jeder hinterlässt Spuren. Jeder.«

»Und selbst wenn?«, gab Vangelis wütend zurück. »Selbst wenn wir seine DNA haben und seine Fingerabdrücke, dann müssen wir immer noch den Mann dazu finden.«

»Machen wir eben ein Massenscreening«, bellte Balke zurück. »Jeder männliche Heidelberger muss eine Speichelprobe abgeben. Das kostet nicht die Welt und …«

»Ruhe!« Ich schlug mit der flachen Hand auf den Tisch. »Es ist niemandem geholfen, wenn wir uns hier gegenseitig anblaffen.«

Am wenigsten unserem toten Kollegen.

Balke zog den Kopf ein und murmelte eine Entschuldigung.

Vangelis nieste.

Ich holte tief Atem. Nahm die Brille ab. Fragte in sachlichem Ton: »Weiß jemand etwas über Heldts politische Ansichten?«

»Ansichten?«, fragte Balke verständnislos zurück.

»Sein Nachbar im Erdgeschoss hat so eine Bemerkung gemacht zum Thema Ausländerfeindlichkeit …«

Vangelis sah mich ratlos an. »Vielleicht weiß Rolf etwas darüber? Ich frage ihn gleich mal.«

»Ein Linker war er jedenfalls nicht«, versicherte Balke.

Es wurde später Nachmittag, bis die Konstanzer Kriminalrätin Kerstin Hilpert zurückrief. Ihr Termin bei Gericht hatte länger gedauert als geplant.

»Ach, der Arne«, begann sie und seufzte schwer. »Hat ihn also wirklich einer umgebracht?«

»Wieso ›wirklich‹?«, fragte ich alarmiert zurück.

»Wissen Sie, der Arne war einer von diesen Lonesome Riders. Dem war's scheißegal, was der Rest der Welt von ihm denkt. Er hat sein Ding gemacht, und zwar oft ziemlich gut, und der Rest ist ihm links am Arsch vorbeigegangen. Entschuldigung, ich wollt natürlich sagen, na ja, Sie wissen schon …«

Unter den Kollegen war er auch in Konstanz nicht sonderlich beliebt gewesen.

»Hier hat ihm keiner eine Träne nachgeweint. Aber auch das ist ihm wahrscheinlich egal gewesen.«

»Der Umgang mit ihm war für Sie als seine Vorgesetzte bestimmt nicht immer einfach.«

»Da haben Sie recht. Das Beste war, hab ich bald rausgefunden, wenn man ihm einen Job gab und ihn anschließend in Frieden ließ. Es hat überhaupt keinen Zweck gehabt, ihm zu sagen, er soll es so machen oder so, weil er sowieso gemacht hat, was er für richtig gehalten hat. Und manchmal ist er dann später tatsächlich gekommen und hat mir eine Akte auf den Tisch geknallt, und der Fall war gelöst. Früher soll er anders gewesen sein, sagen die älteren Kollegen. Wie seine Frau noch gelebt hat. Und bevor das mit seinem Bein passiert ist.«

»Wie ist seine Frau gestorben?«

»Ich war damals noch nicht hier. Aber die Sekretärin vom Chef, die hat mir erzählt, der Arne hätte anderthalb Jahre lang nur Nachtschicht gemacht, damit er tagsüber seine Frau versorgen kann.«

»Und was ist mit seinem Bein?«

»Er ist angeschossen worden. Bei einer Festnahme, die irgendwie in die Hose gegangen ist. Wenn Sie Genaueres wissen wollen, müsste ich mich erst schlaumachen. Das war auch vor meiner Zeit.«

»Noch mal zu Ihrem Wörtchen ›wirklich‹. Hat es Drohungen gegeben?«

»Gott, ja«, erwiderte die Kriminalrätin unbehaglich. »Wer von uns hat noch nie so Sachen gehört, wenn er mal wieder irgendeinem Dreckspatz Handschließen angelegt hat? ›Ich bring dich um!‹, ›dich mach ich fertig!‹, ›ich fick deine Mutter‹ – kennen wir doch alle. Sie etwa nicht?«

Und wie ich das kannte! Einer, den ich ins Gefängnis gebracht hatte, hatte mich Jahre später sogar entführt und um ein Haar getötet.

»Seien Sie mir nicht böse, aber für mich hat da noch mehr mitgeklungen.«

»Gut, okay. Der Arne ist vielleicht mit dem einen oder anderen ein bisschen gröber umgesprungen, als nötig gewesen wäre. Weil es ihn eben nicht die Bohne gejuckt hat, was die Leute von ihm halten. Der Arne hat ungefähr so viel Empathie gehabt wie eine Straßenwalze, so, jetzt wissen Sie's.«

»Hat es besonders krasse Fälle gegeben? Erst kürzlich vielleicht?«

»Nicht dass ich wüsste.«

»Er hat Ihnen vermutlich auch keinen Grund für seinen Versetzungswunsch genannt?«

»Persönliche Gründe, hat er angegeben. Eigentlich hatte ich nicht das Gefühl, als hätte er Angst gehabt. Oder sich verstecken wollen. Wär ja auch kompletter Blödsinn gewesen. Wenn ihm einer wirklich an den Kragen wollte, dann hätte er ihn auch in Heidelberg gefunden.«

»Nach seinen persönlichen Lebensumständen brauche ich Sie vermutlich auch nicht zu fragen.«

Frau Hilpert lachte auf. »Ich weiß nur, dass er im Paradies drüben ein Häuschen gehabt hat. Angeblich hat es seine Frau mit in die Ehe gebracht...«

»Paradies?«

»So heißt ein Viertel auf der anderen Seite vom Rhein. Nachdem seine Frau tot war, hat er allein da gewohnt. Nie hat er wen zu sich eingeladen, nie hat er Einladungen angenommen, nicht mal zu Grillfesten oder wenn wir Fußball gespielt haben, ist er gekommen. Die, die nicht mitkicken, sind normalerweise trotzdem dabei, wenn wir um Punkte spielen, zum Anfeuern und wegen dem Bier danach. Arne nie. Nicht mal zur Weihnachtsfeier ist er am Ende noch aufgetaucht. Nicht mal das.«

»Hat er irgendwelche Laster gehabt?«

»Geraucht hat er wie eine Kokserei. Frauen – großes Fragezeichen. Glücksspiel? Bei unseren Gehältern unwahrscheinlich. Aber da fällt mir ein: Ein Segelboot soll er gehabt haben. Kann man bei Ihnen auf dem Neckar eigentlich segeln?«

Im Prinzip schon, meinte ich. Im Sommer hatte ich schon Segel auf dem Fluss gesehen.

»Manchmal hat er morgens eine Fahne gehabt. Aber nicht so oft. Wissen Sie was? Am besten, Sie reden mit dem Kollegen, mit dem er zusammen im Büro gehockt hat. Heiner Baumgarten heißt er…«

Sie diktierte mir eine vierstellige Durchwahl.

»Der Heiner hat mir mal erzählt, der Arne würd sogar nach Dienst an seinen Fällen weiterarbeiten. Halbe Nächte soll er daheim vor seinem PC gehockt und recherchiert und telefoniert haben. Vom Charakter her ist der Arne ein Pitbull gewesen. Wenn der sich in was verbissen hat, dann hat er nicht mehr losgelassen, bis zum bitteren Ende.«

Bis zum bitteren Ende. Ich schluckte.

Dann fiel mir etwas auf. »Er hatte einen PC?«

»Gibt's noch Leute, die keinen haben?«

Auch die Kollegin teilte unsere Einschätzung, dass wir es mit einem Racheakt zu tun hatten.

»Bleibt die Frage, ob's um eine private Geschichte geht…«

»Oder um seine Arbeit.«

»Wissen Sie was, Herr Gerlach«, sagte Frau Hilpert nach kurzem Grübeln aufgeräumt. »Ich lass Ihnen einfach die Akten schicken, an denen Arne in den letzten Jahren gearbeitet hat. Vielleicht werden Sie da ja fündig.«

»Wie oft war er denn erfolgreich?«

»Kann ich aus dem Stand nicht sagen. Zweimal mindestens. Dreimal? Kann ich jetzt so aus dem Stegreif nicht sagen.«

Heiner Baumgarten war vernünftigerweise schon nach Hause gegangen, stellte ich fest, als ich seine Nummer wählte. Inzwischen zeigte die Uhr auf meinem Schreibtisch halb sechs. Draußen war es längst wieder dunkel. Und noch immer schüttete es, als hätte der Weltuntergang bereits begonnen.

»Du bist ja nie da!«, behauptete Sarah wütend.

»Das ist nicht wahr«, wiedersprach ich meiner Tochter heftiger als beabsichtigt. »Jetzt zum Beispiel bin ich da. Und oft genug bin ich zwar da, aber ihr nicht.«

»Immer wenn man dich mal braucht, bist du weg«, sprang Louise ihrer eine halbe Stunde älteren Zwillingsschwester bei. »Arbeiten, bei Theresa, keine Ahnung...«

»Wenn ich nicht arbeiten würde, dann würdet ihr unter Brücken schlafen und euer Essen in Mülltonnen suchen.«

»Ja, aber Theresa...« Sarah verlegte sich aufs Quengeln, da sie spürte, dass ihre Argumente nicht wie gewünscht zogen.

»Wir hatten besprochen, dass ich abwechselnd bei ihr und hier bei uns schlafe, oder nicht?«

»Schon«, gab man zu.

»Was ist dann euer Problem? Ihr kommt doch sonst auch ganz gut ohne mich zurecht. Immerhin seid ihr schon fast volljährig.«

Sarah sah Louise an. Louise sah Sarah an. »Es ist immer das Gleiche«, behaupteten sie im Chor. »Wenn wir irgendwas machen wollen, was dir nicht passt, dann heißt es, geht nicht, ihr seid noch nicht volljährig. Und wenn wir mal was brauchen, dann heißt es, kümmert euch selber, ihr seid schon fast achtzehn.«

»Und was wird es kosten?«, fragte ich ahnungsvoll und setzte mich endlich zu ihnen an unseren runden Küchentisch.

Sie wollten Motorroller. Zwei natürlich. Und zwar von der Marke Vespa, alles andere war indiskutabel. Farbe: pink. Liefertermin: sofort.

»Wir sind die Einzigen, die noch auf Fahrrädern durch die Gegend gurken.«

»Alle anderen haben Mopeds oder so.«

»Manche sogar schon Autos!«

»Im November? Schaut mal raus, das Wetter... Es wird Winter...«

»Sonst heißt es immer, du bist früher bei Schnee und Hagel mit dem Rad zur Schule gefahren, und wir sollen uns nicht so anstellen.«

»Und was kostet so ein Ding?«

»Neu um die dreitausend«, sagte Sarah.

»Eher dreieinhalb«, korrigierte Louise.

Die klassische Eröffnung: Erst mal hoch einsteigen, um den wahren Preis am Ende nicht so schrecklich erscheinen zu lassen.

»Und gebraucht?«

»Kriegt man schon gute für fünfzehnhundert.«

Das Problem war, dass für meine Töchter natürlich nur zwei absolut identische Vespas infrage kamen. Und die waren auf dem Gebrauchtmarkt nicht leicht zu finden.

»Ihr habt ja nicht mal einen Führerschein. Der kostet auch Geld.«

»Wir jobben.«

»Vor Weihnachten, haben wir überlegt.«

»Und in den Ferien auch.«

»Und zu Weihnachten wünschen wir uns sonst nichts.«

Ein zweites Problem war mein notorisch schlechtes Gewissen. Ich hatte meinen Mädchen schon früh viel abverlangt. Notgedrungen, da sie seit ihrem vierzehnten Lebensjahr keine Mutter mehr hatten. Sie waren immer gut zurechtgekommen, fand ich, mit den Herausforderungen des Heranwachsens, mit der Schule, mit dem großen Thema Jungs. Dennoch nagte oft das böse Gefühl an mir, sie zu vernachlässigen, mich nicht genug um sie kümmern, ihnen zu wenig Nestwärme zu bieten. Und seit es nun auch noch das Agreement mit Theresa gab, dass ich abwechselnd bei ihr und bei meinen Töchtern nächtigte, war es nicht besser geworden.

»Ich sage jetzt noch nicht Ja«, sagte ich.

Souverän unterdrückten sie den fälligen Jubelschrei.

»Sechstausend Euro sind natürlich nicht drin. Aber gebraucht ginge es vielleicht, wenn ihr euch sonst wirklich nichts zu Weihnachten wünscht.«

Sie kannten ihren Vater gut genug, um zu wissen, dass sie schon gewonnen hatten. Dass ich nur zum Schein noch ein wenig Widerstand aufbot.

Erst als ich allein im Wohnzimmer saß, hörte ich sie in der Küche jubeln und herumhüpfen.

5

»Auf Arnes Girokonto ist nicht viel gelaufen«, berichtete Sven Balke, als wir am nächsten Morgen im großen Besprechungszimmer zusammensaßen. »Ende des Monats ist das Gehalt eingegangen, und die Miete wurde abgebucht. Außerdem Strom, GEZ, Krankenversicherung, zweihundert Euro per Dauerauftrag an einen Investmentfonds. Hin und wieder Abbuchungen über die Kreditkarte, die ich noch checken muss. Das Einzige, was ein bisschen aus dem Rahmen fällt, ist ein Strafzettel über fünfzehn Euro vor sechs Wochen. Wie es scheint, ist er doch nicht immer der brave Vorzeigebeamte gewesen.«

Klara Vangelis hatte noch gestern Nachmittag eine Sonderkommission zusammengetrommelt und ihr den unverfänglichen Namen *Ziegelhausen* gegeben. So saßen am großen Tisch jetzt dreiundzwanzig Personen plus meine Wenigkeit. Vangelis hatte mir vor Beginn der Sitzung erzählt, fünf der neun Kolleginnen und Kollegen, die gestern noch im Krankenstand gewesen waren, hätten sich heute Morgen zum Dienst gemeldet, obwohl sie sichtlich noch nicht gesund waren. Entsprechend viel wurde um mich herum geniest, geschnieft und gehustet. Eine ältere Kollegin hatte sogar ihren Urlaub abgebrochen, um mitzuhelfen, Arne Heldts Mörder hinter Gitter zu bringen.

»... ein Festgeldkonto«, hörte ich Balke sagen, »mit etwas über dreihunderttausend Euro drauf.«

Einige Köpfe zuckten hoch, aber Balke winkte ab.

»Die Kohle stammt vom Verkauf seines Hauses am Bodensee. Aber jetzt kommt was, und das finde ich interessant ...«

Heldt hatte einen Dauerauftrag laufen gehabt. Monat für

Monat waren vierhundert Euro an den Empfänger C. Waßmer gegangen, mit dem Verwendungszweck: »bekannt«.

»Das C steht für Christiane«, fuhr Balke fort. »Sie wohnt in Allensbach, nicht weit von Konstanz. Falls nichts dagegen spricht, werde ich sie nachher gleich mal anrufen.«

Ich machte mir eine Notiz. »Das übernehme ich. Ich habe sowieso schon Kontakte nach Konstanz geknüpft.«

Balke hakte den Namen ab.

Nun ergriff der Chef der Spurensicherung das Wort, der Erste Hauptkommissar Lemmle, ein hörbar dem schwäbischen Sprachraum entstammender Hüne und anerkanntes Genie in seinem Fach. Mithilfe seines Notebooks projizierte er eine Reihe von Fotos an die Wand, um denen, die am Vortag nicht am Tatort gewesen waren, einen Eindruck von der Szene zu vermitteln. Ich sah das Haus, in dem Arne Heldt gelebt hatte und gestorben war, ein heruntergekommenes Mietshaus an der Peterstaler Straße, vor dem sich ein asphaltierter Hof erstreckte. Rechts stand ein alter Wohnwagen, der aussah, als hätte er seinen Stellplatz seit vielen Jahren nicht mehr verlassen. Ich sah den trostlosen Flur von Heldts Wohnung. Als die Fotos vom Schlafzimmer kamen, sah ich woanders hin. Ansonsten hatte er wenig Neues zu berichten.

»Wir haben die Teppiche abgeklebt«, erklärte er lautstark. »Und außerdem natürlich…«

Weiter kam er nicht, weil unvermittelt die Tür aufschwang und unser aller Chef, der leitende Polizeidirektor Kaltenbach, mit Verve eintrat. Er baute sich am Kopfende des Tischs auf, blickte in die verdutzte Runde und ergriff das Wort: »Liebe Kolleginnen und Kollegen, bitte entschuldigen Sie meinen Überfall, aber es ist mir ein tiefes Bedürfnis, Sie bei ihrer traurigen und aufwühlenden Aufgabe nicht ohne Beistand zu lassen.«

Ein beliebter, von allen geschätzter Kollege war tot (den er noch nie im Leben gesehen, geschweige denn gesprochen hatte), auf bestialische Weise ermordet (was nun wirklich jeder im Raum wusste, viele sogar mit eigenen Augen gesehen hatten), und das war ja nun wohl absolut inakzeptabel (wogegen nichts einzuwenden war).

»Wir sind hier ein großes Team, liebe Kolleginnen und Kollegen. Ich als Chef zähle dabei am wenigsten. Auf Sie kommt es an, auf jeden Einzelnen von Ihnen. Geben Sie Ihr Bestes! Ruhen Sie nicht, bis dieses abscheuliche Verbrechen gesühnt ist! Zögern Sie nicht, mich anzusprechen, wenn Sie Unterstützung benötigen, welcher Art auch immer. Sie können auf mich zählen. Ich werde Sie nicht im Stich lassen an der Front.«

Um zehn Uhr werde er zusammen mit einem Vertreter der Staatsanwaltschaft eine Pressekonferenz geben, verkündete Kaltenbach mit blitzenden Augen (an der ich nicht teilnehmen würde). Und natürlich wollte er bald Erfolge melden, einen Sieg verkünden. Und so weiter und so fort.

Schließlich rauschte er wieder ab, und nach einigen versonnenen Sekunden fuhr Lemmle mit seinem Bericht fort: »Insgesamt neun Quadratmeter haben wir abgeklebt, Quadratzentimeter für Quadratzentimeter. Außerdem haben wir Fingerspuren genommen, an die hundert Stück, die zum größten Teil noch gar nicht ausgewertet sind. Das braucht halt alles seine Zeit. Hexen können meine Leute immer noch nicht. Vieles, was wir hier nicht machen können, hab ich gestern per Kurier ans LKA nach Stuttgart geschickt.«

Die Suche nach Zeugen, denen in den Nächten des vergangenen Wochenendes etwas aufgefallen war, hatte bereits begonnen.

In der Umgebung des Tatorts hingen seit gestern Abend kleine Plakate. Heute würden zusätzlich Handzettel verteilt werden mit der dringenden Bitte, jede Beobachtung zu melden, auch scheinbar nebensächliche. An jeder Haustür im Umkreis von zwei-, dreihundert Metern würde im Lauf des

Tages geklingelt werden. Es musste schon mit dem Teufel zugehen, wenn wir auf diesem Wege nicht wenigstens ein Stückchen vorankamen.

»Die Obduktion wird nun doch erst heute sein«, sagte Vangelis. »Bis Mittag haben sie mir einen vorläufigen Bericht versprochen.«

Sie klang noch kränker als gestern. Ihre Augen glänzten fiebrig, die Stimme krächzte, und ihre Nase lief. Wenigstens das Wetter war über Nacht besser geworden. Als ich mich um halb acht auf den Weg zur Direktion machte, hatte es kaum noch geregnet, und nur noch einige große Pfützen an den Straßenrändern erinnerten an den vergangenen Katastrophentag. Der Neckar führte wieder einmal Hochwasser, hatte Sönnchen mir beim eilig getrunkenen Morgencappuccino berichtet. Womöglich musste demnächst wieder die Bundesstraße gesperrt werden, die am Fluss entlangführte.

Bald hatten alle berichtet, was es zu berichten gab. Wir standen noch am Anfang, und da sind die Puzzleteilchen, die im Zuge einer solchen Mordermittlung mühsam eingesammelt werden, meist klein und unscheinbar.

»Als er noch in Konstanz war, hat er angeblich einen PC gehabt«, sagte ich in die Runde. »Ziemlich merkwürdig, dass er den bei seinem Umzug nicht mitgenommen hat.«

Fragende Blicke kreuz und quer.

Ich wandte mich an Balke: »Es gab wirklich keine Zahlungen für einen Internetanschluss?«

Sicherheitshalber blätterte mein Mitarbeiter noch einmal in den Kontoauszügen, die vor ihm lagen. Schüttelte schließlich den Kopf. »Kommunikationsmäßig sehe ich hier nur die GEZ und die Telekom.«

»Also ...« Eine junge dunkelhaarige Kollegin, die neu bei uns zu sein schien, hob die Hand. Sie trug ein blaues Uniformhemd, gehörte demnach zur Schutzpolizei. Ein kunstvoll zerzauster Kurzhaarschnitt umrahmte ihr herzförmiges

Gesicht mit großen, fast schwarzen Augen, die wach in die Runde blickten. »Ich bin die Laila, für die, die mich noch nicht kennen. Und, also, wie ich an der Polizeihochschule gewesen bin, da haben wir in einer Dreier-WG gewohnt, ich und zwei andere Mädels. Und wir haben natürlich nicht viel Geld gehabt, und da hab ich es geschafft, dem Typ, der unter uns gewohnt hat, das Passwort für sein WLAN abzuschwatzen. Und so haben wir dann anderthalb Jahre lang ganz umsonst Internet gehabt.«

»Waßmer!«, bellte mir eine halbe Stunde später eine Männerstimme unwirsch ins Ohr.

»Oh, da habe ich mich wohl verwählt, entschuldigen Sie«, sagte ich eilig. Klugerweise hatte ich nicht von meinem Dienstapparat, sondern von meinem privaten Handy angerufen.

»Wen wollten Sie denn sprechen?«

»Einen Herrn Schmitz in Konstanz.«

»Hier ist Allensbach und nicht Konstanz«, wurde ich belehrt. »Da haben Sie die falsche Vorwahl erwischt.«

Vom Allensbacher Meldeamt hatte ich erfahren, dass Christiane Waßmer seit vierundzwanzig Jahren mit dem Grobian verheiratet war, den ich jetzt am Telefon hatte, und fast ebenso lang in einem Einfamilienhaus an der Kapplerbergstraße wohnte, vermutlich mit herrlichem Blick auf den Untersee und die Insel Reichenau. Außerdem war sie Mutter eines Sohnes, Michael, der heute zwanzig Jahre alt war. Ihr Geburtsname war Baumgarten, was in mir gewisse Vibrationen ausgelöst hatte. Da niemand wissen konnte, aus welchem Grund Heldt der Frau jeden Monat Geld überwiesen hatte, wollte ich lieber mit ihr sprechen, ohne dass ihr Ehemann zuhörte.

Ich entschuldigte mich nochmals für die Störung.

»Kann ja mal vorkommen«, meinte Herr Waßmer ungnädig.

Kaum hatte ich das Handy weggelegt, begann es, die ersten Takte des *Köln Concert* von Keith Jarrett zu spielen. Ich nahm es wieder ans Ohr. Leider war ich nicht klug genug gewesen, mit unterdrückter Nummer anzurufen.

»Was wollen Sie denn von diesem Herrn Schmitz?«, erkundigte sich Christiane Waßmers Ehemann.

»Das ist privat und geht Sie, glaube ich, nichts an.«

»Sie wollen nicht zufällig meine Frau sprechen?«

»Ihre Frau? Wie kommen Sie denn darauf?«

»Dann ist ja gut.«

Versuchsweise gab ich den Namen Christiane Waßmer in eine Suchmaschine ein und wurde sofort fündig. Eine Frau dieses Namens arbeitete bei einer kleinen Elektronikfirma in der Nähe des Allensbacher Bahnhofs. Der Chef persönlich, der ausgerechnet Schmitz hieß, nahm das Telefon ab und war zum Glück sehr viel umgänglicher als der offenbar manisch eifersüchtige Gatte.

»Die Christi hat heute Urlaub. Vielleicht kann ich Ihnen weiterhelfen?«

»Zu dumm. Es wäre nämlich wichtig.«

Auch Herrn Schmitz gegenüber hatte ich mich vorsichtshalber nicht als Polizist zu erkennen gegeben.

»Um was geht es denn, wenn ich fragen darf?«

»Um ihren Sohn.«

Die nächste Frage des Geschäftsführers – »Was ist denn mit dem Michael?« – klang so, als wäre es nicht das erste Mal, dass Fremde wegen Frau Waßmers Sohn anriefen.

»Das ist privat.«

»Ich kann Ihnen ihre Telefonnummer geben.«

»Zu Hause ist sie nicht. Da habe ich es schon versucht.«

Der Firmeninhaber, dessen rundes und von einem roten Vollbart umrahmtes Gesicht ich nebenbei auf dem Bildschirm meines Notebooks betrachtete, gab ein lang gezogenes »Ach so« von sich und fuhr fort: »Stimmt, sie wollte ja heute nach Heidelberg, ihren Michael besuchen. Wenn es wirklich wichtig ist, dann … also … Ich geb Ihnen jetzt ausnahmsweise Christis Handynummer.«

»Michael ist in Heidelberg?«, fragte ich.

»Da studiert er. Wissen Sie das gar nicht?«

Christiane Waßmer, geborene Baumgarten, hatte eine dünne, ein wenig fahrig und verschreckt klingende Stimme und meldete sich am Telefon mit Vor- und Nachnamen wie ein wohlerzogenes Kind.

»Polizei?«, fragte sie erschrocken, nachdem ich mich vorgestellt hatte. »Wieso denn jetzt wieder die Polizei?«

»Nicht erschrecken, Frau Waßmer. Ich würde mich nur gerne mit Ihnen unterhalten.«

»Ist was mit Michael?«

Der Junge schien ein echtes Sorgenkind zu sein.

»Aber nein, kein Grund zur Sorge. Wo sind Sie jetzt?«

»Im Hotel. Ich bin noch im Hotel. Wir können … Sie rufen aus Heidelberg an, sagen Sie?«

Ich bejahte.

»Dann kann … Soll ich vielleicht einfach zu Ihnen kommen?«

»Genau darum wollte ich Sie bitten.«

»Und es ist wirklich nichts mit Michael?«

»Wirklich nicht.«

»Ich wollt sowieso grad in die Stadt. Wenn man schon mal im berühmten Heidelberg ist, und … Um was geht's denn bitte, wenn ich fragen darf?«

Ich zögerte kurz, bevor ich sagte: »Um einen Mann, den Sie kennen. Arne Heldt.«

Jetzt herrschte am anderen Ende Totenstille. Weit im Hintergrund hörte ich Gemurmel, Geschirrgeklapper, jemand lachte.

»Arne?«, hauchte Frau Waßmer schließlich. »Was … was ist denn mit ihm?«

»Er ist tot. Tut mir leid, Ihnen das so am Telefon sagen zu

müssen. Und uns ist aufgefallen, dass er Ihnen jeden Monat vierhundert Euro überwiesen hat.«

»Ich … muss bloß noch mal schnell aufs Zimmer, den Mantel holen …«

Keine Viertelstunde später saß sie mir gegenüber. Atemlos und ein wenig derangiert, die Wangen gerötet. Ein Blümchenparfüm mittlerer Preislage wehte über meinen Schreibtisch. Frau Waßmer war schlicht, aber nicht ohne Geschmack gekleidet. Ihr haselnussbraunes Haar trug sie halblang und pflegeleicht. Für den Besuch der Heidelberger Altstadt hatte sie ein wenig Puder aufgelegt und sogar einen rosafarbenen Lippenstift benutzt. Christiane Waßmer war eine große, hagere Frau, die die Hoffnung, schön zu sein, schon vor vielen Jahren verloren hatte. Der unstete Blick ihrer dunklen Augen und manche Falten im länglichen Gesicht verrieten, dass ihr Leben nicht immer leicht war.

»Was ist mit Arne?«, lautete ihre erste Frage, die regelrecht aus ihr herausbrach. »Hat er einen Unfall gehabt?«

Sie hatte unregelmäßige Zähne und einen leichten Sprachfehler.

»Bitte erschrecken Sie nicht. Er ist ermordet worden.«

»Er…mordet?«, wiederholte sie mit erstickter Stimme. »Ja, aber … Herrgott, wieso denn nur?«

Ihr Atem ging immer noch keuchend, als wäre sie die ganze Strecke vom Hotel an der Bergheimer Straße bis zur Polizeidirektion gerannt.

»Und was … Was wollen Sie jetzt von mir?«, fragte sie verstört. »Ich meine … Ich hab doch …«

»Ich würde nur gerne wissen, wofür Herr Heldt Ihnen regelmäßig Geld überwiesen hat. Das ist alles.«

Sie schlug die Augen nieder und schwieg lange. Dann sah sie wieder auf, mir kerzengerade in die Augen und sagte mit fester Stimme: »Sag ich nicht.«

»In welcher Beziehung haben Sie zu ihm gestanden?«

»Sag ich auch nicht. Das geht Sie nichts an. Ich hab ihn jedenfalls nicht umgebracht, falls Sie das denken. Wann ist es denn passiert?«

»Am vergangenen Wochenende. Genauer wissen wir es im Moment noch nicht.«

»Am Samstag bin ich bis halb sieben im Geschäft gewesen wegen einem Auftrag, der unbedingt noch rausmusste. Und am Sonntag bin ich daheim gewesen, den ganzen Tag, und …«

»Frau Waßmer …«

»… und mein Mann kann das bezeugen. Ich bin ja nicht mal vor die Tür am Sonntag, weil's so furchtbar geschüttet hat.«

»Es ist doch keine Rede davon, dass ich Sie verdächtige. Ich versuche nur, mir ein Bild von Herrn Heldts Lebensumständen zu machen. Und dazu muss ich zum Beispiel wissen, wen er gekannt hat, wen er besucht hat, wer ihn besucht hat …«

»Ich hab ihn jedenfalls nie besucht.« Sie senkte den Blick wieder. Spielte mit der langen Perlenkette, die ihren sehnigen Hals schmückte. »Hab ja nicht mal gewusst, dass er nicht mehr in Konstanz wohnt. Anscheinend hat er jetzt hier gewohnt, oder? Sonst wären Sie ja nicht zuständig für den Fall.«

»Seit Anfang September, ja.«

Sie nagte auf der Unterlippe, die jetzt blutleer war, atmete flach und schnell. Gab sich endlich einen Ruck. »Gekannt hab ich ihn schon«, gestand sie, ohne aufzusehen. »Ist aber lange her. Und besucht hab ich ihn nicht. Nie.«

Ich bot Kaffee an, was sie bereitwillig, geradezu erleichtert annahm. Sekunden später brummte im Vorzimmer die Maschine. Bald kam Sönnchen herein, nickte meiner Besucherin beruhigend zu, stellte die duftenden Becher vor uns hin.

»Ihr Sohn, Frau Waßmer«, sagte ich, nachdem wir beide

an unseren Bechern genippt hatten. »Michael. Er studiert in Heidelberg, habe ich gehört.«

»Das… ja, das stimmt. Seit April.« Sie stellte ihren Becher so vorsichtig ab, als könnte die kleinste falsche Bewegung eine Katastrophe auslösen. »Aber der Michael hat den Arne auch nicht umgebracht. Er weiß ja nicht mal…«

Zu spät bemerkte sie, dass sie sich verplappert hatte. Sie errötete und sah mit betretener Miene auf ihre Hände. An der rechten funkelte ein breiter goldener Ring.

»Frau Waßmer«, sagte ich sanft.

»Ja?«, flüsterte sie, den Blick hartnäckig auf ihre knochigen Finger gerichtet, die unentwegt mit der Kette spielten. Einer Kette, die so lang war, dass sie sie zweimal um den Hals schlingen konnte. Die Perlen schienen sogar echt zu sein.

Ich beugte mich ein wenig vor und fragte in ruhigem, freundlichem Ton: »Könnte es sein, dass Sie Herrn Heldt vor gut zwanzig Jahren gekannt haben?«

Sie nickte zweimal kurz.

»Dann ist das, was ich jetzt denke, richtig?«

Es dauerte eine halbe Ewigkeit, bis sie ein drittes Mal nickte.

»Und seither überweist er Ihnen Monat für Monat vierhundert Euro.«

»Er… Arne wollte das so. Ich hab ihm gesagt, also, gesagt hab ich ihm, er braucht das nicht. Aber der Arne… Ich bin damals schon verheiratet gewesen, wissen Sie, und mein Jürgen denkt natürlich, er ist der Vater, und es ist finanziell überhaupt kein Problem gewesen, aber der Arne wollt nichts davon hören. Ich musst mir ein eigenes Konto zulegen, darauf hat er bestanden, und seither… Das Geld ist für Michael, hat er gesagt, und jetzt, wo er studiert, kann ich ihm ein bisschen was dazugeben.«

»Was studiert Ihr Sohn denn?«

»Mathe. In so Sachen ist er immer sehr gut gewesen. Sprachen liegen ihm nicht so. Aber die Naturwissenschaften, die schon. Im April hat das erste Semester angefangen, und ich bin hergekommen, um ihm ein paar Sachen zu bringen. Und zu gucken, wie's ihm so geht. Es tut ihm gut, weg zu sein von daheim. Nicht wegen mir. Wir haben immer ein gutes Verhältnis gehabt, der Michael und ich. Aber sein Vater … Es ist oft ein Elend. Ich weiß ja nicht, wie es Ihnen gegangen ist mit Ihrem Vater.«

»Ganz gut eigentlich.«

»Dann haben Sie Glück gehabt. Mein Jürgen, er kann so grob sein. So furchtbar grob und gemein. Manchmal denke ich, er ahnt was. Der Michael … er ist ein guter Junge. Er hat seine Probleme, ist ja kein Wunder, und … Sie haben so gar nichts gemeinsam. Sie sehen sich auch überhaupt nicht ähnlich, und … Ach, was soll ich denn machen? Ich muss doch auch leben. Und der Michael, er braucht mich ja, und von was …«

Sie verstummte, schluckte und schluckte. Ihre Augen schimmerten jetzt feucht.

»Eine letzte Frage noch, Frau Waßmer, dann lasse ich Sie in Ruhe.«

»Fragen Sie ruhig. Jetzt, wo das heraus ist, gibt's sowieso nichts mehr, was ich verschweigen müsste.«

»Ihr Mädchenname ist Baumgarten.«

Jetzt sah sie wieder auf. Überrascht und erfreut, von den gefährlichen Themen wegzukommen.

»Herr Heldt hat in Konstanz mit einem Heiner Baumgarten im selben Büro gesessen. Kennen Sie den zufällig?«

»Ja klar. Das ist mein Bruder.«

»Weiß er davon?«

»Wovon?«

»Von Ihnen und Herrn Heldt?«

»Natürlich nicht!«, zischte sie gekränkt. »Davon wissen nur ich und … und … Davon weiß jetzt bloß noch ich. Und Sie jetzt natürlich auch.«

6

»Wer, bitte?«

»Gerlach, Kripo …«

»Ah, Sie sind's! Die Kerstin hat schon gesagt, dass Sie anrufen. Um den Arne geht's, oder? Er ist tot, richtig? Umgebracht? Unglaublich! Also wirklich!«

»Um ehrlich zu sein, Sie klingen nicht, als würden Sie deswegen gleich in Tränen ausbrechen.«

Heiner Baumgarten hustete verlegen. Stöhnte. Sagte schließlich: »Sehen Sie, Herr Gerlach, ich bin auch nicht direkt traurig gewesen, wie es geheißen hat, er geht weg. Nicht, dass er einem ständig auf die Nerven gegangen wäre, das nicht. Aber der Arne hat immer so eine Aura von schlechter Laune um sich gehabt. Wenn er mal hochgeguckt hat von seinen Akten, dann hat er immer ein Gesicht gezogen, als hätte ich gerade gefurzt. Oder als wäre ich schuld daran, dass er sich diesen Scheißjob ausgesucht hat. Ja, wenn ich ganz ehrlich bin, ich war froh, dass er fort war. Nicht, dass ich ihm den Tod gewünscht hätte, das, weiß Gott, nicht, aber … Sie verstehen mich schon richtig, oder?«

»Frau Hilpert hat etwas gesagt von einer Schussverletzung …«

»Ah, die Sache! Ich war damals noch nicht bei der Kripo, aber ich kenn die Geschichte. Hat ja genug Staub aufgewirbelt seinerzeit. Sogar in der *Tagesschau* ist es gekommen. Der Arne ist abends nach Dienst in der Stadt gewesen. Wollt noch irgendwas besorgen oder wen besuchen, keine Ahnung. Obwohl, wen hätte der schon besuchen sollen? Jedenfalls, es war Winter und schon finster, und da hat so ein Knilch einer alten Oma die Handtasche geklaut. Arne hat es mitgekriegt und ist dem Typ nach. Er hat ihm hinterhergerufen und einen Warnschuss abgegeben. Der Arne ist nämlich einer von diesen komischen Vögeln, die ihre Waffe abends mit heimnehmen.«

Und daraufhin hatte der Handtaschendieb ebenfalls eine Waffe gezückt und abgedrückt.

»Drei Schuss, einfach so. Wegen einer Handtasche mit nicht mal zwanzig Euro drin. Oder Mark, damals noch, ist ja schon ziemlich lang her. Und eine von den Kugeln hat den Arne getroffen, ins linke Knie. Und seither konnte er nicht mehr richtig laufen. Der eigentliche Hammer war dann, dass der Arne mächtig Stress gekriegt hat. Dass er außer Dienst mit der Waffe rumballert, von wegen Verhältnismäßigkeit und so weiter. In den Zeitungen ist er der Held gewesen, unser Arne Heldt, und hier im Präsidium hat er Stress ohne Ende gehabt. Hat nicht viel gefehlt, und er wäre sogar runtergestuft worden.«

»Das hat ihn vermutlich ziemlich gewurmt.«

»Danach ist er total verbiestert geworden. Und krankhaft misstrauisch auch. Hat an unserem ganzen Rechtssystem gezweifelt, aus jedem Fliegenschiss ein Geheimnis gemacht, und am Ende ist er sogar zu den Demos von der AfD gestiefelt, gegen die Flüchtlinge und alles. Der Täter, dieser Handtaschenräuber, soll nämlich Araber gewesen sein oder so was in der Art. Man hat den Burschen ja nie gefasst.«

Als wir uns verabschiedeten, ich hatte schon fast aufgelegt, hörte ich noch einmal Heiner Baumgartens Stimme. »Da fällt mir ein – das ist vielleicht wichtig für Sie: Der Arne hat bis zum Schluss nach diesem Knilch gesucht. Wir haben nie darüber geredet, aber wenn man so eng aufeinanderhockt, dann sieht und merkt man manches, was man nicht sehen oder merken soll.«

Es hatte damals natürlich ein Phantombild gegeben. Und das hatte Arne Heldt als Desktophintergrund gewählt.

»Jeden Tag hat er eine Weile im Internet nach dem Typen gesucht. Bei Moscheevereinen, irgendwelchen Gruppen und Vereinigungen von Algeriern, Irakern, was es da halt so gibt. Vielleicht … Jesses! Vielleicht ist er ja am Ende fündig geworden?«

Die nächste Nummer, die ich wählte, war die Durchwahl zu Klara Vangelis. Sie nahm sofort ab.

»Was ist eigentlich mit Heldts Dienstwaffe?«, fragte ich und erhielt die Antwort, die ich an dieser Stelle absolut nicht hören wollte: »Ähm …«

»Nina Seltenreich – music is my life and love«, lautete die Headline der beeindruckend professionell gestalteten Homepage. Ich klickte ein wenig herum, entdeckte, dass die junge Frau, die unter Arne Heldt wohnte, unter anderen schon mit Klaus Doldinger aufgetreten war und viele Konzerte auch im europäischen Ausland gab. Studiert hatte sie in München, Berlin und Boston. Was mich jedoch vor allem interessierte, war die Agentur, die sie vertrat. Diese trug den Namen *Sounds and Noises* und hatte ihren Sitz in München. Dort hörte man sich mein Anliegen freundlich an und vertraute mir nach einigem Hin und Her schließlich Frau Seltenreichs Handynummer an, verbunden mit der dringenden Bitte, sie keinesfalls vor Mittag anzurufen.

»Nina hat gestern Abend einen Auftritt in Turin gehabt«, erklärte mir der besorgte junge Mann, mit dem ich sprach und der sich als Uwe vorgestellt hatte. »Um vier geht ihr Flieger nach Rom. Zurzeit läuft's richtig gut für die Nina.«

Bis Mittag war noch eine knappe Stunde, die ich nutzen würde, um das zu tun, was meine eigentlichen Aufgaben als Kripochef waren: Aktenkram. Das Jahresende rückte näher, Berichte waren fällig. Seit Kaltenbach mein Chef war, waren die abzuliefernden Berichte noch zahlreicher und umfangreicher geworden. Zur Hebung meiner Motivation und Stärkung meiner Konzentrationsfähigkeit bat ich Sönnchen um einen zweiten Cappuccino. Wie üblich hatte sie mir ein Croissant vom Bäcker gegenüber der Polizeidirektion mitgebracht, das ich mir nun zum Kaffee schmecken ließ. Dabei stellte ich zu meinem Missfallen fest, dass auch die graue Tuchhose, die ich heute trug, allmählich ein wenig eng wurde. Dabei war sie doch eine der wenigen, die mir bisher noch gepasst hatten.

Vor den Fenstern war es im Lauf des Vormittags immer freundlicher geworden. Hin und wieder blitzte jetzt sogar die Sonne durch Wolkenritzen. Dann machte ich mich ans Werk, begann, Fallzahlen in meinen Laptop zu tippen, Summen zu berechnen und Aufklärungsquoten.

Um dreiundzwanzig Minuten nach elf erlöste mich mein Handy von der langweiligen Rechnerei.

»Hier ist Nina«, hörte ich eine energische und ausgeschlafen klingende Frau sagen. »Du wolltest mich sprechen?«

Ich griff nach der Maus, klickte ihre Homepage an und dort den Button *Fotos*. Vermutlich hatte sie inzwischen mit ihrer Agentur telefoniert und von meinem Anruf erfahren. Ich erzählte der Jazzerin, worum es ging. Anschließend herrschte am anderen Ende wieder einmal erschrockenes Schweigen. Auf den Fotos sah ich eine schmale Frau, die jünger aussah, als sie laut ihrem Geburtsdatum war. Vierunddreißig Jahre war sie alt, aber ihr Lächeln war das eines abenteuerlustigen Teenagers.

»Oh«, sagte sie schließlich. »Das ist jetzt aber schon ein Hammer.«

»Haben Sie Herrn Heldt gekannt?«

»Wen kennt man schon? Wir haben uns hin und wieder im Treppenhaus getroffen und schon mal ein paar Takte geredet. Ich wusste, dass er Polizist ist, er wusste, dass ich Musik mache. Wie er eingezogen ist, hatte ich gerade ein paar Tage frei und habe ihm ein bisschen geholfen. War ja sonst keiner da, der ihm geholfen hätte.«

»Wir schließen nicht aus, dass es sich um einen Racheakt handelt...«

»Himmel!«, stieß sie hervor. »Da wird mir ja … Muss mich erst mal setzen, sorry. Alles bisschen heavy, so vor dem Frühstück.« Ich hörte Rascheln, das Knarren eines Sessels oder Stuhls, den unruhigen Atem von Frau Seltenreich. »Kann so was nicht vertragen, sorry«, sagte sie schließlich. »Ich mag es, wenn Menschen in Frieden leben. Auch wenn das heutzutage ja leider die Ausnahme ist.«

»Das war wohl zu allen Zeiten die Ausnahme.«

»Schon, aber trotzdem …«

»Wollen Sie später noch mal anrufen?«

»Nein, nein, geht schon wieder. Wie kann ich Ihnen denn helfen? Viel erzählen kann ich Ihnen leider nicht. Bin ja eher Gast in meiner Wohnung …«

»Hat er manchmal Besuch bekommen?«

»Nicht, wenn ich zu Hause war. Ich habe gehört, dass oben manchmal der Fernseher lief. Aber nicht oft. Dafür hat Arne häufig Musik gehört bei der Arbeit. Er hat mir erzählt, dass er abends noch am Schreibtisch sitzt.«

»Welche Art Musik?«, fragte ich automatisch.

»Geben Sie's zu, Sie hätten auch auf Blasmusik getippt.« Sie kicherte. »GGI, kann ich da nur sagen, ganz großer Irrtum. Monteverdi hat er gehört, der stille Arne, und Bach. Das *Magnificat.* Und das *Ave Maria,* die Aufnahme mit der Callas, das ist jeden Tag gelaufen. Am Ende hab ich mir das Stück sogar aufs Handy geladen. Wenn es einem mal wieder voll scheiße geht, dann hilft es. Auch wenn man kein bisschen religiös ist. Und es ist tausend Mal besser als der ewige Wagner von unten, kann ich Ihnen sagen.«

»War er denn religiös?«

»Arne? Keinen Schimmer. Woher sollte ich das wissen?«

»Hat er Ihnen überhaupt irgendwas über sich erzählt? Außer, dass er Polizist ist und abends noch arbeitet?«

»Eigentlich nicht, nö. Ich habe ihn gefragt, was mit seinem Bein ist. ›Dumme Geschichte‹, hat er da nur gesagt, und, ach ja: Er war mal verheiratet, und seine Frau ist gestorben, das hat er mir erzählt. Und dass er lange in Konstanz war. Ich habe gefragt, ob es ihm da nicht mehr gefallen hat. Da hat er nur auf seine stille Art gelächelt, aber nichts geantwortet.«

»Gelächelt?«

»Ja, gelächelt. Als gäbe es angenehme Gründe für seinen Umzug. Gründe, die mich aber nichts angehen. Und Sie haben vollkommen recht, es war das einzige Mal, dass ich ein Lächeln in Arnes Gesicht gesehen habe.«

»Sie waren am vergangenen Wochenende unterwegs, habe ich gehört.«

»Samstagabend hatte ich in Karlsruhe einen Gig zusammen mit Peter Lehel und Mini Schulz. Im *Hemingway*. Bin schon am Vormittag los, weil wir noch ein wenig proben wollten.«

»Wann genau?«

»Warten Sie… Um halb zehn. Ja, halb zehn müsste es gewesen sein, als ich los bin.«

»Haben Sie von Herrn Heldt am Samstagmorgen noch irgendetwas gehört?«

»Sie meinen…?«

»Wir wissen bisher nicht, wann es passiert ist. Nicht genau.«

»Moment… Doch, ich meine, ich habe oben was gehört. Die Klospülung, ja, daran erinnere ich mich. Das Haus ist ja leider Gottes ziemlich hellhörig, und wenn oben wer auf dem Klo ist, dann gurgelt bei mir im Bad das Wasser durch die Rohre.«

»Wie sicher sind Sie sich?«

»Ziemlich sicher, eigentlich. Ich bin um halb acht aufgestanden, hatte noch einige Mails zu beantworten, und packen musste ich auch noch. Und wie ich später im Bad war, so gegen neun, da hat es gerauscht und gegluckert. Ich habe mich noch gewundert, weil Arne an den Wochenenden sonst nie zu Hause war.«

»Haben Sie auch Musik gehört von oben?«

»Das nicht, nein. Aber die hat er eigentlich nur abends angemacht.«

»Wissen Sie zufällig, wo er an den Wochenenden war?«

»Nein. Aber ich denke…«

»Sagen Sie es ruhig.«

»Man hört ja nicht nur die Klospülung und die Musik. Man hört auch, wenn oben jemand redet.«

»Abends hat er oft lange telefoniert.«

»Genau. Und die Art, wie er telefoniert hat. Und manchmal gelacht. Oft gelacht…« Sie schwieg kurz, und was dann folgte, überraschte mich längst nicht mehr: »Er hatte was am Laufen mit einer Frau, denke ich.«

»Und wie war es am Sonntag?«

»Da bin ich erst nachmittags gegen zwei nach Hause gekommen. Und der alte Dörflinger hatte seine Anlage wieder mal volle Kanne aufgedreht.«

»Wie halten Sie das aus?«

»Bin gleich mal eine Stunde laufen gegangen. Peter hatte mir eine seiner CDs geschenkt. *Choro e Bossa Nova*. Die habe ich mir gleich aufs Handy gezogen und im Lauf des Nachmittags vier- oder fünfmal in Folge angehört. Man hört jedes Mal andere Feinheiten heraus.«

»Das heißt, sonst haben Sie gar nichts gehört?«

»Nein.«

»Wenn sich in der Wohnung über Ihnen etwas getan hätte, dann hätten Sie es nicht bemerkt?«

»Gegen *Rheingold* hätte die Callas sowieso nicht angekonnt.«

»Wie war es am Sonntagabend?«

»Abends war ich in der Stadt, Freunde treffen. Bin dann erst spät nach Hause gekommen. Und da war schon alles still im Haus.«

»Am Montagmorgen?«

»War ich voll in Hetze. Hatte verpennt, und mein Flieger in Frankfurt ging um halb zwölf.«

»Wenn nachts oben Unruhe gewesen wäre, hätten Sie das gehört?«

»Ich schlafe grundsätzlich mit Ohropax.«

»Eine allerletzte Frage noch: Haben Sie in der Wohnung Ihres neuen Nachbarn einen PC gesehen?«

»Ich war nur beim Einzug in der Wohnung, und da war noch keiner da. Wir haben zusammen die größten Brocken hochgeschleppt, die er alleine nicht geschafft hat. Beim Rest wollte er sich dann nicht mehr helfen lassen. Lieber hat er sich hundert Mal die Treppen raufgequält mit seinem kaputten Bein, als dass er sich hätte helfen lassen, dieser Sturkopf. Später hat er noch mal angeklingelt und sich bedankt und mir eine Flasche Wein geschenkt. Wein vom Bodensee.«

»Am Bodensee machen sie guten Wein.«

»Hab ihn weiterverschenkt. Ich trinke keinen Alkohol. Drogen sind bei meiner Art zu leben der sichere Tod. Ich habe genug Kollegen daran zugrunde gehen sehen, glauben Sie mir.«

Ich hatte gerade begonnen, mich im Internet nach CDs von Nina Seltenreich umzusehen, als Klara Vangelis hereinplatzte. Vermutlich hatte sie im Vorzimmer gewartet, bis ich zu Ende telefoniert hatte.

Arne Heldts Dienstwaffe war nicht zu finden. Weder in seinem Schreibtisch noch in seiner Wohnung.

»Eine HK P30 hatte er«, stieß sie kurzatmig hervor. »Dass ich daran nicht gleich gedacht habe, Himmel noch mal!«

»Setzen Sie sich erst mal«, sagte ich gütig. »Wir machen alle Fehler.«

»Hier habe ich übrigens die Akten, mit denen Arne beschäftigt war.« Sie platzierte einige alte Ordner auf meinem Schreibtisch und sank dann wenig elegant auf einen der blau gepolsterten Besucherstühle. »Sie hatten mich darum gebeten.«

Ich erzählte ihr von meinen Telefonaten in den vergangenen zwei Stunden, von Heldts unehelichem Sohn, von Nina Seltenreich und dem bemerkenswerten Musikgeschmack unseres toten Kollegen.

»Was, wenn der Sohn der Grund für seinen Umzug nach Heidelberg war?«, fragte Vangelis mehr sich selbst als mich.

Dieser Gedanke war auch mir noch während des Gesprächs mit Frau Waßmer gekommen. Solange Michael im Haus seines Vaters wohnte, hatte Heldt keine Möglichkeit gesehen, mit ihm in Kontakt zu treten. Vielleicht hatte er ihn aus der Ferne bobachtet, seine Möglichkeiten als Polizist genutzt, um auf dem Laufenden zu bleiben, wie sein Kind sich entwickelte. Vielleicht war er hin und wieder nach Allensbach gefahren, um Michael wenigstens aus der Ferne zu sehen.

»Herauszufinden, wo der Junge jetzt lebt, war für ihn natürlich kein Problem«, sagte ich nachdenklich. »Dieser Herr Waßmer ist ein übler Choleriker. Er könnte durch einen dummen Zufall herausgefunden haben, dass Michael ein Kuckuckskind ist …«

»Für mich klingt das alles nach der ersten ernst zu nehmenden Spur.« Klara Vangelis nieste zweimal zur Bekräftigung. »Aber wir können den Jungen ja schlecht fragen, ob er weiß, dass sein Vater nicht sein Vater ist. Vielleicht … Sven könnte ihn mal zufällig abends in der Kneipe treffen.«

»Es kann Tage dauern, bis das klappt. So viel Zeit haben wir nicht.«

»Der Bruder in Winterthur hat übrigens kein Alibi«, sagte sie übergangslos. »Er behauptet, er sei das ganze Wochenende nicht vor die Tür gegangen, kann aber keinen Zeugen dafür benennen. Laila hat herausgefunden, dass die beiden sich heillos zerstritten haben, als die Eltern starben. Der Bruder – Gerald heißt er übrigens – behauptet, Arne hätte ihn übers Ohr gehauen.«

»Wer ist eigentlich diese Laila? Sie macht einen cleveren Eindruck.«

»Das ist sie auch. Sie steht kurz vor ihrer Versetzung zur Kripo, und da hab ich mir gedacht, ich nehme sie gleich mal in die Soko. Bisher schlägt sie sich gut. Mit ihrer Kleinmädchenstimme und ihrer unschuldigen Art kriegt sie die Leute dazu, ihr am Telefon ihre privatesten Geheimnisse zu verraten.«

Ich lehnte mich in meinem Sessel so weit zurück, bis er knackte, ergriff einen Kugelschreiber, begann, damit herumzuspielen. »Heldt hat also angeblich seinen Bruder um sein Erbe betrogen …«

»Um Teile davon. Familienschmuck und andere Wertsachen, die nach dem Tod der Eltern nicht zu finden waren. Die Brüder haben eine Weile herumprozessiert, und seither hassen sie sich, sagt Laila. Ihr Nachname ist übrigens Khatari.«

Bei den Fällen, die Arne Heldt in den zweieinhalb Monaten bearbeitet hatte, die er bei uns war, handelte es sich um einen Mord mit unbekanntem Motiv von 1992 und zwei Vergewaltigungen mit Todesfolge aus den Jahren 1984 und 1991. Bei allen drei Fällen hatte man Täter-DNA sicherstellen können, die jedoch damals noch nicht in dem Maße ausgewertet werden konnte, wie es heute möglich war. Bei den Vergewaltigungen hatte man sogar in bescheidenem Umfang Massentests durchgeführt, was bedeutete, dass man von allen Männern aus dem Umfeld der Opfer Speichelproben genommen hatte, um ihre DNA mit der der Täter zu vergleichen. Keiner hatte sich geweigert, die Probe abzugeben, keiner kam als Täter infrage.

Heldt hatte das alte Spurenmaterial ans Landeskriminalamt geschickt, wo man über die modernsten Geräte und Möglichkeiten verfügte, die uns natürlich fehlten. In der Zeit, die es dauerte, bis die Ergebnisse vorlagen, hatte er versucht, Zeugen aufzutreiben, die alle damals schon ausführlich vernommen worden waren. Ich überflog einige der Protokolle, die er ordentlich und vermutlich mit zwei Fingern in den Computer getippt hatte.

Nur für die Vergewaltigung im Jahr 1984 lagen die Ergebnisse der DNA-Analysen schon vor. Opfer war eine achtundsechzigjährige Witwe aus Lampertheim gewesen. Gefunden wurde sie jedoch auf dem Dachboden eines Altbauhauses in der Heidelberger Innenstadt. Die Leiche war noch warm gewesen, als ein Hausbewohner, Rentner und ebenfalls schon hoch in den Sechzigern, am frühen Morgen über sie stolperte. Wie die Frau in das Haus gekommen war, was sie überhaupt in Heidelberg wollte, war nie geklärt worden.

Außer, dass der Täter logischerweise männlichen Geschlechts und mit großer Wahrscheinlichkeit Mitteleuropäer war, hatten die Stuttgarter Spezialisten nichts herausfinden können. In der Täterdatei des BKA war kein passender genetischer Fingerabdruck gespeichert, was bedeutete, dass der Vergewaltiger und Mörder weder vor noch nach der Tat wegen eines einschlägigen Delikts verurteilt worden war.

Heldts Vernehmungsprotokolle waren unfassbar lang und ausschweifend und zudem niederschmetternd langweilig, voller Wiederholungen und Nachfragen. Rasch verstand ich seine Taktik, seinen Gesprächspartnern in zäher Eintönigkeit wieder und wieder dieselben Fragen zu stellen in der Hoffnung, sie würden sich irgendwann in Widersprüche verstricken, die Fassung verlieren, plötzlich gestehen oder den wahren Täter verraten. Nichts davon war geschehen. Keines dieser ewig dauernden und unendlich zähen Interviews hatte letztlich zu irgendetwas Greifbarem geführt.

Wieder und wieder und immer wieder dieselben Fragen: »Wie war das noch mal, als Sie die Leiche gefunden haben? Wo genau haben Sie gestanden? Haben Sie vorhin nicht gesagt, links? Sie haben wirklich niemanden gesehen? Nicht mal einen Schatten? Irgendein Geräusch gehört? Schritte vielleicht? Gar nichts auf der Treppe? Die ganze Nacht nicht? Woher wissen Sie das eigentlich so genau, nach so vielen Jahren? Haben Sie denn überhaupt nicht geschlafen in der Nacht? Woher haben Sie gewusst, dass sie tot war, wenn Sie sie angeblich nicht angefasst haben? Haben Sie sie denn angefasst? Wieso eigentlich? Wo genau haben Sie noch mal gestanden, als Sie die Leiche der Frau entdeckt haben? Stehen Sie morgens immer um halb sechs auf? Gehen Sie jeden Morgen vor dem Frühstück auf den Dachboden? Wieso ausgerechnet an dem Tag? Sie haben also doch was gehört? Was genau heißt das, mehr geahnt als gehört, wie muss man sich das vorstellen …«

Dazwischen standen immer wieder Sätze wie: »Zeuge zeigt Anzeichen von Verunsicherung«, »Z. wirkt irritiert und nervös«, »Z. reagiert zunehmend gereizt, will Gespräch abbrechen«, »Z. weicht in folgendem Punkt von seiner ursprünglichen Aussage ab …«

Am Ende hatte Heldt seine handschriftlichen Protokolle in aller Länge und Ausführlichkeit abgetippt und gespeichert, wie es die Vorschriften verlangten. Ich war heilfroh, ihm nicht gegenübergesessen zu haben als Zeuge eines Verbrechens, das Jahrzehnte zurücklag. Das man längst vergessen und verdrängt hatte, aus dem Gedächtnis getilgt, um Raum für angenehmere Erinnerungen zu schaffen. Und nun kam dieser kleinkarierte und nervtötend lästige Polizist daher und trampelte einem auf den Nerven herum, bis sie zu glühen begannen.

Zweifellos war er der Richtige für diese Aufgabe gewesen. Dafür brauchte es Kollegen wie ihn, die Balke gerne als Korinthenkacker und Aktenfresser titulierte. Ich auch, aber ich hätte es in Gegenwart anderer niemals zugegeben. Schließlich hat man als Chef auch eine Vorbildfunktion.

Bei dem 1992 Ermordeten handelte es sich um einen unverheirateten Oberstudienrat am Friedrich-Ebert-Gymnasium in Sandhausen, der zum Zeitpunkt seines Todes einundfünfzig Jahre gewesen alt gewesen ist. Seine Leiche war Mitte August, zwei Wochen nach Beginn der Sommerferien, in der Nähe von Seckenheim aus dem Neckar gezogen worden. Todesursache war laut Obduktionsbericht ein Schlag auf den Hinterkopf mit einem massiven, glatten Gegenstand. Nach Ansicht der Kriminaltechniker war die Tatwaffe möglicherweise eine Metallstange oder ein dickes Rohrstück gewesen. Obwohl die Leiche lange im Wasser gelegen hatte, hatte man noch Täterspuren gefunden, winzige Reste von DNA am Hemdkragen des Toten.

Trotz aller Bemühungen hatte man jedoch nirgendwo Spuren der Tat entdeckt, keine Fußabdrücke am Ufer, die sich dem Opfer zuordnen ließen, nichts, was auf einen Kampf hindeutete, keine Schleifspuren, sodass die Kollegen schließlich sogar spekulierten, der Mord sei auf dem Wasser geschehen, auf einem Boot vielleicht. Allerdings war 1992 ein regnerischer Sommer gewesen, und die Tat lag schon über zwei Wochen zurück. Der Name des toten Oberstudienrats lautete Pierre Selsky.

Seltsamerweise hatte das Opfer Verletzungen am Unterleib gehabt, Ritzungen von einem scharfen Messer, die ihm vor der eigentlichen Tat zugefügt worden waren. In seinem Haus stand ein für drei Personen gedeckter Tisch, das breite Bett des Opfers war zerwühlt, und dort hatten die damaligen Kollegen Spuren von Pierre Selskys Blut gefunden. Nur zwei Meter davon entfernt hatte ein Küchenmesser gelegen, akribisch abgewischt und scheinbar sauber. Dennoch hatte man nachweisen können, dass es das Messer war, mit dem ihm die Verletzungen am Bauch beigebracht worden waren.

Wen das Opfer in der Nacht zu Besuch hatte, in der es vermutlich zu Tode kam, war nicht zu klären gewesen.

Anfangs tippte man auf einen Schüler als Täter. Einen Schüler, der vielleicht mit seinen Noten unzufrieden war. Aber alle, die auch nur halbwegs infrage kamen, konnten überzeugende Alibis vorweisen. Über die Wochen zog man den Kreis der Verdächtigen größer und größer, was einige Umstände mit sich brachte, da viele der jungen Menschen mit ihren Eltern verreist waren oder mit Interrail-Ticket und Schlafsack Europa erforschten. Auch das private Umfeld des Opfers hatten die damaligen Kollegen gründlich durchleuchtet, ebenfalls ohne greifbares Ergebnis. Pierre Selsky hatte sehr zurückgezogen gelebt, war als Eigenbrötler bekannt und außerdem als scharfer Hund, was den Umgang mit seinen Schülern und die Notengebung betraf.

Gegen Jahresende wurde die Soko nach und nach aufgelöst, und schließlich wanderten die Akten ins Archiv. Bis zweieinhalb Jahrzehnte später ein gewisser Kommissar Arne Heldt sie wieder hervorkramte.

Während ich zunehmend lustlos las und blätterte und immer öfter gähnte, kam mir wie aus dem Nichts ein Gedanke. Ich nahm den Hörer in die Hand und drückte die Kurzwahltaste zu dem Telefon auf dem Schreibtisch von Klara Vangelis.

»Heldt hat angeblich oft noch abends an seinen Fällen gearbeitet.«

»Wir sprachen darüber, ja.«

»Dann wird er vielleicht auch die eine oder andere Unterlage mit nach Hause genommen haben.«

»Gefunden haben wir nichts«, sagte Vangelis langsam. »Sie haben seinen Schreibtisch gesehen. Ach nein, haben Sie nicht …«

»Was bedeuten könnte, dass der Täter nicht nur seinen PC, sondern auch alles an Papier mitgenommen hat, was ihn belasten könnte.«

»Denkbar.« Vangelis schnaufte missmutig. »Ja, durchaus denkbar.«

Der vorläufige Obduktionsbericht war inzwischen gekommen. Eine eindeutige Todesursache hatten die Rechtsmediziner nicht feststellen können.

»Multiples Organversagen aufgrund des großen Blutverlusts«, sagte Vangelis. »Der Täter hat offenbar sehr darauf geachtet, dass er Arne keine unmittelbar tödlichen Verletzungen zufügte.«

Der zweite Vergewaltigungsfall, den Heldt bei uns bearbeitet hatte, war von der Sorte, die auch abgebrühten Fahndern vorübergehend den Mund trocken werden lässt. Das Opfer war dieses Mal ein fünfjähriges Mädchen mit Namen Giovanna gewesen. Die Tat war am frühen Abend des sechsten Mai 1991 geschehen, in Schwetzingen, auf einem Spielplatz keine hundert Meter von Giovannas Elternhaus entfernt. Der Täter hatte das Kind in ein Gebüsch gelockt, nur wenige Schritte vom Sandkasten entfernt. Die Obduktion ergab, dass er es dort praktisch in aller Öffentlichkeit zunächst erdrosselt und anschließend – wenn man das in diesem Zusammenhang sagen durfte – in aller Ruhe vergewaltigt hatte. Nach vollzogener Tat hatte er sein Opfer in eine Plane oder Decke gepackt und mitgenommen. Mehrere Zeugen sagten später aus, im fraglichen Zeitraum einen Mann unbestimmten Alters gesehen zu haben, auf einem alten, hellblau lackierten Damenrad mit Anhänger. Und auf diesem Anhänger habe etwas gelegen, das in eine grüne Kunststoffplane oder Fleecedecke – hier widersprachen sich die Aussagen – gewickelt war. Und das war auch schon alles, was man wusste.

Erst sechs Tage später wurde Giovannas kleine Leiche am Rand eines Baggersees in der Nähe von Durmersheim gefunden, fast achtzig Kilometer vom Tatort entfernt, halb im Wasser liegend, halb an Land, und offenkundig erst wenige Stunden zuvor dort abgelegt. Mit wie zum Gebet gefalteten Händen auf dem nackten Bauch. Die Fotos anzusehen ersparte ich mir.

Vom Täter fehlte bis heute jede Spur. Entweder er hatte unbeschreibliches Glück gehabt, oder er war ein ganz abgebrühter Hund. Obwohl die sogenannten Cold Cases im DNA-Labor des Landeskriminalamts mit niedriger Priorität bearbeitet wurden, lagen die Untersuchungsergebnisse zum Fall Giovanna bereits vor. Auch die DNA dieses Vergewaltigers und Kindermörders war in der Täterdatenbank des Bundeskriminalamts in Wiesbaden nicht zu finden gewesen.

Heldt war es gelungen, fast alle damaligen Zeugen aufzuspüren. Auch diese hatte er auf seine eigensinnige, übergewissenhafte Weise noch einmal mit Fragen gelöchert. Einer wohnte heute in einem Dorf nahe Oldenburg, die anderen waren in der Nähe ihres damaligen Wohnorts geblieben. Aber auch diesen Fall hatte er letztlich nicht lösen können. Ich stellte mir vor, wie er mit stoischer Miene und kochender Seele ewig lange Protokolle tippte, seine Notizen in die richtigen Ordner sortierte und diese neben seinen Schreibtisch stellte, um sie bei Gelegenheit wieder ins Archiv zu bringen.

7

Die Wohnung, die ich suchte, lag mitten in der Altstadt in einem heruntergekommenen Haus aus den Fünfziger- oder frühen Sechzigerjahren. Das mehrstöckige Gebäude an der schmalen Sandgasse, nur wenige Schritte von der belebten Hauptstraße entfernt, schien seit Jahren auf seinen Abriss zu warten. Die Haustür befand sich in einer Durchfahrt zum Hinterhof. Im ersten Moment dachte ich sogar, ich hätte mich in der Adresse geirrt, aber dann entdeckte ich doch eine Klingel, neben der ein Zettel mit mehreren Namen klebte. Einer davon ließ sich mit etwas Fantasie als »Waßmer« lesen.

Ich drückte den lange nicht geputzten Messingknopf.

Ich drückte noch einmal.

Und ein drittes Mal.

Endlich hörte ich von irgendwoher Geräusche, dann schnarrte der Türöffner so laut, dass ich erschrak.

Im Halbdunkel des Hausflurs erwartete mich ein mageres Mädchen, vielleicht achtzehn Jahre alt, vielleicht jünger, der man die Drogenabhängigkeit auf den ersten Blick ansah. Die käsige Hautfarbe, die Pickel, die ungesunden Flecken im Gesicht. Dazu trübe Augen, ungepflegte Zähne. Sie trug ein matschgrünes Etwas, bei dem ich mir nicht sicher war, ob es sich um ein XXL-T-Shirt für Herren oder um ein zu weit gewordenes Kleid handelte. Beine und Füße waren nackt.

»Was'n?«, fragte sie mit gleichgültigem Blick, der nirgendwo wirklich Halt fand.

»Ich suche einen Michael Waßmer. Der wohnt doch hier?«

Sie starrte mich einige Sekunden lang verständnislos an,

dann erschlafften ihre Züge, und sie kreischte über die knochige Schulter: »Mike! Irgendso 'n Bullentyp für dich!«, wandte sich um und ließ mich einfach stehen.

Ich trat näher an die Wohnungstür heran. Von innen drang eine wüste Mischung aus Räucherstäbchenduft, Toilettenmief, Gestank von Fischabfällen und lange nicht gewaschenen Körpern. Niemand kam. Ich klopfte kräftig an den Türstock, rief: »Herr Waßmer?«

Irgendwann regte sich doch etwas in den Tiefen des vermüllten und unbeleuchteten Flurs. Eine Tür öffnete sich, und ein hoch aufgeschossener junger Mann mit speckigen Rastazöpfchen und verschlafener Miene kam zum Vorschein. Er trug eine ziemlich saubere Jeans, die ihm inzwischen zu weit geworden war. Ich tippte auf Heroin, die Droge derer, die sich aufgegeben haben. Am dürren Oberkörper trug er ein gut erhaltenes hellgraues T-Shirt, dessen Aufdruck verkündete, der Besitzer habe Heidelberg ins Herz geschlossen. Vielleicht ein Geschenk der Mutter.

»Herr Waßmer?«, fragte ich sicherheitshalber nach.

»Hm«, grunzte er, während er schlurfend näher kam und mit allen zehn Fingern versuchte, seine klebrigen Zöpfe in irgendeine Form zu zwingen. »Was liegt an?«

»Mein Name ist Gerlach. Könnte ich Sie kurz sprechen? Es dauert nur eine Minute.«

»Brauch keine Versicherung. Les keine Heftchen. Oder sind Sie von der GEZ? Hier gibt's kein Fernseher und kein Radio auch nicht.«

Das Wort »Bullentyp« hatte er offenbar überhört. Ich zeigte ihm meinen Dienstausweis. Er warf einen gelangweilten Blick darauf, schien immer noch nicht zu verstehen.

»Könnten wir vielleicht kurz …?« Ich deutete auf eine der näher liegenden Türen, die halb offen stand und hinter der ich die Küche dieser Loser-WG vermutete. »Ich werde Sie wirklich nicht lange belästigen.«

Michael Waßmer beäugte mich mit leerer Miene, schien jedoch allmählich etwas wacher zu werden. »Was geht's 'n?«, fragte er ein zweites Mal.

»Nichts Aufregendes. Ich möchte Ihnen nur eine einzige persönliche Frage stellen, und dann sind Sie mich auch schon wieder los. Aber ich möchte das in Ihrem Interesse nicht hier, so im Treppenhaus …«

Die Adresse herauszufinden hatte mich nur wenige Mausklicks und einen Blick auf den Bildschirm meines Laptops gekostet. Arne Heldts Sohn hatte sich ordnungsgemäß als Heidelberger Neubürger angemeldet. Und so, wie er mich jetzt ansah, bestand bei ihm vielleicht doch noch Hoffnung, während ich bei dem Mädchen fürchtete, ihren Namen in nicht allzu ferner Zukunft auf der traurigen Liste unserer Drogentoten zu lesen.

»Ich hab einen Onkel, der ist auch Bulle«, sagte der Student, der mit Sicherheit nicht erst in den vergangenen Monaten Gefallen am Drogenrausch gefunden hatte. Doch seine Haut wirkte noch gesund, war nicht so käsig blass wie bei den Schwerstabhängigen.

»Ich habe erst vorhin mit Ihrem Onkel telefoniert. Darf ich jetzt reinkommen, oder muss ich erst förmlich werden?«

»In Gottes Namen.« Er trat zur Seite, ließ mich vorbei, schloss die Tür jedoch nicht, sondern lehnte sie nur an. Vielleicht um zu demonstrieren, dass mein Bleiberecht in diesen Räumen zeitlich begrenzt war, vielleicht auch aus Faulheit. Aus Desinteresse an allem und jedem. Im Rahmen einer anderen offenen Tür lehnte jetzt das abgemagerte Mädchen im viel zu großen Shirt, beobachtete mich mit dem zugleich neugierigen und sichernden Blick eines jederzeit fluchtbereiten Tiers.

Waßmer führte mich nicht in die Küche, sondern in ein großes Zimmer, das ursprünglich vermutlich als Wohnraum gedient hatte. Ein durchgesessenes weinrotes Sofa stand mitten im Raum, daneben ein Stuhl, der aussah, als gehörte er eigentlich in die Unimensa, ein schiefes Nierentischchen vom Sperrmüll. Der Rest war Plunder, Müll, Dreck und Gestank. Der Boden war übersät mit Kleidungsstücken, leeren Flaschen, Pizzakartons. Auf dem Sofa lag jemand und schlief, was ich erst entdeckte, als ich mich um ein Haar auf ihn gesetzt hätte. Ein ausgemergelter Glatzkopf in gelblicher Unterwäsche schnarchte leise. Waßmer rüttelte ihn unsanft, trat gegen die Couch, dass es krachte.

»Steh auf, Conny, und mach die Biege! Ab morgen pennst du mal wieder woanders, dass das klar ist!«

Der Angesprochene sprang gehorsam auf, sammelte, ohne wirklich wach zu werden, seinen am Boden verstreuten Krempel zusammen und verschwand mit einem Bündel Lumpen unter dem Arm und eingezogenem Kopf wie ein verscheuchter Straßenköter.

»Arschgeige!«, rief Waßmer ihm als Abschiedsgruß nach. Dann sah er wieder mich an. »Ist doch wahr, ey! Sind doch hier kein Hotel.«

Er ließ sich auf das jetzt freie Sofa fallen, das empört knarrte, ich wählte den Stuhl, der mir weniger gesundheitsgefährdend zu sein schien. Als ich eben den Mund öffnete, um endlich meine Frage zu stellen, sprang Waßmer wieder auf, stöhnte theatralisch, sagte: »Erst mal scheißen, sorry«, und verschwand hastig. Dafür tauchte das Mädchen wieder auf, immer noch mit nackten Beinen, schmal und lautlos wie eine kranke Gazelle, lehnte sich gegen die leise gurgelnde Heizung und warf mir durch ihr wirr ins Gesicht hängendes Haar eindeutige Blicke zu. Etwas plumpste zu Boden. Eine Dose, halb voll mit Ravioli, die jemand vielleicht zum Anwärmen auf den altertümlichen Rippenheizkörper gestellt und vergessen hatte. Die Ravioli breiteten sich langsam auf dem teppichlosen Boden aus. Sie sah nicht einmal hin.

Anstelle des matschgrünen Etwas trug sie jetzt ein sehr viel enger anliegendes Shirt. Dieses war zu kurz, um zu verbergen, dass das Schwarz ihres fast hüftlangen Haupthaars nicht echt war. Von Natur war sie mittelblond. Ohne viel Engagement schwenkte sie ein wenig die schmalen Hüften, spreizte die knochigen Beine, sagte leise und gelangweilt: »Fuffi?«

»Danke«, erwiderte ich und zwang meinen Blick woanders hin. »Ich bin versorgt.«

»Vierzig? Ohne Gummi!«

Ich verzichtete auf eine weitere Antwort.

Es folgten: »Dreißig? Ich mach alles, echt!«, und Sekunden später: »Fünfundzwanzig, letztes Wort.« Schließlich laut und deutlich: »Opawichser!«

Augenblicke später war sie wieder verschwunden, so lautlos, wie sie gekommen war. Irgendwo rauschte eine Klospülung. Waßmer kam zurück, knöpfte sich die Hose zu.

»Also«, sagte er mit finsterem Blick, als er wieder aufs Sofa plumpste. »Was wollen Sie?«

»Eine einzige Frage«, erwiderte ich ruhig und sah ihn dabei aufmerksam an. »Kennen Sie einen Mann namens Arne Heldt?«

»Heldt? Wer soll das denn sein?«

»Er hat nicht in den letzten Wochen versucht, Kontakt mit Ihnen aufzunehmen?«

»Wieso sollte er?«

Inzwischen war der Student wach geworden und drückte sich deutlich gewählter aus als zu Beginn unseres Gesprächs.

»Hat Sie in letzter Zeit mal jemand angerufen, der seinen Namen nicht nennen wollte?«

»Das waren jetzt schon drei Fragen. Wer ist der Typ, von dem Sie die ganze Zeit quatschen?«

»Tut nichts zur Sache.« Ich stemmte mich hoch, hob die rechte Hand zum Gruß. »Danke für die Gastfreundschaft.«

Als ich schon im Flur war, hörte ich Michael Waßmer in meinem Rücken leise sagen: »Stopp jetzt mal. Jetzt sagen

Sie schon, wer ist der Typ? Dieser Held? Und wieso soll ich den kennen?«

Ich wandte mich langsam um. Zog eine Miene, als hätte ich nicht die geringste Lust, dieses Gespräch fortzusetzen.

»Ein Kollege von mir«, sagte ich beiläufig. »Er lebt erst seit Kurzem in Heidelberg. Vorher war er in Konstanz und hat übrigens im selben Büro wie Ihr Onkel gesessen.« Ich legte eine Kunstpause ein, um den nächsten Satz stärker wirken zu lassen: »Und vor wenigen Tagen ist er ermordet worden.«

Waßmers Miene veränderte sich ganz unmerklich. Erst wich die Ablehnung, dann das Misstrauen. Dafür tauchte etwas anderes auf in seinem wässrigen Blick: Alarm. Angst. Verunsicherung.

»Konstanz?«

»Wie gesagt, er hat mit Ihrem Onkel das Büro geteilt.«

»Held?«

»Mit d-t.«

»Arne?«

Irgendetwas lief in seinem Kopf ab. Ich konnte geradezu sehen, wie hinter seiner hohen Stirn die Register ratterten, die Gedanken wirbelten.

»Ich …«, keuchte er. »Muss schon wieder scheißen, sorry. Bin aber gleich … bleiben Sie da, okay? Sie gehen nicht weg, okay?«

Die letzten Worte hatten fast flehend geklungen. Um ein Haar hätte er mich umgerannt, als er fluchtartig an mir vorbeistürzte. Ich ging ins Wohnzimmer zurück, setzte mich wieder auf meinen Stuhl, hörte hallende und nicht enden wollende Geräusche aus der Ferne. Von irgendwoher dröhnte plötzlich Musik. Musik, an der meine Töchter ihre helle Freude gehabt hätten. Dann endlich wieder die Spülung. Und gleich noch einmal. Schließlich erschien Michael Waßmer wieder, jetzt käseweiß im Gesicht.

»Wo ist eigentlich die Susa hin?«

»Susa heißt sie?«

»Susanne Saverne. Aber alle sagen Susa.«

»Sie war kurz da, ist aber gleich wieder verschwunden.«

»Hat sie versucht, Sie anzumachen?«

»Nein.«

»Wundert mich aber. Für einen Schuss verkauft die ihre Oma. Und Aids hat sie wahrscheinlich auch schon. Sind Sie sicher, dass sie Ihnen nichts geklaut hat?«

Ich tastete nach meinem Portemonnaie. Es steckte in der Gesäßtasche der Hose, wo es hingehörte.

Waßmer schloss die Tür sorgfältig, riss ein erbärmlich quietschendes, einfach verglastes Fenster auf, nahm wieder Platz. Das Fenster ging zum Hinterhof, wo es aussah, als hätte der Abbruch des Hauses schon begonnen. Der junge Mann stützte die Unterarme auf die Oberschenkel, versuchte, seine Gedanken zu ordnen, sich zu konzentrieren, was ihm offensichtlich nicht leichtfiel.

»Jetzt sagen Sie endlich, wer ist dieser Typ aus Konstanz, den ich kennen soll?«

»Sie sollen ihn nicht kennen. Ich wollte nur aus einem bestimmten Grund wissen, ob er sich bei Ihnen gemeldet hat. Weiter nichts.«

»Und wieso kennt er …? Hat er mich gekannt, wollt ich natürlich sagen, sorry. Hat er? Hat er mich gekannt?«

Was sollte ich darauf antworten? Weil er Ihr Vater war? Weil er mal was mit Ihrer Mutter gehabt hat? Vermutlich aber nur einen One-Night-Stand?

»Ich kann es Ihnen nicht sagen«, sagte ich schließlich. »Vergessen wir es einfach, okay? Ich war nie hier. Sie haben den Namen nie gehört.«

»Werd ich aber nicht«, erwiderte Arne Heldts Sohn langsam und trotzig. In seinem Ton schwangen jetzt eine kleine Drohung und eine große Hilflosigkeit mit. »Werd ich nicht vergessen. Sie wissen irgendwas und wollen es mir nicht sagen. Das find ich total unfair. Sie kommen her und stellen mir komische Fragen, und dann wollen Sie nicht mit der Sprache raus. Voll unfair find ich das!«

»Sagen wir so: Ich darf nicht, okay? Jedenfalls ist es nichts, worüber Sie sich Gedanken machen müssten.«

Waßmer schnaufte. Sein Blick wurde mit jeder Sekunde misstrauischer. Er kam auf die Beine, starrte eine Weile auf den schmierigen und fleckigen Linoleumboden. Auf die Ravioli. Schließlich sah er mir direkt in die Augen.

»Also gut, wenn Sie nichts sagen, dann sag Ich Ihnen jetzt mal was, Herr... äh... scheißegal. Seit wann war dieser Heldt in Konstanz?«

»Das weiß ich nicht.«

»Länger als zwanzig Jahre?«

»Gut möglich. Ich denke, ja.«

Der junge Mann schlug die Augen nieder. »Wissen Sie«, fuhr er mit leiser, verzagter Stimme fort. »Meine Eltern streiten viel. Immer haben sie gestritten, seit ich denken kann, jeden beschissenen Tag. Mein Alter ist ein... na, egal. Mama muss sich die übelsten Sachen von ihm anhören, wieder und wieder und immer wieder. Als Kind hört man viel. Man versteht nicht alles, aber man hört viel. Auch manches, was man nicht hören soll.« Ohne mich anzusehen, sank er zurück aufs mitleidig seufzende Sofa. »Eine Nutte hat er sie genannt, ich weiß nicht, wie oft. Eine Schlampe, die für jedes Arschgesicht die Beine breit macht. Ich hab das nie verstanden. Es gibt doch keine anständigere und harmlosere Frau auf der Welt als meine Mama. Ich hab den Alten gehasst dafür, dass er immer so Sachen zu ihr sagt. Immer wieder hat er damit angefangen, und jedes Mal hat sie es abgestritten. Er hat sie an den Haaren gerissen und ihr ins Gesicht geschlagen, und sie hat geheult und geschrien und es trotzdem abgestritten. Zweimal hab ich sogar die Polizei angerufen, weil ich gedacht hab, er bringt sie um. Aber wenn die dann gekommen sind, dann hat die Mama immer gesagt, es war gar nichts...«

Er wusste seit Jahren, dass der Choleriker, der seine Mutter beschimpfte und prügelte und ihn wahrscheinlich auch, nicht sein Vater war.

»Mama hat's weiß Gott nicht leicht gehabt im Leben. Ich selber… na ja, bin auch nicht gerade das allerbravste Kind gewesen. Jedenfalls, vor zwanzig Jahren, die Mama und… und der Alte sind damals schon verheiratet gewesen. Sie hat aber trotzdem noch gearbeitet. Sie hatten das Haus gebaut und haben natürlich Geld gebraucht. Damals ist sie aber nicht bei dieser Elektronikklitsche in Allensbach gewesen, sondern bei der Polizei in Konstanz. Als Sekretärin.«

Er verstummte, als wäre damit alles gesagt, sah immer noch zu Boden.

»Wann ist Ihr Geburtstag?«, fragte ich nach langer Pause halblaut. Immer noch wummerte der Rap, schien jedoch leiser geworden zu sein. »In welchem Monat?«

»September. Ende September. Es wird bei einer Weihnachtsfeier gewesen sein, denke ich.« Endlich sah er mir wieder ins Gesicht. Bittend jetzt, verzweifelt. »Wie hat er denn ausgesehen, dieser Heldt? Sieht er mir… irgendwie… ähnlich? Ein bisschen vielleicht?«

Sollte ich?

Durfte ich?

Würde es ihm guttun, Gewissheit zu haben?

»Er könnte Ihnen in Ihrem Alter sogar ziemlich ähnlich gesehen haben«, sagte ich nach langem Zögern und mit einem unguten Gefühl im Bauch. »Die Nase, die Ohren, der Mund. Sogar die Augenfarbe haben Sie von ihm. Nur kleiner war er. Eins siebzig, würde ich schätzen.«

Michael Waßmers Atem ging schwer. Er zwinkerte, ohne etwas zu sehen. Grübelte. Sah mir schließlich wieder in mein Gesicht und brachte sogar ein kleines, unendlich trauriges Lächeln zustande. Er erhob sich umständlich, streckte mir seine Rechte entgegen.

»Danke schön«, sagte er, »dafür, dass Sie ehrlich waren.

War bestimmt nicht leicht für Sie. Aber Sie haben's richtig gemacht. Mir geht's besser jetzt. Irgendwie... weiß nicht. Besser, ja. Blöd nur, dass er tot ist, dass ich nicht... Könnt ich ihn sehen? Geht das?«

»Das wird leider nicht möglich sein. Aber ich kann Ihnen Fotos besorgen, wenn Sie mögen.«

Ich hatte mich inzwischen ebenfalls erhoben. Michael Waßmer schwankte ein wenig, als hätte ihn ein harter Schlag getroffen und beinahe umgehauen. Aber nur beinahe. Ich ergriff stumm seine Hand und drückte kräftig zu.

Als wir wieder an der Wohnungstür waren, fragte er sehr kleinlaut: »Dürft ich Sie mal anrufen? Vielleicht könnten wir noch bisschen quatschen? Wie er so war und alles? Sie haben ihn gekannt. Sie müssen mir was von ihm erzählen. Alles, was Sie wissen, müssen Sie mir erzählen. Wär das okay für Sie?«

Ich überreichte ihm meine Karte, und er verstaute sie vorsichtig in einer der Taschen seiner Jeans, die nur ein breiter schwarzer Nietengürtel vor dem Absturz bewahrte.

»Er war kein einfacher Charakter«, sagte ich. »Aber eine ehrliche Haut, das war er. Und wie Ihre Mutter – er hat's nicht leicht gehabt im Leben.«

»Wer hat's schon leicht?«, seufzte er, die Augen rollend und mit einem schiefen Grinsen.

»Darf ich Ihnen zum Abschied noch einen Tipp geben?«

»Brauchen Sie nicht«, erwiderte er, mit einem Mal wieder düster und abweisend. »Ich pack das schon. Ich hör auf damit. Dauert noch ein bisschen. Muss mich erst stabilisieren und so weiter, aber ich hör auf damit.«

»Hat Ihre Mutter Sie hier besucht?«

Entsetzt schüttelte er den Kopf. »Wir haben uns in der Stadt getroffen. Ich hab ihr gesagt, ich will das nicht. Ich will nicht, dass sie hierherkommt.«

»Und sie hat das einfach so akzeptiert?«

Wieder grinste er. »Was soll sie machen? Sie hat mir das

da mitgebracht.« Er zupfte kurz an seinem grauen T-Shirt. »Und noch ein paar Sachen.«

»Aber sie weiß, was mit Ihnen los ist?«

Zerknirscht sah er zu Boden. »Mama ist ja nicht blöd. Wissen Sie, ich tu immer so, als wäre alles in Ordnung mit mir. Und sie tut so, als würd sie es glauben. Nur der Alte weiß nicht Bescheid. Aber ich schaff das. Hab jetzt sogar eine Freundin, eine, die mir raushilft, die mir Kraft gibt. Vor allem muss ich erst mal 'ne andere Bleibe finden. Raus aus diesem Rattenloch hier. Aber ich pack das, ich bin sicher. Ich ruf Sie dann mal an, ja? Okay.«

Lorenzo hatte die Suppe versalzen.

»Mir schmeckt sie«, sagte ich, und es war die Wahrheit. »Ich mag es gerne ein bisschen salziger.«

»Ich aber nicht«, grummelte der unzufriedene Koch und rührte lustlos in seinen Seppioline in salsa. In der roten, nach Mittelmeer und Macchia duftenden Brühe schwamm allerlei Gemüse neben kleinen Tintenfischchen und köstlichen knusprigen Bällchen aus etwas Undefinierbarem. Das Rezept stamme aus Apulien, wurde ich mürrisch aufgeklärt. Einen halben Tag habe er daran gewerkelt. Allein die frittierten Klößchen herzustellen, die aus Rucola, Bohnenpüree, Knoblauch und Frühlingszwiebeln bestanden, sei eine Heidenarbeit gewesen.

Den ganzen Sommer über bis weit in den Herbst hinein war mein Freund dieses Jahr in Italien gewesen, und wie bei ihm üblich, hatte er nichts von sich hören lassen. Vor drei Tagen hatte dann abends das Telefon geklingelt, und Lorenzo lud mich geheimnisvoll tuend zu einem großen Abendessen ein. Es gebe viel zu erzählen und einiges zu feiern. Zu einem Essen bei Lorenzo muss man mich nicht lange bitten.

Heute war nun von Feierlichkeit nichts mehr zu spüren. Dafür war das Geheimnis umso größer. Der gute Lorenzo hatte bodenlos schlechte Laune und weigerte sich stur, den Grund dafür preiszugeben.

»Ich finde diese Suppe göttlich«, verkündete ich, um unser einseitiges Gespräch nicht völlig versanden zu lassen. »Ich weiß überhaupt nicht, was du hast.«

Der Hausherr geruhte zu grunzen und schob die angeblich missratene Suppe mit Abscheu von sich.

»Was gibt's denn als Primo?«, fragte ich, denn über Essen konnte man mit Lorenzo eigentlich immer reden.

Und tatsächlich, zum ersten Mal an diesem Abend sah er mir ins Gesicht. »Ravioli con zucca e riso«, verkündete er in einem Ton, als drohte er mir Prügel an.

»Aha.«

»Ravioli mit Kürbis und Reis. Es ist Kürbiszeit, das muss man ausnutzen.«

Sogar den Nudelteig hatte er selbst geknetet, nach einem geheimen Rezept, das von der Urgroßmutter irgendeines Freundes stammte, den er im Sommer wiedergetroffen hatte. Ursprünglich stammte das Gericht aus Ligurien, aber besagte Urgroßmutter war in ihrem fast hundert Jahre währenden Leben viel herumgekommen.

»Es geht das Gerücht, verliebten Köchen würde gerne mal der Salzstreuer in die Suppe fallen«, sagte ich, um die Stimmung weiter aufzulockern, und die Miene des von seiner eigenen Kunst so bitter enttäuschten Kochs gefror vollends.

»Lorenzo …?« Es gelang mir, nicht loszulachen.

Als ich ihn vor zwei Jahren kennenlernte, war er schon hoch in den Sechzigern gewesen und hatte mit Maria zusammengelebt, einer goldblonden Schönheit, die Cello spielte und viel auf Reisen war. Außerdem war sie halb so alt gewesen wie er, weshalb die Geschichte nicht lange gehalten hatte. Später hatte es einige Zeit eine Monica gegeben, die ich jedoch nie zu Gesicht bekam. Und nun hatte es ihn also wieder erwischt.

»Wer ist sie?«, fragte ich heiter. »Was tut sie? Wann kommt sie?«

Sie hieß Camilla, war Schauspielerin an einem winzigen Theater in Reggio di Calabria. Man hatte zusammen einen herrlichen, einen wilden, turbulenten, heißen, rundum traumhaften Sommer verbracht, Lorenzo hatte tüchtig von gewissen blauen Pillen Gebrauch gemacht, und gestern hatte sie ihm telefonisch den Laufpass gegeben, nachdem sie herausgefunden hatte, dass nicht alle älteren Herren aus Deutschland Millionäre waren.

Wie üblich waren die Ravioli vortrefflich, noch mehr als üblich sprach Lorenzo heute dem Wein zu, und als die zweite Flasche allmählich zur Neige ging, konnte man endlich wieder vernünftig mit ihm reden.

Bei unserem angeregten Gespräch über die Liebe und die Frauen hätten wir schließlich um ein Haar das Secondo vergessen, den Hauptgang. Lorenzo tischte unter einer knackigen Kartoffelkruste gebackene Seebarschfilets auf, die auf der Zunge zerschmolzen.

»Mein Lieber«, sagte ich, als ich schließlich satt und mit der Welt im Großen und Ganzen zufrieden die Hände über meinem Bauch faltete, »du bist zwar ein alter Spinner und Schürzenjäger. Aber was das Kochen betrifft, bist du ein Genie.«

»Es gibt noch Nachtisch«, erwiderte er säuerlich. »Eigentlich wollte ich mit dir auf die Liebe trinken und auf dieses rätselhafte Geschlecht, das imstande ist, einen vernunftbegabten Mann mit einem einzigen Augenaufschlag in einen sabbernden Esel zu verwandeln.«

»Stoßen wir trotzdem an.« Ich hob mein Glas.

Den Wein hatte dieses Mal ich spendiert, einen Riesling Réserve vom Neuspergerhof in der Nähe von Landau, der viel besser schmeckte, als sein Preis hoffen ließ. Das Weingut hatte ich erst kürzlich mit Theresa zusammen entdeckt.

»Euch beiden geht es gut?«, fragte Lorenzo, nachdem er sein Glas fast in einem Zug geleert hatte.

»Sehr gut, ja. Seit Theresa Witwe ist, läuft es allmählich richtig rund mit uns. Auch wenn unsere Lebensumstände immer noch nicht gerade ideal sind.«

Ich erzählte ihm, dass Theresa zurzeit an ihrem dritten Buch arbeitete, einer halb wissenschaftlich fundierten, halb deftig unterhaltsamen Abhandlung über die Geschichte des ältesten Gewerbes der Welt. Nach vielen Mühen und Schaffenskrisen ging es nun endlich dem Ende zu, und sie hoffte, es bald in gedruckter Form in Händen zu halten.

»Ich würde sie gerne kennenlernen.«

»Sie wird mit Freuden kommen. Jedes Mal, wenn ich ihr von deinen Kochkünsten vorschwärme, fängt sie an zu schielen vor Neid.«

»Ich habe ihr Buch gelesen. Das über das Lotterleben der Heidelberger Kurfürsten. Es war köstlich. Damals wusste man noch zu leben.«

»Falls man zu der Schicht gehörte, die das nötige Kleingeld dazu hatte.«

Damit waren wir wieder bei seinen Lieblingsthemen: dem menschenfressenden Kapitalismus, der weltumfassenden Ungerechtigkeit namens Globalisierung, über die Lorenzo sich zu jeder Sekunde ohne Anlauf echauffieren konnte. Dass diese Empörung in seiner bestens geheizten Sieben-Zimmer-Villa stattfand, die er ganz allein bewohnte, und wir nebenbei dinierten und tranken wie die Fürsten, konnte er bei solchen Gesprächen problemlos ausblenden. Lorenzo schimpfte eine Weile auf die italienischen Politiker im Besonderen und im Allgemeinen, über unseren Finanzminister, der mit seiner krankhaften Sparsucht angeblich die Länder im Süden Europas ins Verderben trieb, und besonders ausführlich auf seinen aktuellen Lieblingsfeind, den neuen Präsidenten Amerikas, dessen Namen auszusprechen er sich weigerte.

Über all dem Elend trat Camilla für eine Weile in den Hintergrund, und das war gut so.

»Jetzt haben wir das Dessert vergessen«, fiel Lorenzo erst auf, als ich mich um Viertel nach elf ziemlich angesäuselt verabschiedete. Er nötigte mich in die Küche, und wir verzehrten sein liebevoll zubereitetes Gratin di frutti di bosco allo zabaione im Stehen. Noch einmal lobte ich seine Kreationen in den höchsten Tönen. Als er gerührt und merklich schwankend die vierte Weinflasche enthaupten wollte, trat ich die Flucht an.

8

»Er hat was?«, fragte ich am Freitagmorgen Sven Balke, der mir spitzbübisch grinsend gegenübersaß. Heute hatte er gar keine Haare mehr auf dem Kopf. Dafür schien er sich – bisher mit spärlichem Erfolg – einen Vollbart wachsen zu lassen.

»Arne hat sich selbst angerufen, Sie haben schon richtig verstanden. Der Vertrag des Prepaidhandys läuft auf seinen Namen. Dieses Jahr am siebenundzwanzigsten Mai abgeschlossen, noch in Konstanz.«

»Dann hat er also doch ein Handy gehabt.«

»Richtig.« Balke schaltete sein Grinsen aus. »Aber er hat es jemandem gegeben. Jemandem, der ihn dann fast jeden Abend damit angerufen hat.«

»Also wirklich eine Frau. Eine Frau, die in festen Händen ist.«

»Antrag auf Handyortung geht okay?« Balke sprang tatendurstig auf. Ich nickte. »Bin mächtig gespannt, was für eine Braut unser angeblich so kreuzbraver Arne sich aufgerissen hat.«

»Wie sieht es mit Überwachungskameras im Umfeld des Tatorts aus?«

»Schlecht.« Balke setzte sich wieder. »Ich bin alle Straßen abgefahren, die der Täter genommen haben könnte, und die einzigen Kameras, die ich entdeckt habe, hängen vor der Sparkasse an der Peterstaler Straße. Die wären zwar an der richtigen Stelle, filmen aber nur den Eingangsbereich und den Geldautomaten. Die Straße ist auf den Videos nicht mal zu sehen.«

»Und mit Nachbarn?«

»Nada. Aber es war ja auch ein Wetter, bei dem man keinen Hund vor die Tür zerrt.«

»Was ist mit den Besitzern der Hunde, die trotz Mistwetter vor die Tür mussten?«

Seufzend hob er die Achseln. »Im Moment können wir leider nur abwarten und hoffen. Es gibt wahrscheinlich mehr als genug Leute in Ziegelhausen, die noch nicht mal mitgekriegt haben, was passiert ist. Unsere Plakate hängen ja erst seit gestern.«

»Heute müsste es auch in der Zeitung stehen. Gestern wurde es mehrfach in den Radionachrichten gemeldet …«

Die Telefone klingelten auch schon eifrig, erfuhr ich. Aber bisher nur der übliche Blödsinn: Gespensterseher, Verschwörungstheoretiker, Ufo-Spezialisten.

Der herbeigesehnte Hundehalter betrat mein Büro um Viertel vor elf in Begleitung eines vor Stolz fast platzenden Rolf Runkel. Dieser hatte sich den gestrigen Abend nicht wie ich mit gutem Wein und einem feinen italienischen Menü verschönert, sondern war stundenlang vor dem Haus in Ziegelhausen herumgestreift, in dem unser Kollege auf so abscheuliche Weise ums Leben gekommen war.

»Und um halb zwölf sind sie dann gekommen, der Herr Schildhaber und sein Hund.«

Der Genannte, ein mittelgroßer weißhaariger Herr, der nach meiner Einschätzung demnächst seinen achtzigsten Geburtstag feiern dürfte, machte eine theaterreife Verbeugung, als stünde er vor seinem Fürsten. Und er schnaufte, als hätte der gute Rolf Runkel ihn mit der Peitsche die Treppen hinaufgejagt.

Inzwischen lag ein zweiter, noch wesentlich höherer Stapel Akten auf meinem Schreibtisch. Drei große Kartons hatte ein Kurier am Vormittag angeliefert. Pralle Ordner aus Konstanz, die Arne Heldt in den vergangenen Jahren beackert hatte. Zwei gelöste Fälle, fünf ungelöste. Alles von einer bemitleidenswerten Hilfskraft kopiert und in neue Ordner geheftet. Klara Vangelis saß mir gegenüber, und wir hatten gerade überlegt, wie wir des Papiergebirges Herr werden konnten, ohne dabei zu erblinden.

Der alte Hundebesitzer keuchte, als könnte er jeden Moment ohnmächtig auf den billigen grau melierten Bodenbelag meines Büros sinken. Er hatte ein langes Pferdegesicht, wulstige Lippen und sensationell große Nasenlöcher.

»Der Herr Schildhaber hat nämlich einen Rottweiler«, sagte Runkel eifrig. »Und er geht bei jedem Wetter mit seinem Rottweiler Gassi. Egal, ob's regnet oder schneit, gell?«

Unser wetterfester Gast brachte immer noch kein Wort heraus, nickte nur anstelle einer Antwort. Ich erhob mich, schüttelte seine schlaffe Hand, bot ihm vorsorglich einen Stuhl an.

Ein großer Hund brauche viel Auslauf, erfuhr ich, nachdem er sich ein wenig erholt hatte.

»Zweimal am Tag mindestens fünf Kilometer. Und am Samstag, und das ist der Grund, weshalb ich hier bin, da haben wir wie üblich unsere Abendrunde gemacht, mein Sigismund und ich. Ich wollte ja anrufen, als ich von dem Mord erfahren habe, aber mein Handy ist mir heruntergefallen, vergangenen Montag schon. Ich habe es nicht gleich bemerkt, und eh ich michs versehe, trete ich auch noch drauf, und kracks, sind sechshundert Euro perdu.«

Herr Schildhaber hatte ein iPhone der jüngsten Generation besessen. An seinem Handgelenk sah ich keine Armbanduhr.

»Festnetz habe ich nicht mehr, seit meine Frau nicht mehr ist. Wozu zwei Telefone, wenn ohnehin kaum noch jemand anruft?«

»Und am Samstagabend?«, versuchte ich, die Sache ein wenig zu beschleunigen, denn Klara Vangelis sah bereits zum zweiten Mal auf das silberne Ührchen an ihrem linken Handgelenk.

Unser Zeuge atmete inzwischen wieder normal, sammelte seine Gedanken und erklärte: »Am Samstagabend sind wir gegen halb elf noch mal raus. Es hat ja geschüttet wie nur was, aber Sigismund hat einfach keine Ruhe gegeben. Ich also mein Ölzeug übergezogen und wir hinaus in die Sintflut. Das Ölzeug stammt noch aus der Zeit, als wir gesegelt sind, meine Frau und ich. Zweimal sind wir über den Atlantik. Nachdem ich in Rente war. Einmal westwärts, dann haben wir ein Jahr lang auf den Inseln um Barbados herumgelumpert, und im nächsten Sommer ging's wieder zurück. Aber das interessiert jetzt hier vielleicht nicht so. Ich also den Sigismund an die Leine genommen, und wir sind ab durch die Mitte …«

Wie jeden Abend waren sie in Richtung Ortszentrum gegangen – »Mein Haus steht ganz am westlichen Ende von Ziegelhausen« – und in die Peterstaler Straße eingebogen.

»Kein Mensch auf der Straße, bei dem Wetter, kein einziger. Und da, wo links der Steinbachweg abgeht, und das ist der Grund meines Besuchs, da hat rechts am Straßenrand ein weißer Kombi gestanden.«

»Vor dem Haus, wo jetzt die Flüchtlinge drin sind«, fügte Runkel strahlend hinzu. »Praktisch nur fünfzig Meter von Arnes Haustür weg.«

Herr Schildhaber nickte ernst und bedächtig. »Ein Mercedes. Aus Freiburg. Natürlich habe ich mir nichts weiter dabei gedacht. Er ist mir überhaupt nur aufgefallen, weil ich früher auch so einen hatte, E-Klasse, Kombi, sogar dasselbe Baujahr. Wenn man segelt, ist ein Kombi nämlich sehr praktisch. Meiner war allerdings nicht weiß, sondern dunkelblau. Und meine Tochter Luzi, die hat einige Jahre in Freiburg gelebt. Sie hatte dort an der Uni eine Professur für Romanistik, aber leider nur befristet. Seit einigen Jahren ist sie jetzt in Zürich, und da hat sie zum Glück eine feste Stelle.«

Vangelis sah zum dritten Mal auf die Uhr.

»Auf dem Hinweg hat der Kombi mit Freiburger Nummer noch nicht dort gestanden, da bin ich mir sicher. Erst wie wir eine halbe Stunde später zurückkamen, da habe ich ihn gesehen. Zwischen halb zwölf und zwölf muss das gewesen sein. Natürlich habe ich nicht auf die Uhr gesehen, weshalb sollte ich. Ich wusste ja zu diesem Zeitpunkt noch nicht…«

»Wissen Sie vielleicht noch ein bisschen mehr von dem Kennzeichen als die ersten zwei Buchstaben?«

»Leider.« Der alte Herr schüttelte betrübt das weiße Haupt. »Es hat ja immer noch so fürchterlich geschüttet. Das Wasser ist mir nur so runtergelaufen, kann ich Ihnen sagen, und sogar mein Sigismund hat allmählich keine Lust mehr gehabt. Sonst macht ihm Regen ja nichts aus. Im Gegenteil, er liebt das Wasser, ist überhaupt der verrückteste Hund, den die Welt gesehen hat.«

Unbehaglich hob er die Schultern.

»Sie haben auch niemanden gesehen, dem der Wagen gehört haben könnte?«

»Ich habe die ganze Zeit überhaupt keine Menschenseele gesehen. Wer geht auch bei einem solchen Katastrophenwetter freiwillig raus? Außer mein verrückter Sigismund natürlich.«

Ein Wagen mit Freiburger Kennzeichen. Fünfzig Meter vom Tatort entfernt – vielleicht war es ja ein Anfang. Wie viele Verbrechen wären wohl nicht aufgeklärt worden, gäbe es nicht diese aufmerksamen Menschen, die bei jedem Wetter hinausmüssen und genügend Muße haben, sich die Autos am Straßenrand anzusehen?

Ich bedankte mich in aller Form bei Herrn Schildhaber. Runkel führte ihn mit dem Stolz eines Vaters hinaus, dessen Ältester soeben sein Frühschwimmerabzeichen gemacht hat. Anschließend wandte ich mich wieder Klara Vangelis zu, die gerade ihre entzündete Nase tupfte.

»Wir teilen die Fälle auf mehrere Personen auf«, sagte ich mit Blick auf den bedrückend hohen Aktenstapel aus Konstanz. »Von jedem lassen wir eine knappe Zusammenfassung machen mit den wesentlichen Fakten, Namen und

Protokollen. Aber delegieren Sie es nicht zu weit nach unten. Dafür ist es zu wichtig.«

Nachdem das Material aus Konstanz von meinem Schreibtisch verschwunden war, nahm ich mir die Akte von gestern noch einmal vor, den Fall des ermordeten Oberstudienrats Pierre Selsky. Ich blätterte zurück, bis ich auf Textstellen stieß, die mir bekannt vorkamen.

Heldt hatte zunächst die Schülerhypothese wieder aufgegriffen und es geschafft, nicht weniger als achtzehn Menschen aufzutreiben, die den Toten als Lehrer genossen oder erduldet hatten. In einem der Protokolle, die vernommene Person war eine gewisse Jana Pettersson, hatte Heldt eine Passage angestrichen, selbstredend unter Zuhilfenahme eines Lineals.

»Jahre später habe ich, den Grund weiß ich gar nicht mehr, mit meiner älteren Schwester über den Selsky gesprochen. Sie hatte ihn auch als Lateinlehrer gehabt, wusste aber noch gar nicht, dass er tot war. Sie ist nämlich gleich nach dem Abi nach Amerika gegangen, als Au-pair, und hat dort geheiratet, den Bruder der Mutter der Familie, bei der sie war. Und die Gitte, die hat mir dann erzählt, sie und ihr damaliger Freund hätten den Selsky spätnachts einmal in der Nähe vom Mannheimer Hauptbahnhof gesehen, zusammen mit zwei jungen Burschen, die, nun ja…«

(Zeugin zögert und errötet.)

»Sie wollen sagen, mit Strichern?«

»Ich weiß gar nicht, ob ich das sagen will. Ich kann nur wiedergeben, was meine Schwester mir erzählt hat. Es waren keine Schüler, meinte sie, die waren älter. Und sie waren so…«

(Zeugin bricht ab, fühlt sich unwohl.)

»Wie waren sie?«

»Komisch, sagte Gitte. Sie hatten den Selsky so… untergehakt. Als wäre er betrunken, und, na ja, sie waren wohl sehr eng…«

»Er war schwul?«

(Zeugin zögert.)

»Ja, das heißt es wohl. Meint jedenfalls die Gitte.«

Frau Pettersson war 1992 nicht als Zeugin vernommen worden, da sie erstens eine gute Schülerin war und zweitens zu klein, um als Täterin in Betracht zu kommen. Die kriminaltechnischen Untersuchungen hatten seinerzeit ergeben, dass der Täter mindestens eins achtzig, eher sogar eins neunzig groß gewesen sein musste. Sie hätte damals auch nichts Erhellendes beitragen können, da sie die Information über Selsys sexuelle Neigungen erst Jahre später erhalten hatte. Die Zeugin war ein Zufallsfund von Heldt gewesen. Oder besser, eine Frucht seiner akribischen, geduldigen Arbeitsweise. Seiner Vorgehensweise, in der zunächst einfach jeder verdächtig war, der irgendwann einmal mit dem Opfer in Berührung gekommen war.

Das Protokoll war dreieinhalb Wochen vor Heldts Tod angefertigt worden, am zwanzigsten Oktober.

In den folgenden Tagen hatte er Gespräche mit Kollegen am Sittendezernat des Mannheimer Polizeipräsidiums geführt. Daraus war eine Liste von Namen entstanden, Namen junger Männer, die Anfang der Neunzigerjahre als Stricher bekannt gewesen waren. Viele davon waren damals drogensüchtig gewesen, manche inzwischen tot, aber den einen oder anderen hatte er noch aufgetrieben. Hinter mehreren Namen auf der Liste waren Sternchen gemalt. Akkurate, fast wie gedruckt aussehende Sternchen. Es folgte ein Blatt mit den heutigen Adressen und Telefonnummern der markierten Männer. Manche der Namen trugen ein mit Bleistift geschriebenes Fragezeichen, was wohl bedeutete, dass es Heldt noch nicht gelungen war, die Betreffenden zu kontaktieren.

Die letzte Notiz im Ordner stammte vom siebenundzwanzigsten Oktober, eine Woche nach dem Gespräch mit Frau Pettersson. War es denkbar, dass Heldt in den folgenden zwei Wochen nichts mehr unternommen hatte? Oder hatte er die fehlenden Unterlagen mit nach Hause genommen, um dort weiter daran zu arbeiten, zu telefonieren, zu recherchieren? Weil manche der Männer auf seiner Liste tagsüber nicht erreichbar waren?

Am Nachmittag tauchte Balke wieder auf. »Dieser Strafzettel.« Er setzte sich, streckte behaglich die muskulösen Beine von sich, faltete die Hände im Genick. Jedes Detail seiner Körpersprache schrie: Achtung, anschnallen! Gleich kommt ein Knaller!

»Strafzettel?«, fragte ich verständnislos.

Ich hatte zwischenzeitlich wieder an meinen verhassten Statistiken gebastelt und war deshalb nicht ganz bei der Sache. Das Innenministerium wollte zum Jahresende Zahlen sehen. Und Kaltenbach, unser neuer Chef, der ein großer Anhänger moderner, kennzahlenbasierter Führungsmethoden war, wollte noch mehr und sehr viel detailliertere Zahlen sehen.

Heldt hatte einen Strafzettel bezahlt, half mir Balke auf die Sprünge, an das Ordnungsamt der Stadt Gießen.

»Fünfzehn Mücken, vor sechs Wochen. Wegen überhöhter Geschwindigkeit in einer geschlossenen Ortschaft.«

Noch immer verstand ich nicht, was an dieser Bagatelle so aufregend war.

»Arne hat keine Verwandten in Gießen, er hat ja sowieso kaum Verwandte, und da frage ich mich natürlich, was treibt er denn am Freitagabend da oben in Hessen? Steckt womöglich diese geheimnisvolle Frau dahinter, die sein Handy spazieren trägt?«

Ich legte meinen Stift zur Seite, faltete die Hände auf dem Tisch und war jetzt ganz Ohr.

Balke hatte ein wenig herumtelefoniert und herausgefunden, dass das Verkehrsvergehen nur wenige Hundert Meter von der Autobahnausfahrt Gießen-Wieseck entfernt geschehen war.

»Und am Ende lande ich bei einer kleinen Pension, nur einen guten Kilometer weiter. *Waldlust* heißt das Haus, preiswert, sehr ruhig gelegen, nur acht Zimmer, und sogar einen kleinen See gibt es in der Nähe.« Mein Mitarbeiter grinste zufrieden in sich hinein, machte es noch ein wenig spannend, und dann ließ er die Bombe endlich platzen: »Arne war praktisch jedes Wochenende da.«

»Und lassen Sie mich raten: Er war nicht allein.«

»Ich habe der Wirtin sein Foto gemailt. Es war eindeutig Arne.«

»Warum so weit weg?«

»Nehme an, sie kam aus der entgegengesetzten Richtung, aus dem Norden. Unsere zwei Turteltäubchen hatten ihr Liebesnest auf halbem Weg aufgeschlagen.«

»Sie ist auch mit dem Auto gekommen?«

»Das wusste die Wirtin nicht. Aber sie nimmt es an, denn ohne Auto ist da schwer hinzukommen. So viel konnte sie aber sagen: Die beiden sind immer am Freitagabend angekommen, zwischen acht und zehn, und selten gleichzeitig. Arne hat sich mit richtigem Namen eingetragen. Die Frau gar nicht. Die Wirtin nimmt es mit den Anmeldungen nicht so genau und mit den Quittungen vermutlich auch nicht. War ihr ziemlich unangenehm, dass die Polizei sich auf einmal für ihre *Waldlust* interessiert.«

Netter Name, fand ich, für ein abgeschiedenes Liebesnest.

Zum letzten Mal war das heimliche Paar an dem Wochenende vor Heldts Tod in der Pension bei Gießen zu Gast gewesen.

»Die Frau kommt aus dem Ruhrpott, sagt die Wirtin. Sie sieht ganz passabel aus, ist nicht mehr ganz jung und spricht Hochdeutsch, aber man hört die Herkunft trotzdem raus.«

»Seit wann lief das schon so?«

»Ein halbes Jahr ungefähr. Genauer konnte sie es nicht sagen, weil sie angeblich ihr altes Gästebuch verlegt hat.« Balke spielte mit einem der silbernen Ringe an seinem linken Ohr, sah entspannt aus dem Fenster, hinter dem sich heute sogar ein wenig kalte Sonne zeigte. »Das muss was Ernstes gewesen sein, Chef. Man fährt nicht jedes Wochenende Hunderte Kilometer durch die Pampa, nur um ein bisschen zu kuscheln und zu poppen.«

Ich nahm die Brille ab, legte sie auf den Schreibtisch, massierte meine von der Bildschirmarbeit müden Augen. Also doch Eifersucht? Eine verheiratete Frau, ein gehörnter Ehemann, eine zerbrochene Liebe? Eine vielleicht nur einseitig zerbrochene Liebe?

»Wie weit sind wir mit dem Handy?«, fragte ich schließlich und setzte meine Brille wieder auf.

Balke zog ein Gesicht, als hätte er plötzlich Zahnschmerzen. »Ich traue mich kaum, es zu sagen, Chef…«

Ursache seiner Phantomschmerzen war der deutsche Datenschutz, den ich als Privatmann ebenso sehr schätzte, wie ich ihn als Polizist hasste.

»Hab mich blöderweise verplappert, als ich mit dem Staatsanwalt telefoniert habe. ›Wie?‹, heißt es auf einmal. ›Was genau bedeutet das, der Besitzer des Handys hat es gar nicht selbst benutzt?‹ Und ich Vollpfosten habe den Braten zu spät gerochen…«

Auch für mich war neu, dass die Daten eines Telefonanschlusses nicht dem Besitzer eines Handys gehörten, sondern dem Benutzer.

»Wie das juristisch genau aussieht, wagt dieser Korinthenkacker nicht zu beurteilen, und die Steinbeißer hat die Grippe, und ihr Stellvertreter ist aus dienstlichen Gründen in Toulouse, und jetzt stehen wir da.«

»Hat sie eigentlich noch mal angerufen? Ich meine nicht die Chefin der Staatsanwaltschaft.«

Balke knetete seine Finger, dass es knackte. Nickte. »Gestern Abend. Aber sie spricht nicht auf den AB. Ich war heute Morgen noch mal in der Wohnung und habe ihn abgehört. Sobald der AB anspringt, legt sie auf.«

»Sie wird auch Zeitung lesen und Nachrichten gucken. Inzwischen muss sie wissen, dass in Heidelberg ein Polizist ermordet worden ist. Sie wird beunruhigt sein, weil sie ihren Liebsten plötzlich nicht mehr erreicht. Früher oder später ruft sie an.«

»Ich fresse einen Besen mit Ketchup, wenn sie nicht verheiratet ist. Sie hat einfach Angst, dass ihre Affäre auffliegt. Deshalb meldet sie sich nicht.«

»Wenn sie Heldt so liebt, wie wir annehmen, dann wird sie einiges riskieren, um rauszufinden, was passiert ist. Die Presse hat von uns keine Details bekommen. Wann ist übrigens der Stellvertreter von der Steinbeißer wieder da?«

»Am Montag.« Balke sprang unvermittelt auf und ballte die Fäuste. »Manchmal ... Man könnte echt ...«

Ich übergab ihm ein Papier. »Es geht um einen der Fälle, die Heldt bei uns bearbeitet hat. Das hier ist eine Liste mit ein paar Namen und Adressen.«

Ich bat ihn, die Männer diskret überprüfen zu lassen, und ermahnte ihn, diese Aufgabe keinesfalls selbst zu erledigen. »Delegieren Sie es an irgendwen, der gerade nicht viel zu tun hat.«

»Der war gut!« Er lachte gallig. »Wissen Sie was? Ich drück es Laila aufs Auge. Die freut sich über den Job. Das Mädel ist mit einer Begeisterung bei der Sache, die wird's noch zu was bringen.«

9

Am späten Nachmittag begann die zweite Vollversammlung der Soko. Die Luft im überfüllten Besprechungsraum war schon zu Beginn stickig und verbraucht. Man konnte die Wut und Frustration förmlich riechen. Am wütendsten war Lemmle.

»Keine Ahnung, wie er's angestellt hat, aber wir finden einfach nichts. Es ist zum Mäusemelken. Wir haben jetzt noch ein paar Flusen vom Teppich im Flur. Ansonsten …« Er hob seine schweren Hände, ließ sie auf den Tisch krachen. »Es sieht beschissen aus, ich kann's nicht anders sagen. Tut mir leid, Leute.«

»Er hat Schutzkleidung getragen«, warf ich ein. »Vielleicht sogar einen Mundschutz. Der Täter ist alles andere als dumm, und er hat seine Tat außerdem sehr gründlich geplant und vorbereitet.«

»So sieht's wohl aus«, maulte Lemmle. »Wenigstens kann ich euch sagen, wie sein Messer ausgesehen hat.« Er kramte ein Papier aus seinen spärlichen Unterlagen. »Klinge neunzehn Zentimeter lang und fast drei Zentimeter breit. Ein Küchenmesser wahrscheinlich. Ein stinknormales, billiges Scheißküchenmesser aus irgendeinem Scheißkaufhaus.«

»Wenn es ein Racheakt war«, meinte Vangelis mit krächzender Stimme, »dann war der Täter entweder jemand, mit dem Arne erst kürzlich aneinandergeraten ist. Oder einer, den er irgendwann, vielleicht vor Jahren, ins Gefängnis gebracht hat, und jetzt ist er wieder draußen …«

Zwei junge Kollegen wurden dazu verdonnert zu überprüfen, ob es verurteilte Täter gab, die Grund hatten, Heldt zu hassen, und erst kürzlich aus der Haft entlassen worden waren.

Wir erwogen noch die eine oder andere Hypothese, neue Fahndungsansätze, die teilweise so weit hergeholt waren, dass sie nichts als Heiterkeit auslösten. Am Ende gab es aber doch noch einen Lichtblick an diesem trüben Freitagabend. Als die meisten schon dabei waren, ihre Unterlagen und Notizen zusammenzuschieben und die letzten kalten Schlucke aus ihren Kaffeebechern zu trinken, begann Balkes Smartphone zu surren. Er nahm es unwillig vom Tisch, warf einen Blick auf den Bildschirm, und seine Miene hellte sich auf.

»Herr Schrack!«, rief er fröhlich und strahlte in die Runde. »Das ist aber supernett, dass Sie so schnell zurückrufen. In China muss es ja jetzt…«

Er hörte einige Sekunden zu.

»Also doch«, sagte er schließlich. »Danke, vielen herzlichen Dank. Sie haben uns sehr geholfen. Und ja, gute Nacht Ihnen auch. Quatsch, bei Ihnen ist ja schon bald wieder Morgen.«

Mit einer feierlichen Geste legte er das Smartphone auf den Tisch zurück.

»Das war der Student, der über Arne wohnt. Laila hat goldrichtig gelegen: Er hat Arne das Passwort für sein WLAN gegeben. Und Arne hat wirklich einen PC gehabt.«

Gleich nach dem Einzug hatte er einen Internetanschluss beantragt, aber aus irgendeinem Grund hatte sich die Sache mehrfach verzögert.

»Da ist er zufällig mit dem Studi ins Gespräch gekommen. Der hat ihm den Deal vorgeschlagen, und Arne hat den Antrag zurückgezogen.« Balke hatte jetzt die volle Aufmerksamkeit und genoss es sichtlich. »Der Studi hat ihm den WLAN-Zugang eingerichtet und den Router angelassen, als er nach China gedüst ist, und Arne hat ihm jeden Monat einen Zehner in den Briefkasten geworfen.«

Ein fast neues Lenovo-Notebook hatte unser toter Kollege besessen.

»Schrack wusste übrigens, dass Arne bei der Kripo war und Cold Cases bearbeitet hat«, fuhr Balke fort. »Dass er schon mindestens drei von diesen alten Fällen gelöst hat, hat er ihm auch erzählt. Und dass es oft ein Krampf ist mit den alten Adressen und Telefonnummern, die meistens nicht mehr gelten.«

Balke beugte sich vor und stützte die Unterarme auf den Tisch. »Der Studi meint übrigens, da hätten amtlich aussehende Akten auf dem Schreibtisch gelegen. Die hat Arne dann aber gleich weggeschlossen.«

Heldt hatte also wohl wirklich dienstliche Unterlagen mit nach Hause genommen. Und sowohl die – für ihn möglicherweise belastenden – Papiere als auch den nagelneuen Laptop hatte der Täter wahrscheinlich verschwinden lassen.

Jetzt herrschte Unruhe im Raum, Aufregung, Hoffnung. Noch war kein Täter in Sicht, aber die unüberschaubare Masse der Menschen, die als Mörder in Betracht kamen, war innerhalb weniger Sekunden auf einige Duzend geschrumpft, vielleicht sogar weniger.

»Die Theorie, der Täter könnte vor Kurzem aus der Haft entlassen worden sein, können wir damit begraben«, meinte ich. »Hier ging es nicht um Rache, sondern der Mörder hatte Angst, dass Heldt ihn demnächst überführen wird.« Ich sah Vangelis an und entschied über ihren Kopf hinweg: »Ab sofort werden wir mit allen verfügbaren Kräften an den alten Akten arbeiten. Irgendwo dort muss sein Name stehen.«

Arne Heldt hatte vermutlich – vielleicht sogar ohne es zu ahnen – jemanden aufgescheucht, der vor vielen Jahren Schuld auf sich geladen hatte. Jemanden, der sich längst in Sicherheit wähnte. Aber dann war dieser Polizist aus Heidelberg aufgetaucht, und plötzlich hatte der Betreffende keine andere Möglichkeit mehr gesehen, sich zu retten, als seiner alten Schuld eine neue hinzuzufügen.

»Wir nehmen ab«, eröffnete Theresa mir frohgemut beim Abendessen. »So geht das nicht weiter.«

Sie hatte Rindersteaks gegrillt. Dazu gab es ohne Öl oder anderes Fett zubereitete Ofenkartoffeln und in der Mikrowelle kalorienarm gegarten Brokkoli sowie die von meiner Göttin eigenhändig gerührte und von mir so sehr geliebte Sauce béarnaise, die im Wesentlichen aus Eigelb und Butter bestand und vermutlich mehr Kalorien hatte als der ganze Rest zusammen.

»Heute wird noch mal geschlemmt, und morgen geht's los mit dem Abnehmen.«

»Fastenzeit ist aber erst im Frühling.«

»So geht es nicht weiter«, wiederholte sie rigoros. »Seit ich nicht mehr rauche und wir so oft zusammen essen, habe ich schon sieben Kilo zugenommen.«

»Ich liebe dich so, wie du bist.«

»Ich mich aber nicht. Und du, mein Herz, hast auch ein paar Ringe zu viel um die Taille.«

Ich nahm einen Schluck Rotwein, schnitt ein großes Stück von meinem Steak ab, tunkte es rundherum in die himmlische, nach Estragon und purem Glück schmeckende Sauce. »Und wie genau stellst du dir das vor?«

»Erst mal setzt sich jeder ein Ziel. Meines lautet: zehn Kilo runter in zwanzig Wochen. Für dich schlage ich vor: acht Kilo. Am Samstagmorgen wird gewogen, ich trage die Werte in eine Tabelle ein. Wer schlechter abschneidet, muss das Bad putzen und eine Woche lang den Müll raustragen.«

Das fand ich unmenschlich.

»Es ist vernünftig«, widersprach sie unerbittlich. »Ab morgen gibt es hier nur noch kalorienreduzierte Kost. Passende Kochbücher habe ich noch von früher. Ist ja leider nicht das erste Mal, dass ich abnehme. Aber dieses Mal wird es klappen, weil wir zu zweit sind und uns gegenseitig motivieren. Du isst ab sofort nicht mehr in der Kantine, sondern nimmst dir Obst mit oder Müsli oder sonst irgendwas Gesundes.«

Es war nichts zu machen. Ihr Plan war fertig, die Computertabelle schon angelegt. Sogar mit einer kleinen Grafik, die unsere aktuellen Erfolge oder Misserfolge visualisierte. Meine Göttin erfragte mein aktuelles Gewicht sowie meine Körpergröße, um den BMI zu berechnen. Und vielleicht war ihre Idee ja gar nicht so schlecht, wie sie sich im ersten Schrecken angehört hatte.

Nachdem ich im Mai aufgrund der damaligen Turbulenzen kräftig abgenommen hatte, war mein Bauchumfang langsam, aber stetig wieder gewachsen. Und seit wir nun jeden zweiten Abend zusammen kochten und speisten, hatte ich mich nicht mehr auf die Waage getraut. Außerdem fand ich immer weniger Hosen im Schrank, die mir noch passten.

»Wir werden weiterhin lecker essen«, wurde ich aufgeklärt. »Nur eben nicht mehr so viel. Und glaub mir, es funktioniert. Viola hat im Sommer damit angefangen, und bei ihr hat es super angeschlagen. Inzwischen hat sie siebzehn Kilo runter, sieht aus wie das blühende Leben und treibt sogar wieder Sport.«

»Und was ist mit solchen Dingen wie Sauce béarnaise?«

Würde es künftig noch an hohen Feiertagen geben. Butter sollte nicht mehr gekauft und Olivenöl streng rationiert werden. Bisher hatten wir nach der Devise gekocht: Olivenöl ist gesund, also ist viel Olivenöl sehr gesund.

»Also denn«, beendete Theresa die Diskussion, die gar keine gewesen war, sondern eine Verkündigung, »morgen vor dem Frühstück steigen wir auf die Waage, mein Schatz. Und wer schummelt, muss den Keller aufräumen.«

»Deinen oder meinen?«

»Beide«, erwiderte meine Herzallerliebste mit bitterem Ernst.

Niemand nörgelte, weil das Wochenende für die Mitglieder der Sonderkommission ausfiel. Auch wenn Arne Heldt nicht viele Freunde in der Direktion gefunden hatte, seinen gewaltsamen Tod wollten alle im Haus gerächt sehen.

Auch ich verbrachte den Samstag im Büro, wälzte Papier, bastelte zwischendurch weiter an meinen Statistiken und Berichten, mit denen es in den vergangenen Tagen nicht recht vorangegangen war. Manche Kolleginnen und Kollegen hatten die Nacht durchgearbeitet, erfuhr ich von Klara Vangelis, als sie mir gegen Mittag persönlich die ersten Exzerpte der Akten aus Konstanz brachte. Sie sah kranker aus denn je, hustete in einem fort und hatte offensichtlich Fieber. Ich ermahnte sie, besser auf sich aufzupassen und am besten gleich wieder nach Hause zu gehen. Sie willigte ein, ohne zu klagen, und mir war klar, dass sie meinen Rat nicht befolgen würde.

»Sie werden aber jetzt nicht auch noch krank«, sagte sie mit erschrockenem Blick auf die Klarsichttüte voller Obst und Mohrrüben, die auf meinem Schreibtisch lag.

Ich rollte die Augen, und sie verstand, dass dieses Thema tabu war.

Am Morgen hatte der feierliche Kick-off von Theresas Abspeckprojekt stattgefunden, das erste Wiegen. Splitternackt hatten wir im Bad gestanden, und Theresa trug die peinlichen Ergebnisse der Prozedur in ihre jungfräuliche Tabelle ein.

»Größe: eins zweiundneunzig«, hatte sie mit strenger Miene notiert. »Gewicht: achtundneunzig Kilo.«

Ergab einen BMI von knapp siebenundzwanzig.

Sie klang fast ein wenig enttäuscht, als sie sagte: »Das geht ja noch.«

Dann hatte sie sich selbst auf ihr edelstahlblitzendes Hightechgerät gestellt. Ihre Werte sprach sie nicht aus, aber ich hatte es gesehen: dreiundachtzig Komma vier Kilogramm bei einer Körpergröße von einem Meter fünfundsiebzig. Nach ihrer Miene zu schließen, lag ihr Body-Mass-Index noch jenseits von meinem.

Vangelis hustete zum Abschied, ich schob meinen Verwaltungskram zur Seite und machte mich über die Exzerpte her. Wieder bewunderte ich die Findigkeit, mit der Arne Heldt Zeugen aufgestöbert hatte, die inzwischen teilweise mehrfach den Wohnort, nicht selten sogar den Namen gewechselt hatten. Ich fand jedoch nichts, was in irgendeiner Weise aufregend gewesen wäre. Bei den Fällen aus seiner Konstanzer Zeit waren die Analysen der Täter-DNA natürlich längst abgeschlossen, der Abgleich mit den Datenbanken des BKA war durchgeführt und hatte – bis auf einen Fall – keine neuen Verdachtsmomente ergeben. In diesem einen Fall war der Täter auf freiem Fuß, obwohl er nachweislich schuldig am Tod eines Menschen war.

Es ging um einen Raubüberfall auf einen Kiosk am Konstanzer Fähranleger in einer Sommernacht des Jahres 1998, und dieses Mal war die Sache für Arne Heldt einfach gewesen. Die achtundsechzigjährige Inhaberin des Kiosks hatte sich geweigert, ihre spärlichen Tageseinnahmen herauszurücken, der vermutlich alkoholisierte Täter war handgreiflich geworden, und die alte Frau hatte infolge der Aufregung einen Herzinfarkt erlitten. Da der Täter die Flucht ergriff und die um Atem ringende alte Frau ihrem Schicksal überließ, war sie in den folgenden Stunden gestorben. Die Beute hatte einhundertdreißig Mark und einige Pfennige betragen. Am Tatort hatten die damaligen Kollegen Blutspuren gefunden. Der Täter hatte sich bei dem Handgemenge offenbar verletzt.

Die DNA des Täters hatte Heldt in der großen Datenbank des BKA wiedergefunden, da dieser zwischenzeitlich wegen versuchten Totschlags zu einer mehrjährigen Haftstrafe verurteilt worden war. Damals waren seine Daten und eine Speichelprobe nach Wiesbaden gewandert, und Jahre später hatte dies dazu geführt, dass Heldt dem Gewalttäter eine schwere Körperverletzung in Tateinheit mit unterlassener Hilfeleistung nachweisen konnte. Allerdings kam es nicht zur Eröffnung eines Gerichtsverfahrens, da das Delikt inzwischen verjährt war. Da der Täter außerdem immer noch im Gefängnis saß, kam er als Heldts Mörder nicht in Betracht.

Im Lauf des diesigen, aber immerhin trockenen Samstags tröpfelten hin und wieder neue Informationen herein. Alle arbeiteten auf Hochtouren, das ganze Haus brummte und summte, die Telefone kamen nicht zur Ruhe, aber dennoch gab es keine nennenswerten Fortschritte.

Es war wie so oft: Man strampelt und schuftet, und bald stellt sich unweigerlich ein Gefühl der Hoffnungslosigkeit, der drückenden Erfolglosigkeit ein. Als Nächstes macht sich Aggression breit, Wut, Frustration gemischt mit Müdigkeit, Erschöpfung, Ratlosigkeit. Und irgendwann, nach Tagen, nach Wochen, manchmal erst nach Monaten, geht irgendwem ein Lichtlein auf, oder ein Telefon läutet und ein bisher nicht gefundener oder nicht einmal gesuchter Zeuge meldet sich. Oder – gar nicht so selten – der Täter selbst, der dem Druck nicht mehr standhält. Die Schlaflosigkeit, das nagende Gewissen haben ihm das Leben so zur Hölle gemacht, dass er schließlich nicht mehr anders konnte, als sich jemandem mitzuteilen und sein Gewissen zu erleichtern.

An diesem Tag, dem dritten seit Entdeckung des Mordes, geschah nichts dergleichen. Es wurde Nachmittag, es wurde Abend – weit und breit kein erlösender Anruf, kein Geistesblitz. Um halb sieben knipste ich meine Schreibtischlampe aus, ließ mir von Klara Vangelis, die inzwischen kaum noch ein Wort herausbrachte und natürlich nicht nach Hause gegangen war, die Schlüssel zu Arne Heldts Wohnung geben. Inzwischen hatte der Regen wieder eingesetzt, war jedoch bei Weitem nicht so schlimm wie zu Beginn der Woche.

Als ich in Ziegelhausen aus dem Wagen stieg, war es zehn vor sieben. Im Erdgeschoss dröhnte wieder einmal Wagner. Ich stieg die Treppen hinauf, brach die Polizeisiegel an Heldts Tür, betrat die ungeheizte, nach abgestandenem Zigarettenrauch und etwas Süßlichem stinkende Wohnung, das in mir sofort Brechreiz auslöste. Ich überzeugte mich davon, dass der Akku des Telefons nicht leer war – es steckte seit Mittwoch in der Basisstation –, setzte mich ins Wohnzimmer und wartete. Zwei Stockwerke tiefer schmetterte ein Heldentenor, begleitet von Blech und Gepauke, seine hoffentlich letzte Arie. Hin und wieder hörte ich auch die Stimme von Herrn Dörflinger, der offenbar seine Alva beschimpfte und herumkommandierte.

Schon nach wenigen Minuten wurde mir kalt. Ich drehte die Heizung auf, was diese mit aufgeregtem Rauschen und Glucksen quittierte, und ging ein wenig herum.

Auch die Einrichtung des Wohnzimmers war sparsam und lieblos. Entweder hatte Heldt schon in Konstanz nicht viel besessen, oder er hatte das meiste vor seinem Umzug weggegeben, verkauft, verschenkt, entsorgt. Die mit azurblauem, schon etwas verschlissenem Samt bezogene Couch stammte noch aus dem vorigen Jahrhundert und war schon im Neuzustand weder bequem noch sonderlich hübsch gewesen. Dasselbe galt für die weiß glänzende Regalwand, die einige Bücher enthielt, einen relativ neuen Flachbildfernseher, eine kleine Stereoanlage, einige Flaschen mit Hochprozentigem und ein sehenswertes Durcheinander von Gläsern, die nicht zueinander passten.

Neben der Musikanlage lagen und standen etwa zwanzig CDs. Ich nahm die eine oder andere in die Hand. Wie Nina Seltenreich gesagt hatte: Fast alle CDs enthielten Kirchenmusik. Alte Kirchenmusik. Ich legte Bachs *Ave Maria* auf, drehte die Lautstärke hoch. Die kleine Anlage hatte einen erstaunlich satten Klang, übertönte Wagner mühelos. Zumindest bei der Musik schien es Heldt nicht gleichgültig gewesen zu sein, womit er sich umgab. Die Stimme von Maria Callas füllte den immer noch eiskalten Raum.

Mit geschlossenen Augen blieb ich eine Weile stehen, ließ die Musik auf mich wirken. Dann öffnete ich die Augen wieder und setzte meinen Rundgang fort. Der Schreibtisch unter dem Fenster war neu und billig. Vermutlich hatte sein Vorgänger, den Heldt in seinem Haus bei Konstanz gehabt hatte, nicht in die kleine Wohnung gepasst. Auf der Platte befand sich nichts. Was dort nach dem Tod des Besitzers noch gelegen hatte, lag jetzt auf einem anderen Schreibtisch in der Polizeidirektion oder zur kriminaltechnischen Untersuchung in einem unserer Labors. Ich zog die einzige Schublade auf, die fast so breit war wie die Arbeitsplatte. Dort kullerten einige Stifte herum, alte Radiergummis, ein vermutlich längst eingetrockneter Pelikan-Füller. Und außerdem – nicht zu fassen – ein Laptop-Netzteil, ein Mauspad und die dazugehörige Maus. Da machte man sich stundenlang komplizierte Gedanken, ob Heldt einen PC besessen hatte, nur weil irgendein Volltrottel nicht mitgedacht hatte. Was ich nicht fand, waren Notizzettel oder sonst irgendein beschriebenes Papier.

Maria Callas hatte inzwischen zu Ende gesungen. Jetzt lief das tief traurige *Agnus Dei* von Verdi, las ich auf der Rückseite der CD.

Eine kleine silberne Plastikuhr im Regal zeigte acht Minuten nach sieben. Die Wagner-Oper im Erdgeschoss hatte ihr hochdramatisches Ende gefunden. Oder Alva hatte ihren Arbeitgeber und Quälgeist endlich umgebracht.

Bei den Büchern handelte es sich mit wenigen Ausnahmen um Taschenbuchausgaben. Die Lebensgeschichte des Hammermörders, eines Polizisten, der Mitte der Achtzigerjahre sein Unwesen getrieben und sechs Menschen getötet hatte, schien Heldt mehrfach gelesen zu haben. Viele Stellen waren angestrichen, hie und da hatte er an den Rand Kommentare geschrieben, die ich nicht entziffern konnte.

Eines der wenigen Bücher mit festem Einband befasste sich mit der Psychologie und den Motiven der RAF-Terroristen.

Abgesehen von der Musik, dem Fernseher und den Schnapsflaschen sah nichts in diesem vielleicht fünfzehn Quadratmeter großen Raum – an dessen Wänden nicht ein einziges Bild hing, wie mir erst jetzt bewusst wurde – nach Spaß aus, nach Lebensfreude.

Zehn nach sieben.

Die Flaschen waren nicht von der billigen Sorte. Einen noblen Kirschbrand von einer kleinen Brennerei im Kinzigtal fand ich. Aus demselben Haus einen Himbeergeist. Ich zog den Pfropfen aus der Flasche – es duftete fruchtig und sehr verführerisch. Als das Telefon in meinem Rücken zu trillern begann, wäre mir um ein Haar die Flasche heruntergefallen. Ich stellte sie hastig ins Regal zurück.

»Arne?«, sagte eine Frau mit voller Altstimme, und schon dieses eine kurze Wort transportierte eine Menge Sorge und zugleich Erleichterung. »Gott sei Dank, ich dachte schon … Hallo?«

Ich räusperte mich. Sagte: »Bitte erschrecken Sie nicht. Ich bin nicht der, den Sie erreichen wollten. Ich bin Polizist. Herrn Heldt ist etwas zugestoßen, und …«

Tuuut.

Aufgelegt.

Aber der Kontakt war da. Sie hatte meine Stimme gehört, ich die ihre. Vielleicht würde sie in wenigen Minuten, nach dem ersten Schock, wieder anrufen. Wenn die Sorge um ihren Liebsten größer wurde als die Angst vor Entdeckung.

So tigerte ich noch eine Viertelstunde in der Wohnung herum. Besichtigte die Küche, die ich ja schon kannte, das karge Bad mit dem tropfenden Wasserhahn, der im Waschbecken über die Jahre eine rostige Spur gezeichnet hatte, den kleinen Abstellraum, der bis zur Decke mit Kartons vollgestellt war. Umzugskartons, die Heldt noch nicht ausgepackt hatte. Aus Zeitmangel? Oder hatte er die Notwendigkeit nicht gesehen, weil er den Inhalt nicht brauchte für sein spaßfreies Leben?

Die ganze Wohnung hatte etwas von einer Mönchsklause. Arne Heldt, der Eremit der Rache.

Hatte sich eigentlich schon jemand um den Keller gekümmert? Gab es einen Dachboden? Ich schüttelte den Kopf. Klara Vangelis war nicht der Mensch, der solche wichtigen Details vergaß.

Der einzige Raum, den ich bei meinem Rundgang ausließ, war das Schlafzimmer. Immer, wenn ich mich auch nur der Tür näherte, kam wieder dieses Würgen im Hals, begann mein Puls zu rasen, wurden meine Hände feucht. Ich meinte den fauligen Verwesungsgeruch in jeder Ecke dieser unseligen Wohnung zu riechen. Zwang mich, durch den Mund zu atmen. Gönnte mir am Ende sogar einen Schnaps, um meinen Magen zu besänftigen.

Das Telefon blieb stumm.

Ich versuchte mir vorzustellen, wie der in sich gekehrte, sperrige und spröde Mann mit seiner Geliebten umgegangen war. Mit der Frau, die eine so angenehm weiche und warme Stimme hatte. War er in ihren Armen gesprächig geworden? War diese Liebe vielleicht eine ganz neue, sensationelle Erfahrung für ihn gewesen? Nirgendwo hier gab es ein Foto seiner verstorbenen Frau, die er doch angeblich so aufopfernd gepflegt hatte. Aber auch keines von seiner Geliebten. Vielleicht hätte sein Leben sich zum Guten gewendet, hätte er in wenigen Monaten das Pensionsalter erreicht.

War diese Wohnung vielleicht deshalb so trostlos, weil sie nur als Übergangsstation gedacht war? Wollte er zu seiner neuen Liebe ziehen, nachdem er die Verbrecherjagd hinter sich gelassen hatte?

Als eine ferne Kirchturmuhr acht Mal schlug, gab ich auf. Ich drehte die Heizung im Wohnzimmer herunter, schaltete die Stereoanlage aus, die längst verstummt war, löschte überall das Licht. Während ich müde, durchgefroren und mit flauem Magen die miserabel beleuchtete Steintreppe hinabstieg, kam mir eine Idee. Eine Idee, so naheliegend und trivial, dass ich einen im kahlen Treppenhaus hallenden Fluch ausstieß. Ich machte kehrt, schloss eilig noch einmal die Wohnungstür auf, pflückte das Telefon aus der Basisstation und ließ mir die Handynummer der Anruferin anzeigen.

Dann tippte ich eine SMS an sie, schrieb, wer ich war, und bat sie, sich bitte unbedingt bei mir zu melden. Ich fügte noch die Nummer meines Diensttelefons hinzu und am Ende ein zweites »BITTE!«.

Als ich die Treppe zum zweiten Mal hinabstieg, war mir sehr viel wohler. Im Erdgeschoss war es immer noch still.

10

Mein Abend verlief so trübsinnig wie der ganze Tag. Die Nacht würde ich bei meinen Töchtern verbringen, wie es die Regeln verlangten. Und wie nicht anders zu erwarten, war ich wieder allein in meiner wohlig warmen Wohnung. Samstagabend, Partytime. Wo die Zwillinge steckten, ob sie überhaupt nach Hause kommen würden, hatten sie nicht hinterlassen. Mit Theresa konnte ich nur kurz telefonieren, da sie mit einer jüngst wiedergefundenen Schulfreundin um die Häuser zog. Im Gegensatz zu mir war sie bester Laune. Ich versicherte auf Nachfrage, das Obst habe mir geschmeckt und die Rüben auch, und dass Rohkost ebenso satt mache wie Kantinenessen. Behauptete, ich hätte mich nach dem Verzehr tatsächlich leichter und wacher gefühlt als sonst am frühen Nachmittag. Was, wie mir erst anschließend bewusst wurde, sogar stimmte.

Nach einem einsamen und spärlichen Abendmahl versuchte ich zu lesen, fand jedoch in meinem reich bestückten Regal nichts, was mir gefiel. Uwe Timm wurde nach einer halben Seite wieder zurückgestellt, Lars Gustafsson nach einer ganzen. *Hundert Jahre Einsamkeit* von García Márquez passte zwar bestens zu meiner momentanen Stimmung, konnte mich aber auch nicht fesseln. Ständig musste ich zurückblättern, weil meine Gedanken wieder abgeirrt waren, sich mit Arne Heldt und seiner unbekannten Geliebten beschäftigten, statt der Handlung des Romans zu folgen. Immer wieder dachte ich an die Frau, deren Stimme ich wenige Stunden zuvor kurz gehört hatte. Auch sie verbrachte heute gewiss einen unruhigen Abend.

Schließlich legte ich das Buch zur Seite, schaltete den Fernseher ein, zappte mich durch bis zu einem amerikanischen Western mit Clint Eastwood, den ich schon mindestens dreimal gesehen hatte. Aber auch hier gelang es mir nicht, der Geschichte einen Sinn abzugewinnen. Ich schaltete den Fernseher wieder aus und holte mir aus der Küche ein Glas Rioja, der mir nicht schmeckte.

Weshalb rief sie nicht an? Wenn man einen Menschen so liebte, dass man jedes Wochenende Hunderte Kilometer fuhr, nur um mit ihm zusammen zu sein, dann wollte man doch wohl wissen, was mit ihm geschehen war? In den Medien war lediglich gemeldet worden, ein Polizist sei gewaltsam ums Leben gekommen. Selbstverständlich war kein Name genannt worden, hatten wir keine Bilder oder Details veröffentlicht, denen man entnehmen konnte, um wen es sich bei dem Opfer handelte. Am Telefon hatte ich lediglich gesagt, Heldt sei etwas zugestoßen. Das musste nicht heißen, dass er tot war. Dass er das Mordopfer war.

War sie wirklich verheiratet, wie wir vermuteten? Hatte sie Sorge, ihr Ehemann könnte misstrauisch werden, wenn sie zu oft telefonierte? War er vielleicht schon misstrauisch geworden? Oder gab es einen anderen Grund für sie, den Kontakt mit der Polizei zu scheuen?

Da mir nichts Besseres einfiel, schaltete ich den Fernseher wieder ein. Bald fielen mir auf der bequemen Couch die Augen zu, und als ich wieder erwachte, war Mitternacht vorüber. Im Fernseher tobte eine funkensprühende Schlacht zwischen irgendwelchen intergalaktischen Raumschiffen, und ich beschloss, ins Schlafzimmer umzuziehen. Noch ein letzter Blick aufs Handy: keine Nachricht von niemandem. Weder von Theresa noch von meinen Töchtern oder von der Unbekannten mit der angenehmen Stimme und dem leichten Ruhrgebietsakzent.

Mitten in der Nacht schreckte ich auf, schweißgebadet und mit hämmerndem Puls. Ich schwankte ins Bad, trank ein Glas Wasser und gleich noch eines, sah unvorsichtigerweise in den Spiegel, und zum ersten Mal in meinem Leben blickte ich dabei in das Gesicht eines alten Mannes. Es waren nicht die grauen Haare, die sich inzwischen täglich zu vermehren schienen, es war etwas anderes. Der Blick der müden Augen? Die Hoffnungslosigkeit darin? Die Ratlosigkeit?

Ist das Leben, das du gerade führst, das, das du dir erträumt hast?, fragte ich den abgekämpften Kerl im Spiegel. Immer öfter beschlich mich in letzter Zeit das Gefühl, sowohl Theresa als auch meine Mädchen zu vernachlässigen. Es niemandem recht machen zu können. Ja, selbst meinem Job nicht mehr gewachsen zu sein. Aber wer weiß, vielleicht vernachlässigte ich ja vor allem mich selbst. Sollte ich einfach mal ein paar Tage Urlaub nehmen, irgendwohin fliehen, wo es keine Töchter gab und keine Geliebte, um wieder zu mir selbst zu finden? Und weshalb grübelte ich überhaupt über solche Dinge nach, nachts um halb drei im Bad vor dem Spiegel?

Und plötzlich, aus dem Nichts, stand in gläserner Klarheit die Frage vor mir, die mich am Mittwoch so aus dem Gleichgewicht gebracht hatte: Wie konnte etwas geschehen wie dieser Mord, den man nicht anders als bestialisch nennen konnte? Wie konnte ein Mensch einem anderen so etwas antun? Nicht im Affekt, nicht in der Raserei einer überkochenden Wut, sondern mit eiskalter Ruhe, einem nüchternen, sorgfältig überlegten Plan folgend? Was für ein Hass musste sich da über Jahre aufgestaut haben, um einen Menschen so weit zu treiben? Oder steckte etwas völlig anderes dahinter? Mir grauste bei dem Gedanken, der mir jetzt erst kam: Hatte womöglich nicht Hass, sondern so etwas wie kühles, emotionsloses, beinahe wissenschaftliches Interesse den Mörder angetrieben? Die Lust, eine Grenzerfahrung zu machen, die kaum ein Mensch je gemacht hat? Eine wahnsinnige Mutprobe, von der man niemandem jemals erzählen durfte?

Erst als ich wieder ins noch warme Bett sank, fiel mir ein, dass etwas anderes mich aufgeschreckt hatte, die Erinnerung an ein winziges Detail: das Wörtchen »mindestens«. *Mindestens* drei Fälle habe er gelöst, hatte Heldt zu dem Studenten gesagt, der ihn kostenlos an seinem WLAN teilhaben ließ. Man kann drei Fälle gelöst haben oder vier, aber nicht dreieinhalb. Mindestens drei konnte nur bedeuten, dass er begründete Hoffnung hatte, demnächst ein weiteres Kapitalverbrechen aufklären zu können.

Irgendwann war ich wohl doch wieder eingeschlummert, und als ich am Sonntagmorgen nach neun Uhr aufwachte, fühlte ich mich überraschend erholt und ausgeschlafen. Ich gönnte mir ein eiliges, nicht ganz so kalorienarmes Frühstück, bevor ich mich auf den Weg in die Direktion machte. Die Gespenster, die mich in der Nacht erschreckt hatten, waren geflohen, von der heute überraschend kräftig scheinenden Sonne verscheucht. Dass meine Töchter in der Nacht nicht nach Hause gekommen waren, erkannte ich daran, dass die Türen zu ihren Zimmern offen standen. Theresa hatte mir lange nach Mitternacht eine Handynachricht voller Tippfehler und rätselhafter Formulierungen geschickt. Die beiden Damen hatten wohl einen lustigen Abend gehabt und offenkundig mehr getrunken, als ihnen guttat.

Die Zusammenfassung des zweiten Falls, den Heldt in Konstanz gelöst hatte, lag zuoberst auf dem Stapel. Dieses Mal ging es wieder um Vergewaltigung mit Todesfolge. Opfer war eine dreiundvierzigjährige Frau gewesen, Cora Mende, verheiratet, zwei Kinder. Am Abend vor ihrem gewaltsamen Tod, am siebten Oktober des Jahres 2003, hatte sie als Bedienung in einem der besseren Restaurants in der Konstanzer Altstadt gearbeitet, was sie hin und wieder tat, wenn dort Personalmangel herrschte. Gegen halb eins war sie aufgebrochen, um den Bus zur Universität zu nehmen, in deren Nähe sie wohnte.

Der letzte Bus ging samstags um null Uhr vierzig, sie hatte also einige Minuten warten müssen. In ihrem Vorstadthaus warteten zu dieser Zeit ihr Mann und zwei fast erwachsene Kinder auf sie, um mit ihr in ihren Geburtstag hineinzufeiern, der schon begonnen hatte.

Der Busfahrer sah sie einsteigen, man kannte und grüßte sich. Mit ihr stieg ein weiterer Fahrgast ein, ein Mann, noch relativ jung und dem Fahrer unbekannt. Beide waren erst an der Endhaltestelle ausgestiegen, und natürlich waren die Kollegen damals davon ausgegangen, der Mann im Bus sei Cora Mendes Vergewaltiger und Mörder.

Doch trotz aller Mühen und Phantombilder, Pressemeldungen und Aufrufe an die Bevölkerung wurde der Täter nie gefasst. Er hatte seinem Opfer nicht nur das Leben genommen, sondern auch die Handtasche, in der sich etwas über zweihundert Euro befanden. Der Täter hatte reichlich, überreichlich Spuren hinterlassen. DNA, Fingerabdrücke, Flusen eines Wollmantels, alles, was das Herz eines Kriminalisten höher schlagen lässt. Laut Aussage des Busfahrers stammte der unbekannte Fahrgast aus der Gegend, denn er hatte den dortigen Dialekt gesprochen.

Heldt hatte die alten Akten studiert, Vernehmungsprotokolle gelesen, lange mit dem Busfahrer gesprochen, der inzwischen zweiundsiebzig Jahre alt war. Aus irgendeinem Grund, der nicht dokumentiert war, hatte sich Heldts Aufmerksamkeit bald auf die Nachbarschaft von Cora Mende gerichtet. Mit jedem und jeder hatte er gesprochen. Sogar nach Berlin war er am Ende gereist, um eine Frau aufzusuchen, die seinerzeit zusammen mit ihrem erwachsenen Sohn wenige Häuser von den Mendes entfernt gewohnt hatte. Und während dieses Gesprächs, das am sechsten Juni des vergangenen Jahres um sechzehn Uhr begonnen und erst nach einundzwanzig Uhr geendet hatte, war die Frau plötzlich zusammengebrochen und hatte unter Tränenströmen gestanden, ihr Sohn, damals fünfundzwanzig Jahre alt und zeitlebens geistig behindert, habe die Tat begangen. Vor drei Jahren war er an Krebs gestorben.

Die verzweifelte Mutter hatte es gewusst, all die Jahre, und geschwiegen. Sie wurde letztlich nicht einmal angeklagt. Niemand muss zum Nachteil naher Angehöriger aussagen.

Nun kam ich zu den nicht gelösten Fällen. Im ersten ging es um eine weitere Vergewaltigung, Anfang Juli des Jahres 2001. Hier war das Opfer nicht nach, sondern während des erzwungenen Geschlechtsakts erdrosselt worden. Es handelte sich also nicht um den klassischen Verdeckungsmord, bei dem der Täter sein Opfer tötet, damit es ihn nicht verraten kann. Nach vollzogener Vergewaltigung, wenn der Rausch verflogen ist und er erkennt, was er angerichtet hat.

Dieses Mal hatte es ein siebzehnjähriges Mädchen getroffen, Dorle Matt. Von dem Täter wusste man nichts, außer dass er am Tatort Sperma hinterlassen hatte und ein wenig Blut. Unter den Fingernägeln seines Opfers hatte man zudem Hautfetzen gefunden. Das Mädchen hatte sich offenbar heftig gewehrt. Die Stelle, wo Spaziergänger den Leichnam am nächsten Vormittag fanden, war eindeutig der Tatort gewesen. Der Täter war später offenbar nie wegen einer schweren Straftat verurteilt worden, denn seine DNA war dem Bundeskriminalamt unbekannt. Das Umfeld des Opfers gab nichts her, sämtliche Verdachtsmomente führten ins Leere oder in die Irre.

Der dritte Fall, den ich an diesem hellen und freundlichen Sonntagvormittag studierte, war ein Mordfall mit unklarem Motiv. Opfer war ein stadtbekannter Obdachloser, der seinen Mitmenschen gerne und lautstark seine linksradikalen Überzeugungen verkündete. Nicht nur einmal war er deshalb verprügelt worden. Und eines Morgens im Jahr 1998 war er spurlos verschwunden. Das Einzige, was man zunächst von ihm fand, war ein blutbefleckter Schuh. Erst ein halbes Jahr später wurde die stark verweste Leiche des Opfers in der Nähe von Romanshorn am schweizerischen Ufer des Bodensees angeschwemmt. Das Blut am gefundenen Schuh stammte nicht vom Besitzer.

Auch diesen Fall hatte Arne Heldt trotz vieler Mühen und Gespräche nicht aufklären können. Wenn das Blut überhaupt vom Täter stammte, was ja keineswegs sicher war, dann hatte dieser sich später ebenfalls nie wieder eines Verbrechens schuldig gemacht.

Gegen Mittag tauchte Laila Khatari auf und erlöste mich vorübergehend von der Leserei, von der ich allmählich Kopfschmerzen bekam. Heute trug sie kein Uniformhemd, sondern eine weiße Bluse zu eng sitzenden Jeans.

»Es ist wegen den Strichern«, begann sie, ließ sich auf den mittleren meiner Besucherstühle plumpsen und lächelte mich mit herzerwärmender Fröhlichkeit an.

Ich musste ziemlich dumm geguckt haben, denn nach kurzem Zögern fügte sie hinzu: »Der tote Lehrer, Sie erinnern sich? Pierre Selsky.«

»Damals waren Sie wohl noch ziemlich klein«, sagte ich und fand selbst, dass ich lange nichts so Dämliches mehr von mir gegeben hatte.

»Stimmt«, erwiderte sie, ohne eine Miene zu verziehen. »Drei war ich damals. Ich bin fast auf den Tag genauso alt wie die Wiedervereinigung.«

Vor elf Tagen hatte sie ihren achtundzwanzigsten Geburtstag gefeiert.

»Der Sven hat mir diese Liste von Arne gegeben mit den Adressen …«

»Entschuldigen Sie«, seufzte ich. »Man wird ganz blöd im Kopf von diesen Akten. Natürlich erinnere ich mich. Und nachträglich alles Gute zum Geburtstag.«

»Als Chef haben Sie bestimmt viel um die Ohren.«

Ich atmete tief durch, setzte mich aufrecht hin. »Was ist nun mit den Strichern?«

Der erste Mann auf ihrer Liste, Norbert Höffken, arbeitete immer noch in Mannheim. Heute allerdings nicht mehr als Strichjunge, sondern als Inhaber und Chef eines kleinen und anscheinend nicht sehr profitablen Geschäfts für Büroausstattung.

»Wohnen tut er aber in Schwetzingen, da hat er ein Haus in der Mozartstraße. Er ist nicht verheiratet, hat keine Kinder, keine ungewöhnlichen Hobbys. In unseren Akten steht nichts, was den Mann irgendwie ein bisschen verdächtig machen würde.«

»Hatte Heldt schon Kontakt mit ihm aufgenommen?«

»Das weiß ich nicht. Bisher hab ich nur abgeklärt, wie die Lebensumstände sind, Familienstand und so weiter.«

»Sehr gut«, fiel mir dazu nur ein.

Mein Lob perlte an ihrem Lächeln ab.

»Der zweite heißt auch Norbert mit Vornamen, aber der Nachname ist Hengstler.«

Dieser lebte heute in kinderloser Ehe in einem Dorf im östlichen Mecklenburg-Vorpommern. »Betreibt da einen Biobauernhof. Ich hab mir die Homepage angeguckt. Traumhaft, echt! So ein ganz alter Hof, Fachwerk, Backstein, Reetdach, wie im Bilderbuch.«

Auch Norbert Hengstler war bisher nicht polizeilich aufgefallen.

»Der Dritte ist ein bisschen interessanter.«

Dietmar Koch lebte heute in Hamburg und arbeitete als Türsteher eines ganz unzweifelhaften Etablissements in St. Pauli. »Fette Latte an Vorstrafen: Körperverletzung, Nötigung, schwere Körperverletzung …«

Insgesamt hatte er bisher fünfeinhalb Jahre seines bewegten Lebens im Gefängnis verbracht.

»Und was mach ich jetzt damit?«, fragte Laila Khatari, als sie ihren Block sinken ließ.

»Die Männer sind alle im passenden Alter?«

»Norbert eins ist seinerzeit so alt gewesen wie ich jetzt, achtundzwanzig.«

Er hatte kurz vor den Abschlussprüfungen seines BWL-Studiums gestanden.

Norbert zwei war vierundzwanzig gewesen und hatte ebenfalls noch studiert.

»Allerdings in Heidelberg. Gewohnt hat er in Mannheim. Nehme an, weil's da billiger ist.«

Der Dritte, Dietmar Koch, hatte eine Ausbildung zum Koch gemacht.

»Lustig, nicht?«, fand Laila. »Ein Koch, der Koch heißt. Ist übrigens schon die zweite Lehre gewesen, weil bei der ersten hat er sich mit seinem Chef gestritten und ihm dabei einen solchen Kinnhaken verpasst, dass wir seither eine Akte über ihn haben.«

»Gute Arbeit«, sagte ich noch einmal.

»Aber was mach ich jetzt damit?«, fragte Laila Khatari wieder.

»Ganz einfach: Sie bitten alle drei, eine Speichelprobe abzugeben, und warten ab, was passiert.«

»Soll…« Erschrocken sah sie mich an. »Soll *ich* das machen?«

»Den in Schwetzingen besuchen Sie selbst, die anderen beiden sollen die Kollegen vor Ort übernehmen. Nehmen Sie Begleitschutz mit, zwei kräftige Kerle in Uniform, klingeln Sie an der Tür von Norbert eins, und wie man eine Speichelprobe nimmt, haben Sie ja hoffentlich in der Ausbildung gelernt.«

»Logisch, klar, schon, aber…«

»Er wird bestimmt nicht gleich auf Sie schießen.«

11

Der Sonntag zog sich wie Kaugummi. Ich vermisste Sönnchens unverwüstliche Fröhlichkeit, ihr Tippen im Vorzimmer, das mir immer das Gefühl gab, nicht völlig allein zu sein auf der Welt, und allmählich bekam ich wirklich Kopfschmerzen vom Aktenstudium. Meine Verdauung rebellierte gegen das Übermaß an gesunder Kost, während draußen die Sonne schien, als wollte sie sich über mich lustig machen. Niemand rief mich an. Kein Mensch klopfte an meine Tür, obwohl das Haus doch voller Menschen war. Irgendwann piepte immerhin mein Handy. Auch Theresa hatte Kopfschmerzen, wenn auch aus anderen Gründen. Arne Heldts geheimnisvolle Geliebte rief nicht an.

Professor Dr. med. Dirk Kohler kannte ich aus verschiedenen anderen Fällen in der Vergangenheit. Im Zuge diverser Obduktionen, denen ich hatte beiwohnen müssen, bei Telefonaten und Gesprächen hatten wir uns fast ein wenig angefreundet. Nur deshalb wagte ich, den Rechtsmediziner am heiligen Sonntagnachmittag mit dienstlichen Angelegenheiten zu belästigen. Ein glücklicher Zufall hatte es gewollt, dass gerade er Arne Heldts Leichnam obduziert hatte.

»Also, Herr Gerlach«, tönte des Professors gemütliche Stimme aus dem Hörer. »Um ehrlich zu sein, ich habe immer noch nicht ganz begriffen, was Sie von mir hören wollen.«

Das wusste ich vielleicht selbst nicht so genau.

»In Ihrem Bericht steht, Todesursache sei multiples Organversagen aufgrund des starken Blutverlusts.«

»Diese Behauptung halte ich weiterhin aufrecht.«

»Mich interessiert Ihre persönliche Meinung dazu.«

»Eine Schweinerei ist das, was da passiert ist. Das ist meine persönliche Meinung.«

»Sie haben sich doch bestimmt Ihre Gedanken gemacht, als Sie die Leiche untersucht haben. Welches Bild hatten Sie dabei vor Augen?«

»Er wollte, dass es möglichst lange dauert. Er wollte sein Opfer leiden sehen.«

Alles war wohl so abgelaufen, wie wir vermutet hatten. Der Mörder hatte Heldt im Schlaf überrascht und mit einem schweren Gegenstand bewusstlos geschlagen, bevor er richtig wach war.

»Da waren keine Abwehrverletzungen zu finden, nichts, was auf einen Kampf hindeutet. Nur die Beule an der Stirn. Er hat ihn geknebelt, ans Bett gefesselt wie auf ein Andreaskreuz, und dann hat er gewartet, bis sein Opfer wieder zu sich kam. Er scheint sich überhaupt sehr viel Zeit gelassen zu haben. Da sind keine Anzeichen von Flüchtigkeit, von Hektik, keine missratenen Schnitte oder etwas anderes, das auf große Erregung hindeuten würde. Wenn es in diesem Zusammenhang nicht der reine Blödsinn wäre, würde ich sagen, der Täter ist mit wissenschaftlicher Präzision vorgegangen. Die Chinesen haben diese Art des Folterns in der Vergangenheit regelrecht zur Kunst perfektioniert. Lingchi nannte man das. Möglicherweise hat ihn das sogar inspiriert, wer weiß. Der hat ganz genau gewusst, wo er wie schneiden muss, dass es wehtut, ohne das Leiden seines Opfers zu verkürzen. Der hat gewusst, wo die großen Arterien im menschlichen Körper verlaufen. Wenn er davon eine versehentlich verletzt hätte, dann wäre Ihr Kollege nämlich innerhalb weniger …«

Der Professor unterbrach sich. Ich hörte merkwürdige fiepende und fauchende Geräusche. »'tschuldigung, meine Pfeife hat mal wieder ihre Tage …« Es dauerte einige Sekunden, bis es weiterging.

»Da muss nicht nur Hass im Spiel gewesen sein, sondern auch Berechnung und – tut mir leid, ich kann es nicht anders ausdrücken – Spaß an der Sache.«

»Mit einem Wort: Sadismus.«

»Sie sagen es.« Wieder fauchte und keuchte die widerspenstige Pfeife. »Schon die Vorstellung dessen, was da abgelaufen ist«, fuhr der Rechtsmediziner dann fort, »macht einen krank. Jeden auch nur halbwegs normalen Menschen hätte doch früher oder später das Mitleid gepackt. Er hätte eingesehen, dass es genug ist. Er hat ihm ja nicht mal die Augen verbunden! Stellen Sie sich das vor: Dieser Wahnsinnige hat den Blick seines Opfers ausgehalten, stundenlang wahrscheinlich, stellen Sie sich das doch mal vor!« Und wieder röchelte die Pfeife. »Ich sehe wahrhaftig viel Elend in meinem Job. Aber so was ... Also echt.«

»Und das mit den Augen?«

»Das hat er erst später gemacht. Da war das Opfer wohl schon nicht mehr bei Bewusstsein. Herr Gerlach, können Sie mir bitte mal verraten, wie ich auf die hirnrissige Idee gekommen bin, mir ausgerechnet diesen Job auszusuchen? Wie bescheuert muss man sein, sich so was freiwillig anzutun? Meine früheren Kommilitonen haben jetzt alle gut gehende Praxen, große Häuser, Segeljachten oder einen Porsche oder beides. Und an Sonntagen haben sie normalerweise frei und diskutieren nicht ...!«

Ich sprach ihm mein Beileid aus, woraufhin er nur sarkastisch auflachte.

»Halten Sie es für denkbar, dass alles im Grunde nur eine große Show war?«, fragte ich. »Ein Fake?«

»Show?«, fragte er verständnislos zurück. »Fake?«

»Dass der Täter uns aufs Glatteis führen wollte? Auf eine falsche Spur locken?«

»Nein«, erwiderte der Rechtsmediziner nach einigem Nachdenken mit fester Stimme. »Das halte ich nicht für vorstellbar. Ein geistig gesunder Mensch ist zu so was einfach nicht fähig. Ich bin ja nun kein Psychologe, aber glauben Sie mir, dieser Typ ist vollkommen krank im Kopf. So einem möchte man nicht allein im Dunkeln begegnen.«

Die nächste Frage stellte ich ohne große Hoffnung: »Können Sie vielleicht den Tatzeitpunkt noch etwas genauer eingrenzen?«

»Drei bis vier Tage, wie es im Bericht steht. Sie wissen, lieber Herr Gerlach, jenseits von sechsunddreißig Stunden wird es rasch dunkel. Die Leiche war längst auf Raumtemperatur abgekühlt, die Totenstarre wieder verschwunden.«

»Eher drei oder eher vier Tage?«

Er lachte gutmütig. »Lieber Herr Gerlach, ich bitte Sie! Es können genauso gut nur zwei Tage sein oder auch fünf...«

Bei seinen letzten Worten hatte mein Handy losgelegt. Ich verabschiedete mich eilig, wünschte Professor Kohler ein ruhiges Restwochenende und nahm das Handy ans andere Ohr.

Es war Laila, in heller Panik.

»Chef!«, schrie sie. »Jetzt ist genau das passiert, was Sie gesagt haben!«

Zwanzig Minuten später war ich am Ort der Schießerei. Als ich aus dem Wagen sprang, blitzte es überall blau, unzählige Polizisten duckten sich mit gezückten Waffen und ratlosen Mienen hinter ihre Dienstfahrzeuge oder hatten anderswo Deckung gesucht. Das Haus war umstellt, die sonntäglich friedliche Mozartstraße weiträumig abgesperrt. Gerade wurden die Nachbarn per Megafon aufgefordert, in ihren Häusern und von den Fenstern wegzubleiben.

Und zu allem schien diese unverdrossene Sonne und wölbte sich über uns ein festlicher tiefblauer Himmel, an dem nicht das kleinste Wölkchen hing.

Laila Khatari hatte ihre Fassung inzwischen wiedergefunden und berichtete mir. Wie geheißen, hatte sie an Norbert Höffkens Haus geläutet. Dieser hatte auch artig und offenbar vom unterbrochenen Mittagsschläfchen noch etwas benommen die Tür geöffnet, sie jedoch eilig wieder zugeknallt, bevor meine junge Mitarbeiterin mehr als »guten Tag« hatte sagen können. So hatte sie noch einmal geläutet, gerufen, gegen die Tür geklopft. Und dann, nach einigen Minuten, hatte es innen zweimal geknallt, und durch die massive Holztür waren zwei Kugeln über ihren Kopf hinweggepfiffen. Anschließend hatte Norbert Höffken sämtliche Rollläden seines Hauses heruntergelassen, und seither herrschte Funkstille.

»Wer hat das Kommando?«, fragte ich.

Sie deutete auf einen großen, hageren Kerl in Zivil, der etwas entfernt stand und lebhaft mit zwei älteren uniformierten Kollegen diskutierte. Hin und wieder wurde sogar gelacht. Ich gesellte mich zu der kleinen Gruppe. Schwetzingen gehörte zum Zuständigkeitsbereich des Polizeipräsidiums Mannheim, weshalb ich hier nur Gast war.

»Prima, dass Sie da sind, Herr Gerlach.« Der Hagere schüttelte energisch meine Hand. Sein Name war Lederer, Kriminalrat, erinnerte ich mich jetzt. Im vergangenen Jahr hatten wir schon einmal miteinander zu tun gehabt. Damals war es um einen Banküberfall im nahen Plankstadt gegangen.

»Wie ist die Lage?«

»Unklar, völlig unklar. Er hockt da drin und lässt nicht mit sich reden. Wir wissen nicht, was er will, wir wissen nicht, was der ganze Quatsch überhaupt soll. Ihre kleine Kollegin hat was gesagt von Speichelprobe und einem Mordfall vor einer halben Ewigkeit?«

Norbert Höffkens Heim war ein schlichtes, schmuckloses Häuschen aus den Sechziger- oder beginnenden Siebzigerjahren des vergangenen Jahrhunderts. Das Dach war zugepflastert mit dunkelblau schimmernden Solarmodulen, der Garten akkurat gepflegt, das Haus selbst erst jüngst in einem augenfreundlichen Ockergelb gestrichen worden.

»Er ist allein?«, fragte ich.

»Soweit wir wissen, ja.« Mit grimmigem Lächeln trat Lederer seine Zigarette tot. »Er ist ein Eigenbrötler, sagen die Nachbarn. Kriegt so gut wie nie Besuch. Ich hab schon versucht, Kontakt mit ihm aufzunehmen, aber er reagiert auf nichts. Das Telefon hat er ausgesteckt, nachdem ich es eine Weile habe läuten lassen.«

Meinem Kopf ging es durch die frische Luft und vielleicht auch die Aufregung wieder besser. Dafür bekam ich jetzt Bauchschmerzen. In meinen Därmen rumorte das angeblich so gesunde Obst und stritt sich mit den Mohrrüben um die besten Plätze.

Im Grunde blieben uns nur die üblichen drei Optionen, darin waren wir uns einig: überreden, zermürben oder überwältigen. Noch hatte der Mann hinter den heruntergelassenen Rollläden keine Forderungen gestellt. Vielleicht versuchte er zurzeit, erst einmal mit sich selbst klarzukommen. Zu begreifen, was geschehen war, einen Plan zu schmieden, der verhinderte, dass er demnächst in Handschellen aus seinem so liebevoll gepflegten Heim geführt wurde.

»Handy?«, fragte ich.

Achselzucken war die Antwort. »Wir wissen einfach noch zu wenig. Ihre Kollegin sagt, er steht unter Mordverdacht?«

»Verdacht ist zu hoch gegriffen. Es war mehr so ein Schuss ins Blaue.«

»Der anscheinend ein Volltreffer war.«

»Ich fürchte, er war vorgewarnt«, sagte ich nachdenklich. »Möglich, dass einer von meinen Leuten schon früher Kontakt mit ihm aufgenommen hatte.«

»Dann hätte er die ganze Zeit nur darauf gewartet, dass wir kommen?«

Ein junger Kollege Lederers näherte sich eilig und verkündete atemlos, gleich komme eine von Höffkens Angestellten, die ihn gut kenne.

Lederer zündete sich eine neue Zigarette an. »Sonst haben wir niemanden gefunden, der uns was über den Spinner sagen könnte. Sie war zufällig grad in der Firma, und vielleicht kann sie diesen Narren ja überreden, mit dem Schwachsinn aufzuhören.«

Ich winkte Laila herbei und bat sie, uns alles über Norbert Höffken zu erzählen, was sie bisher in Erfahrung gebracht hatte. Anstelle einer Antwort drückte sie mir einen DIN-A4-Bogen in die Hand, den der Mann problemlos einer Bewerbung hätte beilegen können.

Geboren war er im Jahr 1965 in Xanten. Zwei Jahre später hatten seine Eltern den kleinen Norbert in die Kurpfalz verpflanzt, in das Haus, in dem er sich jetzt verbarrikadiert hatte. Es folgten Grundschule, Gymnasium, ein mittelprächtiges Abitur. Zwei Jahre war er bei der Bundeswehr gewesen, von 1984 bis 1986, wo er sich nicht durch besonderen Mut oder Ehrgeiz ausgezeichnet hatte. Im Rang eines Leutnants der Reserve war er entlassen worden. Was leider bedeutete, dass er mit Waffen umgehen konnte. Anschließend hatte er ein BWL-Studium an der Universität Mannheim begonnen und mit überschaubarem Erfolg abgeschlossen. Während dieser Zeit hatte Höffken zweimal mit der Polizei zu tun gehabt. Beide Male war er am Hauptbahnhof aufgegriffen worden, beide Male wegen ungebührlichen Verhaltens, Störung des Hausfriedens und Belästigung friedlicher Mitmenschen. Beide Male hatte er unter Drogen und Alkohol gestanden und war in einer Ausnüchterungszelle gelandet.

»Chef?« Laila zog mich am Ärmel ein wenig zur Seite. »Hab ich irgendwas falsch gemacht?«

»Sie bestimmt nicht«, seufzte ich. »Wenn schon, dann ich. Ich hätte Sie nicht einfach so hierherschicken sollen.«

Andererseits – wie hätte ich ahnen sollen, dass ich Laila in eine Löwengrube schickte?

»Geht's Ihnen gut?«, fragte sie besorgt.

Ich murmelte etwas von Magenschmerzen und »was Falsches gegessen«.

Noch immer beschien uns die Spätherbstsonne und wärmte unsere Gesichter. Es roch nach nahen Äckern und fernen Kartoffelfeuern.

Ein kleiner giftgrüner Mini Cooper raste mit heulendem Motor heran, wurde von uniformierten Kollegen schon hundert Meter von uns entfernt gestoppt. Heraus sprang eine rotgesichtige runde Frau, bei deren Anblick ich dachte, ihr Spitzname könne nur »Kugelblitz« sein. Mit im Wind flatterndem zitronengelbem Blazer rannte sie in unsere Richtung. Ich ging ihr ein Stück entgegen, Lederer gesellte sich von der anderen Straßenseite dazu. Wieder wurden Hände geschüttelt.

»Sütterle«, stellte sie sich um Atem und Fassung ringend vor, »Angelika. Was macht er denn bloß, der Nobbi? Was ist nur in ihn gefahren?«

Norbert Höffken war als Chef nicht gerade beliebt, aber auch nicht gefürchtet.

»Wenigstens ist er keiner von den Sklaventreibern. Und kein Choleriker wie mein letzter Boss, der – entschuldigen Sie – ein Megaarschloch und Menschenschinder gewesen ist. Der Nobbi ist mehr so der Kumpeltyp. Regt sich nicht wegen jeder Kleinigkeit auf und so.«

Seiner Firma ging es mittelprächtig. Die Auftragslage war stabil mit leichtem Trend mal nach oben, mal nach unten.

»Demnächst kriegen wir einen großen Job rein von der ABB. Wenn alles klappt, anderthalb Millionen, die komplette Ausstattung von einem neuen Bürohaus in Käfertal draußen. Ob das jetzt noch was wird, wo der Nobbi …?«

»Was ist Ihre Funktion in seiner Firma?«

Frau Sütterle lachte glucksend, während ihr nervöser Blick nicht zur Ruhe kam. »Seelsorgerin. Feuerwehr. Stimmungsaufhellerin. Spezialistin für Kaffeezubereitung. Angestellt bin ich als Sekretärin. Der Nobbi sagt immer, ohne mich würd in seinem Laden nichts funktionieren. Ohne mich könnt er sich glatt die Kugel geben.«

Blieb zu hoffen, dass er seinen albernen Spruch nicht vor Ende dieses miesen Tages in die Tat umsetzte. Der Aufruhr in meinen Därmen wurde immer heftiger und lauter.

»Hatten Sie in letzter Zeit den Eindruck«, fuhr ich mit schmerzverzerrtem Gesicht fort, »dass ihm etwas auf der Seele liegt?«

»Ja klar. Wenn wir den ABB-Job nicht kriegen, dann sieht's mal wieder düster aus. Aber sonst? Oder... Ich versteh nicht ganz, wie meinen Sie das?«

»Sie haben nie über private Dinge gesprochen?«

Die kleine runde Frau schlug die Augen nieder, sah auf die Spitzen ihrer knallroten Pumps mit stabilen, kippsicheren Absätzen. »Wenn Sie mich so fragen, nein, eigentlich nie. Privat war privat, und Arbeit war Arbeit.«

»Er ist nicht verheiratet...«

»Er habe kein Glück mit den Frauen, hat er mal gesagt.«

»Freunde?«

»Davon weiß ich nichts. Der Nobbi ist... Da ist so eine... ich weiß nicht...«

»Man kommt nicht an ihn ran?«

Jetzt sah sie wieder auf. »Er quatscht nicht viel, wissen Sie, und über Privates schon zweimal nicht.«

»Was treibt er in seiner Freizeit? Hat er Hobbys?«

»Weiß ich nicht. Ich bin zwei- oder dreimal hier gewesen. Sonst kenn ich keinen in der Firma, der ihn schon mal besucht hätte. Keinen.«

Und jetzt?, fragte ich mich, als wir Höffkens Mädchen für alles baten, vorläufig in der Nähe zu bleiben für den Fall, dass wir sie noch einmal brauchen sollten. Wie sollte es jetzt weitergehen? Lederer zuckte nur die Schultern und steckte sich geruhsam die nächste Zigarette an. Etwas entfernt sah ich zwei blaulichtgeschmückte Kleinbusse halten. Dunkle, schwer bewaffnete Gestalten stiegen ohne Eile aus, setzten lachend und feixend ihre Helme auf.

Die Streitkräfte formierten sich.

Es wurde Zeit, etwas zu unternehmen, wenn ich eine Katastrophe verhindern wollte.

Ich sah Lederer an. Er erwiderte meinen Blick ratlos. In meinem Bauch gurgelte und rumorte es.

»Ich probiere mal was«, sagte ich. »Keine Panik, er wird mir nichts tun.«

»Sie wollen doch nicht etwa…?«

»Doch«, sagte ich, »genau das will ich.«

Er ließ die Hand mit der Zigarette sinken. »Ich muss Ihnen das aber verbieten, Herr Gerlach.«

»Sie können mich ja später festnehmen, wenn es schiefgegangen ist.«

Unter den teils verblüfften, teils besorgten Blicken der Kollegen ging ich auf das Haus zu, stieß das niedrige, anthrazitfarben lackierte und bestens geölte Gartentörchen auf, erreichte die Haustür und klopfte, als wäre ich ein Nachbar, der sich die Bohrmaschine ausleihen will.

Innen blieb es still.

»Herr Höffken!«, rief ich und klopfte fester. »Mein Name ist Gerlach. Ich möchte mit Ihnen reden. Ich bin allein und unbewaffnet.«

Immer noch keine Reaktion.

In einem Busch ganz in der Nähe hielt eine Horde Spatzen ihr Sonntagnachmittagsschwätzchen.

»Außerdem muss ich dringend aufs Klo.«

Nichts.

»Ich werde keine Tricks versuchen, ich werde nicht versuchen, Sie zu irgendwas zu überreden.«

Bleierne Stille.

Mit dem Gefühl, die Blicke von hundert Augen in meinem Rücken zu spüren, stand ich vor der Tür, durch die vor einer guten halben Stunde zwei Kugeln geschossen waren. Dennoch hatte ich keine Angst.

Höffken neigte nicht zu Kurzschlussreaktionen.

Und die Löcher in der Tür lagen in einer Höhe, wo die

Kugeln mit Sicherheit niemanden hätten treffen können. Nicht einmal mich, obwohl ich fast alle hier überragte.

Wem wollte ich etwas beweisen mit meiner Heldentat?, begann ich mich zu fragen. Wollte ich auf diese Weise meine nächtlichen Zweifel zerstreuen, ich könnte meinem Job nicht mehr gewachsen sein?

Über dem runden Messinggitter der Sprechanlage glotzte ein Kameraauge. Der Mann jenseits der Tür konnte mich also sehen. Ich hob die Hände in Schulterhöhe. Lächelte ein wenig gezwungen. Die Spatzen schwirrten ab, das aufgeregte Gezwitscher und Geschimpfe erstarb.

Plötzlich, sehr leise, ein Geräusch vor mir. Ein leises Kratzen, dann ein Knacken.

»Kommen Sie rein!«, rief Augenblicke später eine heisere Stimme von innen. »Aber langsam, klar?«

Sacht drückte ich gegen die Tür. Sie schwang leicht und lautlos auf.

»Reinkommen und zuschließen«, kommandierte die Stimme aus dem Halbdunkel des Raums, der sich vor mir öffnete.

Ich gehorchte mit betont ruhigen und klaren Bewegungen.

»So stehen bleiben, Beine breit, Hände gegen die Tür!«

Ich hörte Rascheln hinter mir, fast lautlose Schritte, wurde mit hastigen, unsicheren Bewegungen abgetastet. Noch immer hatte ich Norbert Höffken nicht einmal gesehen.

»Okay«, sagte er dann. »Sie dürfen sich umdrehen. Was wollen Sie?«

»Erstens, Ihre Toilette benutzen, und zweitens, Ihnen helfen.«

»Mir helfen?« In seinem Lachen schwang eine Menge Verzweiflung und Angst mit. »Soll das ein Witz sein?«

Der ehemalige Strichjunge war heute ein mittelgroßer, athletisch gebauter und sichtlich sportbegeisterter Mann mit markantem Gesicht und fast völlig kahlem Schädel. Den kleinkalibrigen Revolver hielt er mit beiden Händen auf meine Brust gerichtet. Sein Blick irrlichterte zwischen Misstrauen, Panik und Verwirrung und vielleicht einer Spur Hoffnung. Er versuchte zu erraten, was mein Plan war. Was ich wirklich von ihm wollte. Ob das mit der Toilette vielleicht nur eine alberne List war.

»Kein Witz. Ich muss wirklich aufs Klo. Und Sie haben im Moment ein Riesenproblem, und ich will Ihnen helfen, es zu lösen.«

»Wie denn, bitte?«

»Das weiß ich noch nicht. Aber vielleicht finden wir ja zusammen eine Lösung, dass Sie nicht in den Knast müssen. Vielleicht ist alles gar nicht so schlimm, wie es aussieht.«

Sekundenlang starrte Höffken mich an, ohne dass ein Muskel in seinem Gesicht zuckte. Auch draußen war jetzt alles still. Die Welt schien den Atem angehalten zu haben. Aus Sekunden wurde eine Minute. Vielleicht zwei.

»Es ist wirklich dringend«, sagte ich schließlich gequält. »Und es ist nicht besonders gemütlich hier in Ihrem Flur.«

Zögernd nickte er, murmelte misstrauisch: »Ins Bad. Gehen Sie rauf ins Bad.«

Langsam stieg ich eine breite Treppe aus hellem Holz hinauf. Höffken folgte mir mit gleichbleibendem Abstand.

»Wer sind Sie überhaupt?«, fragte er, als wir das obere Stockwerk erreichten.

Ich wiederholte meinen Namen, nannte meine Stellung. Mit dem Ellbogen des linken Arms betätigte er eine Klinke, trat einige Schritte zurück, winkte mich mit dem Lauf seiner kurzläufigen Waffe hinein. Ich gehorchte, vermied weiterhin jede schnelle Bewegung.

Höffken blieb im Flur und kommandierte: »Licht bleibt aus. Lassen Sie die Tür angelehnt und drehen Sie die Dusche auf.«

Ich ließ das Licht ausgeschaltet, schloss die Tür und drehte die Hähne der Dusche nicht auf. Stattdessen klappte ich die Klobrille herunter und tat endlich, was unvermeidlich und inzwischen äußerst dringend war.

12

»Ist das mit der Dusche Ihr Ernst?«, fragte ich, als ich die Tür wieder öffnete.

»Mein voller Ernst.«

»Sie gucken zu viele Agentenfilme. Wollen Sie lieber kaltes oder warmes Wasser?«

»Verarschen Sie mich nicht!«

Die gläsernen Türen der halbrunden Dusche knirschten, als ich sie öffnete.

Ich drehte nur den Hahn mit dem blauen Punkt auf, zog die Hand rasch zurück, um nicht allzu nass zu werden. Das Wasser gurgelte, zischelte, rauschte schließlich.

»Und was soll das? Was haben Sie davon, wenn ich nass werde?«

»Woher soll ich wissen, dass Sie nicht irgendwo ein Mikro versteckt haben? Klappen Sie den Klodeckel runter und setzen Sie sich drauf.«

»Es spritzt aber.« Die Toilette befand sich gleich neben der Dusche, die Glastüren schlossen nicht dicht, und der lange nicht entkalkte Duschkopf versprühte das kalte Wasser in alle Richtungen.

»Ihr Problem.« Langsam, den Blick unentwegt auf meine Hände gerichtet, trat er durch die Tür. »Ich hab Sie nicht eingeladen. Aber jetzt, wo Sie schon mal hier sind, tanzen Sie nach meiner Pfeife, verstanden?«

Vielleicht war es doch keine so gute Idee gewesen, mich in die Hände dieses bewaffneten Schwachkopfs zu begeben.

Er lehnte sich mit dem Rücken gegen die moosgrün gekachelte Wand.

»Die zwei Schüsse vorhin waren ein Geständnis«, sagte ich. »Für was?«

»Sie können mich mal.«

»Werde ich aber nicht. Wieso drehen Sie sonst durch, wenn die Polizei klingelt? Meine Kollegin konnte ja nicht mal sagen, weshalb sie hier war.«

»Die sind zu dritt gewesen. War ja sonnenklar…«

»Was war klar?«

Sein nervöser Blick irrte ab, der Lauf des Revolvers sank ein wenig tiefer. »Dass es nicht um einen Strafzettel geht oder so.«

»Worum könnte es denn sonst gegangen sein?«

»Ich… Scheiße, Mann! Geht Sie einen Dreck an, verdammt noch mal!«

»Sie haben vor Kurzem schon mal Besuch von einem Polizisten gehabt, richtig?«

Zögernd, widerstrebend, beschämt nickte er.

»Ein Herr Heldt.«

Dieses Mal fiel das Nicken schon ein wenig deutlicher aus.

»Sehen Sie mich bitte an.«

»Ich gucke, wohin ich will, verdammt!«

Die Dusche durchfeuchtete allmählich die linke Seite meines Jacketts. Dennoch ließ ich ein wenig Zeit verstreichen, bevor ich ruhig sagte: »Sie haben mitgekriegt, dass er tot ist?«

»Was?«, fragte er, immer noch, ohne mich anzusehen. »Wer ist tot?«

»Der Kollege. Der, der Sie besucht hat.«

»Hat ihn der Schlag getroffen?«, fragte er mit grimmigem, verzweifeltem Lachen, zwinkerte nervös. »Recht so. Ich gönn's ihm.«

»Wann war er hier?«

»Vor drei Wochen ungefähr. Ende Oktober. Eines Abends klingelt's, und da steht er, dieses Arschloch, das saublöde.«

Allmählich lief die Unterhaltung flüssiger.

»Was wollte er von Ihnen?«

»Was weiß denn ich?« Der Revolverlauf bewegte sich ein wenig nach oben. Und Norbert Höffken sah mich endlich wieder an. »Irgend so ’n alter Scheiß halt.« Er zwinkerte, als hätte er etwas im Auge.

»Haben Sie ihn später noch mal wiedergesehen?«

Sein Blick wurde ratlos, fast ein wenig blöde. »Nö. Wieso?«

»Und diese alte Sache …« Die Waffe zuckte hoch, Höffkens Blick war mit einem Mal klar und hellwach.

Ich seufzte. »Kann ich nicht endlich diese blöde Dusche abdrehen? Ich habe wirklich kein Mikrofon dabei. Und niemand da draußen will wissen, was wir hier reden.«

Anstelle einer Antwort hob Höffken die breiten Schultern, und sein Blick irrte wieder ab. Ich stand vorsichtig auf, er reagierte nicht. Ich streckte den rechten Arm aus, durch den künstlichen kalten Regen, erreichte den Wasserhahn, drehte ihn zu. Das Rauschen erstarb. Und mein rechter Arm war nun endgültig bis auf die Haut durchnässt.

Ich setzte mich wieder und sagte mit Blick auf meine Hände: »Jetzt sagen Sie es schon. Es wird Ihnen guttun.«

Er murmelte etwas, das ich nicht verstand, vermied hartnäckig, mir ins Gesicht zu sehen.

»Herr Höffken, ich bitte Sie! Wenn Sie nicht reden wollten, hätten Sie mich doch nicht reingelassen. Jetzt legen Sie endlich los. Es ist Sonntag, draußen ist herrliches Wetter, und Sie haben doch auch keine Lust, den Nachmittag in Ihrem dunklen Bad zu vertrödeln.«

Höffken war erstarrt, bewegte nur hin und wieder die Lippen im stummen Selbstgespräch. »Sie wissen es?«, fragte er endlich flüsternd.

»Pierre Selsky?«

Langsam, sehr langsam sank er zu Boden, rutschte in Zeitlupe an der Wand hinunter, bis er auf den Fliesen saß, die muskulösen Beine gespreizt, der Lauf seiner Waffe zwischen seine Füße gerichtet. Der kantige, haarlose Kopf baumelte unruhig, das Gesicht konnte ich nicht mehr sehen.

»Ich war's aber nicht«, murmelte er nach langem Schweigen. »Ich war nur dabei, ehrlich, das müssen Sie mir glauben. Ich war's nicht.«

Ich schwieg, um ihn in seinen Erinnerungen nicht zu stören, die ihn fünfundzwanzig Jahre lang gequält hatten.

Als nichts mehr kam, fragte ich schließlich doch: »Wer war es dann?«

»Bert. Das heißt, eigentlich war's überhaupt niemand. Es ist einfach so … passiert.«

»Wer ist Bert?«

»Der Selsky fand's witzig, dass wir beide Norbert geheißen haben. Anfangs hat er uns Norbert eins und Norbert zwei genannt, aber das ist ihm bald zu kompliziert geworden. Da ist er dann auf die saudumme Idee gekommen, hat mich Nor genannt, und den anderen Bert.«

»Norbert Hengstler.«

Er wunderte sich nicht, dass ich den Nachnamen seines damaligen Kumpels kannte. Vielleicht hatte er mich auch gar nicht gehört, denn er sprach unbeirrt weiter. Zögernd, mit vielen Pausen, aber er sprach.

Die beiden Norberts waren Pierre Selsky regelmäßig zu Diensten gewesen. Ungefähr alle zwei Wochen hatten sie den Oberstudienrat abends in seinem Haus besucht, ihm für einige Stunden sein einsames Leben versüßt und waren – üblicherweise lange nach Mitternacht – mit je zweihundertfünfzig Mark Honorar wieder abgezogen. Da ihr Kunde in einem etwas abseits liegenden Haus auf einer Neckarinsel westlich der A5 lebte, gab es keine neugierigen Nachbarn, denen etwas hätte auffallen können.

Mit der Zeit war er regelrecht süchtig geworden nach den beiden jungen, lebenslustigen Männern. Süchtig nach ihren Zärtlichkeiten, ihren derben Späßen, ihrer Jugend.

»Er hat's gemocht, wenn wir frech zu ihm waren. Sogar wenn wir uns über ihn lustig gemacht haben. Hat mich oft angewidert, wie der an uns geklebt hat. Was der sich alles hat gefallen lassen von uns. Wir haben ihn verarscht nach Strich und Faden und noch hinterher, auf der Heimfahrt, über ihn gelacht, ihn nachgeäfft und verspottet. Und je unverschämter wir geworden sind, desto mehr hat der Selsky an uns gehangen. Hat nicht viel gefehlt, davon bin ich bis heute überzeugt, und er hätte uns angebettelt, ihn zu verprügeln.«

Höffken verstummte. Warf mit einer angeekelten, ruckartigen Bewegung den Revolver von sich, in meine Richtung, sagte mit Blick auf seine kräftigen, sonnengebräunten Hände: »Sehen Sie nur, wie sie zittern!«

Über die Wochen und Monate waren die Zärtlichkeiten immer grober und herausfordernder geworden.

»Er wollte das so. Wir hätten nie so was gemacht, wenn er es nicht gewollt hätte. Man vergrault doch keine Kuh, die einem Milch gibt!«

Wenn seine gekauften Freunde kamen, stand immer ein von Selsky eigenhändig zubereitetes mehrgängiges Abendessen auf dem Tisch. Dieses musste nackt verzehrt werden, so verlangten es die Regeln, und die jungen Gäste hatten Lorbeerkränze zu tragen.

»Er war ja Lateinlehrer. Die Kränze hat er alle paar Wochen neu gemacht. Ich kann seither nichts mehr essen, wo ein Lorbeerblatt drin ist.«

Gerne und oft hatte Selsky bei diesen Gelegenheiten Lateinisch gesprochen, und natürlich war reichlich Alkohol geflossen bei diesen römisch angehauchten Orgien.

»Oft hat er auch Koks spendiert. Wein und Cognac sowieso und Shit auch.«

»War er drogensüchtig?«

»Nicht wirklich. Im Gegensatz zu mir übrigens. Ich hab damals viel mehr gekifft und gesoffen, als mir guttat.«

Irgendwann begann dann das mit dem Messer.

»Der Selsky hat mal wieder einen neuen Kick gebraucht.

Wir sollten ihn nicht verletzen, nicht richtig, nur so ein bisschen kratzen. An bestimmten Stellen. Er hat ja immer ganz genau gesagt, was er haben will und wie und wo. Er war der Boss, er hat die Show bezahlt, und wir haben gemacht, was er wollte, und uns hinterher über ihn lustig gemacht. Oder schon währenddessen.«

Höffken saß mir jetzt gegenüber wie ein Häufchen schlechtes Gewissen, die Hände zwischen den durchtrainierten Oberschenkeln gefaltet, als wollte er beten.

»Er hat miese Laune gehabt an dem Abend. Irgendwer hatte ihn angerufen. Eltern von einem Schüler, der sitzen geblieben ist oder so, was weiß ich. Von seiner Arbeit hat er sonst nie erzählt, aber dieser Anruf, der hat ihm irgendwie zu schaffen gemacht. Dann hat uns das Essen nicht richtig geschmeckt, und da war er dann noch mehr angepisst als vorher. Beim Kochen, da war er nämlich ziemlich eitel. Hat er sich schwer was drauf eingebildet, was für ein toller Koch er ist. Seinen ganzen Frust hat er an uns ausgelassen, und wir haben auch mehr gesoffen und gekokst als sonst, und wie wir dann im Bett zur Sache gekommen sind, da hat der Selsky auf einmal geblutet. Ich kann nicht mehr sagen, wer ihn gekratzt hat. Auf jeden Fall, der Selsky ist total ausgeflippt, wollt uns rausschmeißen, wollt uns kein Geld geben …«

Der Streit war laut geworden und handfest, und am Ende hatte Pierre Selsky am Boden gelegen. Nackt und bewegungslos.

»Bert hatte ihm eine gescheuert. Gar nicht so arg, aber der Selsky ist einfach aus den Latschen gekippt und mit dem Hinterkopf auf den Boden geknallt. Erst haben wir gedacht, der ist hinüber. Aber dann haben wir gemerkt, er atmet noch. Es ist ein Riesendurcheinander gewesen, können Sie sich ja denken. Bert und ich haben uns angeschrien wie die Idioten, die wir ja auch waren, wussten überhaupt nicht, wie wir klarkommen sollten mit der Scheiße. Ich hab gemeint, wir müssen ihn in ein Krankenhaus bringen, vielleicht hat er einen Herzkasper. Bert hat gemeint, er wird uns bestimmt anzeigen wegen Körperverletzung, und wir kriegen jede Menge Stress ...«

Am Ende hatten sie in ihrer alkoholschwangeren Ratlosigkeit Pierre Selskys nackten und immer noch leblosen Körper auf das breite Bett gelegt und das Weite gesucht.

»Aber ehrlich, das müssen Sie mir glauben: Er hat noch geatmet, sein Herz hat gebumpert. Er ist nur einfach nicht wieder zu sich gekommen. Unterwegs haben wir überlegt, was wir jetzt machen sollen. Ein bisschen Geld hatten wir dabei, achthundert Mark ungefähr inklusive die fünfhundert vom Selsky, die hatten wir uns einfach aus seiner Brieftasche genommen, und da haben wir gedacht, verschwinden wir erst mal für eine Weile von der Bildfläche. Warten wir ab, was passiert.«

Norbert Höffken konnte nicht einmal mehr sagen, wer in der Katastrophennacht am Steuer des alten Golf gesessen hatte. In Mannheim waren sie nicht nach Hause, sondern über die Rheinbrücke gefahren und dann einfach immer weiter Richtung Westen. Als der Morgen graute, waren sie nicht mehr weit von Paris gewesen.

Der Revolver lag immer noch ungefähr in der Mitte zwischen ihm und mir. Ich überlegte, ob ich ihn sicherheitshalber an mich nehmen sollte, entschied mich aber dagegen. Er vertraute mir jetzt. Dadurch, dass ich die Waffe ließ, wo sie war, zeigte ich ihm, dass ich ihm ebenfalls vertraute.

»Bert hat da eine Freundin gehabt, Manon, bei der konnten wir erst mal unterkriechen. Anfangs haben wir ständig Nachrichten geguckt, ständig. Aber es ist nichts gekommen. Einfach daheim anzurufen haben wir uns nicht getraut, weil die Polizei den Anruf ja hätte zurückverfolgen können.«

Erst nach fast drei Wochen hatten sie dann in einer deutschen Zeitung gelesen, Pierre Selskys Leiche sei gefunden worden.

»Das hat uns dann den Rest gegeben. Ständig, ständig haben wir Schiss gehabt, dass die Polizei kommt, ständig. Aber es ist nichts passiert. Wir sind ungefähr ein halbes Jahr in Paris geblieben. Haben zum Glück beide ganz passabel Französisch gekonnt. Wir haben gekellnert, in Läden ausgeholfen, so Sachen. Auf den Strich zu gehen hatten wir keinen Bock mehr.«

»Haben Sie sich nicht gewundert, dass Selskys Leiche im Neckar gefunden worden ist?«

»Natürlich. Wir haben uns gedacht, er ist vielleicht wieder aufgewacht, verwirrt und besoffen und voller Koks aus dem Haus gestolpert und einfach ins Wasser gefallen. Waren ja bloß zwanzig, dreißig Meter von seiner Tür bis zum Ufer. Dazwischen ist eine kleine Straße, auf der nie was los ist. Er hat sogar ein Boot gehabt, das hat da immer am Ufer gelegen. Vielleicht wollt er auch nackt Boot fahren, haben wir gedacht, und ist rausgekippt.«

Höffken lachte bitter, verstummte sofort wieder.

»Er ist nicht ertrunken.«

»Hä?« Mit großen Augen sah er mich an. Schüttelte heftig den Kopf, als wäre darin etwas durcheinandergeraten. »Was?«

»Er war schon tot, als er ins Wasser gefallen ist. Er kann nicht selbst reingestolpert sein. Irgendwer hat ihn geschmissen.«

»Ja, aber … dann … dann weiß ich auch nicht.«

»Ihr Bert lebt jetzt in Mecklenburg-Vorpommern. Hat dort einen Bauernhof. Hatten Sie später noch Kontakt?«

»Nie. Ich wollt diesen ganzen Wahnsinn bloß noch vergessen. Nicht mehr dran denken, und Bert wird's nicht anders gegangen sein. Alles einfach löschen aus dem Hauptspeicher. Hat aber nicht geklappt. So was vergisst man nicht. Ich träume heute noch davon, alle zwei, drei Nächte.

Das Geschrei, das Blut, der ganze Horror. Ein Wunder, dass wir nicht von der Straße abgekommen sind, in der Nacht damals. Es lässt einen nicht los, wissen Sie. Es lässt einen einfach nicht mehr los.«

»Als Sie Selsky verlassen haben, war er nackt?«

Höffken nickte.

»Als er gefunden wurde, war er komplett angezogen.«

»Das heißt also... Das heißt, wir...?«

Dieses Mal war ich es, der nickte. »Sie haben ihn nicht umgebracht. Sie haben sich die ganze Zeit umsonst Sorgen gemacht.«

»Ja... aber... wer dann?«

»Dieser Anruf – das ist jetzt nur so ein Gedanke...«

»Der Anruf, bevor wir gekommen sind?«

»Wissen Sie mehr darüber?«

»Warten Sie...« Höffken kniff die Augen zu, sein nicht unschönes Gesicht verzerrte sich beim angestrengten Nachdenken. »Irgendwas klingelt da, warten Sie. Ich meine, er hat sogar den Namen von dem Kerl genannt, dem er eine Sechs in Latein verpasst hat. Den Vornamen. Hat wohl schon früher Stress mit ihm gehabt... Aber... Tut mir leid, vielleicht später, im Moment... Tut mir echt leid.«

Ich erhob mich, versuchte, den rechten Ärmel meines Jacketts, so gut es ging, trocken zu wischen. Es ging nicht gut. Schließlich zog ich das klatschnasse Ding aus.

»Lassen Sie es«, sagte ich zu dem armen Kerl, der sich so lange grundlos für einen Mörder gehalten hatte und jetzt mit Hundeblick zu mir aufsah. »Es wird nicht viele Schüler geben, die damals eine Sechs in Latein gekriegt haben.«

Immer noch sah er in mein Gesicht. Verwundert, ungläubig murmelte er: »Gut, dass Sie gekommen sind, Herr... Wie war noch der Name?«

»Gerlach«, sagte ich. »Alexander Gerlach. Und jetzt stehen Sie endlich auf.«

Er nickte ernst, als versuchte er, sich meinen Namen für alle Ewigkeit einzuprägen.

»Ich muss Sie leider noch mal fragen«, sagte ich, als er Sekunden später wieder auf seinen Füßen stand. »Mein Kollege, Sie haben wirklich nichts mehr von ihm gehört?«

Kopfschütteln, immer noch tief in wirren Gedanken.

»Er ist gekommen, wollte wissen, ob mir der Name Selsky was sagt. Ich sage natürlich Nein, und da ist er gegangen und auch nicht wiedergekommen.«

Höffken bückte sich, hob mit spitzen Fingern seinen Revolver auf, überreichte ihn mir mit einem schiefen, verlegenen Grinsen.

13

Mein Montag begann mit einer kleinen Sensation. Ich hatte mich kaum an meinen Schreibtisch gesetzt, als auch schon das Telefon loslegte.

»Eine Frau Waßmer«, sagte Sönnchen, die ich gestern so vermisst hatte. »Es ist wichtig, sagt sie.«

»Es ist wegen meinem Mann«, sprudelte Christiane Waßmer aus Allensbach los. »Ich hab Sie angelogen.«

An dem Wochenende, an dem Arne Heldt starb, war sie tatsächlich am Samstag an ihrem Arbeitsplatz und den ganzen Sonntag zu Hause gewesen.

»Aber dass mein Mann das bezeugen kann, das stimmt nicht.«

Ihr eifersüchtiger Ehemann war an dem Wochenende gar nicht zu Hause gewesen, erfuhr ich in den folgenden Minuten mit vielen Umschweifen und in kleinen Häppchen, sondern angeln.

»Am Samstagmorgen sind sie früh los, und am Sonntagabend sind sie erst spät wieder heimgekommen. Auf dem See haben sie geangelt, der Jürgen und ein früherer Arbeitskollege von ihm. Das machen sie öfter, die zwei, so ungefähr zweimal im Monat. Der ehemalige Kollege, Klaus-Frieder heißt er, ich kenn nur den Vornamen, der hat ein Kajütboot. Diesmal sind sie sogar zu dritt gewesen, angeblich, ein anderer ist auch noch dabei gewesen, angeblich, aber den kenn ich gar nicht. Bloß den Klaus-Frieder, er ist irgendwas Höheres beim Finanzamt in Konstanz, den kenn ich ein bisschen besser. Mal ist er bei uns eingeladen gewesen, zum Fünfzigsten vom Jürgen, letztes Jahr, da hat er ihn eingeladen, den Klaus-Frieder. Er hat ja sonst nicht so viele Freunde, mein Jürgen.«

Sie unterbrach sich, um Atem zu schöpfen, nachdem sie zuvor ohne Punkt und Komma gesprochen hatte. Etwas ruhiger und geradliniger ging es dann weiter. Vorgestern hatte Christiane Waßmer Bauchschmerzen gehabt, fast schon Koliken, und ihr Mann hatte sie gnädigerweise nach Konstanz zum Krankenhaus gefahren und vor der Notaufnahme abgesetzt.

»Mit reingegangen ist er nicht, so was hält er ja nicht für nötig. Wollt irgendwo einen Kaffee trinken und mich später wieder abholen. Und das war auch gut so, denn wen treff ich da, in der Notaufnahme? Den Klaus-Frieder nämlich. Ist beim Joggen umgeknickt und hat sich zwei Rippen angeknackst. Wir reden so ein bisschen, und irgendwann sag ich: ›Auch nichts gefangen letztes Wochenende?‹ Da guckt der ganz komisch, und dann stellt sich raus, die sind überhaupt nicht angeln gewesen. Der Jürgen hat mich angelogen, nicht das erste Mal übrigens, und da hab ich gedacht, das muss ich Ihnen unbedingt erzählen, weil an dem Wochenende doch das mit dem Arne passiert ist.«

»Das muss aber nicht heißen, dass Ihr Mann …«

»Natürlich nicht. Hab bloß gedacht, Sie müssen es wissen.«

»Halten Sie es für möglich, dass Ihr Mann etwas ahnt? Von dem, was zwischen Ihnen und Herrn Heldt war?«

Sie lachte traurig. »Mein Jürgen guckt ja jeden Mann schief an, der näher als zehn Meter an mich rankommt. Und den Arne hat er sogar gekannt. Ich weiß nicht, ob Sie's wissen, aber ich bin auch mal bei der Polizei gewesen, als Sekretärin, und da hab ich den Arne ja kennengelernt, und im Frühjahr drauf, da bin ich schon schwanger gewesen, und sie haben ein Grillfest gemacht, im Präsidium. Weiß nicht mehr, was der Grund war, aber es ist mit Anhang gewesen. Also, man durft seine Frau mitbringen oder in meinem Fall den Mann. Ich wollt gar nicht, dass der Jürgen mitkommt, und normalerweise macht er so was auch nie. Aber in dem Fall hat er unbedingt gewollt. Wahrscheinlich hat er sich mal wieder seine Gedanken gemacht, diesmal ja zu Recht, und ich konnt es ihm ja schlecht verbieten. Und wie wir dann da so hocken, auf Bierbänken im Hof, und Steaks essen und Bier trinken, also ich natürlich nicht, ich war da schon im vierten Monat, und eigentlich ist es ganz lustig gewesen, und da merk ich auf einmal, wie der Jürgen so komisch guckt. Immer zwischen mir und dem Arne hin und her. Ich hab dann einfach so getan, als würd ich nichts merken, und der Arne hat ja auch seine Frau dabeigehabt, und sie sind mit dem Rücken zu uns gesessen, ein paar Tische weiter. Aber irgendwie, weiß auch nicht…«

»Wahrscheinlich haben Sie sich das nur eingebildet. Sie haben ein schlechtes Gewissen gehabt, und…«

»Ich hab nur gedacht, Sie sollten das wissen, dass der Jürgen an dem Wochenende nicht daheim gewesen ist, wo…«

Die zweite Sensation des Montags wurde mir um Viertel vor neun von Laila Khatari überbracht, begleitet von zwei leuchtenden Augen und ihrem strahlendsten Lächeln.

Der Schüler mit der Sechs in Latein hieß Frederik Peltzer.

»Er wohnt jetzt in der Nähe von Frankfurt, in Langen. Und er ist überhaupt der Einzige gewesen, dem der Selsky in dem Jahr eine Sechs verpasst hat.«

»Ist er damals nicht vernommen worden?«

»Doch, logisch. Aber er war mit seinen Eltern verreist, am ersten Ferientag schon. Sie hatten ein Häuschen im Allgäu, und da sind sie jedes Jahr für ein paar Wochen hin. Drum haben die Vernehmung die Kollegen aus Kempten gemacht, und der Frederik hat ein wasserdichtes Alibi gehabt, weil er die linke Hand in Gips gehabt hat. Vom Baum ist er gefallen, wie er seinen Bumerang runterholen wollte, gleich am ersten Ferientag.«

Für neun Uhr hatte Klara Vangelis zur nächsten großen Soko-Runde geladen. Wir gingen zusammen hinunter. Die Sonderkommission war inzwischen auf über dreißig Personen angewachsen und fand selbst in unserem großen Besprechungszimmer kaum noch Platz.

Vangelis, immer noch niesend und hustend, heute jedoch anscheinend fieberfrei, fasste die bisherigen Ergebnisse und Fahndungsansätze zusammen, um auch die Neulinge auf den aktuellen Stand zu bringen. Anschließend durfte jeder berichten, was er übers Wochenende Interessantes herausgefunden hatte.

Ich machte den Anfang mit meinem Telefonat mit Frau Waßmer. »Irgendwer muss dem Mann auf den Zahn fühlen. Wer übernimmt das?«

Laila Khatari hob die Hand, aber die würde vorerst noch mit Frederik Peltzer beschäftigt sein.

Ein junger Kollege mit roten Bäckchen erklärte sich schließlich bereit, sich der Sache anzunehmen.

»Machen Sie es diskret«, ermahnte ich ihn. »Er darf erst mal nichts davon merken.«

Norbert Höffkens Alibi für das Wochenende, an dem Arne Heldt starb, war schon überprüft, und nach meinem gestrigen Erlebnis wunderte es mich nicht, dass er als Mörder nicht infrage kam. Er war zusammen mit seiner patenten Assistentin in Düsseldorf gewesen.

»Eine Messe für Bürokram?«, wunderte sich Balke. »So was gibt's?«

Weiter berichtete ich von meinem abendlichen Kurztelefonat mit der Frau, die Heldt regelmäßig an den Wochenenden getroffen hatte und in der wir sicherlich nicht zu Unrecht seine Geliebte vermuteten.

»Früher oder später meldet sie sich«, schloss ich. »Sie braucht noch ein bisschen Zeit, um den Schock zu verdauen. Aber irgendwann wird sie wissen wollen, was los ist.«

»Ich habe mit der Staatsanwaltschaft telefoniert«, übernahm Sven Balke, als ich mich zurücklehnte. »Das mit der Handyortung geht jetzt doch in Ordnung. Die Gesprächslisten kriegen wir nicht, aber immerhin die Funkzellen, wo das Handy sich in den vergangenen sechs Wochen aufgehalten hat.«

Demnächst würden wir also wissen, wo Heldts Geliebte zu Hause war.

»Spätestens heute Nachmittag, denke ich.« Balke dehnte sein Kreuz, nahm die durchtrainierten Arme über den Kopf. Er hatte das Glück und zugleich das Pech, dass jede zweite Frau sich in ihn verliebte, die seinen Weg kreuzte. In den kurzen Zeiten, in denen er solo war, war er als Mensch und Mitarbeiter schlecht zu gebrauchen. Ständig war er übermüdet, oft unkonzentriert und mit seinen Gedanken woanders. In den vergangenen Wochen schien er wieder aufgeblüht zu sein, wurde mir jetzt erst bewusst. Er war zwar immer noch oft übernächtigt, aber wenigstens wieder gut gelaunt und bei der Sache. Sein Kopf war immer noch kahl, die Barthaare übers Wochenende um einige Millimeter länger geworden. Großen Eindruck machte sein Vollbart jedoch noch nicht, vielleicht auch, da er hellblond war.

»Wie weit sind wir mit dem Bruder?«, fragte Vangelis in die Runde.

Erneut hob Laila die Hand, als säßen wir in der Schule. »Ich hab übers Wochenende ein paarmal versucht, ihn zu erreichen, aber er geht nicht mehr ans Telefon.«

»Dann sollten wir vielleicht mal die Schweizer Kollegen bitten, nach dem Rechten zu sehen!«, fuhr ich sie an. Aus irgendeinem Grund war ich heute gereizt.

Einige zogen die Köpfe ein, blätterten eifrig in ihren Unterlagen.

»Dieser Bruder hat auch kein Alibi für das Tatwochenende, oder täusche ich mich?«, hakte ich in friedlicherem Ton nach, nachdem ich einmal tief durchgeatmet hatte.

Laila nickte mit großen, furchtlosen Augen. Diese junge Frau, die sich auch von einem launischen Chef nicht aus der Ruhe bringen ließ, wurde mir immer sympathischer.

Mir war auch ein wenig übel. Vielleicht, weil ich außer Kaffee nichts gefrühstückt hatte. Balke gähnte ungeniert, Vangelis kritzelte in ihrem kleinen Notizbuch, Laila Khataris Rechte schnellte schon wieder in die Höhe.

»Was ich komisch finde«, sagte sie. »Der Arne ist Ende Oktober bei Höffken gewesen. Er hat ihn gefragt, ob er Pierre Selsky kennt. Höffken hat Nein gesagt, und da ist Arne einfach wieder gegangen. Das ist doch sonst nicht seine Art gewesen. Normalerweise hätte er doch nachgebohrt, wär dem Kerl auf die Nerven gegangen, bis er gestanden hätte.«

»Er wollte ihn nervös machen«, vermutete ich. »Er hat ihn angestupst und wollte sehen, wie er reagiert.«

»Aber dass er sich danach überhaupt nicht mehr bei ihm gemeldet hat? Und mit den beiden anderen auf seiner Liste hat er nicht mal Kontakt aufgenommen. Und drei Wochen sind schon ein bisschen lang, finde ich, nur um jemanden ein bisschen nervös zu machen.«

»Und was bedeutet das Ihrer Meinung nach?«, fragte ich müde. Aber in derselben Sekunde kam mir die Antwort selbst. Vielleicht war er abgelenkt worden. War auf etwas gestoßen, in einem anderen Fall, den er wichtiger fand als einen seit einem Vierteljahrhundert toten Oberstudienrat.

»Möglich«, meinte Vangelis dazu mit schmalen Augen. »Arne hatte ja parallel noch andere Fälle auf dem Tisch.«

»Von der Akte Selsky fehlt übrigens nichts«, fügte Laila hinzu. »Ich hab alles noch mal genau durchgesehen, die ist komplett.«

»Von welchen Akten fehlt denn überhaupt etwas?«, fragte ich.

Wieder wurde eifrig in Unterlagen geblättert. Niemand wusste es zu sagen.

Aufstöhnend fiel ich in meinen Stuhl zurück. »Leute! Wir gehen davon aus, dass der Täter aus Heldts Wohnung einen Laptop mitgenommen hat und außerdem alles an beschriebenem Papier, was er finden konnte. Und das kann doch wohl nur bedeuten, er hat zumindest geglaubt, dass diese Unterlagen für ihn gefährlich sind. Dass Heldt kurz davorstand, ihn zu überführen. Und da hält es niemand für nötig, mal die einschlägigen Ordner auf Vollständigkeit zu prüfen?«

Niemand reagierte auf meinen Ausbruch. Nicht einmal Klara Vangelis. Die meisten taten, als hätte ich gar nichts gesagt.

Ich hätte schreien können.

»Lüdenscheid?«, fragte ich eine Dreiviertelstunde später. »Da wohnt sie?«

Sven Balke grinste selbstgefällig. Sein kahler Schädel glänzte im Licht der Morgensonne. Vor ihm auf dem Tisch lagen einige Papiere, die er mitgebracht hatte. Er hob eines davon hoch.

»Ist eben gekommen. Vogelsberg heißt das Viertel. Da stehen hauptsächlich Einfamilienhäuser. Mittelstand, Bürgertum, anständige Leute. Manchmal haben sie übrigens auch unterwegs telefoniert, wenn sie auf dem Weg nach Gießen waren oder zurück. Alle Funkzellen, wo das Handy jemals eingeloggt war, liegen entweder in Lüdenscheid oder an der A45.«

Ich konnte es fast hören, das Liebesgeflüster: Ich freue mich so auf dich, mein Schatz … So schön wie dieses Mal war es noch nie, nicht wahr? … Hoffentlich ist bald wieder Freitag, mein Liebling.

Allerdings konnte ich mir beim besten Willen nicht vorstellen, dass ein Mann wie Arne Heldt jemals Worte wie Schatz oder Liebling in den Mund genommen hätte.

Lüdenscheid …

»Sie hat sich immer noch nicht gemeldet?«, fragte Balke.

Seufzend schüttelte ich den Kopf. Nahm meine Brille ab. Lüdenscheid...

»Wieso? Was hat sie zu verlieren?«

»Sie muss die Beziehung geheim halten«, war die einzige Erklärung, die mir nach wie vor dazu einfiel. Vielleicht sorgte auch in Lüdenscheid ein eifersüchtiger Ehemann für Angst und Unfrieden. Aber weshalb konnte sie dann ausgerechnet an den Wochenenden verreisen? Dass man sich unter der Woche nicht getroffen hatte, war verständlich. An Werktagen hatte Heldt in seinem Büro ein Stockwerk tiefer gesessen, über staubigen Akten gebrütet und harmlose Menschen belästigt. War sie ebenfalls berufstätig? Das erklärte nicht die Heimlichtuerei. Das Handy, das nicht auf ihren Namen lief. Die Telefonate nur zu ganz bestimmten Zeiten.

»Hin und wieder hat sie auch mal eine SMS verschickt«, sagte Balke. »Nehme an, die gingen auch an Arne. Die Nummer...«

»Moment mal.« Ich fuhr hoch. »Dann hatte er also doch ein Handy?«

Balke hob verblüfft die Schultern. Kratzte sich am kahlen Schädel. »Sie haben recht! Sonst hätten sie ja auch gar nicht während der Fahrt telefonieren können. Wenn der Täter seinen Laptop hat mitgehen lassen, wieso sollte er das Handy liegen lassen? Ich lasse nachher gleich mal checken, mit wem Arne sonst noch telefoniert hat.«

Hatte ihr Mann vielleicht einen Beruf, der kein Wochenende kannte? Lokführer? Lkw-Fahrer? Arzt an einem Krankenhaus? Aber selbst da hatte man ja nicht jedes Wochenende Dienst.

»Herr Gerlach?«, hörte ich Balke besorgt fragen.

Ich schüttelte meinen benommenen Kopf, in dem Gedankenfetzen herumwirbelten wie alte Zeitungen im Herbstwind. »Was haben Sie gesagt?«

»Das ist sie.« Er deutete auf ein Phantombild, das plötzlich vor mir lag. »Die Kollegen in Gießen haben die Pensionswirtin testweise auch Arne beschreiben lassen. Ich finde, sie hat ein gutes Personengedächtnis.«

Er legte ein zweites Bild daneben.

»Stimmt«, fand auch ich. »Gut getroffen.«

Balke sah auf sein Smartphone und las vor: »Haare lockig und braun. Alter fünfzig plus minus. Größe eins siebzig. Statur kräftig und füllig.« Er legte sein Handy auf den Tisch. »Bleibt die Frage, wie wir an sie rankommen. In dieser Funkzelle in Lüdenscheid dürften fünfhundert bis tausend Menschen leben. Wir können die Kollegen ja schlecht bitten, die alle zu besuchen.«

Lüdenscheid ...

Irgendetwas klingelte die ganze Zeit in meinem Hinterkopf. Ein leises Alarmglöckchen wollte sich einfach nicht beruhigen.

Hatte ich den Namen der Stadt am südlichen Rand des Ruhrgebiets kürzlich gelesen? Wenn ja, wo? Wann? In welchem Zusammenhang? In den vergangenen Tagen hatte ich so viele Namen und Daten und Geschichten und Adressen gehört oder gelesen, da bildete man sich leicht etwas ein. Vermutlich sah ich allmählich Gespenster.

14

Bei all seinen Defiziten und Eigenheiten war Arne Heldt ein begnadeter Ermittler gewesen, wurde mir im Lauf des Nachmittags klar, während ich die letzten Akten aus Konstanz durchsah beziehungsweise das, was meine Mitarbeiter als wichtig und lesenswert beurteilt und in Kurzform zusammengefasst hatten. Auf seine maulfaule und unwirsche Weise geradezu ein Genie. Wenn er einen neuen Fall aus dem Archiv auf den Tisch bekam, dann tat er zunächst eines: Er schnüffelte nach den Dingen, die seinerzeit unbeachtet geblieben waren. Der größte und leider allzu oft begangene Fehler, der einem Ermittlerteam unterlaufen kann, ist, sich zu schnell auf eine Spur einzuschießen, an einem Verdächtigen festzubeißen. Heldt war kein Team gewesen, sondern ein Einzelkämpfer, und er war mit der Methodik eines Trüffelschweins vorgegangen. In jedes noch so unscheinbare Loch hatte er seine Nase gesteckt, jeden noch so uninteressanten Zeugen, jede noch so garstige Zeugin mit Eselsgeduld befragt, genervt, gelöchert, oft an die Grenze des Wahnsinns getrieben. Offenkundig war es ihm dabei vollkommen gleichgültig gewesen, ob die Menschen ihn mochten oder nicht. Ob sie ihm die Hand gaben, wenn er sich verabschiedete, oder sich später über ihn beschwerten, was mehr als einmal vorgekommen war. Er war seinen Weg gegangen mit der Sturheit eines voll beladenen Güterzugs, und sein Erfolg gab ihm recht.

Sollte er wirklich jemanden zu sehr bedrängt haben? Ihn – vielleicht unbewusst – zu weit in die Enge getrieben haben? Sollte er auf einen Menschen gestoßen sein, den er nicht in den Wahnsinn zu treiben brauchte, da er schon wahnsinnig war?

Nachdem ich auch die letzte Akte studiert hatte, ging ich noch einmal meine Notizen durch, schob die Mappen von hier nach dort und wieder zurück, rief Vangelis an und ließ mir bestätigen, dass es nichts Neues gab, dass sie auf dem Weg der Besserung war, seit gestern wirklich kein Fieber mehr hatte und ansonsten alles seinen bürokratischen Gang ging.

Anschließend tigerte ich in meinem Büro herum und konnte mich nicht entschließen, was ich als Nächstes tun sollte. Meine Statistiken und Berichte warteten auf ihre Fertigstellung, aber der eine oder andere Dezernatsleiter hatte seine Zahlen noch nicht geliefert, weil er vermutlich noch weniger Lust auf diesen staubtrockenen Job hatte als ich selbst. Sönnchen tippte im Vorzimmer fröhlich auf ihrer Tastatur und summte eine Melodie dazu, die sich für mich nach einer Händel-Messe anhörte. Vielleicht hatte sie am Sonntag wieder einmal in ihrem Kirchenchor in Neuenheim zu singen, jenseits des Neckars. Sie spürte, dass ihr Chef schlechte Laune hatte, und ließ mich in Frieden.

Beziehungsweise in Unfrieden.

Am Morgen war sie entsetzt gewesen, weil ich das Croissant nicht anrühren wollte, das sie mir mitgebracht hatte. Empört hatte sie gemeint, ich habe es überhaupt nicht nötig abzunehmen und solle mich nicht so anstellen.

Nachdem ich noch einige Runden um meinen Schreibtisch gedreht hatte, öffnete ich die Tür zum Vorzimmer und bat demütig um einen zweiten Cappuccino. Der wurde auch in Rekordzeit geliefert. Ich setzte mich an meinen Schreibtisch und vertilgte mit Heißhunger das Croissant dazu. Anschließend fühlte ich mich sehr viel besser.

Lüdenscheid – weshalb löste dieses Wort solche Resonanzen in meinem Kopf aus? Ich konnte grübeln, so viel ich wollte, es half nichts. Blieb nur, darauf zu hoffen, dass die wichtige Nachricht, die sich in irgendeiner Windung meines Hirns verhakt hatte, irgendwann von allein den Weg ans Licht der Erkenntnis finden würde.

Ich nahm den Telefonhörer zur Hand und drückte noch die Kurzwahltaste zu Vangelis' Apparat. »Können Sie abholen, ja. Ich bin durch. Alles gelesen und keine Goldader gefunden.«

Ich schob den Stapel mit den Aktenexzerpten an den äußersten Rand des Schreibtischs, klappte den Ordner mit den Statistiken auf, öffnete die EXCEL-Datei, die ich schon vor Wochen mit Sönnchens nachsichtiger Unterstützung angelegt hatte.

Starrte eine Weile darauf.

Klappte den Laptop wieder zu.

Lüdenscheid …

Wo zum Teufel hatte ich den Namen dieser Stadt in den vergangenen Tagen gesehen oder gehört?

Ein drittes Mal rief ich Vangelis an. »Kommando zurück.«

»Ich soll die Unterlagen doch nicht abholen lassen?«

»Ich will mir den Kram doch noch mal ansehen. Irgendwas … Ach, ich weiß auch nicht.«

Wieder begann ich mit den Heidelberger Fällen, las Zeile für Zeile, Seite für Seite. Verzichtete auf Kantinenessen und Ersatzobst. Hätte um ein Haar den Nachmittagskaffee vergessen, wenn Sönnchen mich nicht erinnert hätte.

Um halb vier waren die Heidelberger Fälle erledigt. Wieder hatte ich nichts Erhellendes gefunden und begann mit den Konstanzer Fällen. Ich bat Sönnchen um einen weiteren Cappuccino, der verweigert wurde mit der Begründung, drei Koffeindosen am Tag seien schon mehr als genug, und wenn ich mir unbedingt die Gesundheit ruinieren wolle, dann solle ich ihn mir bitte schön selbst aus der Maschine lassen. So verzichtete ich auf das Doping und ackerte weiter. Zeile um Zeile. Seite für Seite, Akte für Akte. Und hätte es am Ende doch beinahe übersehen, blätterte noch einmal zurück, und tatsächlich, da war es:

Es handelte sich um den Fall Dorle Matt, die Siebzehnjährige, die auf dem nächtlichen Heimweg von einer Diskothek vergewaltigt und ermordet wurde. In der Liste der von Heldt befragten Personen tauchte eine Saskia Thurow auf. Eine Frau, die seinerzeit im selben Mehrfamilienhaus wie Dorle und ihre Mutter gewohnt hatte. Zwei Dinge waren an dieser Frau Thurow bemerkenswert: Heldt hatte den Namen durchgestrichen und durch einen etwa gleich langen ersetzt, der mit »B« begann und dessen Rest ich nicht entziffern konnte. Außerdem hatte er eine Telefonnummer neben ihren Namen gekritzelt, die ich zum Glück sehr gut lesen konnte. Die Vorwahl war 02351.

Exakt diese Ziffernfolge hatte ich erst gestern in mein Handy getippt, am Sonntagabend. Ich ging die Liste meiner Anrufe durch, und ich hatte mich nicht geirrt.

Louise hatte bei eBay einen supercoolen Lockenstab ersteigert, mit reichlich Zubehör und zu einem sensationellen Schnäppchenpreis. Am Samstagvormittag war das heiß ersehnte Paket gekommen, aber leider hatte sich das megageile Gerät als defekt erwiesen. Meine Jüngste hatte Kontakt mit der Verkäuferin aufgenommen, diese hatte jedoch behauptet, Louise sei vermutlich zu doof, einen Lockenstab zu bedienen, oder habe ihn selbst kaputt gemacht.

»Kannst du nicht vielleicht, Paps?«, hatte meine Tochter gestern frustriert gefragt. »Du kannst auch ruhig ein bisschen raushängen lassen, dass du bei der Kripo bist.«

Üblicherweise waren meine Töchter nicht übermäßig stolz darauf, einen Polizisten zum Vater zu haben, aber in manchen Situationen fanden sie es dann doch ganz praktisch. Am Ende der Mail der uneinsichtigen Verkäuferin hatten eine Telefonnummer gestanden und ihre Adresse. Sie hatte in Lüdenscheid gewohnt. Wie diese Saskia Thurow, die inzwischen offenbar einen anderen Nachnamen trug.

Ich hatte der Verkäuferin ins Gewissen geredet, die nur unwesentlich älter zu sein schien als meine Mädchen, und am Ende hatte sie zugegeben, den Lockenstab von einer Tante geerbt und nie ausprobiert zu haben. Sie versprach, den Kaufpreis von sechs Euro und zehn Cent zu erstatten. In der Zwischenzeit hatte Louise mit ihrem Halbbruder Henning telefoniert. Dieser meinte, Lockenstäbe seien definitiv Lowtech, und es müsse schon mit dem Teufel zugehen, wenn er das Teil nicht wieder instandsetzen könne.

Noch etwas fiel mir auf, als ich in der dünnen hellgrauen Mappe vor und zurück blätterte: Das Protokoll des Gesprächs, das Heldt vermutlich mit Frau Thurow geführt hatte, fehlte. Ich rief die Kollegin an, die das Exzerpt angefertigt hatte. Vielleicht hatte sie es nicht für wichtig genug befunden, um eine Zusammenfassung davon zu erstellen. Aber auch in den Originalakten war es nicht zu finden. Hatte Heldt die Frau vielleicht nur telefonisch interviewt und festgestellt, dass sie nichts wusste? Oder sollte sich dieses Protokoll unter den Dingen befinden, die sein Mörder an sich genommen hatte?

Ich zögerte noch einige Sekunden, dann nahm ich den Hörer wieder zur Hand und wählte die Festnetznummer in Lüdenscheid, die Arne Heldt vor vielen Monaten notiert hatte. Zu der Zeit, als er noch in Konstanz arbeitete.

Sie nahm nach dem zweiten Tuten ab und klang ein wenig gehetzt, als sie ihren Namen nannte: »Ja, Hallberg?«

Sie war es!

Die Stimme, ganz eindeutig!

Vielleicht hatte ich sie soeben gefunden, die Goldader.

»Mein Name ist Gerlach.«

»Oh …«

»Bitte legen Sie nicht wieder auf.«

Für Sekunden hörte ich nur ihren unruhigen Atem. »Es ist wegen Arne«, sagte sie dann mit veränderter, fast tonloser Stimme. »Nicht?«

»Richtig.«

»Sie sind ein Kollege von ihm?«

»Auch richtig.«

»Sie sagten, es ist ihm etwas zugestoßen.«

»Auch das stimmt leider.«

»Ist er der Polizist, der ermordet wurde?«

»So ist es. Es tut mit sehr leid.«

»Ich habe es mir gedacht.«

»Weshalb haben Sie sich nicht bei mir gemeldet? Ich hatte Sie darum gebeten.«

»Ich habe selbst genug Probleme zurzeit. Und ich… Ach…«

Wieder hörte ich für eine Weile nur ihren nervösen Atem. Wusste nicht recht, wie ich das Gespräch in die richtige Richtung lenken sollte, ohne sie zu verschrecken.

»Sie wissen noch nicht, wer es getan hat?«, fragte sie.

»Darüber würde ich mich gerne mit Ihnen unterhalten. Vielleicht können Sie mir einen Hinweis geben. Aber nicht am Telefon…«

Jetzt klang ihr Atem, als würde sie mühsam die Tränen zurückhalten.

»Ich habe aber auch immer ein Pech!«, stieß sie schließlich mit erstickter Stimme hervor.

»Ich könnte morgen Vormittag bei Ihnen sein. Bei der Gelegenheit kann Ich Ihnen dann mehr sagen.«

»Ja, morgen…«, murmelte sie abwesend.

»Frau Hallberg?«, fragte ich, als wieder nichts mehr kam. »Geht es Ihnen gut?«

»Gut?« Ihr schrilles Lachen klang ein wenig irre. »Ob es mir gut geht, fragen Sie?« Jetzt wurde sie laut, und in ihrer Stimme war nichts mehr von Wohlklang und Wärme: »Ich kann mich überhaupt nicht mehr erinnern, wann es mir das letzte Mal gut gegangen wäre! Und da kommen Sie daher und überbringen mir so eine… eine Nachricht und wollen… wollen wissen, ob es mit gut geht? Sind Sie verrückt?«

»Frau Hallberg, bitte…«

»Nichts, bitte. Wissen Sie, was Sie können? Sie können mich mal kreuzweise, jawohl! Gehen Sie mir doch weg mit Ihrem … Ich hab die Faxen so was von dicke, ich weiß gar nicht … Ach, lasst mich doch einfach alle in Ruhe, ja? Lasst mich doch endlich mal in Ruhe!«

Und zum zweiten Mal hörte ich: Tuuut, tuuut, tuuut …

Ich überlegte, ob ich – vielleicht in einer Viertelstunde – noch einmal anrufen sollte. Aber das hatte bei ihrer momentanen Verfassung vermutlich wenig Sinn. Erst einmal musste sie sich jetzt beruhigen. Begreifen, dass ich nicht ihr Feind war. Dass nicht ich es war, der ihren Liebsten getötet hatte. In meiner Begeisterung über meine Entdeckung hatte ich vielleicht ein wenig unüberlegt zum Hörer gegriffen, und nun lag das Kind im Brunnen. Hätte ich besser nicht anrufen, sondern sie persönlich aufsuchen sollen? Unangemeldet an ihrer Tür läuten, sodass sie nicht einfach kneifen konnte? Diese Möglichkeit bestand immer noch. Nach Lüdenscheid fuhr man zweieinhalb Stunden, wenn man dem Routenplaner im Internet Glauben schenkte. Inzwischen war es halb fünf. Ich würde allerdings in den Frankfurter Berufsverkehr geraten …

Frau Hallberg hieß in Wirklichkeit Breker mit Nachnamen, fand ich heraus. Hallberg war ihr Mädchenname, und in Lüdenscheid hatte sie vor einigen Jahren wieder geheiratet, einen Hartmut Breker, der inzwischen jedoch unter einer anderen Adresse gemeldet war als seine Frau.

Ich beschloss, die Kollegen in Lüdenscheid zu bitten, sich um die aufgelöste Frau zu kümmern. Vielleicht brauchte sie einen Arzt, eine Beruhigungsspritze. Ich hielt den Hörer schon in der Hand und suchte im Intranet nach der Nummer der dortigen Polizeidienststelle, als es an der Tür klopfte. Laila Khatari streckte ihren Kopf herein.

»Darf ich mal kurz?«

Die aufgeweckte junge Frau, die noch nicht einmal Kripobeamtin war, hatte fast nebenbei den Fall Selsky gelöst. Frederik Peltzer, der Schüler mit der Sechs in Latein, war Mitglied einer Rockerbande gewesen.

»Er war schon neunzehn und hat ein Motorrad gehabt.«

Neunzehn und in der zwölften Klasse? Da hatte er wohl eine etwas unkonventionelle Schulkarriere hinter sich.

Aus Lailas großen dunklen Augen sprühten Funken vor Stolz. »Und in diesem Rockerclub hat er einen Kumpel gehabt, Sigi Röhr, der hat damals im Pfaffengrund gewohnt, und da wohnt er heute immer noch…«

Das Funkeln ihrer Augen wurde noch eine Spur stärker.

»Ich hab den gleichen Trick probiert wie bei Höffken. Zu dritt sind wir hin, ich hab geläutet, er hat aufgemacht, ich frag so, ob er vielleicht so nett wäre, uns bei einer Ermittlung zu unterstützen, und da fängt der auf einmal an zu schwanken und kriegt praktisch Schnappatmung, und dann fällt er einfach um, bums, und vor einer Viertelstunde hat er gestanden.«

Nachdem er in jener Nacht vor fünfundzwanzig Jahren Pierre Selsky lange nach Mitternacht aufgesucht, im Streit erschlagen und in den Neckar geworfen hatte, war er aus dem Motorradclub ausgetreten und hatte später ein mustergültiges Leben geführt. Heute war Sigi Röhr Elektroinstallateur von Beruf, verheiratet, hatte vier fast erwachsene Kinder, bewohnte sein Elternhaus im Pfaffengrund, das er mit seinen eigenen Händen erweitert und ausgebaut hatte. Und seit fünfzehn Minuten war er ein geständiger Mörder, und sein Leben lag in Trümmern. Er hatte Selsky nicht einmal auf Bitten seines Freundes aufgesucht, sondern aus eigenem Antrieb, um Frederik einen Gefallen zu tun. Eigentlich hatte er Selsky nur ein wenig erschrecken und ihm einen Denkzettel in Form einiger Ohrfeigen verpassen wollen. Aber dann war die Situation eskaliert, und am Ende hatte der Lehrer zum zweiten Mal in dieser Nacht leblos am Boden gelegen. Dieses Mal allerdings angekleidet und wirklich tot.

Mein Telefon summte. Sönnchen hatte offenbar einen wichtigen Anruf in der Leitung. »Eine Frau Hallberg. Sie klingt irgendwie komisch.«

»Kommen Sie«, hörte ich Saskia Hallberg alias Breker kurz darauf erschöpft sagen. »Morgen Vormittag ist gut.«

»Wie geht es Ihnen jetzt?«

»Fragen Sie mich doch nicht ständig solche Sachen, Himmel noch mal!«, versetzte sie, schon wieder den Tränen nah. »Es geht mir hundsmiserabel. Aber ich werde mir nicht das Leben nehmen, keine Bange. Dazu hätte ich oft genug Grund gehabt, und zwei- oder dreimal hätte ich es auch beinahe getan. Heute Abend werde ich mich ordentlich betrinken, und dann werde ich hoffentlich schlafen können, und morgen reden wir dann, ja?«

Der erste Intercity in Richtung Dortmund ging um sechs Uhr, fand ich mit einigen Mausklicks heraus.

Aber dann fiel mein Blick auf Laila Khatari, die mir immer noch gegenübersaß und mich erwartungsfroh beobachtete, und ich änderte meine Pläne.

Sie meinten es ernst.

Meine Mädchen hatten sich bereits Arbeit gesucht, eröffnete mir Sarah beim Abendessen. Sie selbst würde an den Adventssamstagen in einer Parfümerie an der Hauptstraße teure Kleinigkeiten in große, hübsche Geschenke verwandeln. Louise hatte einen Job in einer Boutique in Rohrbach gefunden als Aushilfsverkäuferin und Regalaufräumerin.

»Mit Trinkgeld und so verdienen wir bis Weihnachten locker fünfhundert«, war Sarah überzeugt, und eine superbillige Fahrschule hatten sie auch schon entdeckt, gar nicht weit weg und mit einem supersympathischen jungen Fahrlehrer, der fast ein bisschen aussah wie Justin Bieber.

Sogar von den Wunschkennzeichen hatten die beiden schon präzise Vorstellungen: »SG« für Sarah, »LG« für Louise, als Ziffern selbstredend ihr gemeinsames Geburtsjahr. Fehlten nur noch die pinkfarbenen Fahrzeuge zu ihrem Glück. Sie wünschten sich sonst wirklich nichts zu Weihnachten. Auch nicht zu Ostern. Und vielleicht nicht einmal zu ihrem achtzehnten Geburtstag, der in gut zehn Monaten anstand.

»Also gut«, sagte ich, erschlagen von der Fülle an neuen Ereignissen. »Wenn es sozusagen ein vorgezogenes Geschenk zu eurer Volljährigkeit ist …«

Sarah fiel mir kreischend um den Hals, Louise mit etwas Verspätung. Sie war überhaupt ein wenig wortkarg an diesem Abend, fiel mir auf, und nicht mit der gleichen Begeisterung bei der Sache wie ihre große Schwester. Hatte sie wieder einmal Sorgen wegen einer vergeigten Klassenarbeit?

Nachdem alle sich gebührend gefreut hatten, wandten wir uns dem zu, weshalb wir um unseren Küchentisch herumsaßen: Abendessen.

»Hast du gar keinen Hunger?«, fragte Sarah besorgt, als ich eine Scheibe Knäckebrot mit fettreduziertem Käse und Tomatenscheiben belegte. »Du bist doch nicht krank?«

»Mir geht's prima«, behauptete ich nach dem ersten krachenden Bissen. »Ich nehme ab. Theresa meint, ich bin zu dick.«

Sogar Louise sah verblüfft von ihrem Teller auf. Mit kritischen Blicken musterten die beiden mich von oben bis unten und wieder zurück, betrachteten mein karges Abendessen, dann wieder mich.

»Stimmt«, sagte Sarah mit der Erbarmungslosigkeit ihrer Jugend. »Du könntest es schon vertragen.«

»Acht Kilo müssen runter, behauptet sie!«

Noch einmal wurde mein Bauch kritisch beäugt, der im Grunde kaum mehr als ein Bäuchlein war. Eine winzige Ausbuchtung, die man kaum sah, wenn ich mich gerade hinstellte. Und die Luft anhielt.

Louise biss mit Appetit in ihr dick mit verteufelt gut

riechender Trüffelleberwurst bestrichenes Graubrot. Leberwurst zählte zu den vielen feinen Dingen, die laut meinem selbst ernannten Food-Watch-Coach auf der Igittliste standen.

»Sie hat recht«, fand auch Louise, nachdem sie ihren Bissen verschlungen hatte. »Acht Kilo Minimum.«

In der Post, die meine Töchter im Lauf des Tages auf dem Schuhschränkchen im Flur deponiert hatten, fand ich neben allerhand Werbung und einer Rechnung die CD, die ich bestellt hatte. *Trumpet & Sax – Nina and Friends*. Begleitet von einem Gläschen trockenem Spätburgunder, schlenderte ich ins Wohnzimmer und legte die silberne Scheibe ins Abspielgerät.

Die Musik war – nun ja – interessant. Nicht ganz meine Richtung, aber keineswegs schlecht. Eine Spur zu hektisch, ein wenig zu viel Rhythmus, für heute Abend entschieden zu nervös, denn nervös war ich selbst.

So nahm ich die CD bald wieder heraus und legte nach langer Zeit wieder einmal Keith Jarretts legendäres *Köln Concert* auf. Aber nicht einmal das gefiel mir heute. Ich war angespannt, rastlos, konnte mich auf nichts wirklich konzentrieren. Und das lag nicht an den Vespas, die sich meine Töchter so sehnlich wünschten. Während ich erfolglos in meiner CD-Sammlung stöberte, fiel mir ein, dass meine alten LPs – es mussten Hunderte sein und sicher ein kleines Vermögen wert – seit unserem Einzug irgendwo im Keller lagerten. Und der dazugehörige Plattenspieler? Den hatte ich wohl in einem Anfall von geistiger Umnachtung beim Umzug entsorgt. Vielleicht hatte er einen Defekt gehabt, vielleicht auch nicht. Plötzlich fand ich es schade, bekam Lust, meine guten alten Platten gleich jetzt aus dem Keller zu holen. Aber ohne Plattenspieler war das keine besonders intelligente Idee.

Irgendwann, es war schon nach zehn, und in dem CD-

Spieler rotierte eine anspruchslose Schmusejazzscheibe, erschien Sarah mit verlegenem Blick.

»Darf ich mal kurz, Paps?«

»Immer. Setz dich.«

Sie schloss die Tür sorgfältig hinter sich, nahm auf der Vorderkante des Sessels Platz, der mir gegenüberstand, und sah auf ihre feingliedrigen Hände mit den immer noch rührend dünnen Fingern.

»Es ist wegen Loui«, begann sie nach einem letzten Zögern mit unglücklicher Miene. »Du darfst ihr aber nicht sagen, dass ich mit dir geredet hab.«

»Es geht ihr nicht gut, ich hab's gemerkt. Wieder mal Stress in der Schule?«

»Das auch …«

»Was noch?«

»Na ja …«

»Ein bisschen konkreter musst du schon werden, Sarah. Geht es um irgendwas, das sie in ihrer Freizeit macht?«

»Schon.«

»Treibt sie sich mit den falschen Leuten rum?«

»Leute nicht gerade …«

»Sarah, bitte!«

»Bloß einer. Ein Freund.«

»Sie hat seit Neuestem einen Freund?«

Zaghaftes Nicken ersetzte die Antwort.

Ich setzte mich aufrecht hin, ergriff die Fernbedienung und stellte die Musik leiser. »Und deshalb machst du dir Sorgen?«

»Es ist … Er tut ihr nicht gut, glaub ich. Und außerdem …«

»Du magst ihn nicht.«

Nicken.

»Was ist falsch an ihm?«

»Gar nichts. Es ist … einfach so. Wie er rumläuft. Und dann dieses komische Getue von Loui auf einmal …«

»Du kennst ihn nicht näher?«

»Ich kenn den überhaupt nicht. Hab sie bloß zwei-, dreimal zusammen gesehen. Seit ein paar Tagen ist sie am Nachmittag immer weg. Und sie sagt mir nie, wohin sie geht. Loui ist übelst verknallt in den Typ. Aber sie ist überhaupt nicht glücklich. Und das sollte man doch sein, wenn man verknallt ist, oder nicht? Wenn ich sie drauf anspreche, dann tickt sie sofort voll aus. Dabei sagen wir uns doch sonst immer alles.«

Manchmal kam der geheimnisvolle neue Freund auch zur Schule und besuchte Louise in der großen Pause.

»Dann stehen sie in der Ecke und knutschen rum wie blöd.«

»Du hast sie darauf angesprochen?«

»Klar. Aber sie blockt total. Giftet einen sofort an.«

»Klingt, als hätte sie selbst kein gutes Gefühl bei der Sache.«

Sarah sah wieder auf ihre Hände, jetzt mit einer Miene, als trüge sie die Schuld an dem Elend ihrer eine halbe Stunde jüngeren Zwillingsschwester.

»Wir machen Folgendes«, schlug ich vor. »Du hältst weiter die Augen offen. Und ich warte eine günstige Gelegenheit ab, um mit ihr zu reden. Und versuch, wenn möglich, mehr über diesen Freund rauszufinden. Wie er heißt, was er macht, wo er wohnt, okay?«

15

»Wer ist sie?«, fragte Saskia Breker alias Hallberg mit erschöpftem Blick, als wir uns am späten Dienstagvormittag in ihrem dämmrigen Wohnzimmer gegenübersaßen. »Ihre kleine Begleiterin?«

Sie sah aus, als hätte sie seit Tagen nicht geschlafen. Vor ihr standen eine Teetasse und eine zierliche Kanne aus chinesischem Porzellan auf einem silbernen Stövchen. Ich wärmte meine Finger an einem Becher Filterkaffee mit wenig Milch und noch weniger Zucker. Die Platte des schweren Couchtischs zwischen uns war aus dunkelgrünem Marmor. Alles, was ich von der Einrichtung des Hauses im Norden Lüdenscheids bisher gesehen hatte, wirkte, als wäre es vor einem halben Jahrhundert angeschafft worden und schon damals nicht modern gewesen.

»Eine Kollegin.«

»Jung«, meinte sie, als wäre Jungsein eine Frage guten Charakters. »Man könnte neidisch werden bei so viel unbeschwerter Jugend.«

Nach unserem gestrigen Telefonat war mir der Gedanke gekommen, es könnte von Vorteil sein, in Begleitung einer Frau hierherzukommen. Da Klara Vangelis immer noch nicht richtig gesund und außerdem als Soko-Leiterin unabkömmlich war, hatte ich Laila Khatari gebeten, mich zu begleiten. Und da sie am Steuer unseres Dienstwagens gesessen hatte und sich sehr für die Schonung unserer geschundenen Umwelt begeisterte, waren wir eine halbe Stunde später als vom Routenplaner berechnet in Lüdenscheid eingetroffen. Als ich dann endlich an ihrer Tür läutete, hatte Frau Hallberg sich strikt geweigert, meine junge Mitarbeiterin über ihre Schwelle zu lassen.

»Es hieß, wir unterhalten uns, Sie und ich«, hatte sie kategorisch erklärt. »Von einer dritten Person war nicht die Rede.«

So war mir schließlich nichts anderes übrig geblieben, als Laila zu bitten, irgendwo einen Kaffee zu trinken und auf mich zu warten. Enttäuscht, aber nicht beleidigt hatte sie sich gefügt.

Frau Hallberg hatte entfernte Ähnlichkeit mit der Sängerin Cher mit ihrem länglichen Gesicht, den vollen Lippen, den großen Augen mit ein wenig hängenden Lidern. Nur die Haarfarbe stimmte nicht. Cher hatte glattes schwarzes Haar, während Saskia Hallbergs Locken, die sie heute in einem lockeren Knoten im Nacken zusammengefasst hatte, dunkelbraun waren. Die Frisur stand ihr vorzüglich, gab ihrem länglichen Gesicht etwas Aristokratisches.

»Was ich Ihnen zu sagen habe, Herr Gerlach«, begann sie nach kurzem, betretenem Schweigen mit gesenktem Blick, »möchte ich nur Ihnen sagen. Zu Ihnen habe ich Vertrauen. Fragen Sie mich bitte nicht, weshalb. So bin ich eben, immer habe ich leicht Vertrauen gefasst zu Männern. Zu Frauen seltsamerweise nie. Oder nur sehr selten. Und leider Gottes habe ich meistens den falschen Männern vertraut. Nur Arne…« Sie schluckte, nippte an ihrer Tasse. »Im Grunde war er der einzige Mann in meinem Leben, der mein Vertrauen nicht enttäuscht hat. Der es nicht missbraucht hat. Der ehrlich zu mir war. Er war der Richtige für mich, ich habe es schon in den ersten fünf Minuten gespürt. Es war, Gott, wie soll ich es beschreiben?«

Unsicher stellte sie ihre Tasse ab, füllte Tee nach, obwohl sie noch halb voll war. Eine alte Pendeluhr, die an der Stirnwand des ungemütlichen, kühlen und dämmrigen Raums träge die Sekunden abzählte, zeigte Viertel vor elf.

»Überwältigend«, fuhr Frau Hallberg fort. »Ich dachte immer, so etwas gibt es nur in Kitschfilmen und schlechten Romanen. Diese Macht, diese Unbedingtheit der Gefühle, diese Rücksichtslosigkeit, mit der es einen fortschwemmt. Einfach mit sich nimmt wie ein reißender Fluss…«

Bedächtig trank sie wieder ein Schlückchen Tee. Ich nippte an meinem Becher. Der Kaffee war kochend heiß und schmeckte mittelprächtig. Vermutlich trank man in diesem Haus selten Kaffee. Aus einem Radio, das vielleicht in der Küche stand, dudelten Achtziger-Jahre-Oldies. Es roch nach alten Möbeln und vergangenem Wohlstand.

»Glück war es«, fuhr Frau Hallberg so leise fort, als könnte sie immer noch nicht ganz fassen, was ihr widerfahren war. »Endlich hatte ich einmal Glück. Ich hatte die Hoffnung längst aufgegeben, dass das möglich wäre. Dass man zusammen glücklich sein könnte. Dass man sich so nacheinander sehnen kann, obwohl man sich gerade erst getrennt hat. Kaum saßen wir in unseren Autos, an den Sonntagabenden, haben wir schon wieder miteinander telefoniert.«

Auch seines war ein Prepaidhandy gewesen, erfuhr ich, von derselben Sorte wie ihres und am selben Tag gekauft.

»Arne mochte diese modernen Dinge nicht. Im Grunde hat er das Handy nur benutzt, um mit mir zu telefonieren, während wir unterwegs waren. Selten, um jemanden anzurufen, wenn er nicht zu Hause war. Oder wenn er wollte, dass der Angerufene nicht herausfinden konnte, wer er war. Wenn ich Arne abends angerufen habe, dann sollte ich immer die Festnetznummer wählen. Er mochte sein Handy nicht, nein.«

Die Nummer dieses ungeliebten Handys kannten wir inzwischen. In die Liste der Menschen, die er damit in den vergangenen Wochen angerufen hatte, setzte ich große Hoffnungen. Der Mörder hatte es vermutlich nicht ohne Grund an sich genommen.

»Diese Nummer kannte meines Wissens überhaupt nur ich. Arne hat sie immer unterdrückt, weil er fand, die Menschen wüssten heutzutage ohnehin schon viel zu viel voneinander.«

Allmählich sprach sie flüssiger, und das Sprechen tat ihr gut. Nach dem anfänglichen Zögern wollte, nein, musste sie jetzt reden. Über den ersten Mann in ihrem Leben, der sie wirklich geliebt und den sie nun schon wieder verloren hatte. Über all die Enttäuschungen und Kränkungen, die sie davor hatte überstehen müssen.

»Der erste Mann, mit dem ich Pech hatte, war im Grunde mein Vater.« Ihr Blick ging kurz zur Decke. »Meine Mutter ist früh gestorben, und er hat mir meine Jugend zur Hölle gemacht mit seinem ewigen Misstrauen, seinen Verdächtigungen und Unterstellungen. Schon als ich fünfzehn war, hielt er mich für ein Flittchen. Vater ist sehr religiös, müssen Sie wissen. Religiös auf diese verlogene, selbstgerechte, überhebliche Art, die ich durch ihn hassen gelernt habe.«

Heute war ihr neunundachtzigjähriger Vater sterbenskrank, und die Tochter, sein einziges Kind, das er längst nicht mehr erkannte, pflegte und hasste ihn, während er sie auf wüsteste Weise beschimpfte und nach ihr schlug.

Frau Hallberg erzählte mir von ihrer ersten kurzen Ehe in Konstanz, die ein Fehlgriff gewesen war. Ich brauchte kaum etwas zu fragen, gab nur hin und wieder sachte Anstöße, wenn es wieder einmal nicht weiterging. Die Standuhr schwang würdig ihr schweres, aufwendig ziseliertes Messingpendel dazu.

»Herr Heldt war wegen Dorle Matt bei Ihnen«, versuchte ich, sie irgendwann sanft zum eigentlichen Thema zu leiten.

Sie nickte zerstreut, ging jedoch auf meine Bemerkung nicht ein.

»Frau Breker?«

Verwirrt sah sie auf. »Hallberg, bitte. Wir leben in Scheidung. Und ich hasse den Namen Breker inzwischen.«

»Dorle Matt …?«

Sie sah durch mich hindurch, schien mich wieder nicht gehört zu haben.

»Da hat er gesessen, damals natürlich noch Herr Heldt für mich, da, wo Sie jetzt sitzen, und er hat mir seine Fragen gestellt. So ruhig und geduldig. Nie hat er versucht, mich anzuflirten, nie hat er anzügliche Bemerkungen gemacht, mir zweideutige Blicke zugeworfen. So ruhig und verständnisvoll – es hat mich umgehauen. Umgehauen, ja, in den ersten zwei Minuten. Ich hatte ja sonst immer nur Pech mit Männern. Und dann auf einmal Arne. Endlich, dachte ich, endlich, das ist er. Und nun also … Dabei fällt mir ein …«

Zum ersten Mal seit Beginn unseres Gesprächs, das im Wesentlichen ein Monolog war, sah sie mir ins Gesicht. Ihr waidwunder Blick war trotz allen Schmerzes der einer selbstbewussten Frau, die wusste, was sie konnte und dass sie für ihr Alter immer noch gut aussah.

»Haben Sie übrigens in letzter Zeit schon einmal hier angerufen?«

»Nein. Nur gestern. Vorher kannte ich Ihre Nummer ja nicht.«

Sie schlug die dunklen, traurigen Augen nieder. Trank wieder einen Schluck. Stellte das Tässchen aus fast durchsichtigem Porzellan behutsam ab.

»Zweimal hat abends das Telefon geklingelt, aber am anderen Ende hat niemand geantwortet. Obwohl ich gehört habe, dass da jemand war.«

»Wann genau war das?«

»Das weiß ich nicht mehr. Ist schon einige Tage her. Irgendein Spaßvogel vermutlich. Einer dieser Idioten, die Freude daran haben, alleinstehende Frauen zu nerven. Wenn nicht …«

»Wenn nicht?«

»Vielleicht war es auch Hartmut, mein Nochehemann. Dem traue ich solche albernen Späße zu.«

Eine Weile schwiegen wir. Draußen schien heute eine käsige Sonne durch eine blendend weiße Wolkenschicht. Eine Sonne, die keine Wärme schickte, sondern nur kaltes Licht.

Im Westen hatte ich vorhin schon die nächsten dunklen Wolken heransegeln gesehen. Die altmodischen schweren Stores am breiten Fenster waren zugezogen, die an der Terrassentür nicht, aber dennoch wurde es in diesem ungemütlichen Raum nicht hell.

»Da hat er gesessen«, wiederholte Frau Hallberg, jetzt mit Tränen in den Augenwinkeln. »Und mich mit Engelsgeduld ausgefragt. Es ging um Dorle, Sie haben ganz recht. Es war eine so entsetzliche Geschichte, damals. So entsetzlich. Die arme Simone, mein Gott!«

»Simone war die Mutter?« Den Namen kannte ich aus den alten Protokollen, die ich während der Fahrt Zeile für Zeile durchgelesen hatte.

Sie nickte und spielte mit ihren schmucklosen, schlanken Klavierspielerfingern. Eine Druckstelle am rechten Ringfinger verriet, dass dort vor nicht allzu langer Zeit noch ein Ring gesteckt hatte.

»In welcher Beziehung standen Sie zu dem Mädchen?«

Die Uhr musste eine Weile ticken, bis Frau Hallberg sich zu einer Antwort aufraffte: »Wir waren Nachbarn, Simone und ich. Sie war Schweizerin, aus der Nähe von Zürich, frisch geschieden – wie ich bald darauf ja auch –, und ist nach der Trennung mit ihrer Tochter nach Konstanz gezogen.«

»Sie sagen, Simone ›war‹ Schweizerin. Heißt das, sie ist tot?«

Erschrocken sah sie mich an. »Ich hoffe nicht. Nein.«

Simone Matt hatte nach der Scheidung eine Stelle bei einer Bank in Kreuzlingen gefunden, einem Städtchen hinter der Schweizer Grenze, aus irgendwelchen Gründen hatte sie jedoch auf der deutschen Seite gewohnt.

»Unsere Wohnungen lagen auf demselben Stockwerk, Wand an Wand, und wir haben uns bald angefreundet. Hin und wieder, wenn Simone mal wieder auf Geschäftsreise musste, hat Dorle bei mir geschlafen. Es war oft lustig mit uns drei Mädels. Zum Beispiel hatten wir Klopfzeichen vereinbart. Dreimal an die Wand klopfen bedeutete: Mir ist langweilig, hat wer Lust auf einen Kaffee? Viermal hieß: Mir geht's mies, habe dringenden Gesprächsbedarf. Fünfmal bedeutete: Bin gerade dabei, aus dem Fenster zu springen, komm rüber mit einer Schnapsflasche. Noch öfter: Macht gefälligst den Fernseher leiser.«

Ihr erster Mann sei ein Idiot gewesen, behauptete Saskia Hallberg.

»Nicht in intellektueller Hinsicht, sondern emotional. Ein Idiot der Gefühle, wenn man so sagen kann. Für ihn stand die Arbeit an erster Stelle, dann kam lange nichts, dann kamen seine Hobbys, und ganz am Ende kam dann ich, seine Frau.«

Hanno Thurow war damals leitender Angestellter eines international agierenden Baukonzerns gewesen. Außerdem war er fast zwanzig Jahre älter gewesen als seine Ehefrau.

»Was er heute macht, weiß ich nicht und will ich auch nicht wissen.«

Die Scheidung war offenbar eine der üblichen Schlammschlachten gewesen.

Mit dem zweiten Mann war sie zurzeit noch verheiratet.

»Leider. Hartmut ist ein noch größerer Idiot als Nummer eins. In diesem Fall auch, was die Intelligenz betrifft. Dazu ist er Alkoholiker und hat ein ausgeprägtes Talent, immer das Falsche zu tun und sich mit den falschen Leuten anzulegen.«

Irgendwo im Haus stöhnte jemand auf und stieß gleich darauf einen gurgelnden Schrei aus.

Frau Hallberg war schon auf den Beinen, warf mir einen verzweifelten Blick zu und verschwand im Vorraum. Ich hörte, wie sie eilig eine Treppe hinauflief und oben beruhigend auf ihren alten Vater einredete, nachsichtig mit ihm schimpfte. Erst einige Minuten später kam sie wieder. Sie trug einen grauen, knielangen Rock und darüber einen Rollkragenpulli aus schwarzer Kaschmirwolle. Die Pensionswirtin bei Gießen hatte sie treffend beschrieben: mittelgroß, füllig, aber keinesfalls dick, ein voller, heute ungeschminkter Mund, braune Locken, dunkle Augen, auch diese ohne Make-up.

»Verzeihen Sie«, seufzte sie, als sie sich wieder setzte und mit Automatenbewegungen Tee nachschenkte. »Ich pflege ihn jetzt schon seit über einem Jahr. Musste mich kürzlich sogar beurlauben lassen, weil es einfach nicht mehr anders ging. Ich habe hier eine gute Stellung als MTA in einem Medizinlabor, und glücklicherweise einen sehr verständnisvollen Chef. Aber lange kann es so nicht mehr weitergehen. Er meinte, bis Weihnachten, das kriegen sie irgendwie hin. Aber dann muss ich wiederkommen, oder sie müssen sich jemand anderen suchen. Auf der anderen Seite …« Fahrig und sinnlos griff sie sich an die Stirn. »Ich würde es nicht aushalten, ihn in irgendeiner Klinik sterben zu lassen oder in einem dieser schrecklichen Pflegeheime. Trotz allem ist er ja mein Vater. Im Februar meinten die Ärzte, noch vier Wochen, höchstens sechs. Jetzt haben wir November, und ich habe den Eindruck, es geht ihm sogar wieder besser in letzter Zeit. Er isst mehr, wird kräftiger. Und je besser es ihm geht, desto unerträglicher wird er. Oft ist er so böse, so kindisch böse, dass ich ihn erwürgen könnte. Stattdessen sitze ich hier, trinke Tee, und meine Zeit zerrinnt, meine Lebenszeit …«

»Und an den Wochenenden?«, unterbrach ich sie vorsichtig.

Sie sah auf, lächelte irritiert. Wieder verstand sie erst mit Verzögerung, worauf ich hinauswollte. »Ich habe eine Hilfe, Janina. Sie kommt immer freitagmittags von Polen herüber und fährt am Sonntagabend wieder zurück, und so konnten Arne und ich …« Wieder strich sie sich mit der Hand über die Stirn. Schüttelte plötzlich den Kopf, dass die Locken wippten. »Als Arne noch in Konstanz lebte, konnten wir uns nur alle zwei, drei Wochen treffen. Seit er in Heidelberg war, haben wir praktisch kein Wochenende mehr ausgelassen. Außer ... doch. Einmal im September. Da war mein Auto kaputt.«

»Und an dem Wochenende, als ...?«

»Das war seltsam.« Sie trank einen Schluck Tee. »Arne hat ganz kurzfristig abgesagt. Dazu hat er mich sogar auf dem Festnetztelefon angerufen, was er sonst nie tat. Das Handy habe ich ja immer nur eingeschaltet, wenn ich abends mit ihm telefonieren wollte. Dazu bin ich immer aus dem Haus gegangen. Diese alberne Geheimniskrämerei, das ist alles wegen Vater. Manchmal hat er noch helle Momente, und wenn er mitbekommt, dass ich mit einem Mann auch nur spreche, wirft er mir gleich wieder die schlimmsten Dinge an den Kopf. Hure und Schlampe sind noch die harmlosesten Schimpfworte, die ich mir anhören muss. Deshalb bin ich immer aus dem Haus gegangen, wenn wir abends telefoniert haben. Arne konnte oder wollte während der Dienstzeit nicht. Dienst ist Dienst, sagte er, und Privatkram ist Privatkram. Ein deutscher Beamter eben.«

Sie lachte kurz, traurig und verlegen.

»Und an dem Wochenende, von dem wir sprechen, hatte er andere Pläne?«

»Arne, er war ... Sehen Sie, die meisten Menschen, die ich in meinem Leben kennengelernt habe, haben immer nur von sich gesprochen. Arne nicht. Er hat sich für mich interessiert. Nicht nur, weil er etwas von mir erfahren wollte, das natürlich auch. Aber da war mehr. Auch wenn er sich oft so abweisend und mürrisch gegeben hat, er hat viel von Menschen verstanden, er konnte sich sehr gut einfühlen. Ich habe das so noch nie erlebt. Von sich selbst hat er nur gesprochen, wenn ich ihn ausdrücklich gefragt habe. Und auch dann hat er es nicht gerne getan.«

»Das Wochenende ...«

»Verzeihen Sie, wenn ich ständig abirre«, sagte sie stirnrunzelnd. »Ich fürchte, ich verliere allmählich den Verstand. Es wird mir alles zu viel. Ständig geschieht etwas, immer wieder ein neues Unglück und… Wie? Ach ja, er sagte, er wolle am Sonntag jemanden besuchen, es sei sehr wichtig für ihn, und er müsse dafür noch einiges vorbereiten. Er wirkte… irgendwie… aufgedreht. So kannte ich ihn sonst gar nicht. Sonst war Arne immer so ruhig und besonnen, aber bei diesem Anruf, es war – lassen Sie mich nachdenken – am Donnerstagabend war es. Ich hatte schon angefangen zu packen und war, nun ja, enttäuscht natürlich, gekränkt. Dachte im ersten Moment sogar, es steckt vielleicht eine andere Frau dahinter, aber das war natürlich Unsinn.«

Dieses Mal schüttelte sie so heftig den Kopf, dass sie ein wenig Tee verschüttete, weil sie gleichzeitig versuchte, aus ihrer Tasse zu trinken. Mit angewiderter Miene stellte sie die Tasse wieder ab.

»Ich kann das nicht mehr«, flüsterte sie dann mit starrem Blick auf meinen Mund. »Es geht einfach nicht mehr. Beim besten Willen.«

»Hat er einen Namen genannt?«, fragte ich leise und jetzt aufs Äußerste konzentriert. »Hat er gesagt, wen er besuchen wollte? Worum es bei diesem Besuch ging?«

Erschöpft schüttelte sie den Kopf. »Er sagte nur, ich würde mich bald mächtig wundern. Ich musste Janina absagen. Auch sie war enttäuscht, weil sie das Geld dringend braucht, das sie bei mir verdient. Und um allem die Krone aufzusetzen, hatte Vater dann in der Nacht auf Samstag wieder einmal einen seiner Erstickungsanfälle, und so war es am Ende doch ganz gut, dass ich nicht bei Arne war.«

Draußen wurde es jetzt von Minute zu Minute dunkler. Kräftiger Wind rauschte in den Bäumen. Das Teelicht in Frau Hallbergs Stövchen flackerte wie ein einsames Friedenszeichen in schlimmen Zeiten. Meine Augen brannten. Die lange Autofahrt hatte mich dösig gemacht, und der Kaffee war nicht stark genug, um mich wieder aufzuwecken.

Mit Mühe unterdrückte ich den Drang zu gähnen, massierte mir die Schläfen. Durch die halb offen stehende Terrassentür hörte ich die ersten schweren Tropfen fallen. Sekunden später begann der Regen zu plätschern, und es wurde noch dunkler.

»Er hat Ihnen also nicht gesagt, wen er am Sonntag besuchen wollte«, fasste ich zusammen. »Hat er wenigstens eine Andeutung gemacht, worum es ging? Irgendeine Bemerkung? Eine Bemerkung, die Sie vielleicht nicht verstanden haben?«

Wieder seufzte Frau Hallberg. Schenkte mit zittrigen Bewegungen Tee nach. Schloss die Augen, atmete tief ein und aus. Riss sie wieder auf, sah mich plötzlich durchdringend an. Sie hatte einen Entschluss gefasst.

»Das brauchte er nicht«, sagte sie mit fester Stimme. »Er brauchte keine Andeutung zu machen.«

Mir stockte der Atem. »Weil Sie es wussten?«

Jetzt würde sie sprechen. Und das würde vielleicht alles verändern.

»Nein«, widersprach sie leise, aber mit Nachdruck. »Wissen tue ich es nicht. Aber eine Vermutung habe ich tatsächlich. Eine begründete Vermutung.«

Ich nahm mein Notizbuch zur Hand, das auf dem Couchtisch für diesen Moment bereitgelegen hatte, den Stift in die andere, drückte den Knopf des Kugelschreibers aus mattem Edelstahl.

»Ziemlich dunkel hier«, stellte ich fest. »Wären Sie so freundlich …?«

Sichtlich froh um diesen letzten kleinen Aufschub, sprang sie auf. »Wie achtlos von mir, verzeihen Sie.«

Sie brachte sogar so etwas wie ein Lachen zustande, ging einige zügige Schritte bis zu dem Durchgang, der in den Flur führte, drückte einen Schalter. Mehrere im Raum verteilte Lampen und Lämpchen flammten auf und verbreiteten warmes, behagliches Licht. Frau Hallberg kam mit langsamen, jetzt wieder zögernden Schritten zurück. Als wäre sie sich ihrer Sache plötzlich doch nicht mehr ganz sicher. Hinter ihrem Sessel blieb sie stehen, stützte die Hände auf die wulstige Rückenlehne, sah mich ernst und traurig an.

»Ich mache mir große Vorwürfe«, sagte sie in ruhigem, fast sachlichem Ton. »Hätte ich doch früher gesprochen, damals, als …«

Ein Knall, ein Zischen, Glas klirrte in meinem Rücken, Saskia Hallbergs Kopf flog zur Seite, und im nächsten Augenblick war sie verschwunden.

16

Ich brauchte eine halbe Sekunde, um zu begreifen, dass soeben ein Schuss gefallen war, und eine weitere halbe, um mir darüber klar zu werden, dass ich im jetzt hell erleuchteten Zimmer wie auf einem Präsentierteller saß. Ich ließ mich seitlich vom Sessel fallen, robbte über weiche Teppiche zur Tür, fand auf Anhieb den richtigen Schalter, das Licht erlosch.

Die Kugel hatte Frau Hallberg in die rechte Schläfe getroffen und war an der linken wieder ausgetreten. Puls war noch zu fühlen, Atmung nicht feststellbar. Erstaunlich wenig Blut war zu sehen. Auf dem Bauch liegend tippte ich mit fliegenden Fingern die 112 in mein Handy. Es gelang mir erst beim dritten Versuch.

In der Sekunde, als der Schuss fiel, hatte oben der alte Mann wieder zu heulen und zu schreien begonnen, als hätte er sofort verstanden, dass ein großes Unglück geschehen war.

Als Nächstes lief ich geduckt zur Fensterfront, spähte vorsichtig hinaus, konnte wegen des immer stärker strömenden Regens jedoch nichts erkennen. Dunkel meinte ich mich zu erinnern, dass kurz nach dem Schuss auf der Straße ein Motor angesprungen war, ein großer Motor, der ein wenig nach amerikanischem Straßenkreuzer klang. Möglicherweise, nein, wahrscheinlich hatte der Schütze darin gesessen.

Sicherheitshalber lief ich – jetzt nicht mehr geduckt – zur Haustür, trat ins Freie, in den jetzt tosenden Wolkenbruch, aber auch von hier war nichts zu sehen als eine menschenleere Wohnstraße und einige geparkte Pkws, die allesamt leer zu sein schienen. Ich ging wieder hinein, schloss die weiß gestrichene Tür hinter mir, und plötzlich wurden meine Knie weich. Ich schaffte es gerade noch bis zu meinem Sessel, dann verließ mich alle Kraft.

Die vielleicht zehn oder fünfzehn Minuten, bis der Notarzt kam, fühlten sich für mich wie zehn oder fünfzehn Ewigkeiten an. Der Alte oben heulte und schrie unentwegt weiter wie ein tödlich verwundetes Tier.

Frau Hallberg war nicht tot, stellte der enttäuschend junge Arzt fest, der viele Pickel im schmalen, blassen Gesicht hatte. Augenblicke später war sie bereits auf dem Weg zur Notoperation. Eine ältere Sanitäterin blieb zurück, um sich um den Greis im Obergeschoss zu kümmern. Es dauerte nicht lange, dann war er endlich, endlich wieder still. Weitere kostbare Minuten verstrichen, bis der erste Streifenwagen heranjaulte.

Ich saß immer noch in meinem Sessel, nippte wie ein falsch programmierter Roboter an meinem längst kalt gewordenen Kaffee und stand den Kollegen Rede und Antwort, so gut es möglich war. Irgendwann war Laila Khatari wieder da. Auch sie war blass und fast so schockiert wie ich. Sie hielt sich klugerweise im Hintergrund.

Mühsam, immer wieder von sprachlosen Pausen unterbrochen und den Faden verlierend, berichtete ich meinen Kollegen, was sie wissen mussten. Dass ich in einem Mordfall ermittelte. Dass Frau Hallberg möglicherweise etwas wusste, das für mich wichtig sein könnte, äußerst wichtig sogar. Auf die naheliegende Frage, wer wohl auf sie geschossen hatte, konnte ich nur die Achseln zucken. Gesehen hatte ich nichts, überhaupt nichts, nein, wirklich nichts.

Ich war ein miserabler Zeuge, weiß Gott.

Plötzlich war von einer zweiten Kugel die Rede, einem zweiten Schuss, der möglicherweise mir gegolten hatte. Die Kugel steckte etwa anderthalb Meter weiter links und einen halben Meter tiefer in der Wand als die, die Saskia Hallberg getroffen hatte. Bevor sie in die Wand eingedrungen war, hatte sie die Standuhr durchschlagen.

Ich hatte den zweiten Schuss überhaupt nicht gehört.

Alles um mich herum drang nur gedämpft und mit großer Verzögerung in mein Bewusstsein.

Mein Gehirn schien aus Watte zu sein.

Der Raum füllte sich. Eine Gruppe Spurensicherer rückte an und tat, was ihre Aufgabe war. Viel war es nicht. Außer den Geschossen in der Wand gab es hier nichts zu sichern. Die Uhr hatte im Moment des Einschlags aufgehört zu ticken. Eine Spurensuche im Freien, in dem immer noch tobenden Gewitterschauer, erübrigte sich. Zwischendurch hatte es auch gedonnert, meinte ich mich zu erinnern.

»Die ist wohl hin«, sagte eine Kollegin in Uniform mit Blick auf die alte Uhr. Vielleicht liebte sie Antiquitäten.

Alles, was um mich herum geschah, die Aufregung, all die Hektik, der sinnlose Aktivismus, würde niemandem mehr helfen. Außer vielleicht dem Menschen, den der Mörder als Nächsten ins Visier nahm. Falls es einen solchen gab. Was nicht auszuschließen war. Mich, zum Beispiel.

Eine dünne Schnur wurde gespannt von dem Loch im Fenster bis zum sehr viel kleineren Loch in der Uhr. Man kam überein, dass der Schütze auf der Straße gewesen sein musste, wahrscheinlich in einem Auto gesessen hatte, denn keiner der Nachbarn hatte etwas bemerkt. Was verständlich war, denn wer geht schon bei einem solchen Sturzregen vor die Tür oder auch nur ans Fenster? Die zweite Möglichkeit, dass der Schütze sich im etwas erhöht liegenden Garten aufgehalten und zum Zielen hingekniet hatte, schlossen die Kollegen rasch aus. Es gab keine Hecke zur Straße hin, auch nicht zu den Nachbargrundstücken, lediglich einen niedrigen Zaun. Zu viele Menschen hätten ihn beobachten können.

Als Waffe kam angesichts der Entfernung nur ein Gewehr

infrage, darin waren sich alle einig. Später, wenn alles sich ein wenig beruhigt hatte, würde man die Kugeln vorsichtig aus der Wand herausoperieren.

Wenn alles andere erledigt war.

Das Kaliber der Waffe war momentan von geringer Bedeutung.

»Wenn er von der Straße geschossen hat, muss der Kerl ein verdammt guter Schütze sein«, meinte ein massiger Kollege in Zivil, der eben noch nicht da gewesen war, und wandte sich nach kurzem Grübeln an mich. »Sie hatten eben erst das Licht angeknipst, höre ich?«

Ich nickte. Schüttelte den Kopf. »Ich nicht. Frau Hallberg. Fünf Sekunden vorher vielleicht. Es war draußen immer dunkler geworden, und …«

Und ich hatte sie gebeten, Licht zu machen, damit ich meine eigenen Notizen besser lesen konnte. Notizen, die ich nun nicht mehr machen würde, da sie mir nichts mehr sagen konnte. Vielleicht nie wieder etwas sagen würde. Weil sie vielleicht tot war, obwohl sie doch vor Minuten noch gelebt hatte. Plötzlich so entschlossen gewirkt hatte. Befreit geradezu. Im Begriff, endlich, endlich eine alte Rechnung zu begleichen. Eine Schuld abzubüßen, die ihr viele Jahre auf der Seele gelegen hatte. Vielleicht, indem sie mir sagte, wer Arne Heldt getötet hatte. Und vielleicht auch Dorle Matt. Und jetzt möglicherweise sie selbst. Und beinahe auch mich. Letzteres ließ mich seltsam kalt. Als ginge es überhaupt nicht um mich, sondern um irgendeinen Fremden, mit dem ich nicht das Geringste zu tun hatte.

Niemand wusste, wie es Frau Hallberg derzeit ging.

»Sie operieren noch«, schnappte ich irgendwann auf.

Also lebte sie noch. Tote werden nicht operiert, sondern obduziert.

Jemand berührte mich leicht am Arm.

»Chef?«, hörte ich Lailas Mädchenstimme sagen. »Mögen Sie vielleicht ein Glas Wasser oder so?«

Ein Stockwerk über uns begann wieder diese schreckliche, abscheuliche, nervenzermahlende Stimme zu kreischen.

Das Lichtlein unter Frau Hallbergs Teekanne war irgendwann von allein erloschen.

Als hätte es gewusst, dass es nun nicht mehr gebraucht wurde.

»Breker heißt der Knabe«, sagte der beleibte Kollege, der auf einmal rechts von mir auf der Couch saß. »Hartmut Breker. Sie leben in Scheidung.«

»Ich weiß.«

»Was Sie wahrscheinlich noch nicht wissen: Der Mann ist ein Choleriker. Komplett durchgeknallt, behaupten meine Kollegen.«

Was sollte ich dazu sagen? Dass ich auf jemand ganz anderen als Täter tippte? Jemanden, dessen Namen ich vor wenigen Minuten um ein Haar erfahren hätte?

»Alkoholiker und seit einer halben Ewigkeit arbeitslos. Außerdem, und das ist der Punkt: Seit der Trennung ist er wiederholt hier gewesen und hat Krawall gemacht. Die arme Frau hat in den vergangenen Monaten dreimal meine Kollegen zu Hilfe gerufen, wenn er mal wieder randaliert und ihr schlimme Sachen angedroht hat.«

Ich nickte, um zu zeigen, dass ich zuhörte und im Großen und Ganzen verstand, was der Riese mit dem gutmütigen Gesicht mir erzählte.

»Seit ein paar Wochen hat er nun Annäherungsverbot.«

»Das ist gut«, war das Einzige, was mir dazu einfiel. »Sehr gut, ja.«

»Frau Breker hat ausgesagt, ihr künftiger Exmann habe mehrfach gedroht, sie umzubringen. Nachbarn bestätigen das.«

Allmählich erwachte ich wieder aus meiner Lethargie. Ich

fühlte, wie meine Lebensgeister sich zu regen begannen, der Schock nachließ. Auch das Rauschen und Tosen in meinen Ohren wurde leiser. »Dann sollten wir vielleicht allmählich…?«

Mein Gegenüber begann zu grinsen. »Sie wollen dabei sein, nehme ich an?«

Erst als wir zu viert in einem zivilen Ford saßen, machten wir uns bekannt. Der Riese hieß Heinz-Peter Podolsky, Kriminaloberrat wie ich, und kam von der Polizeidirektion Hagen, die auch für Verbrechen im Umland zuständig war.

»Podolsky mit y, nicht wie der Fußballer.« Geboren war er in Duisburg. »Da, wo die Schimanski-*Tatorte* gedreht wurden, im Hafen, da habe ich als Kind gespielt.« Er lachte dröhnend, fand das wohl irgendwie lustig.

Laila Khatari lächelte verständnisvoll.

»Was wissen wir über Breker?«, fragte ich, nachdem ich höflichkeitshalber ebenfalls ein wenig Heiterkeit gezeigt hatte.

»Die meiste Zeit ist er arbeitslos. Seit fünf Jahren und ein paar Monaten ist er mit dem Opfer verheiratet. Und er trinkt gerne mal einen über den Durst.«

»Oder auch zwei«, fügte der Fahrer hinzu, ein knochiger Jungspund mit Zehnkämpfermiene und entsprechendem Körperbau. Podolsky lachte wieder lauthals. Ich grinste. Mein Handy spielte die ersten Takte des *Köln Concert* von Keith Jarrett.

Der Anrufer war Lemmle.

»Jetzt haben wir doch was!«, brüllte mir der Chef der Spurensicherung begeistert ins rechte Ohr. »Hab ich's nicht gesagt? Keiner kann heut noch so was machen, ohne dass er Spuren hinterlässt.«

»Sie haben doch Täter-DNA gefunden?«

»Vom Teppich direkt hinter der Wohnungstür. Nehme an, da hat er seinen Schutzanzug ausgezogen. Vielleicht auch bloß die Kapuze runtergemacht, scheißegal. Jedenfalls: Die drei Haare, die wir gefunden haben, sind eindeutig frisch, und sie sind nicht von Arne und auch nicht von einem von uns. Da bleibt dann nicht mehr so viel, gell?«

Die Haare waren bereits unterwegs nach Stuttgart.

»Hab den Schnarchsäcken beim LKA die Hölle heiß gemacht. Wenn wir Glück haben, kann ich Ihnen morgen, spätestens übermorgen den genetischen Fingerabdruck von dieser Drecksau auf den Tisch legen.«

Dann würden wir zumindest wissen, ob Arne Heldts Mörder auch Dorle Matt auf dem Gewissen hatte.

Hartmut Breker war nicht zu Hause.

Eine alte Nachbarin, die in ihrem Vorgärtchen Unkraut jätete und nebenbei mit hellwachen Augen unsere Bemühungen beobachtete, wusste, dass er das Haus vor drei Stunden und zwanzig Minuten verlassen hatte.

»Ein Vorstellungsgespräch, sagte mir Hartmut, für eine Anstellung in Hagen. Er war ja nun leider schon wieder ohne Anstellung.«

Nicht weit von uns entfernt schlug eine Kirchturmuhr gemächlich und wohlklingend zwölfmal.

»Wie ist er unterwegs?«, fragte ich. »Hat er ein Auto?«

Die beiden Kollegen schienen es mir nicht übel zu nehmen, dass ich in ihrem Revier wilderte.

»Das hat er ja nicht mehr, das Auto.« Die alte Frau zwinkerte vielsagend. Sie trug eine geblümte Kittelschürze und scheußliche rosafarbene Plastik-Crocs an den aufgequollenen nackten Füßen. Ihr strähniges Haar war glatt, dünn und weiß wie frischer Schnee, die Augen waren wässrig blau und blickten äußerst aufgeweckt.

»Hat er gesagt, wann er zurückkommen will?« Laila Khatari beglückte die alte Dame mit ihrem entwaffnenden Lächeln.

»Das hat er leider nicht, Fräulein. Ich denke, wenn er die

Stelle bekommen hat, dann wird er einen trinken gegangen sein. Und wenn er sie nicht bekommen hat, dann auch.«

»Wie ist er unterwegs?«, wiederholte Podolsky meine Frage, die irgendwie untergegangen war. Und als die Alte ihn nur verständnislos ansah, fügte er hinzu: »Mit der Bahn?«

»Das Auto, das gehört ja seiner Frau, aber die hat ihn rausgeschmissen. Was man auch verstehen kann, so wie er sie oft behandelt hat. Vor allem, wenn er mal wieder …« Sie machte eine Geste, als würde sie einen großen Krug auf ex leeren, und zwinkerte mir zu. Vielleicht, weil ich der Älteste war, schien sie mich für den Chef der kleinen Gruppe zu halten.

»Ja, den Zug wird er wohl genommen haben. Ich habe gesehen, wie er an der Bushaltestelle in den Siebener gestiegen ist. Und der Siebener, der fährt ja nun zum Bahnhof.«

Unter großer Anteilnahme der alten Nachbarin diskutierten wir, wie wir weiter vorgehen sollten. Warten oder suchen, war hier die Frage.

»Was wollen Sie denn von Hartmut?«, wollte sie verständlicherweise wissen. »Er wird doch wohl nichts ausgefressen haben?«

»Nicht weiter wichtig«, behauptete Podolsky, begleitet von seinem durchdringenden Lachen. »Nur ein kleiner Höflichkeitsbesuch, nichts weiter.«

»Er wird doch hoffentlich der armen Saskia nichts angetan haben?«, fragte sie mit schreckensweiten Augen.

»Das, ähm …« Podolsky kam kurz ins Schleudern, fing sich aber gleich wieder. »Wie kommen Sie denn auf so was?«

»Nun.« Wieder dieses Zwinkern, bei dem ich mir allmählich nicht mehr sicher war, ob es sich um eine Sympathiebekundung oder ein Zeichen von Nervosität handelte. »Er hat manchmal so etwas gesagt. Dass er seiner armen Saskia mal tüchtig den Hintern versohlen wird, solche Sachen. Er ist ja leider etwas jähzornig, der Hartmut.«

»Nur den Hintern versohlen oder Schlimmeres?«, hakte ich ein.

Unbehaglich sah sie auf ihre schweinchenfarbenen Crocs hinunter. »Nicht, dass er sie umbringen will, das nun nicht. Sie ist doch nicht etwa umgebracht worden?«

»Es hat einen Anschlag gegeben«, gab Podolsky zu. »Aber sie ist am Leben. Natürlich muss es nicht Herr Breker gewesen sein. Es ist nur so, wir müssen mit jedem sprechen, der mit ihr zu tun hatte.«

»Hat er vielleicht ein Stammlokal?«, fragte Laila Khatari. »Wo er jetzt sein könnte?«

Über das Gesicht der Alten ging ein mattes Leuchten. »Der *Dudelsack,* natürlich! Nur zwei Straßen weiter, gleich an der Ecke ist es, Sie können es nicht verfehlen. Dort ist Hartmut eigentlich immer, wenn er nicht zu Hause ist. Und wenn er gerade Geld hat, natürlich. Die Wirtin gibt ihm keinen Kredit mehr, hat er einmal geschimpft. Er wird ja leider sehr leicht wütend, der Hartmut.«

Breker saß tatsächlich an der Theke seiner kleinen, mit viel verstaubtem Gerümpel dekorierten Stammkneipe und war bereits sturzbetrunken, als wir eintraten. Er war ein hagerer, mittelgroßer Mann mit eindrucksvoll langer Nase und blassem Gesicht. Auf dem Kopf trug er einen verbeulten schwarzen Cowboyhut, an den Füßen dazu passende, mit tausend Nieten besetzte Stiefel. Mit glasigen Augen linste er uns entgegen, als wir im Gänsemarsch das, abgesehen von ihm und einer klapperdürren Wirtin, leere Lokal betraten.

Podolsky, der die Spitze unseres kleinen Heerzugs bildete, trat mit der Selbstsicherheit eines Mannes auf, der in seiner Jugend nur selten aus einer Rauferei als Verlierer hervorgegangen war. Ihm folgte der Fahrer, dessen Namen ich immer noch nicht verstanden hatte, dann kam ich, und das

Schlusslicht bildete meine im Moment nicht so strahlende Kollegin.

»Breker?«, fragte Podolsky in väterlichem Ton. »Habe ich die Ehre mit Hartmut Breker?«

»Will'n datt wissen?«, lallte der Angesprochene herausfordernd.

Podolsky zückte seinen Dienstausweis, aber Breker wollte ihn nicht sehen. Stattdessen wanderte sein finsterer Blick langsam von einem zum anderen und blieb schließlich an der hübschen Laila hängen. Sie lächelte ihn mit einer Freundlichkeit an, als wollte sie ihn von der Theke weg adoptieren.

Mir war immer noch ein wenig schummrig vom Schock und vielleicht auch, weil ich seit meinem kargen Frühstück nichts gegessen hatte. Aber meine Hände zitterten nicht mehr, und mein Gehör funktionierte wieder normal.

»Wo warst du in den vergangenen drei Stunden?«, fragte Podolsky und legte freundschaftlich einen schweren Arm auf Brekers nicht allzu breite Schultern.

»Hä?«, fragte der mit schwerer Zunge zurück. »Geht euch Clowns datt vielleicht watt an, wo ich meine Zeit totschlage?«

»Beantworte einfach meine Frage.« Podolsky setzte sich auf den Barhocker links neben Breker. »Keiner will hier irgendwelchen Stress machen. Wir wollen nur mit dir reden. Verstehst du, Junge? Nur reden, okay?«

Die Wirtin, die aussah, als wäre Sonnenlicht für sie so attraktiv wie für Vampire, polierte mit mäßigem Engagement Gläser und hörte ohne großes Interesse zu. Es schien hier nicht ungewöhnlich zu sein, dass die Polizei aufmarschierte und einen ihrer Gäste in die Mangel nahm. Im Radio sang Heino über Liebe, Sehnsucht und Entsagung.

»Und wenn ich mich um 'nen Job beworben hätte?«, giftete Breker. »Watt wär dann? Wär datt dann etwa ein krimineller Akt?«

»Ganz im Gegenteil. Das wäre sogar sehr gut. Gibt's denn wen, der das bezeugen könnte?«

Breker wandte sich mit einem schnarchenden Seufzer wieder seinem Bierkrug zu. Sein im Nacken kurz geschnittenes Haar war schmutzig blond und mit grauen Strähnen durchsetzt. »Hab den Job sowieso nicht gekriegt. War ja klar. Klar wie Kloßbrühe is datt ja. Bei Kostal bin ich gewesen. Eine Frau Faller vonne Personalabteilung. Könnt ihr gerne fragen.«

»Kostal in Hagen?«, fragte Podolsky aufmerksam, während der Fahrer schon sein Handy zückte.

Breker leerte seinen Bierkrug in einem Zug. Ein Blick zur Wirtin reichte, um Nachschub zu bestellen. Neben dem leeren Krug stand ein Aschenbecher mit Brauereiaufdruck, in dem fünf oder sechs ausgedrückte Kippen lagen. Eine halb gerauchte Zigarette qualmte in Brekers linker Hand vor sich hin.

Der Fahrer fummelte mit krauser Stirn an seinem Smartphone herum, nahm es ans Ohr und sagte: »Frau Faller, bitte. Personalabteilung, ja.«

Er musste einige Zeit warten, bis er mit der richtigen Nebenstelle verbunden worden war.

»Richtig, heute Vormittag... Von halb zehn bis zehn?... Vielen Dank... Staplerfahrer? Aha... Leider nicht infrage, okay... der Lebenslauf?... Mehr das Gesamtbild, aha... Nein, nichts weiter. Alles in bester Ordnung, danke schön noch mal.«

Er wechselte einen leidenden Blick mit seinem Chef. Der schnaufte, wandte sich wieder Breker zu. »Und von Hagen bist du direkt zurückgefahren?«

»So issas, ja. Wieso interessiert euch Clowns datt denn so dringend?«

»Mit dem Zug?«

»Seit meine Scheißzicke von Frau...« Ein voller Krug wurde vor Breker hingestellt. Er trank einen großen, wütenden Schluck, knallte ihn auf den Tresen, dass das Bier schwappte und spritzte. »Seit diese Drecksschlampe mich abserviert hat, hab ich ja kein Auto mehr. Ist pekuniär einfach nich mehr drin. Und deshalb hab ich den Zug genommen, jawohl. Und bin mit dem Bus zum Bahnhof und zurück, jawohl.«

Podolsky sah die Wirtin an. Die nickte. »Seit Viertel nach elf sitzt er hier«, erklärte sie mit kratziger Stimme und gleichmütiger Miene. »Hab jesehen, wie er draußen ausem Bus jestiegen is, datt stimmt schon, watt der Hartmut saacht.«

»Die Fahrkarte haben Sie bestimmt noch«, mischte ich mich ein, um nicht nur wie der Trottel aus der Provinz dabeizustehen.

Breker knurrte etwas, was bei klarerer Aussprache eine Beamtenbeleidigung hätte sein können, fummelte jedoch brav ein zerknautschtes Onlineticket und zwei Busfahrkarten aus der rechten Gesäßtasche seiner überraschend sauberen Jeans. Auch das Poloshirt, das er trug, schien frisch gewaschen zu sein. Er hatte sich für das Vorstellungsgespräch fein gemacht, im Rahmen seiner Möglichkeiten. Obwohl es im Grunde überflüssig war, warf ich einen Blick auf die Tickets.

»Es ist nicht abgestempelt.« Ich hob das selbst ausgedruckte Zugticket hoch.

»Kein Schaffner gekommen«, brummelte Breker abwesend.

»Auf der Hinfahrt *und* auf der Rückfahrt?«

»Kann ich nix für. Iss eben keiner gekommen.«

Ansonsten hatte alles seine Richtigkeit. Breker nahm die Fahrkarten wieder an sich.

»Brauch ich noch«, brummelte er mit verwaschener Stimme. »Füre Arbeitsagentur. Wegen die Fahrtkosten, vastehße?«

Dem betrunkenen Arbeitslosen die Hiobsbotschaft zu

überbringen überließ ich meinem Lüdenscheider Kollegen. Breker trug es mit Fassung, wirkte nicht sonderlich erschrocken, nicht einmal verwundert. Podolsky hieb ihm kräftig auf die Schulter und erhob sich schwerfällig.

»So, mein Junge, das Bierchen da lässt du besser stehen. Du gehst jetzt nach Hause und haust dich aufs Ohr. Und heute Nachmittag um vier will ich dich in meinem Büro sehen. Und zwar nüchtern, wenn ich bitten darf. Kein Bier mehr jetzt, verstanden? Du schläfst 'ne Runde, und dann trinkst du einen starken Kaffee, und dann kommst du zu mir. Wir verstehen uns doch?«

»Soll ich'n da?«, lallte Breker in seinen Krug und trank ihn zum Trotz leer. »Werdet den Typ schon alleine finnen müssen, der datt mit die Saskia gemacht hat. Werdet ihr Clowns ja schließlich für bezahlt, oda ewa nich?«

Es wäre ja auch zu einfach gewesen, dachte ich, als wir in die frische, feuchte Luft hinaustraten. Längst hatte der Regen wieder aufgehört, und die Novembersonne gab sich redlich Mühe, das Unwetter vergessen zu machen. Breker hätte ein perfektes Motiv gehabt, erst Arne Heldt, seinen Nebenbuhler, zu töten und anschließend die untreue Ehefrau. Der einzige Fehler an dieser schönen Theorie war, dass er es nicht gewesen sein konnte, weil er für die Tatzeit ein perfektes Alibi hatte. Und außerdem: Wo wäre der Bezug zu Konstanz? Zu Dorle Matt? Aber bisher war es ja nichts weiter als eine Vermutung, dass Arne Heldts Mörder auch Dorle Matt vergewaltigt und getötet hatte.

17

Sönnchen hatte inzwischen telefoniert, erfuhr ich, während wir zur Polizeiwache an der Lüdenscheider Bahnhofstraße fuhren, und für mich herausgefunden, dass Arne Heldt am siebten April eine Dienstreise von Konstanz nach Lüdenscheid unternommen hatte und exakt zwei Wochen später eine zweite. Vielleicht hatte er schon beim ersten Gespräch einen Verdacht geschöpft, dem er dann bei seinem zweiten Besuch nachgegangen war. Nein, das konnte nicht stimmen. Hätte er es damals schon geahnt, wer Dorle auf dem Gewissen hatte, dann wäre er seinem Verdacht unverzüglich nachgegangen und nicht erst ein halbes Jahr später. Jedenfalls hatte es irgendwann während dieser Gespräche im April zwischen den beiden gefunkt, denn nur wenige Wochen später hatte man sich zum ersten Mal in der Pension *Waldlust* bei Gießen getroffen. Die Pensionswirtin hatte inzwischen ihr altes Gästebuch wiedergefunden, wusste Sönnchen von Balke. Mitte Mai hatte das frisch verliebte Paar zum ersten Mal bei ihr übernachtet.

Frau Hallbergs Worte klangen mir noch im Ohr. »Ich mache mir große Vorwürfe«, hatte sie in den Sekunden vor dem ersten Schuss gesagt. »Hätte ich doch früher gesprochen, damals, als…«

Hatte sie sagen wollen: »Als Dorle starb?«

Was wäre dann gewesen? Würde Arne Heldt noch leben? Sie selbst jetzt nicht auf dem Operationstisch liegen? Wäre ihr eigenes Leben ganz anders verlaufen? Frei von Schuld und ewigen Selbstvorwürfen?

Das Protokoll der Vernehmung im Juli 2001 hatte ich erst vor wenigen Stunden während der Fahrt studiert. Laut ihrer damaligen Aussage hatte sie gegen halb zwölf das Licht auf ihrem Nachttisch gelöscht und anschließend tief und ohne Unterbrechung bis um sieben Uhr morgens geschlafen. Dass Dorle etwas zugestoßen war, behauptete sie, erst im Lauf des Vormittags an ihrem Arbeitsplatz erfahren zu haben, in dem medizinischen Labor, wo sie damals angestellt war.

Wusste sie trotzdem, wer der Täter war? Ahnte sie es? Aus welchem Grund hatte sie dann bis heute geschwiegen? Weil der Täter ihr nahestand? Weil sie die Tat vielleicht sogar hätte verhindern können und sich all die Jahre mit Vorwürfen gequält hatte, weil sie es nicht getan hatte?

Unser Fahrer stellte den Ford auf einer der Parkbuchten vor der Polizeiwache ab. Wir stiegen aus, atmeten wieder klare und feuchte Novemberluft. Inzwischen war ein Uhr vorbei. Die Zeit schien zu rasen. Oder mein Gehirn stillzustehen.

»Essen wir einen Happen«, beschloss Podolsky. »Mir hängt der Magen in den Kniekehlen. Wäre griechisch angenehm?« Es seien nur etwa zweihundert Meter bis zum Restaurant *Plaka* an der Altenaer Straße, erklärte er aufgeräumt. »Riesenportionen und superlecker.«

Wahrscheinlich hatte Arne Heldt erst bei einem ihrer romantischen Wochenendtreffen den entscheidenden Hinweis von seiner geliebten Saskia erhalten, überlegte ich, als wir zügig die belebte Straße entlanggingen. Daraufhin hatte er den Fall Selsky vorübergehend zur Seite gelegt, war dem neuen Verdacht nachgegangen und hatte ihn bestätigt gefunden. Aber noch bevor er den letzten Beweis hatte, den er vielleicht an dem Wochenende zu finden hoffte, an dem er starb, hatte der Verdächtige auch ihn getötet und alles aus der Wohnung verschwinden lassen, das ihn belasten könnte.

Das kleine, angenehm helle Restaurant war nur noch spärlich besucht, als wir – wieder im Gänsemarsch – eintraten.

Podolsky wechselte einige laute und launische Worte mit dem Wirt, der aussah wie das Klischee eines alten, weisen Griechen, und prompt bekamen wir vier Ouzos vorweg serviert. Die anderen drei wählten alle dasselbe: Gyros mit halb Pommes, halb Reis. Ich war der Einzige, der keinen Appetit hatte. Aber Podolsky zwang mich mehr oder weniger, ebenfalls etwas zu bestellen. »Sie müssen einen Happen essen, Herr Gerlach. Wird Ihnen guttun, glauben Sie mir.«

So bestellte ich widerwillig einen griechischen Salat.

Bald duftete es verführerisch aus der Küche. Die großen Teller wurden vom Wirt persönlich gebracht, und wie angekündigt, waren die Portionen gigantisch.

»Er war's«, verkündete Podolsky mit Überzeugung, als der erste Hunger gestillt war.

»Breker?«, fragte ich überrascht von der Vehemenz, mit der er dies behauptete. »Er hat ein ziemlich überzeugendes Alibi.«

»Ich spüre so was in der Blase. Keine Ahnung, wie er das gedreht hat mit diesem Vorstellungsgespräch, aber ich bin überzeugt, er war's.«

Ich hatte meine Salatschüssel schon nach wenigen Gabeln von mir geschoben und hielt mich an das Wasser, das ich mir bestellt hatte. Hin und wieder knabberte ich einen frittierten Kartoffelchip, den ich von Lailas Teller stibitzte.

Podolsky wollte nun genauer wissen, weshalb wir in Lüdenscheid waren, gab sich aber mit meiner maulfaulen Erklärung zufrieden, es gehe um einen Fall, der mir zurzeit Kopfzerbrechen mache. Die folgenden zehn Minuten vergingen mit heiterem Plaudern, und ich war froh, die Namen Breker und Hallberg für eine Weile nicht hören zu müssen.

Dann wurde Kaffee bestellt und die zweite Runde Ouzo aufgetischt.

Hartmut Breker kam nicht. Er kam nicht um vier, er kam nicht um Viertel nach. Um halb fünf begann Podolsky zu fluchen, dass die Scheiben des kleinen Büros klirrten, das die Lüdenscheider ihm zur Verfügung gestellt hatten. Er schickte eine Streife los, die den besoffenen Burschen aus dem Bett zerren und herbeischaffen sollte.

»Tot oder lebendig – Hauptsache zackig, wenn ich bitten darf!«

Krachend legte er den Hörer auf.

Frau Hallberg war zwischenzeitlich per Hubschrauber vom Katholischen Krankenaus Hagen in die neurochirurgische Abteilung des Klinikums Dortmund verlegt worden, wo sie nun weiter operiert wurde. Immer noch wagte niemand eine Prognose, ob sie überleben würde. Und wenn ja, in welchem Zustand.

Minuten später war klar, dass Hartmut Breker es vorgezogen hatte, sein Heil in der Flucht zu suchen. Da er kein Auto besaß, konnte er noch nicht weit sein. Leider stellte sich bald darauf heraus, dass auch Frau Hallbergs eisengrauer Opel Astra verschwunden war.

»Hat der Schlingel also noch einen Schlüssel gehabt!« Podolsky blickte um sich, als hätte er am liebsten alles an die Wand geschmissen, was auf seinem Schreibtisch lag und stand. Der Tatverdächtige wurde bundesweit zur Fahndung ausgeschrieben. Weit würde er nicht kommen, in diesem Punkt waren wir uns alle einig.

Sollte er doch auch Arne Heldts Mörder sein? War er vielleicht 2001 in Konstanz gewesen, und irgendein verrückter Zufall hatte es gewollt, dass die Nachbarin des Teenagers, den er vergewaltigte und erdrosselte, Jahre später seine Frau wurde?

Wir warteten eine Stunde, wir warteten zwei Stunden, es wurde Abend, es wurde Nacht, doch abgesehen von zwei Fehlalarmen tat sich nichts. Um halb neun beschloss ich, heute nicht mehr nach Heidelberg zu fahren und den weiteren Fortgang der Geschichte in Lüdenscheid abzuwarten. Kollegen empfahlen mir ein preiswertes Hotel und organisierten den Transfer per Streifenwagen. Das Hotel erwies sich als proper und ruhig, obwohl es an einem Autobahnzubringer lag. Da weder Laila Khatari noch ich Übernachtungsgepäck dabeihatten, entschieden wir, uns noch einmal auf den Weg in die Stadt machen, um die notwendigsten Dinge einzukaufen. An der Rezeption wurden wir jedoch von einer hilfsbereiten jungen Dame darüber aufgeklärt, dass acht Uhr längst vorbei war und um diese Zeit kein Geschäft mehr offen hatte. Zahnbürsten samt Zubehör hatte sie vorrätig, einen Schlafanzug für mich organisierte sie von ihrem Freund, ein Nachthemd für die Kollegin stiftete sie selbst. So waren wir bald mit dem Nötigsten versorgt und stellten fest, dass wir hungrig waren. Laila schlug Currywurst vor oder Döner oder Hamburger. Ich neigte eher zu italienischem Essen, und wieder half uns die Frau an der Rezeption.

Das kleine Ristorante, das an derselben Straße wie unser Hotel lag, war gut besucht, der Wirt, ein würfelförmiger Süditaliener, heftig erfreut über die späten Gäste. Bald saßen wir an einem Ecktisch am Fenster. Laila entschied sich ohne einen Blick in die Karte für Pizza quattro stagioni.

»Nehm ich immer«, erklärte sie fröhlich. »Da ist alles drauf, was ich mag, und ich brauch nicht groß überlegen.«

Ich wählte Spaghetti alla pescatora. Und dieses Mal würde ich mein Essen nicht verschmähen.

Während der Pizzabäcker mit ernster Miene einen allmählich größer werdenden Hefeteigfladen durch die Luft segeln ließ, unterhielten wir uns über Hartmut Breker.

»Dass er getürmt ist, ist praktisch ein Schuldeingeständnis, oder nicht?«, fragte meine junge Begleiterin.

»Vielleicht hat er auch einfach nur die Nerven verloren.

Abzutauchen war in jedem Fall das Dümmste, was er machen konnte.«

Während ich sprach, war mir ein Gedanke gekommen. Ich nahm das Handy zur Hand und wählte die Nummer von Klara Vangelis. Zu meiner Überraschung meldete sich jedoch Sven Balke.

»Klara habe ich nach Hause geschickt. Sie hat geglüht vor Fieber, wollte aber ums Verrecken nicht einsehen, dass sie ins Bett gehört.«

Persönlich hatte er sie zu ihrer Großfamilie in Schriesheim gefahren und dort der Bewachung und Fürsorge ihrer griechischen Mama überlassen.

Dass Frau Hallberg angeschossen worden war, wusste er noch gar nicht.

»Jetzt geht aber der Punk ab!«, lautete sein Kommentar.

Ich bat ihn, Simone Matt und andere Menschen aufzutreiben, die 2001 im selben Haus wie sie gewohnt hatten.

Balke versprach, sich sofort an die Arbeit zu machen und zur Not die ganze Nacht im Büro zu bleiben.

Laila Khatari schnippelte inzwischen geschäftig an ihrer Pizza herum, die ausgereicht hätte, um eine vierköpfige Familie satt zu bekommen. Ich machte mich an meine nach Knoblauch duftenden Nudeln. Zu trinken hatte sie einen halben Liter Cola bestellt, ich ein Wasser und zur Begleitung ein Glas Montepulciano. Der Wein war gut, das Essen noch besser, und bald breiteten sich Wärme und Leben in meinem Bauch aus, in meinem Kopf Frieden und sogar wieder ein Hauch von Zuversicht.

»Darf ich Sie was fragen?«, fragte Laila irgendwann mit großen, unschuldigen Augen.

»Fragen Sie ruhig.«

»Ist aber ein bisschen speziell. Sie sind mir nicht böse?«

»Bestimmt nicht.«

»Sie sind nicht reingegangen«, sagte die junge Kollegin schließlich mit verlegenem Blick.

»Wie?«

Ich trank das letzte Schlückchen aus dem Weinglas und bestellte per Handzeichen Nachschub. Sollte Hartmut Breker in dieser Nacht noch aufgegriffen und vernommen werden, dann war nicht ich es, der ihm die Fragen stellen musste. Ich musste nur zuhören, und Wein war in diesen Minuten Medizin für mich.

»Ich bin dabei gewesen. Letzte Woche. In Ziegelhausen.«

»Stimmt, ich glaube, ich habe Sie sogar gesehen.«

»Sie sind aber nicht ins Schlafzimmer gegangen.«

»Ich kann so was nicht mehr vertragen«, gestand ich nach langem Zögern und mit Blick auf meinen leeren Teller. »Früher hat es mir nicht so viel ausgemacht, aber inzwischen …«

»Ich kann es auch nicht vertragen, ehrlich gesagt. Aber ich hab gedacht, wenn man zur Kripo will, dann muss man so was eben aushalten. Es ist aber nicht immer so schlimm, oder doch?«

In diesem Punkt konnte ich sie beruhigen. Mein Wein kam. Ich nahm sofort einen großen Schluck.

»Denken Sie, ich komm klar? Bei der Kripo, meine ich. Schaff ich das?«

»Bestimmt. Sehen Sie sich Ihre Chefin an.«

»Die Frau Vangelis? Die ist ganz schön taff, was?«

»Am Anfang hat sie bestimmt auch ihre Probleme gehabt.« Ich drehte mein Glas nervös hin und her. »Wissen Sie, die Kunst ist, nicht durchzudrehen, aber auch nicht abzustumpfen. Wenn es einem zu viel ausmacht, dann sollte man sich einen anderen Job suchen. Wenn es einem nichts mehr ausmacht, genauso. Dann hat man kein Mitgefühl mehr. Das sind dann diese alten Zyniker, die man eigentlich aus dem Verkehr ziehen müsste.«

Sollte ich ihr sagen, dass ich auch in letzter Zeit hin und wieder meine Zweifel hatte, ob ich den richtigen Beruf gewählt hatte? Ob ich es noch lange ertragen würde? All die täglichen Dramen, die kleinen und die großen Katastrophen. Es waren ja nicht nur die Morde, die spektakulären Schwerverbrechen. Es war auch der Kleinkram, der einen zermürbte. Tag für Tag das Elend der Unglücklichen mit anzusehen, die irgendwann durchs Raster gefallen waren. Die am Leben verzweifelten, weil sie keine Chance mehr für sich sahen. Wie Hartmut Breker zum Beispiel. Menschen, die irgendwann begriffen hatten, dass sie im Wettlauf um Ansehen und Wohlstand zu den Verlierern zählten und immer zählen würden. Die den Ausweg in Alkohol oder anderen Drogen suchten. Oder eben in Gewalt. Gewalt gegen ihre Frauen, gegen ihre Kinder oder Nachbarn, gegen irgendjemanden, der ihnen auf der Straße nicht schnell genug aus dem Weg ging.

Laila sah mich aufmerksam an, lächelte ausnahmsweise nicht und nickte, als säße sie gerade in der ersten Unterrichtsstunde bei einem neuen Lehrer.

»So wie Arne?«, fragte sie leise. »War er auch einer von den Zynikern?«

Ich beobachtete die rubinroten Lichtreflexe in meinem Glas, nahm einen weiteren Schluck. »Eigentlich nicht«, erwiderte ich nachdenklich. Anfangs hatte ich ihn ja auch so eingeschätzt. »Aber ich verstehe immer weniger, wie er eigentlich getickt hat. Auf der einen Seite hat er sich eiskalt gegeben, ungefähr so sensibel wie eine Straßenwalze. Aber wenn ich dann seine Protokolle lese, dann sehe ich, dass er sich hervorragend auf Menschen einstellen konnte, wenn er wollte. Er hat genau gewusst, wann er die Daumenschrauben ein bisschen fester anziehen muss und wann es besser ist, sie wieder zu lockern. Eine Runde Small Talk einzulegen. Um das Vertrauen nicht kaputt zu machen. Darin scheint er nämlich richtig gut gewesen zu sein: das Vertrauen von Menschen zu gewinnen, bis sie ihm Sachen erzählten, die sie noch nie irgendjemandem erzählt hatten.«

»Wie Frau Hallberg?«

Ja, wie Frau Hallberg. Die ihre Vertrauensseligkeit jetzt vielleicht mit dem Leben bezahlte.

»Da hab ich noch eine Menge zu lernen, was?«

»Aber Sie schaffen das. Bleiben Sie, wie Sie sind. Versuchen Sie, nicht bitter zu werden, auch wenn Sie schlimme Sachen sehen werden. Versuchen Sie, den Glauben nicht zu verlieren, dass die Menschen im Grunde gut sind.«

»Damit habe ich kein Problem, wegen meiner Religion.«

Sie war Jesidin, hatte sie mir während der Fahrt nach Lüdenscheid erzählt.

»Ihr Name klingt nicht deutsch«, hatte ich gesagt, als wir Frankfurt hinter uns ließen. »Woher stammen Sie eigentlich?«

Sie war in Mossul zur Welt gekommen. »Ein Jahr nach dem ersten Irakkrieg. Meine Eltern waren beide Lehrer, und mein Vater meinte, wenn Saddam Hussein an der Macht bleibt, dann ist es für uns Jesiden an der Zeit, abzuhauen. Wir sind dann nach Deutschland, da war ich gerade zwei Jahre alt. Meine Eltern haben hier natürlich nicht mehr als Lehrer arbeiten können. Meine Mutter putzt, und mein Vater versucht, als Dolmetscher ein wenig Geld zu verdienen. Aber sie haben es keine Sekunde bereut, dass sie den Irak verlassen haben. Und dass sie recht hatten, sieht man ja jetzt.«

Ich fragte sie, weshalb Jesiden kein Problem damit hätten, das Gute im Menschen zu sehen.

»Weil es bei uns keinen Teufel gibt, darum.«

Wenn es ihn gäbe, wenn es etwas wirklich Böses gäbe in dieser Welt, wie könnte Gott dann allmächtig sein?

»Deshalb haben wir auch kein Wort für den Teufel. Wir dürfen nicht mal an ihn denken.«

Mit einem Mal beneidete ich diese junge Frau mit den offenen, klaren Augen um ihre Jugend, ihre Zuversicht, ihre Religion. Um ihr Vertrauen darauf, dass Gott das Böse nicht zulassen kann. Obwohl es doch ständig geschah, überall auf der Welt, Tag für Tag.

18

Nachts um halb zwei, ich war knapp drei Stunden zuvor ins Bett gefallen, riss mich das Handy aus unruhigem und traumreichem Schlaf.

»Wir haben ihn am Arsch!«, brüllte Heinz-Peter Podolsky in mein rechtes Ohr, der im Gegensatz zu mir glockenwach zu sein schien. »In einer halben Stunde ist er da. Sie sind doch dabei?«

Natürlich war ich dabei.

Es dauerte dann doch etwas länger, bis Hartmut Breker uns gegenübersaß. Noch immer nicht ganz nüchtern, sehr zerknittert und kleinlaut, aber doch schon wieder mit aufmüpfigem Blick.

Auf unserer Seite des Tischs waren wir zu viert: Podolsky, der das Wort führte, die grauhaarige Hauptkommissarin in der blauen Uniform der Schutzpolizei, die so bekümmert gewesen war wegen Frau Hallbergs Standuhr, sowie die hellwache Kriminalkommissaranwärterin Laila Khatari und ihr noch etwas schläfriger Chef.

Eine Streife der Autobahnpolizei hatte Breker in der Nähe von Münster auf einem Parkplatz aufgelesen. Er hatte mit dem Kopf auf dem Lenkrad geschlafen und war nicht leicht wach zu bekommen. Wieder schlug Podolsky den Ton des großen, verständnisvollen Bruders an. Mit keinem Wort ging er auf den idiotischen Fluchtversuch ein.

Podolsky klärte Breker in freundlichem Ton über seine Rechte auf. Dass er einen Anwalt hinzuziehen könne, falls er das partout wolle. Dass er sich nicht selbst belasten müsse. Dass er jederzeit die Aussage verweigern dürfe. Dass ein Anwalt aber jetzt, zu nachtschlafender Zeit, schwer aufzutreiben sei, auf der anderen Seite auch gar nicht nötig, da man erst einmal nur ein informelles Gespräch in lockerer Runde führen werde.

»Wir machen kein Protokoll, verstehst du? Keiner schreibt hier irgendwas auf. Wir reden ein bisschen, und dann schlafen wir alle, und morgen sehen wir weiter. Wäre das so okay für dich?«

Breker nickte vorsichtig und schien Mühe haben, Podolskys Erklärungen zu folgen.

»Dann erzähl einfach mal, Junge.« Podolsky lehnte sich entspannt zurück und lächelte wie ein väterlicher Freund, der auch für die schlimmsten Dummheiten Verständnis hat. »Wie war das denn so mit deiner schönen Saskia?«

Die gute alte Regel: Fang mit den unkritischen Dingen an, lass Gesprächsatmosphäre aufkommen, wenn es gut läuft, sogar so etwas wie Gemütlichkeit, oft sogar Sympathie. Und irgendwann, wenn der Mensch auf der anderen Seite des Tischs längst nichts Böses mehr fürchtet, knallst du ihm die richtigen, die entscheidenden Fragen an den Kopf.

»Wie soll watt jewesen sein?« Breker hielt offenbar nichts von Gemütlichkeit.

»Wann habt ihr euch kennengelernt, wann habt ihr geheiratet, wie ist es so gelaufen?«

»Geht'n dich datt an?«

Podolsky beugte sich unerwartet dynamisch über den Tisch, so weit, dass sein Gegenüber unwillkürlich zurückwich. Mit dieser einen Körperbewegung hatte er klargestellt, wer hier das Sagen hatte und was man in diesem karg möblierten Raum von Frechheiten hielt. Breker schlug die tief liegenden Augen nieder, schluckte, dass sein ausgeprägter Adamsapfel hüpfte, fluchte ein wenig lautlos vor sich hin. Und wurde schließlich gefügig.

»Kennengelernt haben wir uns beim Einkaufen«, murmelte er.

»Lauter!«, fuhr Podolsky ihn an. »Und setz dich ordentlich hin, wenn du mit mir redest!«

Breker verstand die Botschaft und gehorchte eilig, fast schon unterwürfig. »Beim REWE an der Altenaer Straße. Wir haben nach derselben Flasche gegriffen, und dabei ist sie runtergefallen, die Flasche, und zerbrochen. Es ist ihr schrecklich peinlich gewesen und mir auch, und wir sind dann zusammen einen Kaffee trinken gegangen, auf den Schrecken hin. Zwei Tage später haben wir uns abends beim Griechen getroffen.«

In dem Lokal, wo wir heute zu Mittag gegessen hatten.

»Haben Souvlaki gegessen und Wein getrunken. Also Saskia. Ich Bier. Von Wein krieg ich immer Schluckauf.«

»Was war das für eine Flasche?«

Breker sah erstaunt auf. »Cognac. Aber kein teurer.«

»Und beim Griechen hat's dann gefunkt zwischen euch?«

»Ziemlich, ja. Am selben Abend noch. Sie war 'n bisschen ausgehungert gewesen, was das Sexuelle betrifft. Ich auch. War länger nichts gelaufen mit Mädels und so. Dabei hab ich damals noch eine gute Arbeit gehabt, bei der Vossloh in Werdohl drüben. Und ja, gefunkt hat es mit der Saskia, wie verrückt, genau. Was das Sexuelle betrifft, haben wir voll auf einer Welle geschwungen. Saskia hat's gerne bisschen heftiger gehabt. Konnte sie haben bei mir, gar kein Problem. Haben echt 'ne wilde Zeit gehabt, und halbes Jahr später haben wir geheiratet, ganz kleiner Kreis aber nur. Sie war ja schon mal verheiratet gewesen. Ich nicht, ich halt nicht viel von so Familiengedöns. Bin auch fast zehn Jahre jünger als sie. Aber das hat uns nichts ausgemacht, ihr nicht und mir nicht. Hat echt alles spitze funktioniert, also die ersten Jahre, meine ich. Saskia hat damals schon im Haus von ihrem Ollen gewohnt. Der war aber schon vierundachtzig und im Altersheim. Bin ich dann bei ihr eingezogen, und meine Hütte hab ich vermietet. Sie hat 'nen guten Job gehabt und ich auch, dazu noch die Miete, war echt spitze, so pekuniär, mein ich …«

»Habt ihr 'ne feine Zeit gehabt, ihr zwei Turteltäubchen«, meinte Podolsky verständnisinnig grinsend.

Breker nickte ernst. Sah auf seine kräftigen, sonnengebräunten Hände. »Später hat's dann angefangen, scheiße zu laufen. Total scheiße ist es auf einmal gelaufen. Erst hab ich meinen Job verloren, wegen Produktumstellung, angeblich. Und, na ja, war auch vorher schon mal – also Entzug und so, wegen, ihr wisst schon. Wie ich die Saskia kennengelernt hab, da war ich trocken wie die Wüste Gobi. Aber dann, wie's auf einmal anfing, so scheiße zu laufen …«

»Hast du wieder gesoffen.«

Dieses Mal fiel Brekers Nicken nicht so deutlich aus.

»Dann habt ihr gestritten, und sie hat dich rausgeworfen und wieder reingelassen. Du hast hoch und heilig geschworen, du lässt die Finger vom Alk, aber das hat nicht geklappt …«

Breker sah ihn verdutzt an. »Weiß'n datt allet? Warste dabei?«

Podolsky beugte sich wieder vor. Dieses Mal jedoch nicht drohend. »Ich weiß es, weil das bei Typen wie dir immer so läuft, Junge. Das geht ein paarmal hin und her, und irgendwann hast du ihr eine gelangt, und sie hat dir noch mal verziehen, und du hast weiter gesoffen und sie noch mal geohrfeigt, und am Ende hat sie die Schlösser ausgetauscht.«

Erschüttert starrte der Verdächtige auf den Tisch. »Die Mieter von meinem Haus hatten sowieso gerade gekündigt. Bin ich eben wieder eingezogen in meine alte Hütte. Zwei-, dreimal hab ich noch wieder Arbeit gefunden, aber es ist immer mistiger gelaufen und mistiger und mistiger. Hab Werkzeugbauer gelernt, wisst ihr. Später sogar noch auf Ingenieur studiert. Hab ich aber dann nicht gepackt. Nicht, datt ich der Sache vom Intellekt her nicht gewachsen gewesen wäre. Hat eben nicht geklappt, mehr so von der Motivation her. Vielleicht wär alles anders gekommen, wenn ich datt gepackt hätte.«

Mit einem Ruck sah er auf, starrte uns vorwurfsvoll an.

»Jetzt bewerb ich mich auf jede Scheißstelle, aber nicht mal als Staplerfahrer wollen sie mich noch haben. Halbes Jahr hab ich bei Edeka Waren ins Regal geräumt. Übelst schlecht bezahlt, aber wenigstens hab ich da Arbeit gehabt. Dann ist mir die Chefin paarmal blöd gekommen, und dann ist das auch nichts mehr gewesen.«

Die Luft in Podolskys winzigem Büro war schon stickig gewesen, als das Verhör begann. Jetzt stank es regelrecht nach lange nicht gewaschenen Männerachseln, Angstschweiß und unterdrückter Aggression.

Podolsky nahm die erste Haarnadelkurve: »Du bist im Schützenverein?«, fragte er harmlos. »Richtig?«

Breker nickte, noch in Erinnerungen an bessere Zeiten versunken.

»Was schießt du denn da so?«

Die Miene des Verdächtigen verfinsterte sich. Er roch den Braten schon. »Revolver. Neun Millimeter. Und Kleinkalibergewehr auch.«

Das gemütliche Grinsen war aus Podolskys breitem Gesicht verschwunden. »Und hin und wieder auch Großkaliber, hab ich gehört. Du sollst gut sein, hab ich gehört. Hast letztes Jahr den zweiten Platz gemacht auf hundert Meter.«

»Aber bloß leihweise und nur ab und zu. Hab ja man bloß 'n Schein für Kleinkalibergewehr. Und für den Revolver auch, logisch. Bei mir ist alles total legal. Total! Alles!«

Podolsky bog wieder in die Gerade ein: »Wann ist dann eigentlich der Vater von deiner Frau bei euch eingezogen?«

Breker entspannte sich. Dachte wohl, er hätte die Gefahrenstelle gut umschifft. »War auch so 'n Ding gewesen. Vielleicht wär alles besser gegangen, wenn der Olle nicht aufgekreuzt wäre. Vor 'nem Jahr is datt gewesen, ungefähr. Im Altersheim wollten sie ihn nicht behalten, und für Pflegeheim hat es finanziell nicht gereicht. Ich hab ja kaum noch was verdient. Saskia schon, die hat immer ordentlich verdient. Sie ist dann tagsüber zur Arbeit, und ich hab zu Hause gesessen und den Ollen gefüttert und gepampert.«

»Da war dann Schluss mit dem schönen Leben.«

Wieder sah Breker erstaunt auf.

Podolsky winkte ab. »So was geht nie gut, glaub mir. Ich weiß, wovon ich rede. Ist schon schlimm genug, wenn's die eigenen Eltern sind. Aber so rum – nee!«

Ich war mir immer noch nicht im Klaren darüber, ob Breker wirklich so ahnungslos war, wie er uns glauben machen wollte, oder ob wir hier einen ganz ausgefuchsten Schauspieler vor uns hatten. So dumm, wie er tat, konnte er eigentlich nicht sein. Immerhin hatte er ja einige Semester studiert, berufsbegleitend, was nicht nur eine gewisse Intelligenz, sondern auch beträchtliche Willensstärke voraussetzte.

»Wie ihr euch dann getrennt habt…«, fuhr Podolsky harmlos fort.

»Im Juni«, nuschelte Breker. »Im Juni war datt. Ich hab mich nicht getrennt. Sie hat mich… also… vor die Tür und so.«

»Sie hat dir aber weiter Geld gegeben. Ihr seid ja immer noch verheiratet, musste sie ja.«

»Zuletzt nicht mehr.« Breker wurde ein wenig kleiner auf seinem Stuhl. »Ende September hat sie unbezahlten Urlaub genommen. Wegen dem Ollen. Ohne mich ist sie einfach nicht mehr klargekommen. Und mit auch nicht. Es ist alles… Wie, als hätten wir auf einmal die Pest. Alles, alles ist in die Grütze gegangen, alles!«

Sein Atem ging jetzt heftig. Die Finger seiner sehnigen Handwerkerhände krampften sich immer fester zusammen. Laila neben mir hörte mit einer Miene zu, als müsste sie den ganzen Text auswendig lernen.

»Na, siehst du«, sagte Podolsky väterlich lobend. »Ist doch gar nicht so schwer. Ich hab mir die Kontoauszüge angesehen, die von deiner Frau.« Er machte eine kleine Pause, kramte in seinen Unterlagen, als hätte er den Faden verloren. »Das stimmt so weit alles, was du sagst, das mit dem Geld und so.« Gleich kam vermutlich der nächste Angriff.

Er sah wieder auf, lächelte mitfühlend, fast herzlich, als er sagte: »Die Nachbarn sagen übrigens, du seist später noch ein paarmal bei ihr gewesen und hättest Krawall gemacht.«

Keine Reaktion.

»Du sollst so nette Sachen gerufen haben wie: ›Ich mach dich fertig‹, oder: ›Ich mach dich kalt‹.«

Breker wurde noch kleiner, schwieg mit verstockter Miene.

Aber dann reagierte er doch. Er raffte sich auf, sah Podolsky hasserfüllt an und sagte mit gepresster Stimme: »Hallo? Ich war in Hagen, wie's passiert ist! Ihr könnt das überprüfen, sooft ihr wollt. Ich bin nicht hier gewesen. In Hagen bin ich gewesen. In Ha-gen, kapito?«

Podolsky schnaufte, blätterte noch einmal seine spärlichen Unterlagen durch, sah mich auffordernd an. Wir tauschten die Rollen.

»Heidelberg?«, fragte Breker blöde, nachdem ich mich vorgestellt hatte. Seine Augen waren inzwischen matt vor Müdigkeit. Es war Viertel nach drei, und was wir hier trieben, war im Grunde eine ziemliche Unverschämtheit, für die uns jeder Anwalt die Ohren lang gezogen hätte. Aber nun waren wir alle hier, Breker redete, und da er müde war, würde er halbwegs ehrlich antworten.

»Das ist im Süden unten.«

»Weiß, wo datt iss, Mann!«

»Sagt Ihnen der Name Arne Heldt etwas?«

»Arne wie? Nie gehört. Wieso sollt ich den kennen?«

Ich zögerte kurz, beobachtete ihn genau, als ich antwortete: »Weil er ein Verhältnis mit Ihrer Frau gehabt hat.«

Es war nicht erkennbar, ob dies eine Neuigkeit für ihn war oder nicht.

»Seit einem halben Jahr schon.«

Immer noch zuckte er nicht. Sein Blick veränderte sich nicht. Seine dumpfe Ratlosigkeit schien echt zu sein.

»Sie haben es gewusst, nicht wahr?«

Endlich reagierte er. »Iss auch so 'ne Scheiße gewesen. Sie hat's mir gesagt, ja, wie … also …«

»Als sie Ihnen eröffnet hat, dass sie sich von Ihnen trennen will?«

Wieder nickte er.

»Das hat Sie bestimmt wütend gemacht …«

Jetzt riss er die Augen auf. »Wie würd's Ihnen denn wohl gehen, wenn Ihre Frau Ihnen so watt anne Birne knallt? Was würden Sie denn da wohl machen?«

»Auf jeden Fall würde ich nicht auf sie schießen.«

»Und dieser … Wie heißt er noch, ihr Stecher?«

»Arne Heldt. Er war Polizist wie ich.«

»Wieso war?« Ganz so schläfrig war er doch noch nicht.

»Weil er tot ist. Ermordet. Vielleicht von dem Kerl in Lüdenscheid, dem er die Frau ausgespannt hat. Kommt hin und wieder vor, dass ein gehörnter Ehemann erst den Konkurrenten und dann seine Frau umbringt.«

Jetzt erst begriff Breker, worauf meine Fragen hinausliefen. »Datt wollt ihr mir also auch noch anhängen«, murmelte er fassungslos. »Ihr Drecksäue, ihr …«

Ich hob die Hand, und zu meiner Überraschung verstummte er.

»Sie müssen mir nur sagen, wo Sie an dem Wochenende waren. Ich lasse es überprüfen, und wenn Ihr Alibi was taugt, dann ist die Sache für mich gegessen.«

Breker nagte einige Sekunden an seiner Unterlippe. »Wann soll datt denn gewesen sein?«, fragte er schließlich kleinlaut.

Ich nannte ihm das Datum.

»Freitagabend war ich im *Dudelsack* gewesen. Bin ich ziemlich abgestürzt. Den Samstag hab ich dann komplett verpennt. Bis vier. Oder fünf. Weiß nicht. Dann hab ich mich vor de Glotze geschmissen und auf *Eurosports* irgendwatt geguckt und mir ein paar Klare genehmigt. Also, ziemlich viele Klare. Am nächsten Morgen war die Flasche leer gewesen. War ja auch voll datt Mistwetter, an dem Scheißwochenende. Hab ich keine Böcke gehabt, ausem Haus zu gehen.«

»Und am Sonntag?«

War es das Gleiche gewesen. Schlafen bis in den Nachmittag, dann Bier und Schnaps und Fernsehen. Später Computerspiele.

»*Counterstrike* und so.«

»Ballerspiele.«

»Nich vaboten, oder?«

»Das heißt, niemand kann bezeugen, dass Sie das Wochenende in Ihrem Haus verbracht haben?«

»Die Nachbarin«, sagte Breker nach kurzem Überlegen, »die olle Reichelt, die hat ein scharfet Auge auf mich.«

Ich machte mir eine Notiz. »Ich glaube fast, die kennen wir schon.«

»Wenn sie rosa Crocs angehabt hat und neugierig ist wie Bolle, dann war sie's.«

All das klang nicht, als säße mir Arne Heldts Mörder gegenüber. Abgesehen davon, dass er eines der besten Motive der Welt gehabt hätte, passte nichts zusammen.

»Und wie ist es mit Dorle Matt?« Wieder beobachtete ich sein Mienenspiel.

»Wer iss datt denn jetzt wieder? Dorle watt? Soll ich die etwa auch aufm Gewissen haben?«

»Ihre Frau hat sie früher mal gut gekannt. Sie war siebzehn, als sie ermordet wurde. Und vorher vergewaltigt.«

»Hat sie nie von erzählt.«

»Waren Sie mal in Konstanz?«

»Is am Bodensee, richtig?«

»Richtig.«

»In Lindau war ich mal. Und in Bregenz auch. Datt

muss … warten Sie … In den Neunzigern war datt. Was ist mit dieser Dorle? Watt soll ich mit der zu tun haben?«

»Ihre Frau hat damals längere Zeit in Konstanz gewohnt.«

»Weiß ich nicht. Sie hat nicht gerne über die Zeit gesprochen. Von ihrer Jugend hat sie oft erzählt. Und dass sie ein paar Jahre im Süden unten gelebt hat, ja. Mehr weiß ich nicht.«

»Im Süden?«

»So hat sie gesagt, ja: im Süden. Kann wohl Konstanz gewesen sein, keine Ahnung. Hat mich auch nicht weiter interessiert. Hab ihr auch nicht jeden Furz auffe Nase gebunden, den ich irgendwann mal gelassen hab.«

»Dorle Matt wurde 2001 ermordet. Ihre Frau und Dorles Mutter waren Nachbarinnen.«

»Kann ich nichts zu sagen. Ich weiß nur, ich bin nie in diesem Scheißkonstanz gewesen. Und ihr könnt mir nicht jeden Mord anhängen, der euch gerade einfällt, Mann!«

»Niemand will Ihnen irgendwas anhängen. Es ist nur so: Ein Kollege von mir ist tot, und wir Polizisten mögen es nicht, wenn einem von uns was getan wird.«

Mehr und mehr wurde mir klar, dass dieses Gespräch sinnlos war. Und nicht nur Breker hatte allmählich Mühe, die Augen offen zu halten.

»In Heidelberg«, fügte ich lahm hinzu und schaffte es, nicht dabei zu gähnen.

»In Heidelberg bin ich auch noch nie gewesen, verdammt noch maa!«

»Was haben Sie eigentlich gemacht damals in Lindau?«

»Aufe Durchreise«, erwiderte er lahm. »Hab da übernachtet, innem Hotel direkt beim Hafen, und am nächsten Tag bin ich dann weiter, mit dem Auto rund um den See rum und …«

»Und dann waren Sie also doch in Konstanz«, fiel ich ihm ins Wort und war plötzlich wieder wach.

Sofort wurde er wieder laut. Fühlte sich ertappt und in die

Enge getrieben. »Und wenn's so gewesen wäre?«, schrie er mit rotem Kopf. »Das heißt doch überhaupt nichts! War ja ein ganz anderes Jahr gewesen.«

»Sagen Sie.«

»Ihr wollt mich hier kirre quatschen! Fertigmachen wollt ihr mich hier! Weil ihr zu blöd seid, eure Arbeit richtig zu machen, sucht ihr euch einen Dummen, der den Kopf hinhalten soll. Aber nicht mit mir! Ich bin nämlich nicht dumm. Mit mir läuft das nicht! Mit mir nicht, hört ihr, ihr Scheißpolypen, ihr Beamtenärsche…«

»In welchem Jahr war Ihre Seerundfahrt noch mal?«

Breker fiel zurück, atmete schwer, sah wieder auf seine Hände. Sagte schließlich leise: »Weiß ich nicht. Scheiße, Mann! Nicht genau. Ich weiß es einfach nicht mehr.«

»Es ist nicht zufällig so, dass Sie Ihre Frau damals in Konstanz kennengelernt haben?«

»Überhaupt nicht. Nein.«

»2001, wo waren Sie da im Sommer?«

»Watt?«

»2001, Anfang Juli.«

»Wissen Sie denn noch, was Sie in dem Sommer getrieben haben?«

»Wann genau waren Sie in Lindau?«

Er stöhnte verzweifelt auf. Rieb sich mit beiden Händen das Gesicht. »Vielleicht fünfundneunzig? Vielleicht später? Jedenfalls bin ich nie in Konstanz gewesen. Nie. Nie!«

Ich beschloss, der Quälerei ein Ende zu machen.

19

Am Mittwochmorgen wurde es eng in Podolskys Behelfsbüro. Hartmut Breker hatte sich nun doch entschlossen, von seinem Recht auf Beistand eines Anwalts Gebrauch zu machen. In diesem Fall einer Anwältin, einer überraschend jungen und scharfzüngigen Frau, die sehr schnell und korrekt sprach und ihre Aufgabe äußerst ernst nahm.

»Weshalb sind wir so viele?«, lautete denn auch ihre erste Frage.

Podolsky, der wieder zusammen mit seiner stillen Kollegin erschienen war, stellte uns geduldig vor, erläuterte, dass Laila Khatari und ich aus Heidelberg kamen und in einem anderen Mordfall ermittelten. Dass ich zudem Augenzeuge des Mordanschlags auf Saskia Hallberg gewesen war, auch wenn ich zum Tathergang leider nicht viel sagen konnte.

»Diese menschliche Übermacht werte ich als Einschüchterung meines Mandanten«, verkündete die Anwältin daraufhin mit ernster Miene und funkelte uns durch ihre bunte Designerbrille an. Nach kurzer Verhandlung einigten wir uns darauf, dass Laila und Podolskys Kollegin den Raum verließen. So stand es zwei zu zwei, und die menschliche Übermacht war nicht mehr vorhanden.

Podolsky rückte das Mikrofon zurecht, das jetzt auf dem Tisch stand, räusperte sich, sprach die zur Eröffnung einer Vernehmung vorgeschriebenen Floskeln wie Datum, Uhrzeit, Namen der Anwesenden und Grund der Vernehmung auf Band.

Dann ließ er übergangslos seine erste Rakete steigen: »Dein Kumpel Helge fährt einen Duster, richtig?«

Die Anwältin schoss hoch. »Darf ich bitte fragen, mit welchem Recht Sie meinen Mandanten duzen?«

»Pardon«, erwiderte Podolsky ruhig und wiederholte seine Frage in einer für die teuer gekleidete Dame akzeptablen Form.

Breker glotzte abwechselnd Podolsky und seinen Rechtsbeistand an. Das helle Haar stand wirr von seinem großen Kopf ab. Erst als die Anwältin nickte, antwortete er: »Hat'n jetzt Helge damit zu tun?«

Ich hatte die restlichen Stunden der Nacht gut und traumlos geschlafen und fühlte mich sehr viel frischer als bei der ersten Vernehmung. Draußen schien heute zwar nicht die Sonne, aber es war freundlicher, und ein angenehmer Wind ging. Podolsky dagegen sah aus, als hätte er die Nacht durchgearbeitet. Im Lauf des Gesprächs stellte sich heraus, dass er in den vergangenen Stunden tatsächlich fleißig und außerdem erfolgreich gewesen war.

»Er fährt einen Duster, richtig?«, wiederholte er, ohne von seinen Papieren aufzusehen.

Breker antwortete nicht, zog nur hörbar die Nase hoch.

»Wie auf deine Frau, Verzeihung, Ihre Frau geschossen wurde, hat nämlich ein weißer Duster vor dem Haus gestanden.« Podolsky machte eine Kunstpause, sah dann abrupt auf und Breker finster in die Augen. »Und da hat so ein komischer Typ mit schwarzem Cowboyhut dringesessen.«

In dieser Sekunde erinnerte ich mich an den kleinen SUV am Straßenrand. Die Straße machte dort eine lang gezogene Kurve, rechts und links weiße Häuser mit schwarzen Dächern, und am Straßenrand der hochbeinige Wagen.

Und davor etwas Großes, Dunkles …

»Eine ziemliche Weile hat er da gestanden, der weiße Duster. So lange, dass er am Ende einer Anwohnerin aufgefallen ist. Sie hat im Garten Laub geharkt. Erst wie es später angefangen hat zu regnen, ist sie reingegangen und hat nicht weiter auf den einsamen Cowboy geachtet.«

Die Anwältin verlangte in spitzem Ton, das Protokoll der Zeugenaussage zu sehen.

Erst nachdem sie dieses abgenickt hatte, antwortete Hartmut Breker: »War ich aber nich, der Typ in dem Duster. Kann ich gar nich gewesen sein, weil ich ja nämlich in Hagen war, wie ich euch jetzt schon hundert Mal erklärt habe. Ich war nicht da, versteht ihr nicht? Ich! War! Nicht! Da!«

»Die Dame aus der Personalabteilung der Firma Kostal bestätigt die Aussage meines Klienten in jedem Punkt«, fügte die Anwältin triumphierend hinzu. Podolsky spielte eine Weile mit seinem Kuli und tat, als hätten ihn die Einwände vorübergehend aus dem Konzept gebracht.

Breker fragte, ob er rauchen dürfe. Ein Aschenbecher wurde organisiert. Zigaretten hatte er dabei, ein Feuerzeug fand sich in der farbenfrohen Handtasche der Anwältin.

Dann spielte Podolsky wieder mit seinem Kuli. Legte ihn schließlich betont langsam hin und nahm den nächsten Anlauf. Jetzt wieder auf die milde, mitleidige Onkeltour: »Sie interessieren sich sehr für Waffen, richtig?«

Breker zog eine schiefe Grimasse und schlug die Augen nieder. »Is so 'n kleines Hobby von mir, ja, geb ich zu.«

»Wolltest dir demnächst ein Großkalibergewehr zulegen.«

»Darf ich bitte fragen, woher diese Information stammt?«, ging die Anwältin dazwischen.

»Aussage eines Vereinskollegen.« Podolsky strahlte sie liebenswürdig an und reichte ihr unaufgefordert das dazugehörige Protokoll. »Herr Breker ist Mitglied des hiesigen Schützenvereins.«

Auch die Aussage des Vereinskollegen wurde kritisch geprüft, bevor Breker antworten durfte. Dieser streifte mit unsicherer Hand die Asche von der Zigarette. Er stand jetzt unter höchster Anspannung, war jedoch äußerlich immer noch erstaunlich ruhig. Nur die kleinen Zuckungen in seinem Gesicht, der unstete Blick, die fahrigen Bewegungen entgingen einem alten Fuchs wie Podolsky natürlich so wenig wie mir.

Podolsky klang resigniert, fast, als wäre es ihm peinlich, als er sagte: »Wir haben das Gewehr gefunden, Junge. Die Sauer in deinem Keller. Mit deinen Fingerabdrücken drauf.«

Er hatte es geschafft, noch in der Nacht einen Durchsuchungsbeschluss zu erwirken und Brekers Haus auf den Kopf stellen zu lassen. Ich fragte mich, ob in Nordrhein-Westfalen womöglich andere Gesetze galten als in Baden-Württemberg. Aber vermutlich hatte er einfach nur das Glück gehabt, an einen Richter zu geraten, der sich nicht gleich in die Hosen machte, wenn es galt, die Persönlichkeitsrechte eines dringend des Mordes Verdächtigen einzuschränken.

Brekers Hand erstarrte. Die Anwältin, deren kostbares Parfüm mehr und mehr den Raum erfüllte, hatte plötzlich nichts mehr dagegen einzuwenden, dass ihr Mandant geduzt wurde.

»Kann gar nicht sein«, stieß Breker erst mit reichlicher Verspätung hervor. »Ihr wollt mich verarschen! Was für ein Gewehr denn?«

Podolsky blätterte gleichmütig in seinen Unterlagen. »Eine Sauer, Baujahr achtunddreißig. Stammt noch von deinem Opa, nehme ich an. War dein Opa Jäger?«

»Also, Augenblick jetzt mal!« Die Anwältin hatte sich von ihrem Schock erholt. »Was für ein Spielchen ist das denn jetzt bitte?«

Wieder schob Podolsky ihr ein Papier über den Tisch. »Ihr Mandant hatte ein funktionsfähiges und nicht angemeldetes Gewehr im Keller. Eine gut gepflegte Bockbüchsflinte Kaliber siebensiebenundfünfzig mit Zielfernrohr. Außerdem massig Munition dazu. Das Kaliber ist das der Tatwaffe.«

Die perfekte Waffe, um auf dreißig Meter jemanden in den Kopf zu schießen.

»Wo befindet sich dieses Gewehr jetzt?«, verlangte die

Anwältin zu wissen, die sich plötzlich nicht mehr recht wohlzufühlen schien in ihrer hingebungsvoll gepflegten Haut.

»Die wird zurzeit von meinen Kollegen der Abteilung Kriminaltechnik untersucht und beschossen. Welche sich in Hagen befindet, wie Ihnen sicherlich bekannt ist.«

Breker war inzwischen wieder ein gutes Stück geschrumpft.

»Das mit dem Gewehr ist zunächst mal keine große Sache«, erläuterte Podolsky zuvorkommend. »Hier auf dem Land haben viele Leute noch irgendwelche alten Knarren im Keller oder auf dem Dachboden liegen. Wenn wir die alle wegen illegalem Waffenbesitz einlochen wollten, du liebe Güte!«

»Scheiße, Mann!«, tobte Breker plötzlich los. »Diese Verarsche lass ich mir nicht bieten, Mann! Ich bin in Hagen gewesen, kapiert ihr das denn nicht? Außerdem hab ich die Sauer seit Wochen nicht mehr in der Hand gehabt. Die Fingerabdrücke können gar nicht frisch sein. Ihr lügt wie gedruckt! Ihr verarscht mich doch!«

»Gestern hast du natürlich Handschuhe getragen.« Zum ersten Mal an diesem Morgen ließ Podolsky sein dröhnendes Lachen hören. »Schon damit wir keine Schmauchspuren an deinen Fingern finden. Blöd bist du ja nicht, das wissen wir schon. Im Gegenteil, du bist ein ganz gerissener Hund. Aber das wird dir nichts nützen. Wenn du es warst, und ich bin überzeugt, dass du es warst, dann krieg ich dich dran, verlass dich drauf!«

Die Anwältin packte ihren nervösen Mandanten am Unterarm. »Herr Breker«, fauchte sie ihn an. »Sie sagen ab jetzt kein Wort mehr!« Dann wandte sie sich an Podolsky. »Mein Mandant verweigert ab sofort die Aussage. Und ich verlange die Vertagung dieser Einvernahme, bis die Ergebnisse der kriminaltechnischen Untersuchungen der Waffe vorliegen. Was Sie hier abziehen, ist ein starkes Stück, Herr

Podolsky, ein sehr starkes Stück, das muss ich schon sagen, und ich werde umgehend …«

Podolskys Handy, das vor ihm auf dem Tisch lag, begann zu brummen und verhinderte, dass wir erfuhren, was die Anwältin umgehend zu tun gedachte. Er nahm es ans Ohr, knurrte mehrfach zustimmend, legte es wieder hin, ohne dass seine Miene sich in irgendeiner Weise veränderte. Dann fixierte er Breker und sagte nun sehr förmlich: »Sie waren gestern nicht in Hagen, Herr Breker.«

»Dieser Punkt wurde meines Wissens bereits hinreichend …«, erwiderte die Anwältin anstelle ihres Schützlings. »Äh, wie?«

»Wir haben der Dame von der Personalabteilung ein Foto Ihres Mandanten geschickt«, erläuterte Podolsky ungerührt, und ich durfte beobachten, wie Breker noch ein wenig weiter zusammenschnurrte. »Komischerweise hat sie ihn darauf aber nicht wiedererkannt. Sie sagt, die Größe würde hinkommen, die Statur auch, aber das Gesicht, leider …«

Die Anwältin schien das Atmen vergessen zu haben. Breker dagegen schnaufte umso heftiger und starrte wieder einmal auf seine Hände. Jetzt würde es nicht mehr lange dauern. Bald würde er gestehen, ich spürte es.

»Du hast einen Bruder, nicht wahr?« Übergangslos gab Podolsky wieder den väterlichen Freund. Und ich bekam allmählich Mitleid mit Breker. Podolsky konnte sein Wesen schneller verändern als ein Chamäleon die Farbe. Selbst mir wurde schwindlig bei diesem ständigen Wechsel zwischen Aggression und Kälte und im nächsten Moment wieder Mitgefühl und gut gespieltem Wohlwollen. »Frau Faller hat uns bestätigt, dass gestern Vormittag jemand bei ihr war und sich um diese Stelle als Staplerfahrer beworben hat. Aber das warst nicht du, Junge, so leid es mir tut. Sie hat sich gleich gewundert, weil das Foto auf der Bewerbung so gar nicht zum Gesicht gepasst hat.« Kurze

Pause, dann wieder knallhart und böse: »Es war dein Bruder, richtig?«

Es dauerte noch vier, fünf Sekunden, dann sagte Breker fast unhörbar leise und die alarmierten Blicke seiner Anwältin ignorierend: »Stimmt.«

»Du hast deinen Bruder nach Hagen geschickt, dir von deinem Kumpel das Auto geliehen, die Sauer aus dem Keller geholt und ...«

»Nein!«, brüllte Breker mit hochrotem Kopf und feuchten Augen. »Nein, nein, nein!«

»Dann erzähl doch mal, wie es wirklich war. Und lass die Lügerei, okay? Damit schadest du dir nur selbst.«

»Ich hab den Zug verpasst«, berichtete Hartmut Breker. »Der um sechs nach neun ist mir vor der Nase weggefahren, und mit dem eine Stunde später wär's eng geworden. Da hab ich bei Helge geklingelt. Der wohnt gleich gegenüber vom Bahnhof.«

Er hatte sich den Duster seines Vereinskameraden ausgeliehen und anschließend festgestellt, dass ihm nun noch anderthalb Stunden blieben bis zu seinem Termin, weil er über die Autobahn nach Hagen kaum mehr als zwanzig Minuten brauchte.

»Da hab ich gedacht, guckste doch mal kurz bei Saskia vorbei. Vielleicht kannste sie ja wenigstens sehen. Nur so auf die Ferne. Und wie ich da so sitze und drauf warte, datt sie sich blicken lässt, da hab ich auf einmal voll den Blues gekriegt. Hab ich gedacht, watt willste überhaupt da in Hagen? Kriegst den Job ja sowieso nich, wozu sollste dir den Frust überhaupt antun? Aber hin musst ich, datt war klar, wegen de AfA. Die brummen dir sonst Sperrzeit auf, wenn de dich nich bewerben tust. Und da hab ich dann Richard angerufen, meinen Bruder. Der war mir sowieso noch einen Gefallen schuldig, und er wohnt in Hagen und konnt praktisch zu Fuß hingehen, zur Hauptverwaltung vonne Kostal. Dann bin ich erst mit dem Duster bisschen spazieren gefahren. Der ist noch fast neu, noch keine zwanzigtausend Kilometer auf der Uhr, und hat echt jeden Schnicknack, von dem de nur träumen kannst. Parklückenfinder, Rückfahrkamera, elektrisch verstellbare Sitze, echt, jeden Scheiß. Und dann, auf einmal, weiß auch nicht, bin ich wieder vor Saskias Haus gewesen. Hab wieder da gehockt und geguckt. Nur geguckt, sonst nix, ehrlich! Ich wollt ihr nicht zu nahe kommen. Wirklich nicht.«

»Und wie lange hast du so… geguckt?«

»Kann ich nich sagen, ehrlich. Ganze Weile jedenfalls. Dachte, vielleicht seh ich sie wenigstens mal wieder. Und gucken, datt ist doch wohl keine Belästigung.«

»Eine Stunde? Zwei?«

»Hab gesehen, wie der da…«, Breker bedachte mich mit einem hasserfüllten Blick, »… gekommen ist, Saskia hat ihm die Hand gegeben und die Kleine, die vorhin hier war, weggeschickt. Dann ist länger nichts passiert, und dann hat es angefangen zu schütten, und Richard hat angerufen, datt er den Job erfolgreich abgewimmelt hat. Und wie es dann so gekübelt hat, da hab ich gedacht, watt tuste hier eigentlich? Biste blöd oder watt? Hab Helge seine Karre zurückgebracht, bin mit dem Bus zum *Dudelsack*. Zieht mich immer voll runter, datt mit Saskia. Weiß nicht… Werd ich nicht fertig mit. Datt sie nix mehr von mir wissen will. Datt sie einen anderen hat.«

»Haben Sie etwa gedacht, ich sei dieser andere?«, fragte ich.

Breker starrte mich verständnislos an, schüttelte lahm den Kopf. »Wenn Sie ihr Stecher wären, dann hättet ihr euch nich so die Hand gegeben.«

»Ist Ihnen irgendwas aufgefallen, während Sie da gesessen haben? Ein anderes Auto vielleicht? In dem vielleicht auch jemand saß?«

»Jetzt, wo Sie fragen…« Seine Augen wurden klein. »Doch, ey! Direkt vor mir hat so ein Van gestanden. So ein Amischlitten…«

Dann hatte ich mich also doch nicht getäuscht. Sekunden nach den Schüssen war tatsächlich ein Wagen mit einem großvolumigen Motor weggefahren.

»Kaffeebraun und mit ganz dunkel getönten Scheiben. Wie ich datt erste Mal da war, war der noch nicht da. Und wie ich eine halbe Stunde später wiedergekommen bin, da stand er da. Und er war immer noch da, wie ich später zum zweiten Mal weggefahren bin.«

»Das Kennzeichen vielleicht?«

Wusste er nicht.

»Ich war... Scheiße, Mann! Versteht ihr denn nicht? Datt zieht mich immer total runter, die Sache mit Saskia. Ich bin... Ich kann...«

Erneut summte Podolskys Handy. Er nahm es ans Ohr, murmelte einige unverständliche Worte hinein. Dann legte er es auf den Tisch zurück und richtete sich auf.

»So, mein Junge«, sagte er ernst. »Allmählich sollten wir dann Schluss machen mit dem Unfug.«

Breker sah ihn betroffen an.

»Mit deiner Sauer ist erst kürzlich geschossen worden. Und du hast sie hinterher nicht mal richtig sauber gemacht, sagen die Kollegen. Solltest dich was schämen, so eine Antiquität so verkommen zu lassen. Dass das Kaliber zur Tatwaffe passt, sagte ich schon. Dir ist klar, wenn die Kugeln aus deiner Sauer stammen, dann finden wir das raus.«

»Ich«, keuchte Breker mit zitternder Unterlippe. »Ich war's aber doch nicht, Herrgott noch mal! Ihr müsst mir glauben. Ich war's nicht, ich war's wirklich nicht!«

»Wo hast du denn sonst damit rumgeballert? Sag jetzt bloß nicht, auf dem Schießstand, das habe ich nämlich schon überprüfen lassen.«

»Ich...« Breker senkte den Blick, knetete seine Finger. »Also, im Wald.«

»Du schießt dir hin und wieder einen Sonntagsbraten?«

»Unterlassen Sie bitte diese Suggestivfragen!« Die Anwältin hatte inzwischen neue Kräfte gesammelt.

»Wilderei fällt nicht in meine Zuständigkeit«, sagte Podolsky grinsend. »Die Waffe wird gerade untersucht. Spätestens am Nachmittag wissen wir, ob die Geschosse, die wir aus der Wohnzimmerwand von Frau Hallberg gepuhlt haben, aus dem Gewehr Ihres Mandanten stammen oder nicht.«

»Wie geht's ihr eigentlich?«, fragte Breker tonlos und mit demütig gesenktem Blick. »Wie geht's Saskia?«

»Soweit ich weiß, unverändert«, brummte Podolsky unwillig. »Man muss abwarten.«

Brekers Ehe hatte fast vom ersten Tag an nicht wirklich funktioniert, gestand er uns, als die Einvernahme offiziell beendet und die Anwältin abgezogen war. Wir standen noch ein wenig zusammen, auf einem Balkon mit Blick auf den rückwärtigen Parkplatz. Breker und Podolsky rauchten, und unser Verdächtiger hatte offenkundig das Bedürfnis, sich die Geschichte seiner verunglückten und viel zu überstürzt geschlossenen Ehe von der Seele zu reden. Schon wenige Wochen nach der Trauung hatte es den ersten handfesten Streit gegeben.

»Dabei ging's bloß um so Kleinscheiß wie, wer putzt datt Bad, wer geht einkaufen, wer hängt die Wäsche auf.« Breker saugte an seiner Kippe wie ein Ertrinkender. »Ich sage, datt Bad sieht doch super aus, sie sagt, es ist total verdreckt, und schon gab's wieder Geschrei. Wir haben gestritten, wir haben uns wieder vertragen. Als wären wir beide noch Anfang zwanzig gewesen. Aber dann war's auch wieder schön. Nur, wie dann auch noch ihr Oller bei uns eingezogen ist, da ist es erst richtig übel geworden.«

Wie Podolsky vermutete, hatte Frau Hallberg ihren Gatten mehrfach vor die Tür gesetzt, sich wieder erweichen lassen, weil er Besserung gelobte und schwor, nicht mehr zu trinken. Trotz zahlreicher und ernsthafter Bemühungen fand er nur noch für immer kürzere Zeit Arbeit. Als dann auch noch die Mieter seines Hauses kündigten, wurde zu allem anderen Elend auch das Geld knapp. Aber es war trotzdem noch gegangen, irgendwie. Breker hatte manchmal für Tage, manchmal für zwei, drei Wochen gearbeitet, auf Baustellen, in Lagern, und so ein wenig zum Haushaltseinkommen beigetragen. Mitte Juli war dann der große Knall gekommen, wie üblich wegen irgendeiner Nichtigkeit, an die er sich nicht einmal mehr erinnerte. Seine Frau setzte ihn vor die Tür, tauschte – auch in diesem Punkt hatte Podolsky richtig gelegen – das Schloss aus, reichte jedoch zunächst nicht die Scheidung ein. Auch hatte sie ihren Ehemann nach der Trennung weiter finanziell unterstützt, wie es ihre Pflicht war.

»Ich hab gelitten wie ein Hund, ehrlich. Tu ich immer noch, seht ihr ja. Saskia kein bisschen. Im Gegenteil, richtig aufgeblüht ist die, obwohl sie doch den Ollen jetzt allein am Hals gehabt hat und dazu die Arbeit und alles. Erst wie sie mir dann eröffnet, sie macht es offiziell, und ich krieg demnächst Post vom Anwalt, hab ich Volltrottel endlich geschnallt, was Sache war. Datt sie einen anderen hat und mich die ganze Zeit über beschissen und belogen und betrogen hat. An den Wochenenden war sie auf einmal ständig weg gewesen. Dafür ist dann diese Janina gekommen, und Geld wollte sie mir auch keines mehr geben.«

Tatsächlich hatte er sich manchmal ausgemalt, sie zu töten, die untreue Ehefrau, die am Ende nicht einmal mehr Verachtung für ihn übrig hatte.

»Aber gemacht hab ich nichts. Ich bin doch … Im Grunde bin ich doch ein Weichei«, murmelte Breker mit fahlem Gesicht und warf die auf den Filter heruntergebrannte Zigarette in hohem Bogen auf den Hof. »Von jeder Arschgeige lass ich mich rumschubsen. In echt hab ich doch überhaupt nicht die Eier, so was zu machen.«

»Und Sie wissen wirklich nichts weiter über den Van, außer dass er braun war und getönte Scheiben hatte?«, fragte ich noch einmal nach.

Breker schüttelte nur erschöpft den Kopf, steckte sich mit bebenden Fingern die nächste Zigarette an. Ich fragte mich, was wohl aus seinem Hut geworden war.

»Ich hab da gesessen, ich Blödmann, hab gewartet, datt Saskia sich mal blicken lässt. Nur sehen wollte ich sie, weiter nichts, nur sehen. Datt muss doch noch erlaubt sein, datt man seine Frau sieht, mit der man ja immer noch verheiratet ist. Über eine Stunde habe ich da gesessen in der stinkigen Scheißkarre, diese blöde Nachbarin hat schon ganz komisch geglotzt, und zwei-, dreimal war ich drauf und dran gewesen wegzufahren. Aber… weiß auch nicht. Jetzt ist sowieso alles im Arsch. Jetzt kann ich mir die Kugel geben. Aber nicht mal datt bringe ich fertig, wie ich mich kenne. Nicht mal datt.«

20

Um drei Uhr am Nachmittag waren wir wieder in Heidelberg. Laila Khatari immer noch munter, aufgedreht und auf seltsame Weise fast glücklich, obwohl sie wieder die ganze Strecke hinter dem Steuer gesessen hatte. Ich selbst war schon wieder müde. Die Nacht war zu kurz gewesen. Und ich war nicht mehr in dem Alter, in dem man durchwachte Nächte einfach so wegsteckte.

Inzwischen hielt ich es für äußerst unwahrscheinlich, dass Hartmut Breker unseren Kollegen getötet hatte. Was Dorle Matt betraf, war ich mir dagegen noch unsicher. Nach dem Gespräch mit Frau Hallberg war ich andererseits fast überzeugt, dass beide Verbrechen vom selben Täter begangen worden waren. Es lag ja mehr oder weniger auf der Hand. Sie war sozusagen das verbindende Glied zwischen der Vergewaltigung in Konstanz vor über fünfzehn Jahren und dem Polizistenmord in Ziegelhausen vor anderthalb Wochen. Deshalb sollte sie vermutlich sterben. Oder auch nicht. Gerade das Naheliegende, das sofort Einleuchtende, ist ja leider allzu oft das Falsche. Mir schwirrte der Kopf.

Hätte der Täter etwas früher abgedrückt, war mir während der Rückfahrt plötzlich mit Eiseskälte klar geworden, hätte er erst auf mich und dann auf Frau Hallberg geschossen, dann wäre ich jetzt vermutlich tot. Hätte er andererseits eine Minute später auf Frau Hallberg geschossen, hätte es gestern Vormittag nicht plötzlich zu regnen begonnen, hätte ich sie nicht gebeten, das Licht einzuschalten, dann wäre der Fall Heldt jetzt vielleicht geklärt und der Fall Dorle Matt möglicherweise ebenfalls.

Und vor allem würde Saskia Hallberg nicht im Koma

liegen, nach wie vor auf dem schmalen Grat zwischen Leben und Tod.

Sven Balke fasste die bisherigen Ergebnisse unserer Ermittlungen in zwei Worten zusammen: »Zum Kotzen.«

Ich hatte ihn gebeten, das Team zusammenzutrommeln, da Klara Vangelis immer noch krank und zu Hause war.

»Simone Matt ist zwei Monate nach dem Tod ihrer Tochter weggezogen«, erklärte er. »Nehme an, in die Schweiz zurück, ihre Heimat. Das Konstanzer Meldeamt weiß aber nicht, wohin, weil sie beim Wegzug keine neue Adresse angegeben hat. Die Behörden in Zürich, wo sie aufgewachsen ist, wissen ebenfalls nichts. Das Internet gibt nichts her, kein Facebook-Account, nichts auf Instagram, nichts bei LinkedIn oder Xing. Es ist, als würde die Frau nicht mehr existieren.«

»Vielleicht ist sie gestorben?«, schlug ein kluger junger Kollege mit schmalem Schnurrbart vor.

»Vielleicht hat sie wieder geheiratet«, meinte Laila Khatari mit ihrer unerschütterlichen Munterkeit.

Derselbe Gedanke war mir auch gekommen, aber sie war einige Zehntelsekunden schneller gewesen als ich. Ich wurde wohl wirklich allmählich alt.

»Hab ich alles auch schon überlegt«, behauptete Balke mürrisch. »Aber okay, ich werde sie finden. Weiter im Text: Das Haus in Konstanz, wo Frau Matt und Frau Hallberg gelebt haben, hat sechs Wohnungen auf drei Stockwerken, eine Seite drei Zimmer, die andere vier. Das Haus wurde 2007 verkauft, an eine Immobilienfirma in Stuttgart. Die haben die Mieter rausgeekelt, die Hütte hübsch saniert und in Eigentumswohnungen aufgeteilt. Der ehemalige Besitzer ist inzwischen verstorben, die Immobilienfirma ist ein Jahr später pleitegegangen, mitten in der Umbauphase des Hauses übrigens. Hat man sich wohl ein bisschen verspekuliert. Aber die Mieter standen natürlich trotzdem auf der Straße.«

»Von dem einen oder anderen Hausbewohner müsste das Meldeamt aber doch wissen, wohin er verschwunden ist«, warf ich ein.

Balke blätterte stirnrunzelnd in seinen Unterlagen, schien nicht zu finden, was er suchte. »Sie arbeiten dran«, sagte er schließlich. »Es gibt mal wieder irgendein Computerproblem. Wird leider noch ein wenig dauern.«

Es war unverkennbar, wie entnervt auch er inzwischen war, weil selbst das Aufspüren einer bestimmten Person, im Grunde eine Bagatelle, sich plötzlich als Problem herausstellte. Häufig mussten Tausende solcher lästigen und zeitraubenden Kleinigkeiten erledigt werden, bis irgendwann die entscheidende Information hereinflatterte. Manchmal aufgrund der vorangegangenen Fleißarbeit, oft genug aber aufgrund eines mehr oder weniger idiotischen Zufalls. Jemand erinnerte sich plötzlich wieder an irgendein Detail. Jemand hatte erst mit Verspätung erfahren, was vor Wochen Schlimmes geschehen war. Jemand war in Urlaub gewesen und hatte keine Nachrichten gehört. Jemand hatte einen Zettel verlegt und nach langem Suchen endlich wiedergefunden.

»Zum Kotzen, echt!« Balke schlug mit der flachen Hand auf seine Papiere.

Auch auf die Gesprächslisten zu Arne Heldts Prepaidhandy wartete er immer noch. Es war ihm anzusehen, dass er liebend gern etwas zerschlagen hätte. Oder wenigstens ein paar unflätige Flüche gebrüllt. Aber er beherrschte sich.

Ich berichtete, was in Lüdenscheid geschehen war. Die meisten hatten Kaffeebecher vor sich stehen, an denen sie hin und wieder nippten. Das Mittagessen war noch nicht ganz verdaut, die durchgearbeiteten Nächte machten sich bemerkbar.

»Breker lügt nicht besonders gut und hat vor allem nicht den Mumm für so was. Gut möglich, dass er die Namen

Heldt und Dorle Matt noch nie gehört hat. Er behauptet, er hätte nicht einmal gewusst, wer ihm die Frau ausgespannt hat. Sicherheitshalber werden wir natürlich seine DNA mit der der Täter im Fall Matt und im Fall Heldt abgleichen. Aber ich habe wenig Hoffnung, dass wir eine Übereinstimmung finden werden.«

Podolsky hatte mir beim Abschied versprochen, Brekers Lebenslauf daraufhin zu durchleuchten, ob es da nicht doch irgendeinen Bezug zu Konstanz gab. Außerdem hatten wir beschlossen, vom förmlichen »Sie« zum »Du« überzugehen.

Schweigend blickte ich in die schläfrige Runde. Nach und nach kamen die Köpfe wieder hoch. Als ich meinte, genug Aufmerksamkeit zu haben, begann ich den Versuch einer Zusammenfassung: »Wenn meine Arbeitshypothese richtig ist, dass der Täter im Fall Dorle Matt auch der Mörder unseres Kollegen ist, dann können wir von Folgendem ausgehen: Der Mann, den wir suchen, hat 2001 in Konstanz oder Umgebung gelebt. Frau Hallberg hat ihn mit großer Wahrscheinlichkeit gekannt. Er dürfte heute zwischen vierzig und sechzig Jahre alt sein. Der Arzt, der Herrn Heldts Leiche obduziert hat, meint außerdem, er könnte über gewisse medizinische Kenntnisse verfügen. Er könnte ein damaliger Kollege von Frau Hallberg sein – sie hat ja in einem medizintechnischen Labor gearbeitet, wo es bestimmt auch Ärzte gibt –, ihr geschiedener Mann, ein Freund…« Ich sah Balke an. »Lassen Sie bitte das komplette Umfeld von Frau Hallberg in Konstanz abklären. Wen hat sie gekannt? Mit wem war sie befreundet?«

Balke machte sich eine Notiz auf einem der vielen Zettel, die unordentlich und teilweise zerknittert vor ihm lagen.

»Sie muss den Täter immerhin so gut gekannt haben«, fuhr ich fort, »dass sie Grund hatte zu glauben, er könnte Dorles Mörder sein. Weshalb sie ihn so lange gedeckt hat, weiß ich nicht, und vielleicht werden wir es nie erfahren. Und irgendwer …«

Jemandem fiel mit hübschem Klingeln der Kaffeelöffel herunter. Ich wartete, bis der Kollege mit rotem Kopf wieder über der Tischkante auftauchte.

»Irgendwer wird uns hoffentlich bald verraten, wer dieser Mann war. Vielleicht Dorles Mutter, vielleicht jemand anderes, der damals im Haus gewohnt hat. Und …«

Mein Handy brummte. Es war Podolsky.

»Breker ist raus«, blaffte er mich an, als wäre es meine Schuld. »Die Sauer ist nicht die Tatwaffe. Scheiße!«

»Hat sich deine Blase ausnahmsweise mal geirrt«, sagte ich mitfühlend.

Klara Vangelis werde bis auf Weiteres ausfallen, berichtete mir Balke während einer kurzen Unterbrechung, die er als »Biobreak« bezeichnete, üblicherweise jedoch Pinkelpause genannt wurde. »Der Arzt hat eine Lungenentzündung festgestellt. Wenn sie Pech hat, muss sie ins Krankenhaus.«

Ich beschloss, die Leitung der Soko bis auf Weiteres selbst zu übernehmen. Balke hätte ich die Aufgabe zwar zugetraut, doch es saßen einige alte Hasen am großen Tisch, die sich möglicherweise nicht von einem jungen Hauptkommissar herumkommandieren lassen wollten.

Als alle wieder versammelt waren, gingen wir noch einmal die Liste unserer Verdächtigen durch. Arne Heldts Bruder konnten wir streichen. Er war am fraglichen Wochenende wandern gewesen, berichtete eine blasse Kollegin mit tonloser Stimme und abgekämpfter Miene. »Ein Hüttenwirt in der Nähe von Zermatt hat ihn auf dem Foto ganz klar wiedererkannt.«

»Das Gespräch mit Herrn Waßmer aus Allensbach«, übernahm der Kollege, dem der Löffel hinuntergefallen war und dessen Gesichtsfarbe inzwischen wieder normal war. »Das ist ein bisschen knifflig gewesen.«

Er konnte ja nicht mit der Tür ins Haus fallen und den Mann einfach fragen, was er an dem Wochenende getrieben hatte, an dem er nicht angeln war. So hatte er ihn schließlich angerufen und ihm erzählt, er führe eine Meinungsumfrage durch zum Thema »Freizeitverhalten von Personen über fünfzig«.

»Der Typ hat mich übelst angemacht, dass mich sein Freizeitverhalten einen feuchten Furz angeht, und dann hat er einfach aufgelegt.«

Sagen, worum es wirklich ging, nämlich dass seine Frau ihm vor zwanzig Jahren Hörner aufgesetzt hatte und der leibliche Vater von Michael ermordet worden war, konnte er ja nicht.

»Und... und... Verdammt, jetzt hab ich grad ein bisschen den Faden verloren, Entschuldigung.« Zum zweiten Mal wurde er rot wie ein Hahnenkamm.

Der Kollege hatte sein Problem schließlich auf bemerkenswert elegante Weise gelöst. Er bat die Konstanzer Kollegen, Waßmer aufzusuchen und ihm zu verkünden, es liege eine Anzeige gegen ihn vor wegen Nötigung im Straßenverkehr. Wie erwartet, war er sofort explodiert und hatte lautstark wissen wollen, wo und wann er diesem Idioten denn bitte schön die Vorfahrt genommen haben sollte. Als er hörte, wann das Verkehrsvergehen sich angeblich ereignet hatte, war er auf einmal sehr viel leiser geworden, hatte die Kollegen hereingebeten und ihnen im Vertrauen mitgeteilt, er habe die fragliche Nacht bei einer Bekannten verbracht, die in Singen am Hohentwiel zu Hause war. Nachdem die Kollegen geschworen hatten, dass seine Frau niemals davon erfahren würde, hatte er auch den Namen seiner Freundin verraten. Diese hatte Waßmers Aussage in allen Punkten bestätigt. Damit konnten wir auch ihn von der Liste streichen. Und die alte Erfahrung, dass gerade die Menschen oft die eifersüchtigsten sind, die es selbst mit der Treue nicht allzu genau nehmen, war ein weiteres Mal bestätigt.

Noch bevor es draußen wieder dunkelte, brachte mir Balke höchstpersönlich ein DIN-A4-Blatt vorbei – Saskia Hallbergs Lebenslauf.

»Das war ausnahmsweise mal easy«, meinte er und sank erschöpft auf einen Stuhl.

Sie war 1969 in Lüdenscheid zur Welt gekommen, in dem Haus, in dem sie gestern um ein Haar gestorben wäre. Nach der mittleren Reife hatte sie eine Ausbildung zur Medizinisch-Technischen Assistentin absolviert. Einige Jahre nach der Abschlussprüfung war sie in den Süden gezogen, an den Bodensee. Vermutlich, um der Aufsicht ihres misstrauischen Vaters zu entkommen. 1998 hatte sie dort Hanno Thurow geheiratet, ihren ersten Ehemann.

»Haben Sie den eigentlich schon erreicht?«

Seufzend sah Balke zur Decke. »Er ist vor drei Jahren gestorben, was sonst? Ich habe mit seiner früheren Sekretärin telefoniert, und mehr, als dass er verheiratet war und ein paar Jahre später wieder geschieden wurde, wusste sie nicht.« Für Sekunden blickte er gedankenverloren auf sein Smartphone, schien etwas zu suchen. Dann raffte er sich auf und sagte: »Die Scheidung hat er ein Vierteljahr nach Dorles Tod eingereicht. Im Oktober.«

»Er?«

»So sagt die Sekretärin. Außerdem sagt sie, es hätte damals jemanden in der Firma gegeben, der mit Thurow befreundet war. Der Mann ist aber – wie könnte es anders sein? – inzwischen pensioniert und lebt heute in der Toskana, irgendwo in der Gegend von Siena. Genauer wusste sie es nicht. Dr. Hansmann heißt er, das ist alles, was ich über ihn weiß, und bisher habe ich noch nicht mal seine Telefonnummer. Aber die Sekretärin hat mir versprochen, sich zu kümmern.«

Wenige Monate, nachdem ihr Mann die Scheidung eingereicht hatte, war Saskia Thurow wieder in ihre Heimat zurückgekehrt.

»Ihr Mann kommt als Mörder wohl nicht in Betracht«, sagte ich. »Den haben die Kollegen damals mit Sicherheit durch…«

In dieser Sekunde schoss mir ein Gedanke in den Kopf. Lebenslauf, das Wort hatte ich kürzlich schon einmal gehört, in anderem Zusammenhang. Und es bedeutete irgendwas. Etwas, das ich vergessen hatte.

»Ist was?«, fragte Balke irritiert.

Ich schüttelte den Kopf. »Nur so ein Gedanke, Augenblick.« Mit der linken Hand tippte ich das Wort »Kostal« in meinen Laptop.

Kostal AG, Hagen.

»Sekunde mal bitte«, sagte ich. »Geht gleich weiter.«

Es dauerte nur wenige Augenblicke, bis ich Frau Faller in der Leitung hatte.

»Immer noch dieser Herr Breker?«, fragte sie nicht unfreundlich. »Aber wieso denn jetzt Heidelberg?«

»Sie haben gestern mit einem Kollegen von mir telefoniert und sagten etwas über Herrn Brekers Lebenslauf.«

»Das ist richtig, ja.«

»Was war damit?«

Sie atmete tief ein. Ich hörte Papier rascheln. »Ihnen ist schon klar, dass Sie gerade etwas ziemlich Verbotenes von mir verlangen?«, fragte sie mit der Stimme einer alternden Kettenraucherin.

»Ich könnte es auch über offizielle Kanäle herausfinden. Aber ich dachte, so verschwenden wir beide nicht unnötig Zeit und Steuergelder.«

»Wenn ich nicht so schrecklich gerne Krimis lesen würde… Aufregend, mal bei der Aufklärung eines Mordes mithelfen zu dürfen. Deshalb also ausnahmsweise, und ich hoffe sehr, ich muss nicht ins Gefängnis deshalb: Er hat eine Lücke, der Lebenslauf von Herrn Breker. Ich habe die Unterlagen hier vor mir liegen, und von 1999 bis 2001 steht da: Auslandsaufenthalt. Ich habe den Herrn, der bei mir war, gefragt, was das bedeutet. Aber er konnte mir logischerweise keine plausible Antwort geben, da er ja leider der falsche Herr Breker war.«

Inzwischen telefonierte auch Balke, beobachtete ich aus dem Augenwinkel. Nach seiner Miene zu schließen, gab es aufregende Neuigkeiten.

»Üblicherweise…«, fuhr Frau Faller unbehaglich fort.

»Üblicherweise?«

»Nun, nicht selten bedeutet Auslandsaufenthalt, dass jemand im Gefängnis saß. Er hat ja nicht einmal das Land angegeben, wo er angeblich war. Geschweige denn liegt ein Arbeitszeugnis aus dem fraglichen Zeitraum bei.«

Balke gestikulierte aufgeregt und konnte es kaum erwarten, dass ich endlich auflegte.

»Dr. Hansmann«, stieß er hervor. »Die Sekretärin hat seine Nummer rausgefunden und ihn kontaktiert. Er erwartet Ihren Anruf. Würden Sie das Telefon bitte laut stellen?«

Dr. Hansmann klang verschnupft, nicht im übertragenen, sondern im wörtlichen Sinn.

»Ach, ja«, sagte er mit kratziger Stimme, »der Hanno, das war schon eine Marke.«

»Uns interessieren die Monate vor der Scheidung.«

»Ja, die Liebe«, krächzte der alte Herr fröhlich. »Wie viel Elend hat die wohl schon in die Welt gebracht?«

»Sie erinnern sich an den Fall mit dem vergewaltigten und ermordeten Mädchen?«

»Selbstverständlich entsinne ich mich. In einer kleinen Stadt wie Konstanz macht so was rasch die Runde.«

»Wissen Sie, ob Herr Thurow damals als Zeuge vernommen wurde?«

»Sogar zweimal. Und beide Male stundenlang. Er hat sich später deswegen sogar bei mir beklagt. Das erste Mal gleich am Tag nach dem Mord. Und dann noch einmal eine Woche später. Aber er wusste ja nichts, der arme Hanno. Er konnte ja nichts wissen.«

»Musste er eine Speichelprobe abgeben?«

»Auch das, natürlich. Und er hat es gern getan. Er hat das Mädchen ja sogar gekannt. Dorle – so hieß sie doch? – hatte manchmal bei ihm und Saskia übernachtet. Es hat ihn getroffen, fast als wäre es seine eigene Tochter.«

»Seine Frau haben Sie auch gekannt?«

»Aber natürlich.« Der alte Herr in der Toskana schnaufte mühsam, hustete dann heftig. Im Hintergrund unterhielten sich zwei Frauen lautstark auf Italienisch. »Wir haben abends hin und wieder zu viert etwas unternommen, die Thurows, ich und meine damalige … hm … Freundin. Wir waren im Kino, im Theater, im Sommer segeln, im Winter in Kunstausstellungen. Hanno kam als Täter ja aber gar nicht in Betracht.«

»Weshalb nicht?«

»Weil er zu der Zeit in Italien war. Wir haben damals in Rom eine Zweigniederlassung aufgebaut. Globalisierung ist ja nichts so sensationell Neues, wie man heute gerne tut. Und Hanno hatte häufig dort unten zu tun. Er hatte Prokura und hätte die Filiale später sogar leiten sollen. Doch Saskia wollte nicht nach Italien. Aber das Thema hatte sich durch die Scheidung dann ja von selbst erledigt.«

»Wie kann er am Tag nach dem Mord vernommen worden sein, wenn er in Rom war?«

»Weil er an dem Vormittag zurückgekommen und Ihren Kollegen quasi in die Arme gelaufen ist.«

»Drei Monate später hat er die Scheidung eingereicht …«

»So ist es.«

Balke hatte sich vorgebeugt, um nichts zu verpassen, und hörte mit schmalen Augen zu. Die beiden Frauen wurden immer lauter, schienen sich zu streiten.

»Können Sie sich vorstellen, dass Dorles Schicksal etwas damit zu tun hatte?«

»Aber nein!« Wieder hustete Dr. Hansmann in der Toskana. »Kein bisschen. Sie hat ihn betrogen, die Saskia. Er hatte herausgefunden, dass sie ihn betrogen hat. Hanno ist völlig zusammengebrochen deshalb, war später sogar in Behandlung. Geradezu depressiv ist er geworden, ja.« Er nieste mehrfach, schnäuzte sich ausführlich. Der Streit im Hintergrund wurde heftiger. Etwas klirrte. Ein Hund beteiligte sich nun ebenfalls an dem temperamentvollen Disput.

»War seinerzeit auch für mich ein Schock«, fuhr Dr. Hansmann fort, nachdem er eine Tür geschlossen hatte. »Die beiden, Hanno und Saskia, sie waren ein Traumpaar. So... wie soll ich es beschreiben? So sieht wahre Liebe aus, habe ich gedacht, so soll es sein. Mit meiner damaligen Freundin, das hat ja leider nicht so funktioniert und auch nicht lange gehalten. Und dann stellt sich eines Tages heraus, dass Saskia ihrem Hanno seit Monaten Hörner aufgesetzt hat. Aber nun, er war oft nicht zu Hause in der Zeit. Und Saskia – wie sage ich es, ohne ihr Unrecht zu tun? Sie war eine lebhafte Frau. Eine noch junge, lebenshungrige Frau. Hanno gestand mir später einmal im Vertrauen, sie sei in sexueller Hinsicht oft nicht so zufrieden gewesen, wie er sich das gewünscht hätte.«

»Wissen Sie auch, mit wem sie ihn betrogen hat?«

»Ein Student angeblich, mehr weiß ich nicht. Saskia war zwanzig Jahre jünger als Hanno und, ich sagte es bereits, munter und... hm... kontaktfreudig. Als Hanno davon erfuhr, war es aber angeblich schon vorbei. Dennoch war das Vertrauen natürlich zerstört. So etwas heilt nicht mehr. Man kann es vielleicht verzeihen, aber vergessen kann man es nicht.«

»Und als Dorle starb, war Ihr Freund in Rom?«, fragte ich noch einmal nach. Auch bei DNA-Vergleichen passierten hin und wieder Fehler.

»Es gibt zig Zeugen dafür.«

Vermutlich war dies der Grund dafür, dass der Name Hanno Thurow in meinen aufs Wesentliche konzentrierten Unterlagen nicht erwähnt wurde.

Als ich wieder allein war, wählte ich Heinz-Peter Podolskys Handynummer und erzählte ihm von der Lücke in Brekers Lebenslauf.

»Du denkst, er hat eingesessen? Dann müssten wir ihn im Computer haben. Momentchen mal… Haben wir nicht, tut mir leid.«

»Wenn er wirklich im Ausland war, warum hat er dann nicht mehr davon in seinen Lebenslauf geschrieben? Für Auslandsaufenthalte gibt's doch normalerweise Bonuspunkte.«

»Du hättest gerne, dass ich ihn frage?«, fragte Podolsky gemütlich.

»Das war mein fieser Hintergedanke, ja. Aber ich weiß natürlich, dass du mehr als genug anderes zu tun hast.«

»Vermutlich sitzt er jetzt in seiner Stammkneipe und ersäuft seinen Schrecken. Aber sag mal, Alex – wieso fragst du nicht einfach seinen Bruder?«

Weil einem die naheliegenden Ideen leider oft zuletzt kommen.

Frau Hallberg ging es unverändert, erfuhr ich.

»Du lässt sie hoffentlich gut bewachen?«

»Was denkst du von mir?«, fragte Podolsky entrüstet zurück. »Und übrigens, die Nachbarin, die Breker gesehen hat, hat den Van bestätigt. Dunkelbraun, stark getönte Seitenscheiben. Die Nummer war aus Köln, meint sie, ist sich aber nicht ganz sicher. Wir haben ihr Bilder gezeigt. Wahrscheinlich war es ein Chevrolet, ein älteres Modell. An den Seiten war eine weiße Aufschrift, sagt die Zeugin, irgendwas mit Tieren. Tierfutter, Tierheim, etwas in der Art. Davon sollte es selbst in einer Stadt wie Köln nicht viele geben.«

An diesem Abend fand das große Ereignis statt: Meine Geliebte Theresa traf meinen Freund Lorenzo. Sämtliche Ernährungsregeln waren aus diesem Anlass außer Kraft gesetzt.

Lorenzo tischte eine knoblauchschwangere Minestrone auf, als Primo gab es schwarze Tagliatelle mit Tintenfischringen in Weißweinsoße, als Secondo Lammkoteletts mit Rosmarinkartöffelchen und grünen Böhnchen.

Die beiden verstanden sich auf Anhieb, Lorenzo sah viel besser aus als noch vor einer Woche, und die Suppe war dieses Mal nur mäßig gesalzen. Beim angeregten Geplauder spielte ich bald nur eine Statistenrolle, was mir nicht unlieb war. Ich war sterbensmüde. Die lange Nacht in Lüdenscheid steckte mir in den Knochen, die Aufregungen des Vortags.

Lorenzos braune Lederstühle waren herrlich bequem, der Wein wie zu erwarten köstlich. Nachdem wir gegessen hatten, schlummerte ich immer öfter ein und bekam von der Unterhaltung nur noch Bruchstücke mit. Als ich einmal wieder ein Auge öffnete, drehte sich die Unterhaltung um Hefepilze, und Lorenzo echauffierte sich wieder einmal über irgendetwas.

Gegen elf verabschiedeten wir uns, und während der Fahrt zu Theresas Haus erzählte sie mir aufgeräumt, Lorenzo habe sich sehr fürs Bücherschreiben und ihr Leben als Schriftstellerin interessiert. Sie hatte ihm vorgeschlagen, angesichts seines interessanten Werdegangs seine Memoiren zu veröffentlichen. Dies hatte er jedoch weit von sich gewiesen mit dem Argument, dann würde er noch vor dem Erscheinungstermin Besuch vom Staatsanwalt bekommen.

»Und was hat es mit den Hefepilzen auf sich?«, fragte ich gähnend.

»Du hast ja doch nicht die ganze Zeit geschlafen.« Theresa schmunzelte. »Lorenzo findet, wir Menschen seien in Summe ungefähr so intelligent wie Hefepilze im Gärbottich. Die schwimmen auch glücklich in ihrer süßen Brühe, genießen ihren Wohlstand, diesen unendlichen Überfluss an Nahrung, vermehren sich wie verrückt. Und sie begreifen nicht, dass sie demnächst an ihren eigenen Exkrementen zugrunde gehen werden.«

21

»Hier Breker, ja bitte?«, quäkte am Donnerstagmorgen eine teigige Männerstimme aus meinem Telefonhörer. Ich hatte schon am Vorabend versucht, Hartmut Brekers älteren Bruder Richard zu erreichen, allerdings ohne Erfolg. Heute hatte ich mehr Glück.

»Sie klingen, als hätten Sie schon mit meinem Anruf gerechnet«, sagte ich heiter.

»Jaaa?«, kam es zögernd zurück. »Hört man das tatsächlich?«

»Sie werden sich denken können, worum es geht. Ihren Bruder Hartmut.«

»Selbstverständlich Hartmut. Ich habe ja nur einen Bruder. Eine Schwester habe ich noch, Rebekka. Aber die ist in Spanien verheiratet. Und das mit diesem Bewerbungsgespräch, das war übrigens kein Verbrechen. Ich habe mich kundig gemacht. Ein Bekannter von mir hat einen Nachbarn, und der ist Rechtsanwalt…«

»Darum geht es nicht. Sie wollten Ihrem Bruder einen Gefallen tun, das verstehe ich vollkommen, und außerdem geht es mich gar nichts an. Weshalb ich Sie am frühen Morgen belästige, sind zwei Jahre im Leben Ihres Bruders…«

»Ach ja? Was genau möchten Sie denn wissen?«

»Wo er in den Jahren 1999 bis 2001 gewesen ist.«

Richard Breker war nach einem Arbeitsunfall Frührentner, erfuhr ich in den folgenden Minuten, ohne es wissen zu wollen, und hatte es allgemein schwer im Leben. Rentner verfügen ja bekanntlich über sehr viel Zeit und haben viel Grund zu klagen. Früher, als er noch gesund war, hatte er als Meister in einer metallverarbeitenden Firma gearbeitet, deren Name mir nichts sagte, war stets fleißig, loyal, bescheiden und pünktlich gewesen. Nachdem diese Umstände gebührend gewürdigt waren, kam er endlich zum Thema.

»Hartmut war immer schon ein kluger Junge gewesen. Er hätte es zu etwas bringen können. Wenn er nur nicht immer wieder diese ... diese Dummheiten machen würde.«

Nach Abschluss der Hauptschule hatte Breker eine Ausbildung zum Werkzeugmacher begonnen, bei der Lüdenscheider Metallwarenfabrik.

»Dort hat er später dann auch noch einige Jahre gearbeitet, bei der LMF, und nebenbei die mittlere Reife nachgeholt und am Ende sogar das Fachabitur. Es hätte etwas aus ihm werden können.«

Dann musste die LMF jedoch schließen. Die Maschinen und alles, was Wert hatte, wurden in den Osten verkauft.

»Und die Belegschaft freigestellt, wie man so hübsch sagt. Hundertfünfzig Jahre war der Betrieb alt gewesen und kerngesund. Und nun? Perdu. Alles perdu.«

Das war Mitte der Neunzigerjahre gewesen.

»Eines schönen Vormittags mussten sich alle in der Kantine versammeln, und da wurde es dann verkündet. Und jetzt ... jetzt hat Hartmut also seine Saskia ...?«

»Nein. Er kann es nicht gewesen sein. Hätten Sie es für möglich gehalten?«

»Sie hatte einen guten Einfluss auf ihn. Als er sich mit Saskia zusammentat, da dachte ich, nun kommt er doch noch auf die richtige Bahn.«

»Sie würden es für möglich halten, dass Ihr Bruder ...?«

»Wenn der Mensch nur weit genug gesunken ist, dann wird alles möglich«, behauptete Richard Breker resigniert.

»Wie ist es dann weitergegangen mit ihm?«

»Er hat noch mal für zwei Jahre etwas gefunden. Nicht in Lüdenscheid, aber so, dass er pendeln konnte. Auch nicht so gut bezahlt, aber es gab Aufstiegschancen, es sah eigentlich alles ganz vielversprechend aus. Aber dann ist leider etwas vorgefallen ...«

»Was?«

»Ganz präzise weiß ich es leider auch nicht.«

»Vielleicht unpräzise?«

Der Frührentner druckste ein wenig herum, rückte schließlich doch mit der Sprache heraus: Es hatte Ärger mit einer jungen Kollegin gegeben.

»Sie haben ihn vor die Alternative gestellt, sofort zu gehen, oder Anzeige und Kündigung. Die Firma wollte einen Skandal vermeiden, und die betroffene Kollegin hat von Hartmut eine Entschädigung bekommen von fünftausend Mark, auf freiwilliger Basis. Rebekka hat ihm dann eine schöne Stellung in Spanien verschafft. Ihr Mann ist Vertreter für Automatisierungstechnik und hat natürlich sehr viele Kontakte, und so war Hartmut also plötzlich in Barcelona.«

Die zögernde Art, wie er die letzten Worte aussprach, ließ mich fürchten, auch in Spanien könnte wieder »etwas vorgefallen sein«. Aber hierzu war nichts Konkretes aus dem Mann herauszubringen. Stattdessen klagte er noch ein wenig über seine magere Rente, die hohen Mieten, die Teuerung im Allgemeinen und die arme Saskia im Besonderen, die ein solches Schicksal wirklich nicht verdient hatte.

Ich bat ihn um die Nummer seiner Schwester in Barcelona, und er war hörbar erleichtert, mich auf so einfache Weise loszuwerden.

Rebekka Figueras nahm nach dem zweiten Tuten ab und klang wesentlich ausgeschlafener als ihr Bruder. Mit klarer, energischer Stimme rief sie: »Hola?«

Nach den Geräuschen im Hintergrund zu schließen war sie zu Fuß an einer belebten Straße unterwegs. Ich hörte den Verkehrslärm einer großen Stadt und das eilige Klackern hoher Absätze.

»Heidelberg?«, fragte sie verwirrt.

Ich erklärte ihr in knappen Worten, was vorgestern in

Lüdenscheid geschehen war. Daraufhin sagte sie erst einmal nichts mehr. Irgendwo wurde aufgeregt gehupt. Dann hörte ich wieder ihre Stimme: »Hartmut war es nicht? Das ist sicher?«

»Absolut, ja. Ich habe gehört, er war zwei Jahre lang bei Ihnen in Spanien.«

»Eduardo hatte ihm den Job besorgt. Ein Kunde von ihm hat gerade händeringend Dreher gesucht. Dafür war Hartmut zwar ein wenig überqualifiziert, aber in Lüdenscheid und Umgebung hätte er so leicht nichts mehr gefunden. Da oben kennen die Leute sich einfach zu gut untereinander.«

»Ich weiß, warum Ihr Bruder seine letzte Stelle verloren hat.«

Das Klackern der Absätze erstarb. Vielleicht wartete sie an einer Verkehrsampel oder einer Bushaltestelle, vielleicht war sie vor Schreck stehen geblieben. Rebecca Figueras atmete einige Male tief ein und aus. Der Verkehr rauschte und toste. Ein Mann rief etwas auf Spanisch und lachte, als hätte sie einen obszönen Scherz gemacht.

»Dieses Mal war es eine Auszubildende«, sagte Brekers Schwester, als das Klackern von Neuem begann. »Sechzehn Jahre, praktisch noch ein Kind.«

»Er hat wieder eine Frau belästigt?«

»Mehr als das. Zum Schlimmsten ist es glücklicherweise nicht gekommen, weil ein Kollege hereinplatzte. Dieses Mal ist Hartmut nicht so einfach davongekommen, die Eltern haben ihn angezeigt.«

Erneut verstummte das Geräusch ihrer Schritte. Ein Bus dröhnte heran. Türen zischten. Sie schien einzusteigen. Sagte einige Male »perdón« und »gracias«.

»Der Prozess war eine einzige Schlammschlacht«, fuhr sie fort. »Hartmut hat behauptet, sie hätte ihn herausgefordert, es sei – wie sagt man? – einvernehmlicher Sex gewesen. Sie hat in jedem Punkt das Gegenteil ausgesagt, und ich weiß bis heute nicht, wem ich glauben soll. Hartmut wurde zu zwei Jahren auf Bewährung verdonnert, er war an eine rigorose Richterin geraten. Anschließend ist er verschwunden. Von heute auf morgen.«

»Zurück nach Deutschland?«

»Er hat seine Sachen gepackt, am Abend nach dem Prozess, und sich nicht mal anständig verabschiedet.«

Der Bus rumpelte und brummte. Gut gelaunte Menschen unterhielten sich angeregt. Im Hintergrund schrie sich ein Kleinkind die wütende Seele aus dem Leib.

»Ich hatte seine Handynummer, ich hätte ihn anrufen können. Aber ich hatte wirklich keine Lust, mich noch weiter mit ihm zu beschäftigen. Hartmut hat so etwas ...«

Noch einmal durfte ich ein Weilchen dem spanischen Geplauder und dem Gekreische des Kleinkinds lauschen.

»Ich bin seine Schwester«, sagte Frau Figueras endlich, und es klang wie ein Urteilsspruch. »Aber wie er mich manchmal angesehen hat... Sogar Eduardo hat mich darauf angesprochen und gefragt, ob er sich meinen kleinen Bruder mal vorknöpfen soll. Aber das hat sich ja dann zum Glück von selbst erledigt.«

»Ich habe gehört, er hat später ein paar Semester studiert.«

»Das mag sein. In der Schule hat er sich nicht leichtgetan. Es gab damals viel Streit zu Hause und Prügel, aber er hat nun mal lieber Fußball gespielt, als Hausaufgaben zu machen. Erst wie er die Ausbildung begonnen hat, hat er sich gefangen. Er hat ein exzellentes Zeugnis bekommen, der Betrieb hat ihn mit Handkuss übernommen, und wir dachten, nun wird doch noch was aus dem kleinen Hartmut.«

Der Bus bremste, Frau Figueras drängelte sich zum Ausgang. Die Hintergrundgeräusche veränderten sich. Als ich den Wind säuseln hörte, lachte sie bitter. »So viele Türen hätten ihm offen gestanden. Und er verbaut sich alles mit solchem Unfug.«

»Wissen Sie noch, wann genau er nach Deutschland zurückgekehrt ist?«

»Lassen Sie mich überlegen … 2000 muss das gewesen sein. Im Herbst. Oktober, denke ich. Ja, Oktober.«

Neun Monate, bevor Dorle Matt starb.

In Konstanz gab es neben einer Universität auch eine Hochschule, an der man technische Fächer studieren konnte. Ich lehnte mich in meinem bequemen Chefsessel zurück, massierte mein Genick und dachte nach.

War Breker an den Bodensee gezogen, um dort das Studium zu beginnen, von dem er vielleicht schon länger geträumt hatte? Hatte er dort Saskia Hallberg kennengelernt, die damals noch Thurow hieß? War er ihr heimlicher Geliebter gewesen, der Student, der sie über die häufige Abwesenheit ihres Ehemanns hinwegtröstete?

Ich rief Sven Balke an und bat ihn, prüfen zu lassen, ob Breker zur fraglichen Zeit in Konstanz gemeldet war. »Und fragen Sie auch gleich bei der Hochschule nach.«

»Wird mal wieder Ärger geben.« Balke lachte gallig. »Datenschutz, Sie wissen schon. Aber ich krieg das hin, kein Problem.«

Ich ahnte, was nun folgen würde. Wie so oft würde er den kleinen Dienstweg beschreiten, mit seiner wohlklingenden Stimme und seinem norddeutschen Charme eine Sachbearbeiterin in der Verwaltung der Hochschule für Technik, Wirtschaft und Gestaltung so lange bezirzen, bis sie für ihn einen Blick in den Computer riskierte und einen lässlichen Geheimnisverrat beging.

Wenn Breker Dorle auf dem Gewissen hatte, grübelte ich weiter, und wenn Frau Hallberg dies gewusst oder zumindest geahnt hatte, hätte sie ihn dann Jahre später geheiratet? Unwahrscheinlich, aber nicht ausgeschlossen. Wie oft taten Menschen verrückte, widersinnige, für andere unbegreifliche Dinge?

Oder war ihr erst klar geworden, dass er der Vergewaltiger und Mörder war, als sie bereits seine Frau war? Vielleicht während eines Gesprächs mit Arne Heldt in der Pension *Waldlust*?

Wieder einmal wählte ich Podolskys Handynummer. Inzwischen war es halb zehn geworden. Vor den Fenstern hing ein grauer, breiiger Nebel, der uns anscheinend für immer unter sich begraben wollte.

»Alex!«, brüllte er begeistert. »Was verschafft mir heute die Freude und Ehre?«

Zu meiner Überraschung erreichte ich ihn nicht in seinem Büro, sondern zu Hause. Er war dabei, einige von seinen zehntausend Überstunden abzufeiern.

»Die Soko läuft inzwischen. Die kommen auch mal ein paar Stunden ohne mich zurecht.«

Und so war er gerade damit beschäftigt, das Motorrad seines Sohnes zu reparieren, der zurzeit *work and travel* in Neuseeland machte.

»In vier Wochen kommt er wieder, und ich habe ihm versprochen, dass seine Maschine dann läuft.«

Neben dem reisefreudigen Sohn hatte er noch eine fünfzehnjährige Tochter. »Ich sage dir, Alex, ich kriege schon Pickel, wenn ich das Wort Hormone nur höre!«

Da ließ es sich natürlich nicht vermeiden, dass ich auch von meinen Töchtern erzählte. Und von ihren Motorisierungsplänen.

»Ja, ja«, meinte Podolsky zu diesem Thema. »Kleine Kinder, kleine Rechnungen – große Kinder, große Rechnungen.«

Während wir sprachen, hörte ich ihn weiter werkeln. Etwas fiel scheppernd herunter, wurde unter deftigen Ruhrpottflüchen wiedergefunden. »Eigentlich ist so eine zweihundertfünfziger Virago ja nicht totzukriegen, aber mein Carsten kriegt einfach alles kaputt. Du rufst aber nicht an, um mit mir über zickige Töchter und kaputte Motorräder zu sprechen.«

»Es geht um Brekers Alibi für den elften bis dreizehnten November …«

»Als diese Sache bei euch passiert ist?«

»Gibt es dazu irgendwas Neues?«

Das gab es tatsächlich. Breker hatte ja behauptet, er sei am Samstag und am Sonntag nicht aus dem Haus gegangen.

»Ich habe das spaßeshalber überprüfen lassen. Die Nachbarin mit den rosa Plastiklatschen wusste nichts dazu zu sagen. Aber die Wirtin im *Dudelsack* hat sich erinnert, dass er Samstagabend doch da war. Er hatte zwar kein Geld, aber einer seiner Kumpels hatte Geburtstag und hat die ganze Bande freigehalten. Das hatte der Blödmann nur vergessen. Er ist bis lange nach Mitternacht geblieben und war am Ende hackedicht. Die anderen Suffköppe haben ihn nach Hause geschleift und vor seiner Tür abgelegt. Sie sind bereit, den Umstand zur Not zu beeiden.«

»Schade eigentlich.«

Andererseits war nicht auszuschließen, dass Breker die Bier- und Schnapsleiche nur gespielt hatte. Von Lüdenscheid nach Heidelberg fuhr man nach Mitternacht zwei Stunden, mit einem schnellen Wagen anderthalb. Er hätte in der Nacht nach Heidelberg donnern können, dort Arne Heldt ermorden und in Lüdenscheid zurück sein, bevor es hell wurde.

Aber dennoch – es passte einfach nicht.

Jemanden aus der Ferne zu erschießen war Breker zur Not zuzutrauen. Aber nicht, jemanden so abzuschlachten, wie es Arne Heldt geschehen war. Was natürlich nicht hieß, dass er nicht doch Dorle Matt auf dem Gewissen hatte.

»Ich hätte gerne eine Speichelprobe von ihm«, sagte ich. »Nur, um ganz sicher zu sein.«

»Die habt ihr schon«, sagte Podolsky heiter. »Die hat ein

Herr Lemmle gestern Nachmittag bei mir angefordert. Breker hat sie übrigens freiwillig abgegeben.«

Welche Wohltat, Mitarbeiter zu haben, die einem hin und wieder das Denken abnahmen!

»Lustiger Vogel übrigens, dein Herr Lemmle«, meinte Porolsky. »Ein Schwabe, nehme ich an?«

»Und einer meiner besten Leute.«

»Ich mag diesen Dialekt. Er hat so was Gemütliches. Wer Schwäbisch spricht, kann wohl kein böser Mensch sein.«

In der vergangenen Nacht hatte ein Liebespaar auf der Suche nach einem stillen Plätzchen den dunkelbraunen Van entdeckt, erzählte er mir zum Schluss.

»Auf dem Parkplatz bei der Wuppertalsperre. Ausgebrannt. Nehme an, er hat das Fahrzeug gewechselt, oder es hat jemand auf ihn gewartet.«

Bisher hatte sich niemand gemeldet, der beobachtet hatte, wie der Van dort hingekommen war. Es musste zur Mittagszeit gewesen sein, und vermutlich hatte es immer noch geregnet.

Wie nicht anders zu erwarten, war der Van als gestohlen gemeldet, in der Nacht vor der Tat in Köln-Deutz. Nicht einmal die Mühe, die Kennzeichen auszutauschen, hatte der Täter sich gemacht.

»Wie weit seid ihr mit der Tatwaffe?«

»Die haben wir noch nicht gefunden. Die Umgebung des Parkplatzes lasse ich zurzeit absuchen. Große Hoffnung habe ich aber nicht. Der Stausee ist riesig und im Bereich der Talsperre fast fünfzig Meter tief.«

22

Nach einem einsamen und ballaststoffreichen Mittagessen am Schreibtisch erschien Balke wieder bei mir. Dieses Mal hatte er dieses Leuchten im Blick, das verkündete: Es gibt Erfolge zu melden. Das Computernetz des Konstanzer Meldeamts funktionierte seit dem Morgen wieder.

»Ich fange mal oben an«, sagte er, während er sich setzte, »mit dem Dachgeschoss. Links hat eine alleinstehende Lehrerin gewohnt, eine Frau Pietzsch.«

Diese war inzwischen pensioniert, ausnahmsweise weder gestorben noch unbekannt verzogen, wusste aber wenig.

»Sie habe sich nicht groß dafür interessiert, was um sie herum vorging, hat sie gesagt. Frau Thurow war verheiratet, daran konnte sie sich erinnern, der Mann war aber oft auf Reisen. In der Wohnung rechts hat ein Herr Dr. Opitz gelebt.« Balke sah mir ernst ins Gesicht. »Oberarzt in einem Krankenhaus.«

Er spielte auf die Vermutung des Rechtsmediziners an, Arne Heldts Mörder könnte über medizinische Kenntnisse verfügen.

»Sein Alibi war ein bisschen wackelig, aber letztlich hat die DNA nicht gepasst. Was aus ihm geworden ist, wo er heute lebt, weiß ich nicht. Ein ehemaliger Kollege von ihm meinte, er könnte eventuell in die USA gegangen sein.«

Der deutschen Botschaft in Washington lag bereits eine offizielle Anfrage aus Heidelberg vor.

»Erstes OG kennen wir: links das Ehepaar Thurow in einer Vierzimmerwohnung, rechts Simone und Dorle Matt mit drei Zimmern.« Balke blätterte um. »Kommen wir zum Erdgeschoss.«

Die Wohnung rechts hatte 2001 laut Auskunft des Meldeamts leer gestanden. Laut den Akten der Kollegen, die den Fall seinerzeit bearbeiteten, stimmte das aber nicht. In Wirklichkeit hatte dort ein Mann namens Alfonso Hernández gewohnt, dunkelhaarig, zwischen fünfundzwanzig und dreißig Jahre alt. Angeblich Spanier und seinerzeit der zweite Hauptverdächtige.

»Aber bevor sie ihm eine Speichelprobe abnehmen konnten, war er weg.«

»In der Wohnung müssten Spuren gewesen sein.«

»Reichlich. Von insgesamt sieben verschiedenen Personen. Aber keine davon hat auf den Täter gepasst. Der Pass von Señor Hernández war übrigens geklaut. Das haben sie aber erst gemerkt, als er schon abgetaucht war.«

Wir kamen zur letzten Wohnung im Haus: Erdgeschoss links, direkt unter Frau Thurow. Und Balkes Mienenspiel verriet, dass er sich den Höhepunkt bis zum Schluss aufgespart hatte.

»Da wohnte ein Rentnerehepaar. War aber nur ihr Zweitwohnsitz, zu Hause waren sie in Böblingen. Der Mann lebt nicht mehr, die Frau ist im Altersheim. Sie ist aber noch so weit klar im Kopf, dass ich mit ihr telefonieren konnte.« Balke faltete mit aufreizender Gemütlichkeit sein Blatt zusammen. »Die alte Dame sagt, sie hätte aus der Wohnung von Frau Thurow öfter gewisse Geräusche gehört. Und zwar lustigerweise immer dann, wenn Herr Thurow mal wieder auf Dienstreise war.«

»Weiß sie auch etwas über den Mann, der an der Entstehung dieser Geräusche beteiligt war?«

»Wolf.«

»Wolf?«

»So hat sie ihn gerufen. ›Ach, Wolf!‹, ›Oh mein Gott, Wolf, oh mein Gott!‹, ›Jaaa, Wolf, jaaaaa!‹«

Sönnchen streckte den Kopf durch die Tür und wollte wissen, ob jemand einen Arzt brauchte.

Nachdem die allgemeine Heiterkeit sich wieder gelegt

hatte, fragte ich: »Hat die Zeugin das den Kollegen damals auch erzählt?«

»Hat sie nicht. Es war ihr ein wenig peinlich. Und es sei schließlich Frau Thurows Privatangelegenheit, mit wem sie sich ihre einsamen Nächte versüßt hat.«

»Wie weit sind Sie mit Frau Matt?«

»Nah dran, aber ich habe sie noch nicht. Von Konstanz ist sie nach Zürich gezogen und nur zwei Monate später weiter nach Basel. Sie hat wieder geheiratet, heißt jetzt Jakop mit Nachnamen und arbeitet bei der UBS. Diese Schweizer Banker sind nicht gerade auskunftsfreudig, aber so viel weiß ich immerhin schon: Sie arbeitet in der Abteilung International Mergers and Acquisitions in einer ziemlich hohen Position. Im Moment ist sie wegen irgendwelcher krummen Deals in Brasilien, und ihr Handy ist nicht erreichbar.«

Als er schon an der Tür war, wandte Balke sich noch einmal um: »Fast hätte ich es vergessen: Ein Hartmut Breker war nie an dieser Hochschule in Konstanz eingeschrieben. Ich habe auch gefragt, ob er sich vielleicht beworben hat, aber nicht genommen wurde. Konnten sie nicht sagen, weil die Daten nach Versendung der Absage gelöscht werden.«

Wolf, überlegte ich, als ich wieder allein war. Wolfgang? Wolfram? Oder sollte das Wort nur ein etwas spezieller Kosename gewesen sein? Was für ein Witz von einer Spur!

Da war dieser Spanier schon interessanter, der es vorgezogen hatte zu verschwinden, als die Polizei anrückte. Sollte das Breker gewesen sein? Hatte er sich den falschen Pass schon in Barcelona besorgt? Um in Deutschland noch einmal ganz von vorn anzufangen? Mit neuer Identität, unter falschem Namen, mit anderer Haarfarbe und an einem Ort, wo ihn niemand kannte? Möglicherweise hatte er in den Monaten in Barcelona genug Spanisch gelernt, um für einen deutschen Polizisten als Spanier durchzugehen.

Ein krachendes Klopfen riss mich aus meinen Gedanken,

und mit der Urgewalt eines Erdbebens stürmte Lemmle herein.

»Volltreffer!«, grölte er und schwenkte eine dünne Akte über seinem runden Schädel. »Der Typ, der wo den Arne auf dem Gewissen hat...« Er fiel auf den Stuhl, auf dem noch vor wenigen Minuten Balke gesessen hatte. »Der hat tatsächlich auch die arme Dorle vergewaltigt und umgebracht.«

»Und wie sieht es mit der DNA von Breker aus?«

»Kann ich noch nicht sagen.« Lemmle schnaufte wie eine überlastete Dampfmaschine. »Ich hab diesen Schnarchnasen in Stuttgart gesagt, ich schmeiß ihnen höchstpersönlich eine Handgranate in ihr Labor, wenn ich nicht spätestens morgen früh die Ergebnisse auf meinem Tisch hab. Schneller geht's leider Gottes nicht. Da kann ich Druck machen, so viel ich will. Schneller geht's wirklich nicht.«

Damit war nun immerhin klar, dass wir keiner falschen Spur hinterherjagten. Dass Arne Heldt Dorles Mörder auf den Fersen gewesen war. Und dass er diesem schon so nah gekommen war, dass er selbst zum Opfer wurde. Weil der Täter, der sich seit fünfzehn Jahren in Sicherheit wähnte, plötzlich um seine Existenz fürchten musste.

Draußen hing immer noch der graue Nebel vom Vormittag.

»Sauwetter, gell?«, meinte Lemmle gut gelaunt.

»Nennt Ihre Frau Sie manchmal Wolf?«, fragte ich müde.

»Wenn ich Ihnen sage, wie meine Frau mich manchmal nennt, dann lachen Sie mich aus«, erwiderte Lemmle grinsend. »Aber Wolf hat sie mich noch nie genannt. Wenn schon, dann Bärle oder sonst was Großes, Gemütliches. Der Wolf gilt ja allgemein nicht gerade als Sympathieträger, gell?«

Vielleicht wollte der Wolf gar nicht nett sein? Frau Thurow, die noch Breker hieß und – falls sie jemals wieder aus dem Koma erwachte – bald wieder Hallberg heißen würde, hatte es im Bett eher auf die harte Tour gemocht. Hatte zumindest ihr Nochehemann behauptet.

Podolsky, der immer noch am Motorrad seines Sohnes herumschraubte, konnte mir aus dem Gedächtnis sagen, dass Breker tatsächlich einen zweiten Vornamen hatte: Johannes. Das war es also nicht.

Meine Mädchen paukten für die theoretische Führerscheinprüfung, als ich nach Hause kam. Sie fragten sich gegenseitig Verkehrszeichen und Vorfahrtsregeln ab. Und Sarah hatte im Internet eine gebrauchte Vespa nach ihrem Geschmack gefunden. Bezahlbar, nur leider nicht pink.

»Man kann sie einfach in einer anderen Farbe anmalen, hat Henning gesagt. Stimmt das?«

»Das geht schon. Aber wenn man sie selber anmalt, dann sieht sie hinterher halt auch aus wie selber angemalt.«

»Und was kostet es, wenn man es machen lässt?«

»Muss ich mich schlaumachen. Morgen früh kümmere ich mich drum, versprochen.«

»Und wenn es nicht so teuer ist – wann könnten wir dann hinfahren und gucken?«, fragte sie mit fiebrigem Blick. »Es ist in Weinheim. Überhaupt nicht weit.«

»Morgen Abend?«

Sarah jauchzte.

»Ich will es aber noch nicht fest versprechen. Hab unmäßig viel zu tun zurzeit.«

Von dem toten Polizisten in Ziegelhausen hatten sie natürlich schon gehört.

»Das machst du?«, fragten sie in stereo. Selbst Louise, die bisher noch kein Wort gesagt hatte, sah erstaunt auf. Wieder einmal wurde ihnen bewusst, womit ihr Vater das Geld für die Frühstücksbrötchen und pink lackierte Vespas verdiente.

Im Flur begann das Telefon zu trillern.

Es war Balke: *»Got her!«*

Ich brauchte einen Moment, um vom Privat- zurück in den Dienstmodus zu schalten: »Frau Matt?«

»Heute Frau Jakop. Sie fädelt in Rio eine Firmenübernahme ein, die mal wieder ein paar Tausend Leute ihren Job kosten wird. Morgen um elf landet sie in Frankfurt. Wir könnten uns irgendwo in Mannheim zum Mittagessen treffen, schlägt sie vor. Passt das für Sie?«

Falls nicht, würde Sönnchen es passend machen.

»Sie gibt mir noch Bescheid, in welchem Zug sie sitzt.«

»Wie hat sie reagiert?«

»Eigentlich gar nicht. Wollte uns zum Essen einladen, aber das habe ich abgewimmelt. Wir haben eine Stunde und fünfundvierzig Minuten.«

»Sie hat überhaupt nicht reagiert?«

»Wenn man Milliarden im Kopf hat, dann sind tote Töchter vielleicht nicht so wichtig.«

Am Freitagmorgen hatte der Nebel sich verzogen. Dafür brauten sich wieder einmal regensatte Wolken zusammen. Schon als ich an meinem Schreibtisch Platz nahm, begann es wieder zu schütten, und es wurde fast so dunkel wie in den Sekunden vor dem Schuss auf Saskia Hallberg. Dieses Mal kam Lemmle nicht persönlich zu mir, um mir die heute nicht so frohe Botschaft zu überbringen: Hartmut Breker kam als Dorles Vergewaltiger nicht infrage, erfuhr ich per Telefon.

»Klar gibt's immer eine minimale Chance, dass mal wieder was schiefgegangen ist. Denken Sie bloß an das Phantom von Heilbronn.«

Welcher Polizist erinnerte sich nicht an diese Pleite, die in den Medien so viel Staub aufgewirbelt hatte? Jahrelang hatte man zunächst bundesweit, später auch europaweit nach einer Frau gefahndet, die, so glaubte man aufgrund immer wieder gefundener DNA-Spuren, an dem Polizistenmord auf der Heilbronner Theresienwiese beteiligt gewesen war. An allen möglichen Tatorten wurde in den folgenden Jahren die DNA der Schwerverbrecherin gefunden, die bald »Frau ohne Gesicht« genannt wurde. Einbrüche in Gartenlauben, Banküberfälle, Morde – vor nichts schien sie zurückzuschrecken, und nie wurde sie gefasst. Am bitteren Ende stellte sich dann heraus, dass die DNA, die sie scheinbar mit größter Kaltblütigkeit an so vielen Orten hinterlassen hatte, in Wirklichkeit von einer Angestellten stammte, die bei der Herstellerfirma die Wattestäbchen verpackte. Wattestäbchen, die fast alle Spurensicherer Deutschlands zur Abnahme von Täter-DNA benutzten.

Die Nachricht erschütterte mich weniger als Lemmle, denn im Grunde hatte ich Breker längst von der Liste der Tatverdächtigen gestrichen.

Ich wählte Rolf Runkels Nummer und bat ihn zu mir. Zwei Minuten später saß er mir gegenüber, die breiten Hände im Schoß, und sah mich erwartungsvoll und zugleich ein wenig beunruhigt an. Wer fühlt sich schon wohl, wenn er gleich morgens ohne Angabe von Gründen zum Chef gerufen wird?

»Wie geht's Ihnen denn?«, eröffnete ich das Gespräch in jovialem Ton.

»Gut, wieso?«, fragte er unsicher zurück.

»Immerhin haben Sie letzte Woche unter ziemlich dramatischen Umständen einen Kollegen tot aufgefunden. So was macht einem doch zu schaffen.«

Er senkte den Blick. Spielte mit seinen Wurstfingern. »Sie haben mich zu so einer Psychotante geschickt. Eine Frau Dr. Weiß in Viernheim. Erst wollt ich nicht, aber jetzt merk ich, es hilft mir. Man muss drüber reden, sagt sie, wieder und wieder drüber reden. Und das mach ich. Ich rede mit ihr. Ich rede mit meiner Frau, ich rede jetzt mit Ihnen, und das hilft mir.«

»Eigentlich habe ich Sie aber wegen was ganz anderem gerufen.«

Sofort wieder misstrauisch, sah er auf.

»Sie kennen hier in der Gegend doch tausend Leute. Ist zufällig jemand darunter, der sich mit Motorrollern auskennt? Der so ein Ding ein wenig aufmöbeln könnte, ohne dass man dabei arm wird? Und vielleicht auch neu lackieren?«

Runkel entspannte sich, kannte jedoch niemanden, der mir helfen konnte.

Als Nächstes bat ich Sönnchen um einen Cappuccino und stellte ihr dieselbe Frage.

Sie setzte sich mir gegenüber und musterte mich besorgt. »Sie haben abgenommen!«, stellte sie fest. An ihrer rechten Hand blitzte der immer noch neue Ehering im Licht meiner Schreibtischlampe.

»Wirklich?«, fragte ich überrascht. »Man sieht es schon?«

Sie nickte anerkennend. »Kommen Sie dann demnächst im Lederkombi?«

Ich lachte und sah dabei unauffällig an mir herunter. »Es ist für meine Töchter.«

Fand sie wirklich, dass ich schon schlanker geworden war?

»Ich glaub, da kann ich helfen«, sagte Sönnchen. »Müsst nur mal kurz telefonieren.«

Sie sprang auf, verschwand im Vorzimmer, schloss die Tür hinter sich. Ich hörte sie angeregt plaudern, und zwei Minuten später stand sie wieder vor mir.

»Jussuf!«, verkündete sie triumphierend.

Jussuf wohnte in Handschuhsheim, machte nebenberuflich allerlei Reparaturen, auch an Motorrädern, und hatte genug Platz in seinem Hinterhof, um dort vorübergehend zwei Vespas abzustellen.

»Er ist ein anständiger Kerl. Sie müssen keine Angst haben, dass er Sie übers Ohr haut.«

Außerdem wusste er natürlich schon, dass ich Sönnchens Chef und damit Polizist war.

Simone Jakop hatte nichts Mütterliches an sich. Sie strahlte keine Wärme aus und keine Liebe. Vor mir stand eine drahtige, hochgewachsene Dame im eierschalenfarbenen Businesskostüm und mit schwerer Goldkette um den schlanken, ungewöhnlich langen Hals. Ihr schmales Gesicht war gut gebräunt, das Make-up dezent perfekt, das goldblonde Haar pflegeleicht kurz geschnitten. Der Blick ihrer grünen Augen stellte klar, dass es nicht ratsam war, Streit mit ihr zu suchen.

Balke und ich hatten im *Costa Smeralda* eine knappe Viertelstunde auf sie warten müssen, da der ICE aus Frankfurt Verspätung hatte. Das Lokal hatte eine Assistentin von Frau Jakop ausgewählt. Es lag nah genug am Mannheimer Hauptbahnhof, um der viel beschäftigten Bankerin unnötige Wege zu ersparen, und das Niveau der Küche schien man in ihren Kreisen für akzeptabel zu halten.

Wir schüttelten Hände. Ihre war kühl und trocken und fühlte sich knochig an. Ich schob ihr den Stuhl am Kopfende des Tischs zurecht. Sie dankte mit einem beiläufigen Nicken, nahm Platz und lächelte ein wenig um sich. Dann sammelte sie sich, fokussierte das Thema des nächsten Meetings.

Ihr Blick war ausdruckslos, als sie in stark schwyzerdüütsch gefärbtem Hochdeutsch fragte: »Und Sie haben tatsächlich eine Spur von ihm gefunden? Nach so langer Zeit noch?«

Ich berichtete ihr, was in den vergangenen Tagen geschehen war. »Wir gehen davon aus, dass unser Kollege sterben musste, weil er herausgefunden hat, wer Ihre Dorle auf dem Gewissen hat. Um ein Haar hätte der Täter auch die Frau getötet, die Sie als Saskia Thurow kannten.«

Nun zeigte sie doch eine Spur von Emotion: »Saskia? Ist sie …?«

»Im Moment kann noch niemand sagen, ob sie überleben wird.«

Dass ihre ehemalige Freundin im Koma lag, erschütterte die überschlanke Bankerin doch ein wenig, warf sie jedoch nicht um. Diese Frau war es gewohnt, sich unter Kontrolle zu haben.

»Manches spricht dafür, dass sie den Täter gekannt hat. Dass sie unserem toten Kollegen den Tipp gegeben hat.«

»Saskia?«, wiederholte sie verwirrt. »Aber wie kommen Sie...? Ich meine, wie sollte sie...?« Etwas ging in ihrem klugen Kopf vor, ihre Miene wurde unruhig, die Augen wurden erst kleiner, dann wieder größer.

»Sie soll damals einen Liebhaber gehabt haben«, versuchte ich mein Glück mit einem Schuss ins Blaue.

Simone Jakop nickte zerstreut. Musterte mich, ohne mich zu sehen. Als wäre sie noch unsicher, ob sie den Gedanken zulassen durfte, der gerade durch ihren Kopf mit den von einem teuren Coiffeur geschnittenen goldenen Fransen wirbelte. Die Haarfarbe war entschieden zu schön, um echt zu sein.

»Einen Liebhaber...«, murmelte sie und schloss kurz die Augen.

»Ich bin sicher, sie hätte nichts dagegen einzuwenden, wenn Sie uns etwas darüber verraten würden. Sie wollte auch, dass Dorles Mörder gefasst wird.«

Der Ober kam, Frau Jakop schlug hastig die in dickes braunes Leder gebundene Speisekarte auf. Entschied sich innerhalb von weniger als fünf Sekunden für einen Meeresfrüchtesalat, nachdem sie sich hatte versichern lassen, dass dieser rasch serviert würde. Balke wünschte sich eine Lasagne, ich bat um einen großen italienischen Salat ohne Öl. Morgen drohte der Wiegetag, und als ich heute beim Zähneputzen probeweise auf die Waage gestiegen war, hatte ich immerhin nicht zu-, jedoch trotz der Hungerei kaum ein Gramm abgenommen. Vermutlich war Lorenzo daran schuld.

Der spitzbäuchige Ober verschwand in geschäftiger Eile

und auf leise quietschenden Sohlen. Frau Jakops Miene veränderte sich langsam, und schließlich nickte sie entschlossen. »Sie haben recht, Saskia hätte nichts dagegen. Auch sie hat damals gelitten unter dem, was passiert ist.«

»Sie hat sich Vorwürfe gemacht.«

Wieder wurde der Blick der Bankerin trüb. »Macht Ihnen das eigentlich gar nichts aus, die vielen Dramen? Die Toten?«

»Doch«, erwiderte ich, ohne zu überlegen. »Es macht mir sogar sehr viel aus. Aber es ist nun mal leider mein Beruf.«

23

»Also gut«, sagte Frau Jakop nach einem allerletzten Zögern. »Ja, sie hat seinerzeit einen Freund gehabt. Einen Geliebten. Saskia hat – wie sagt man? – nichts anbrennen lassen? Sagt man so?«

Balke und ich nickten synchron. Am Nachbartisch nahm eine Gruppe von sechs Personen Platz, alle in Businessanzügen oder -kostümen. Es dauerte einige Sekunden, bis wieder Ruhe einkehrte.

»Ihr Mann hat seinerzeit häufig in Rom zu tun gehabt«, fuhr Frau Jakop fort. »Manchmal ist er für eine Woche unten gewesen, manchmal für zwei oder drei. Ich weiß nicht, wo sie den anderen kennengelernt hat. Irgendwann habe ich gemerkt, dass sie anders war. Ihre Augen haben wieder geleuchtet. Die Ehe mit Hanno war ja nicht gerade ein Volltreffer, vorsichtig ausgedrückt.«

»Wer war er?«, fragte ich, heiser vor Anspannung. »Haben Sie ihn gekannt?«

»Gekannt nicht, nein. Und ich weiß auch nur wenig über ihn. Saskia hat sich anfangs große Mühe gegeben, alles vor mir geheim zu halten.«

»Auch wenig kann viel sein. Sie waren mit ihr befreundet. Sie haben Wand an Wand gelebt. Sie haben ihn doch bestimmt mal gesehen.«

Die Bankerin straffte ihren muskulösen Rücken. »Ich war neugierig, natürlich, und wie. Er soll ja ein ganz ungeheurer Liebhaber gewesen sein, ihr Wolf. Und so, wie es nebenan oft gerappelt hat, glaubte ich Saskia aufs Wort. Ich war allein. Ich will sagen, ohne Mann, und sie…«

»Sie hat ihn also Wolf genannt.«

»So habe ich es gehört: Wolf.«

»Und Sie haben nicht wenigstens ein kleines bisschen spioniert?«

»Doch. Durch den Türspion, ja. Groß war er. Jünger als Saskia. Ich war damals achtunddreißig, sie zweiunddreißig. Er war vielleicht Mitte zwanzig.«

»Hat sie keine Angst gehabt, dass ihr Mann davon erfährt? Auch andere Leute im Haus werden ihn gesehen haben.«

»Anfangs schon. Aber bald war ihr alles egal. Ihre Ehe mit Hanno war sowieso ein Fehlgriff gewesen. Deshalb haben sie ja auch die meiste Zeit getrennt gelebt. Er hat ein großes Haus am Gnadensee gehabt, sie hatte aber ihre Wohnung behalten, als hätte sie gleich geahnt, dass es nicht halten wird. Am Ende hat sie auch oft bei uns geschlafen, wenn er nicht auf Geschäftsreise war.«

»Das habe ich ganz anders gehört.«

»Nach außen hin haben sie natürlich so getan, als wäre alles in bester Ordnung. Da haben sie das Traumpaar gespielt. Ich denke, Hanno wird auch seine Affären gehabt haben. Wahrscheinlich hat er Saskia nur geheiratet, weil er als Manager nun mal eine Frau für offizielle Anlässe brauchte.«

Unser Essen kam. Die Gläser wurden wieder aufgefüllt. Am Nachbartisch wurde bestellt.

Dennoch hatte Saskia Hallberg hin und wieder noch ein schlechtes Gewissen gehabt.

»Anfangs hat sie sehr aufgepasst, dass ihr Wolf erst gekommen ist, wenn die Luft rein war, abends nach zehn, halb elf. Später dann nicht mehr so. Da ist er manchmal auch die ganze Nacht geblieben. Und den nächsten Tag gleich mit. Selbstverständlich durfte er nicht auf den Balkon gehen oder zu nah ans Fenster. Ich glaube, die zwei haben es auch ein bisschen genossen, die ganze Heimlichtuerei. Sie waren ja vollkommen verrückt. Verrückt nacheinander.«

»Okay«, sagte ich, als Frau Jakop verstummte. »Wolf war groß, etwas jünger als Ihre Freundin und vielleicht Student. Bestimmt wissen Sie doch noch ein bisschen mehr über ihn.«

»Eigentlich nicht.«

»Wissen Sie wenigstens, was er studiert hat?«

»Ich bin mir nicht einmal sicher, ob er überhaupt Student war. Ich habe immer wieder gestichelt, aber Saskia hat geschwiegen wie ein Grab. Nur einmal hat sie so eine Bemerkung gemacht. Ich habe im Spaß gesagt, sie soll aufpassen, dass sie beim Sex nicht mal der Schlag trifft, so wie das bei ihr immer zugeht. Da hat sie gelacht und gesagt, sie hätte ja dann wenigstens gleich einen Arzt zur Hand.«

Mir stellten sich die Nackenhaare auf. Balke hörte auf zu kauen.

Frau Jakop stocherte in ihren Meeresfrüchten herum, pickte eine Miesmuschel heraus und schob sie zwischen zwei Reihen kleiner, makellos weißer Zähne. »Ich habe sie beneidet«, gestand sie leise. »Sie hatte zwei Männer und ich gar keinen. Sie war frei, und ich hatte meine Tochter am Hals, die mir den letzten Nerv geraubt hat.«

»Ich muss Ihnen eine etwas heikle Frage stellen, Frau Jakop. Wieso haben Sie damals der Polizei nichts vom Liebhaber Ihrer Nachbarin erzählt? In den Akten habe ich jedenfalls nichts davon gelesen.«

»Wegen Saskia, natürlich. Ihr Mann hätte davon erfahren, und…«

Erst in diesem Moment wurde ihr offenbar bewusst, dass der geheimnisvolle Wolf möglicherweise der Mörder ihrer Tochter war. Mit einem Ruck sah sie auf und starrte mir voller Entsetzen ins Gesicht. Sie schluckte mühsam. Schloss die grünen Augen, riss sie wieder auf. Hauchte: »Um Gottes willen!«

»Und weiter?«

»Was weiter?«

»Sie klangen, als wollten Sie noch etwas sagen.«

»Ach so, ja: Weil es vorbei war. Wie das mit Dorle passiert ist, da war es schon vorbei. Seit ein paar Wochen schon. Saskia hat ihm den Laufpass gegeben. Fragen Sie mich bitte nicht, wieso. Sie sind immer leichtsinniger geworden über die Zeit. Und dann, von heut auf morgen: peng und aus.«

»Wann genau haben sie sich getrennt?« Ich versuchte krampfhaft, meine Nervosität hinter einer amtlichen Miene zu verbergen.

Ich steckte ein Stückchen Tomate in den Mund und schlang es eilig herunter. Am Nachbartisch wurden lebhaft und lautstark irgendwelche organisatorischen Probleme diskutiert. Ich schnappte Worte auf wie »suboptimal aufgestellt«, »kritische Liefersituation« und »volatile Absatzmärkte«.

»Wie ich schon sagte, ein paar Wochen, bevor …«, erwiderte Frau Jakop.

»Hat er Ihre Tochter gekannt?«

Langsam, als kostete es sie unendliche Kraft, schüttelte sie den Kopf. Kaute auf ihrer schmalen, perlmuttschimmernden Unterlippe. »Ich wüsste nicht, wie. Aber ausschließen kann ich es auch nicht. Möglich, dass sie sich einmal im Treppenhaus getroffen haben. Dorle ist oft spät heimgekommen. Manchmal war es zwei, halb drei, wenn sie endlich gekommen ist. Sie war ja praktisch erwachsen, was sollte ich ihr da noch Moralpredigten halten, wo sie zwei Monate später sowieso achtzehn geworden wäre? Und um ehrlich zu sein, sie hat sich ja auch nichts mehr von mir sagen lassen. Nach der Scheidung wollte sie eigentlich zu ihrem Papa. Aber sie hat sich mit seiner Neuen nicht gut vertragen. So ist sie dann zu mir. Sie war schon früher kompliziert gewesen, aber nach der Scheidung ist es noch viel schlimmer geworden. Wolf ist oft erst spätnachts gegangen. Wenn sie sich ausgetobt hatten, die zwei Verrückten. Und Sie hätten Saskia sehen sollen am nächsten Morgen. Das blühende Leben. Ist es da ein Wunder, dass ich neidisch war?«

»Erzählt hat Ihre Tochter aber nichts davon, dass sie den geheimnisvollen Wolf getroffen hat?«

»Sie hat mir sowieso kaum noch etwas gesagt.«

In der Aufregung hatte ich mich weit vorgebeugt. Jetzt lehnte ich mich wieder zurück. Vertilgte zwei Salatblätter. Am Nachbartisch ging es jetzt um »Commitment« und »verstärkten Customer-Fokus«.

Balke kaute inzwischen wieder.

Simone Jakop, die vor wenigen Minuten noch so taffe Bankerin, wirkte jetzt abwesend, verstört und aufgewühlt. Hinter ihrer hohen Stirn schien ein Sturm zu toben von Erinnerungen, Vermutungen, Ahnungen und wieder aufgewirbelten Ängsten.

»Wissen Sie, Dorles Zimmer hat an Saskias Wohnung gegrenzt. Sie wird allerhand gehört haben ...«

»Ihre Freundin soll beim Sex gewisse Vorlieben gehabt haben ...«

Erschöpft legte sie die silberne Gabel auf den erst halb leer gegessenen Teller. Ergriff ihr Glas, nippte so langsam und umständlich daran, als müsste sie Zeit schinden. »Beim Kaffeetrinken hat sie mir einmal anvertraut, dass sie es mag, wenn sie geschlagen wird. Sie war diesem Mann regelrecht verfallen, wenn Sie mich fragen. Gut, beim Sex ist bekanntlich alles erlaubt, solange man sich einig ist. Aber das mit dem Schlagen, das habe ich nicht verstanden. Wenn ein Kerl mich schlagen würde, den würde ich hochkant aus dem Fenster schmeißen.«

Balke grinste, und es entging ihr nicht.

»Sie dürfen das ruhig wörtlich nehmen«, sagte sie mit kaltem Ernst. »Vor achtundzwanzig Jahren habe ich bei der Schweizer Judomeisterschaft den zweiten Platz gemacht.«

Es dauerte noch einige Sekunden, dann wurde ihre bittere Miene wieder weich und nachdenklich. Während sie bisher beim Sprechen meist niemanden angesehen hatte, wandte sie sich jetzt direkt an mich: »Sie glauben also, dieser Wolf...?«

»Manches spricht dafür. Und mit Ihrer Hilfe wird es uns hoffentlich gelingen, ihn endlich vor Gericht zu bringen.«

»Und Saskia hat es gewusst, meinen Sie?«, fragte sie mit einem Blick, der plötzlich wie tot war. »Die ganze Zeit gewusst und geschwiegen?«

»Das denke ich nicht, nein. Kann sein, dass sie es im Geheimen befürchtet, den Gedanken aber verdrängt hat. Erst als unser Kollege zu ihr gekommen ist und alles wieder aufgewühlt hat, ist ihr vermutlich klar geworden, was damals geschehen ist. Das ist aber auch gar nicht wichtig. Wichtig ist jetzt, dass wir ihn finden. Und zwar bald, bevor ein weiteres Unglück geschieht.« Ich legte eine kleine Pause ein, bevor ich fortfuhr: »Deshalb, Frau Jakop, bitte, was wissen Sie sonst noch über Wolf? Wie war er gekleidet? Hat er ein Auto gehabt? Die Haarfarbe? Die Statur? Sie haben durch den Spion gesehen, das haben Sie selbst gesagt. Irgendwas müssen Sie doch noch wissen.«

»Blond«, murmelte Simone Jakop verwirrt. »Die Haare waren mittelblond und zu lang für meinen Geschmack. Angezogen war er eigentlich nicht wie ein Student. Meistens hat er eine Jeans und ein feines Sakko dazu getragen. Ein Auto hat er keines gehabt, sondern...« Erschrocken sah die Bankerin mir ins Gesicht. »Das Motorrad! Wie konnte ich... Und er hat oft diesen Koffer dabeigehabt. So einen silbernen Metallkoffer.«

»Was könnte da drin gewesen sein?«

»Woher soll ich das wissen? Bitte glauben Sie mir, ich bin sonst nicht neugierig. Aber ich habe da gesessen, von meinem Mann im Stich gelassen, meine freche Tochter weiß Gott wo. Ich habe die Klingel nebenan gehört und gewusst, jetzt kommt er wieder, und gleich geht es los, das Gerumpel und Gestöhne und Geschrei. Manchmal hat sie schon gar nichts mehr angehabt, wenn sie ihn reingelassen hat. Ich denke, es werden gewisse Gerätschaften drin gewesen sein, in dem Koffer, die sie für ihre... Liebesübungen gebraucht haben.«

Sie schloss die Augen, atmete so angestrengt, als hätte sie plötzlich Probleme, genug Luft zu bekommen.

»Das Motorrad«, versuchte ich sie wieder in die Gegenwart zurückzulocken.

»Ja, genau.« Sie riss die Augen wieder auf. »Eine Kawasaki, eine Dreihundertfünfziger S 2. Sehr selten und seinerzeit schon eine Rarität.«

Ein Schauer lief mir den Rücken herab. Balke sagte, fast ohne die Lippen zu bewegen: »Bingo.«

»Sie kennen sich mit Motorrädern aus?«, hakte ich nach.

»Ich habe immer noch meine alte Moto Guzzi California im Stall stehen«, berichtete Simone Jakop. »Ich fahre nur viel zu selten damit in letzter Zeit. Die Kawa S 2 war damals schon ein Oldtimer, wissen Sie, dürfte schon an die dreißig Jahre alt gewesen sein. Aber gepflegt, sehr gepflegt. Er hat seine Kawa in Ehren gehalten, der Wolf von der Saskia, kein bisschen Rost, da war alles blitzblank.«

»Sie sind sicher, dass es seine Maschine war?«

Simone Jakop nickte aufgeregt. »Die S 2 hat einen Zweitaktermotor gehabt mit drei Zylindern. Und den Sound eines Dreizylinderzweitakters erkenne ich unter Tausenden. Die S 2 ist ein ganz heißes Geschoss gewesen, wie sie in den Siebzigern auf dem Markt gekommen ist. Der Motor hat über achttausend Umdrehungen gemacht und geklungen wie eine böse Hornisse. Und einen Spritverbrauch hat die gehabt wie ein Düsenjäger.«

»Die Maschine könnte auch jemand anders gehört haben.«

»Das hat sie nicht.« Entschieden schüttelte sie den Kopf. »Immer wenn ich nachts gehört habe, wie Wolf die Treppe hinuntergeschlichen ist, ist kurz darauf draußen die Kawa angesprungen. Einmal, wie er die Nacht über dageblieben ist, habe ich sie mir angesehen, seine S 2. Natürlich hat er sie nie direkt vor dem Haus abgestellt, sondern immer ein Stück entfernt oder sogar in einer Nebenstraße. Einen roten Tank hat sie gehabt und ganz viel Chrom. Ums Leben gern hätte ich eine Probefahrt gemacht. Aber das ging ja leider nicht.«

An das Kennzeichen der Kawasaki konnte sie sich nicht mehr erinnern.

»Konstanz, denke ich. Man fährt nicht mitten in der Nacht zig Kilometer mit dem Motorrad heim. Noch dazu in Jeans und Sakko.«

Das Lokal hatte sich während unseres Gesprächs immer mehr gefüllt, entsprechend zügig bewegte sich jetzt das Personal. Am Nachbartisch ging es jetzt um »Benchmarking« und »Risc-Management«.

Auf die Rechnung mussten wir nur wenige Minuten warten.

Während der rasenden Fahrt zurück nach Heidelberg legte ich das Handy nicht aus der Hand, und als Balke mit wimmernden Reifen auf den Parkplatz der Polizeidirektion einbog, kannten wir bereits den Namen des Kawasaki-Fahrers: Wolf Reinhard. Er war im Jahr 2001 im Umkreis von einhundert Kilometern der Einzige gewesen, der ein solches Motorrad besaß. Das Kennzeichen begann nicht mit KN für Konstanz, sondern mit FN für Friedrichshafen.

Im Lauf des hektischen Nachmittags trudelten fast minütlich weitere Informationen über unseren Verdächtigen ein, der nun endlich einen Namen hatte. Wolf Reinhard war 1974 in Hagnau zur Welt gekommen, einem Örtchen am Nordufer des Bodensees, nur wenige Kilometer östlich von Meersburg. Achtzehn Jahre später hatte er sich nach einem glänzenden Abitur an der Universität Freiburg als Student der Medizin eingeschrieben. Polizeilich aufgefallen war er weder vor Dorles Tod noch danach. Sein Studium schien er allerdings nicht abgeschlossen zu haben. Im Internet war kein Arzt mit dem Namen Wolf Reinhard zu finden. Weder in Deutschland noch sonst irgendwo in Europa.

Gegen Abend gelang es mir, den inzwischen emeritierten Professor zu erreichen, der damals Wolf Reinhard in der letzten Phase seines Studiums betreut hatte. Sein praktisches Jahr hatte Reinhard am Klinikum Konstanz absolviert, das auch als Akademisches Lehrkrankenhaus der Albert-Ludwigs-Universität Freiburg fungierte.

»Ach, der junge Herr Reinhard«, sagte der alte Mann grüblerisch. »Ich erinnere mich noch recht gut an ihn. Er war – wie soll ich es sagen, ohne ihm unrecht zu tun? – ein wenig speziell.«

»In welchem Sinn?«

»Nun, als Student, er war ja bereits promoviert, da gab es nichts zu klagen, wahrlich nicht. Er hatte ja immer nur Einsen, in allen Prüfungen, die er ablegte – immer nur Bestnoten. Wolf war einer dieser glücklichen Menschen, denen es der Herr im Schlaf gibt, wie man so schön sagt. Er war hochintelligent, eloquent, weltgewandt. Was er leider nicht war: fleißig. Aber das war eigentlich nicht das Problem. Irgendwo war da noch etwas anderes, ich kann es bis heute nicht benennen, ein Bauchgefühl, das mich am Ende davon abgehalten hat, diesen herausragenden Studenten als Assistenzarzt einzustellen.«

Für Sekunden hörte ich nur den keuchenden Atem des alten Professors. Aber ich schwieg, weil ich spürte, dass er noch nicht am Ende war.

»Wie soll man es am besten erklären?«, fuhr er unbehaglich fort. »Da hat etwas in seinen Augen geglüht. Etwas Fremdes und Ungesundes. Und da war auch diese merkwürdige Kälte. Nicht, dass er unhöflich oder gar unfreundlich zu den Patienten gewesen wäre, beileibe nicht. Er war bestens erzogen, der Wolf Reinhard. In jeder Beziehung ohne

Tadel, daran hat es wahrlich nicht gelegen. Auch sein Vater war übrigens Arzt. Ich kannte ihn recht gut, den alten Dr. Reinhard aus Hagnau.«

»Ehrgeiz?«, fragte ich auf gut Glück.

»So etwas wie Ehrgeiz hatte Wolf nicht nötig. Er war ja wie gesagt nicht sonderlich fleißig. Aber er hat sich nicht für Menschen interessiert. Ein Arzt muss Empathie aufbringen für seine Patienten. Er darf sie nicht nur als Studienobjekte oder – schlimmer noch – als Einkommensquelle sehen. Wolf Reinhard hätte sicher seinen Weg gemacht, sich vielleicht irgendwo als Facharzt niedergelassen. Doch eines schönen Morgens kommt der junge Herr einfach nicht mehr. Er war fast am Ende seines Studiums. Und dann kommt er eines Tages einfach nicht mehr.«

Der Professor verbrachte seinen Lebensabend in einem noblen Seniorenheim am Überlinger See. Im Hintergrund hörte ich das vielstimmige Krächzen eines Krähenschwarms, das näher kam und sich wieder entfernte.

»Können Sie sich noch erinnern, wann genau das war?«

»Aus dem Stegreif nicht. Aber wissen Sie was? Ich spreche mit meiner damaligen Assistentin. Die Susi hat ein Gedächtnis wie ein Elefant. Ich rufe Sie an, sowie ich mehr weiß.«

»Können Sie sonst noch etwas über Herrn Reinhard sagen, außer dass er hochbegabt und ein wenig gefühlskalt war?«

»Darf ich fragen, aus welchem Grund sich plötzlich die Polizei für ihn interessiert?«

»Nichts Schlimmes. Ich würde nur gerne mit ihm sprechen, wegen einer alten Geschichte.«

»Weshalb interessieren Sie sich dann so für seine Vergangenheit?«

Der Professor war alt, aber nicht auf den Kopf gefallen. Das empörte Gekrächze der Krähen erstarb plötzlich. Vielleicht hatte er das Fenster geschlossen. »Ich hoffe, es ist wirklich nichts Schlimmes. Bei den Fragen, die Sie mir stellen, befürchte ich leider das Gegenteil. Der Wolf, nun, was fällt mir noch ein? Sein Hobby vielleicht. Er hatte eine sehr teure digitale Videokamera mit allem möglichen Zubehör. Von seinen Eltern zum Abitur bekommen, hat er mir einmal stolz erzählt. Angeblich hatte sie mehr gekostet als ein ordentlicher Gebrauchtwagen. Die hat er oft mit in die Klinik gebracht, um dort zu filmen. Seine Kolleginnen und Kollegen. Und auch manche Patienten, wenn sie einverstanden waren. Fragen Sie mich bitte nicht, wozu er das getan hat.«

»Und die Kamera war in einem silberfarbenen Metallkoffer.«

»Woher wissen Sie das?«

Dass Reinhard damals mit Kameraausrüstung zu seiner Bettgenossin gekommen war, konnte nur eines bedeuten: Er hatte ihre Feste der körperlichen Vereinigung aufgezeichnet.

Um Viertel nach sechs erschien Balke bei mir, dieses Mal mit seinem Jägerblick.

»Wir sind so dicht dran, Chef«, stieß er hervor. »So dicht.«

Wolf Reinhard hatte sein Hobby zum Beruf gemacht, nachdem er das Medizinstudium so kurz vor Schluss an den Nagel gehängt hatte. Heute besaß er eine kleine, offenbar einträgliche Filmproduktionsfirma in Freiburg.

»Das ist er.«

Balke schob einen farbigen Computerausdruck über den Tisch, der einen Mann mit einer auffallend nichtssagenden Miene zeigte. Das Gesicht war blass, bartlos und weich, das glatte Haar mittelblond, stellenweise vielleicht schon grau. Pausbäckchen zeugten von gutem Essen und vielleicht zu viel Alkohol. Auf den ersten Blick wirkte er nicht unsympathisch. Und er sah alles andere als gefährlich aus. Der volle Mund lächelte ein wenig spöttisch, doch die Augen lächelten nicht mit.

»Sie erinnern sich an den weißen Kombi mit Freiburger Kennzeichen, der in der Tatnacht in Ziegelhausen gestanden haben soll?«, fragte Balke. »Die WR-Media hat gleich vier Stück von der Sorte. Zwei davon Mercedes-E-Klasse.«

Die Wolf Reinhard Media GmbH produzierte keine Filme fürs Kino oder Fernsehen.

»Mehr so Werbefilmchen, Imagefilme für Firmen, Produktwerbung, solchen Kram. Viel Personal haben sie nicht. Eine Sekretärin, ein paar Techniker, ein Kameramann, der früher beim SWR war, ein junger Milchbart, der sich Producer nennt, das war's auch schon. Der Rest sind Freelancer, nehme ich an.«

In diesem Geschäft ließ sich offenbar viel Geld verdienen.

»Neben den vier Kombis sind noch drei weitere Autos auf die Firma zugelassen.« Balke zählte genüsslich an den Fingern ab: »Ein Lamborghini Aventador, ein Porsche 911 Carrera GTS und für die Fahrt zur Oper noch ein Bentley. Ich hab's mal überschlagen, allein seine Autos dürften locker eine Mio. gekostet haben.«

»Ganz schön üppig für den Inhaber einer so kleinen Firma.«

»Kann natürlich sein, dass die Autos geleast sind. Aber seine Villa, die ist bestimmt nicht geleast. Die gehört ihm.«

Reinhards herrschaftliches Anwesen lag am Freiburger Schlossberg mit Blick auf die pittoreske Altstadt.

»Eins-A-Lage, Megagrundstück, schätzungsweise dreihundert Quadratmeter Wohnfläche und ein Pool, in dem man internationale Schwimmwettbewerbe austragen könnte. Sehen Sie mal, hier …«

Er schob mir ein weiteres Bild zu. Es war eine im Internet gefundene Luftaufnahme, auf der ein hellblauer Pool hinter einem großzügigen verwinkelten Haus mit dunkelrotem Ziegeldach zu sehen war. Um den Pool herum standen Liegen, und auf einigen davon schienen sich Frauen zu sonnen.

»Leider nicht scharf genug, um Details zu erkennen«, fand Balke mit sachverständigem Grinsen. »Aber sehen Sie da irgendwas, was ein Bikini sein könnte?«

»Verheiratet ist er nicht?«

Mein Mitarbeiter nahm das Bild wieder an sich und faltete es zusammen. »Nie gewesen.«

Außer dem Pool hatte ich auf dem Foto noch einen Tennisplatz gesehen und darum herum eine Menge Grünfläche.

»Viertausend Quadratmeter«, meinte Balke. »Minimum.«

Nach kurzem Schweigen kratzte er sich mit beiden Händen am kahlen Kopf und fragte: »Wie machen wir weiter? Volle Pulle oder lieber anschleichen?«

»Letzteres.«

Ich wollte den Mann erst dann aufscheuchen, wenn ich genug gegen ihn in der Hand hatte, um einen Haftbefehl zu erwirken. »Bisher haben wir nichts als ein paar Hypothesen und wachsweiche Indizien.«

»Verdammt starke Indizien«, entgegnete Balke empört. »Die Kawa, er war zum fraglichen Zeitpunkt am Ort, er hat das Opfer gekannt...«

Ich nahm die Brille ab und spielte damit herum. »Okay, außerdem hat er wahrscheinlich mit Frau Hallberg ein Verhältnis gehabt. Aber was ich brauche, sind Beweise. Beweise, die so stichfest sind, dass mir seine Anwälte sie nicht gleich um die Ohren hauen.« Ich schob die Brille wieder auf die Nase.

»Wir könnten die Freiburger Kollegen einspannen. Vielleicht wissen die ja was über ihn.«

»Noch nicht.« Ich schüttelte den Kopf. »Je weniger Menschen davon wissen, desto besser. Typen wie Reinhard sind normalerweise bestens vernetzt. Man kennt sich, man hilft sich, und... Aber da fällt mir was ein...«

24

Harald Kaiser, während unserer gemeinsamen Studienzeit an der Hochschule der Polizei in Villingen-Schwenningen von allen nur Harry genannt, hatte es inzwischen zum Kriminalrat gebracht, erfuhr ich von einem seiner Mitarbeiter an der Freiburger Polizeidirektion. Allerdings war er längst nicht mehr im Büro, denn schließlich war Freitagabend und inzwischen sechs Uhr vorbei. Nachdem ich einen heiligen Eid geschworen hatte, verriet mir der Kollege schließlich Harrys Handynummer.

Die Begrüßung fiel heiter und lautstark aus. Harry war immer noch das alemannische Urviech, das er schon vor drei Jahrzehnten gewesen war und für das eine Polizeidienststelle nördlich von Freiburg überhaupt nicht infrage kam.

Nachdem wir uns gebührend gefreut und über unsere Kinder ausgetauscht hatten – er war seit dreiundzwanzig Jahren mit derselben Frau verheiratet und Vater von sechs Kindern, die nach seiner Aussage allesamt mehr oder weniger missraten waren –, kam ich zum eigentlichen Grund meines Anrufs.

»Wolf Reinhard«, wiederholte Harry gedehnt.

Ich hatte ihn während seines Abendspaziergangs erwischt. Er war im Süden der schönen alten Universitäts- und Bischofsstadt zu Hause und führte gerade seine beiden Rauhaardackel an der Dreisam spazieren.

»Der Name sagt dir was?«

»Ja, aber dienstlich hab ich nie mit ihm zu tun gehabt. Der Kerle lebt für meinen Geschmack bloß auf zu großem Fuß. Der hat zu viel Geld für das, was er tut. Irgendwo hat der Dreck am Stecken. Diese reichen Säcke haben ja alle entweder geerbt oder sind Ganoven. Geerbt hat er seine Villa, das weiß ich. Aber woher kommt der Rest?, frag ich mich. Sogar ein Flugzeug hat er, der Wolf Reinhard, hast du das gewusst?«

»Haben das nicht viele erfolgreiche Unternehmer?«

»Schon, aber …«

Unvermittelt begann Harry zu brüllen, um seine Hunde zur Ordnung zu rufen.

»Haben die Mistviecher wieder mal eine Hasenspur gefunden«, meinte er schnaufend, als die Dackel wieder brav bei Fuß gingen.

»Wenn nicht dienstlich, dann hast du vielleicht mal privat mit ihm zu tun gehabt?«

»Sind uns ein paarmal über den Weg gelaufen, stimmt. Das letzte Mal bei diesem saudummen Neujahrsempfang im Rathaus. Ich hab ihn vom ersten Moment an nicht leiden können. Er ist … Heilandsack … einer von diesen Maulhelden halt, die alles wissen und alles können. Und außerdem ist er Schwabe.«

»Er stammt vom Bodensee«, warf ich lachend ein. »Müsste er da nicht Badener sein?«

»Der Bodensee wird nicht umsonst das Schwäbische Meer genannt, oder? So einer passt einfach nicht in unser schönes Freiburg, wenn du verstehst, was ich meine.«

Das verstand ich zwar nicht, aber es tat auch nichts zur Sache. »Könntest du dich ein bisschen für mich umhören?«

»Diskret, nehm ich an?«

»Diskreter als diskret. Im Ernst, Harry, er darf auf keinen Fall Wind davon kriegen.«

»Was willst du ihm denn anhängen? Was Großes, hoffe ich?«

»So groß, dass er mit Sicherheit nie wieder rauskommt.«

Jetzt war der gute Harry begeistert. »Gibt's also doch noch so was wie Gerechtigkeit auf dieser traurigen Welt, Menschenskind! Was willst du alles wissen?«

»Vor allem, wo er in der Nacht vom zwölften auf den dreizehnten November gewesen ist.«

»Samstag auf Sonntag, richtig? Da kümmer ich mich drum. Wenn's sein muss, jetzt gleich. Meine Frau kreuzigt mich zwar, wenn ich am heiligen Freitagabend... Aber das ist es mir wert, Menschenskind, diesem schwäbischen Großmaul eine reinzuwürgen!«

Nachdem ich aufgelegt hatte, verabschiedete sich Balke, und Sönnchen streckte den Kopf durch die Tür, um mir – im Rahmen der derzeitigen Möglichkeiten – ein angenehmes Wochenende zu wünschen. Bevor auch ich Feierabend machte, rief ich noch einmal in Lüdenscheid an. Auch Podolsky war längst nicht mehr im Büro, sondern bastelte weiter an der Yamaha seines Sohnes herum. Inzwischen war es halb sieben geworden, und mit leichtem Schrecken wurde mir bewusst, dass ich heute noch einen wichtigen privaten Termin zu absolvieren hatte.

Ich bat Podolsky, mir die Anruferlisten von Frau Hallbergs Festnetztelefon zu besorgen.

»Ich komme da nicht ran. Aber du kriegst das genehmigt.«

»Die Liste habe ich auf dem Schreibtisch liegen. Darf man wissen, wozu du sie brauchst?«

Ich berichtete ihm von Saskia Hallbergs stürmischem Liebhaber und Arne Heldts einsamen Ermittlungen. Den Namen Reinhard behielt ich vorerst für mich.

»Möglich, dass der Täter sie in den Wochen vorher angerufen hat, um zu überprüfen, ob sie die Richtige ist. Die Frau, auf die er es abgesehen hatte.«

Podolsky versprach, mir die Liste gleich am nächsten Morgen zu schicken. Die Spurensuche in dem braunen Van war noch nicht ganz abgeschlossen, erfuhr ich bei dieser Gelegenheit, aber vermutlich aussichtslos, da der Wagen komplett ausgebrannt war.

Immerhin hatte sich zwischenzeitlich ein Zeuge gemeldet, der im fraglichen Zeitraum zwei Kilometer vom Parkplatz entfernt einen eiligen Spaziergänger gesehen hatte, der im strömenden Regen in Richtung Westen lief.

»Der wollte nach Lennep, nehme ich an«, meinte Podolsky. »Da gibt's einen Bahnhof.«

»Kann der Zeuge den Mann beschreiben?«

»Mittelgroß«, erwiderte Podolsky resigniert, »mittelalt, mittelblond, Kapuze aufm Kopp.«

Frau Hallberg ging es unverändert.

Eine knappe Stunde später saß ich mit Sarah zusammen in der Straßenbahn der Linie fünf. Die Vespa in Weinheim war zwar schon sechs Jahre alt, hatte aber noch keine fünftausend Kilometer auf dem Tacho und war, abgesehen von einigen Kratzern, angeblich bestens erhalten. Der Preis war günstig, vielleicht verdächtig günstig: achthundert Euro, Verhandlungsbasis.

»Louise wollte nicht mit?«, fragte ich.

Sarah sah aus dem Fenster in die Dunkelheit hinaus und antwortete nicht. Erste Häuser waren schon weihnachtlich geschmückt. In einem Vorgarten blinkte ein Tannenbäumchen. Von einem Balkon drohte ein von innen beleuchteter Weihnachtsmann abzustürzen.

Die Straßenbahn war so voll, dass zahlreiche Fahrgäste stehen mussten. Es roch nach feuchter Wolle und der Erschöpfung am Ende einer arbeitsreichen Woche. Ein übergewichtiger, stark tätowierter junger Mann saß uns gegenüber und ließ meine kleine Sarah nicht aus den Augen. Die Lautstärke seiner Ohrstöpsel hatte er so laut gedreht, dass sogar ich den Rap-Rhythmus deutlich hören konnte. Daneben hing eine erschöpfte, bunt gekleidete Frau unbestimmbaren Alters, die bereits Sekunden, nachdem sie den Platz erobert hatte, eingeschlafen war.

»Hat was anderes vor«, sagte Sarah endlich.

»Sie ist wieder bei ihrem neuen Freund?«

»Mir doch egal. Misch mich nicht in ihren Kram.«

»Es ist dir nicht egal. Du machst dir Sorgen um sie.«

»Gar nicht. Ich mag diesen Mick einfach nicht.«

»So heißt er? Mick?«

Es war ihr offenbar peinlich, den Namen verraten zu haben. »Hab ich mal aufgeschnappt. Sie sagt mir ja nichts mehr. Und seit ein paar Wochen ist sie ständig pleite.«

Zum zweiten Mal an diesem Tag stellten sich meine Nackenhaare auf. »Du meinst, sie gibt ihm ihr Taschengeld?«

Achselzucken.

Ich beschloss, noch heute Abend das fällige Gespräch mit Louise zu führen. Allmählich wurde mir ihr geheimnisvoller Freund unheimlich.

»Was macht der Führerschein?«, fragte ich nach einigen ungemütlichen Sekunden, in denen ich nur das Summen der Bahn und das hektische Gezischel von der Bank gegenüber gehört hatte.

»Theorie schaff ich locker. Loui wahrscheinlich auch, obwohl sie überhaupt nichts mehr lernt. Der praktische Teil ist auch Babykram, wenn man Rad fahren kann. Morgen machen wir den Erste-Hilfe-Kurs. Oma schenkt jeder von uns zu Weihnachten zweihundert Euro, hat sie versprochen.«

»Nächster Halt: Weinheim-Rosenbrunnen«, plärrte die viel zu laut eingestellte Automatenstimme aus den Lautsprechern.

Der Kauf der Vespa verlief problemlos, alles schien so weit in Ordnung zu sein und den Angaben in der Verkaufsanzeige zu entsprechen. Die Papiere waren echt, soweit ich das beurteilen konnte, der Motor sprang bereitwillig an, bei der kurzen Probefahrt klapperte nichts verdächtig, und es gelang mir sogar, den Preis noch ein wenig herunterzuhandeln. Am Ende drückte ich dem jungen, mageren und aus dem Mund riechenden Besitzer siebenhundertfünfzig Euro in die Hand, und die Sache war erledigt. Sarah machte sich mit glänzenden Augen und hüpfendem Schritt auf den Weg zurück zur Haltestelle, und ich schwang mich auf das ungewohnte Gefährt.

Da ich im Alter meiner Töchter ein Moped besessen hatte, frisiert selbstverständlich, wenn auch nur ein klein wenig, bereitete mir das Fahren keine Probleme. Kickstarter, Gangschaltung oder Kupplung gab es an dem Motorroller nicht, dafür einen elektrischen Anlasser und sogar Blinker.

Nach fünfhundert Metern auf der viel befahrenen Bundesstraße stellte sich das längst vergessene Easy-Rider-Feeling wieder ein. Der Fahrtwind orgelte mir um die Ohren, brachte meine Augen zum Tränen, und ich war endlich einmal wieder von Herzen glücklich. Sollte Sönnchen recht haben? Sollte ich mir vielleicht wirklich ein Motorrad zulegen samt zünftiger Lederkombi?

Nach weiteren fünfhundert Metern begann ich, mir Handschuhe zu wünschen und eine Mütze gegen diesen auf die Dauer doch recht kalten Fahrtwind. Die Tränen wurden allmählich lästig. Ich nahm das Gas ein wenig zurück und legte in Hirschberg eine erste kleine Pause ein, um meine Hände zu wärmen. Außerdem war mir inzwischen bewusst geworden, dass ich keinen Helm trug. Ich begann, nach Streifenwagen Ausschau zu halten und mir für den Fall des Falles Ausreden zurechtzulegen.

Als ich meine Finger wieder spürte, fuhr ich langsam weiter, bog nach dem Ortsende auf den neben der Bundesstraße verlaufenden asphaltierten Kulturweg ein, um den regen Feierabendverkehr nicht zu behindern. Den Rest der Strecke legte ich in Schleichfahrt und mit vielen Pausen zurück.

Nach einem spartanischen Abendessen – morgen früh drohte die erste offizielle Wiegung – machten Theresa und ich es uns auf ihrer Couch bequem und plauderten über dies und jenes. Ich erzählte ihr von meinem Zweiradabenteuer, von den Fortschritten im Fall Arne Heldt, von meinen Erlebnissen in Lüdenscheid, und wie üblich wollte sie alles ganz genau wissen.

In den vergangenen Wochen schien es ihr besser zu gehen. Allmählich ließ sie die Trauerzeit um ihren im Mai verstorbenen Ehemann hinter sich, Egon Liebekind, der mein Chef gewesen war und im Gegensatz zu seinem dynamischen Nachfolger ein umgänglicher und angenehm altmodischer Mensch. Mehr und mehr beschäftigte Theresa sich wieder mit ihrer Zukunft, mit unserer Zukunft.

Das Haus wollte sie nun doch behalten, nachdem sie lange geschwankt hatte. Von Heirat wollte sie vorerst nichts hören.

»Es geht mir nicht darum, was die Leute denken«, sagte sie. »Es fühlt sich einfach noch nicht richtig an.«

»Wir müssen ja nichts überstürzen«, erwiderte ich gähnend. »Meine Mädels wären wahrscheinlich auch nicht amüsiert.«

»So, wie es jetzt ist, ist es doch ganz gut«, fand sie und kuschelte sich an mich. Ich genoss ihre Nähe, ihren Duft, die Wärme, die der vollmundige Bordeaux in meinem Bauch verbreitete.

Unser kleines Liebesnest – eine Zweizimmerwohnung an der Ladenburger Straße, an der ungezählte schöne Erinnerungen hingen – hatten wir im Sommer schweren Herzens aufgegeben und damit einem Studentenpärchen eine große Freude gemacht. Außer um den Inhalt des Kühlschranks hatten ich mich um nichts kümmern müssen. Ich hatte per Internetannonce Nachmieter gesucht und nach gefühlten zehn Sekunden auch gefunden. Schon nach wenigen Minuten hatte ich die Anzeige wieder gelöscht. Der Vermieter war erfreut gewesen, als ich ihm zusammen mit der Kündigung auch gleich die neuen Mieter präsentierte.

Schließlich erzählte ich Theresa auch von meinen Sorgen wegen Louise. »Ich fürchte allmählich, sie hat sich mit einem Junkie eingelassen.«

»Hast du früher nie gekifft?«, fragte sie belustigt. »Das muss ja nicht gleich den Weltuntergang bedeuten. Oder denkst du, ihr Freund nimmt härtere Sachen?«

»Keine Ahnung«, stöhnte ich. »Sarah sagt mir nichts, und bei Louise habe ich allmählich den Verdacht, dass sie mir aus dem Weg geht. Vielleicht mache ich mir ja ganz umsonst Gedanken, und Sarah ist bloß eifersüchtig. Morgen werde ich mir Louise vorknöpfen, das habe ich mir fest vorgenommen.«

Eigentlich hatte ich ja vorgehabt, dies schon heute Abend zu tun. Dabei hatte ich allerdings vergessen, dass ich die Nacht bei Theresa verbringen würde. Mein Leben war nicht einfacher geworden durch den Umstand, dass ich plötzlich zwei Wohnsitze hatte.

»Du hast ein schlechtes Gewissen und fürchtest dich vor dem, was bei eurem Gespräch herauskommen könnte«, diagnostizierte meine Herzallerliebste.

»Wenn ich einen Psychologen brauche, sage ich dir Bescheid«, versetzte ich pampig.

Ich war halb erfroren gewesen, als ich um kurz vor neun ihr Haus betrat. Das herrliche Gefühl der Freiheit hatte sich auf der endlos langen Strecke von Hirschberg bis Heidelberg keine Sekunde mehr einstellen wollen. Aber nun stand Sarahs Vespa auf Jussufs Hof, und in gut einer Woche würden wir sie wieder in Empfang nehmen können. Mit neuem TÜV und frisch lackiert.

Theresa ließ sich von meiner Übellaunigkeit nicht anstecken, kuschelte sich nur enger an mich, begann mich zu streicheln. Nach Sekunden entspannte auch ich mich wieder und gönnte mir zur Stärkung meiner Nerven einen extragroßen Schluck von ihrem wirklich vorzüglichen Bordeaux.

»Ich habe immer geglaubt, sie kommen alleine klar«, sagte ich. »Sie sind clever genug, keinen Mist zu bauen. Sie sind stark genug, um keine Drogen zu brauchen. Und jetzt so was.«

»Wer sagt denn, dass Louise welche nimmt?«

»Man weiß doch, wie so was läuft.«

Sie küsste mich zärtlich, kraulte meinen Nacken. »Jetzt ist Wochenende, mein Herzblatt. Auch Väter haben manchmal frei.«

Das Problem war, dass es für mich kein Wochenende geben würde, solange ein gewisser Wolf Reinhard frei herumlief. Aber eine Stunde würde ich morgen irgendwie abzweigen können, um mich um meine privaten Sorgen und Probleme zu kümmern.

»Du hast recht«, seufzte ich und drückte Theresa fester an mich. Sie begann sofort zu schnurren wie eine Katze in der Abendsonne und zog die bestrumpften Füße auf die Couch. Ich angelte eine ihrer diversen Fernbedienungen vom Tisch und dimmte das Licht. Lange schwiegen wir, lauschten der Musik, einer Scheibe von Dire Straits aus Theresas Beständen.

Theresas Zärtlichkeiten wurden fordernder, der starke Wein verbreitete Wärme in meinem Körper, die leise, ruhige Musik, Mark Knopflers sanfte Stimme, Theresas Nähe benebelten meine Sinne. Ich begann, ihre Bluse aufzuknöpfen, und ihr Duft wurde überwältigend.

25

»Dass er ein Flugzeug hat, weiß ich schon«, sagte ich am Samstagmorgen ungnädig und ein wenig übernächtigt zu Sven Balke. »Das ist kein Verbrechen, sondern ein Hobby.«

Theresas Waage musste kaputt sein. Es war einfach undenkbar, dass ich nach all der Plagerei der vergangenen sieben Tage gerade mal zweihundert Gramm abgenommen hatte. Theresa dagegen hatte ein halbes Kilo weniger gewogen als noch vor einer Woche und sich lange nicht beruhigt vor Glück.

»Sie wissen vielleicht nicht, wovon wir reden«, entgegnete Balke leicht gekränkt. »Reinhard hat nicht so ein kleines Propellermaschinchen, sondern einen ausgewachsenen Jet.«

Eine achtsitzige Citation VI, hörte ich, einen zweistrahligen Düsenjet.

»Sie steht am Baden-Airpark, und ich habe gehört, allein der Unterhalt so einer Mühle kostet pro Jahr Hunderttausende. Stellplatz im Hangar, Wartung und Pflege und alles. Und da ist er noch keine einzige Meile geflogen damit.«

»Wie viel Umsatz macht seine Firma, sagten Sie?«, fragte ich, allmählich ein wenig wacher werdend.

Vergangenes Jahr waren es eins Komma acht Millionen gewesen, im Jahr davor noch dreihunderttausend mehr. Die Firma schien also nicht gerade zu boomen.

»Ich hab es mal überschlagen: Abzüglich laufende Kosten, Gehälter und Steuern bleiben ihm maximal ein paar Hunderttausend zum Verjuxen. Und davon leistet dieser Bursche sich eine Megavilla, drei abartig teure Autos und diesen Luxusflieger. Das passt doch hinten und vorne nicht zusammen, oder wie sehen Sie das?«

»Drogen«, war das Erste, was mir spontan dazu einfiel. »Er schmuggelt Drogen. Dazu braucht er das Flugzeug. Und es erklärt das viele Geld.«

»Ich kenne da wen«, sagte Balke vorsichtig und mit Blick auf seine breiten Fingernägel. »Sie arbeitet als Stewardess bei Condor…«

»Bitte nicht schon wieder irgendwelche krummen Touren! Kaltenbach killt mich, wenn wir uns nicht an die Spielregeln halten. Ich hab noch genug von der Geschichte…«

»Alles gut!«, fiel Balke mir hastig ins Wort. »Wir sind nur Freunde. Carola hat mich mal in einer kleinen Sache um Hilfe gebeten, und… äh…«

Und vermutlich hatte er auch bei dieser kleinen Hilfsaktion wieder gegen die eine oder andere Dienstvorschrift verstoßen.

»Ist sie wenigstens verschwiegen?«

»Absolut! Ich lege meine Hand für sie ins Feuer. Beide Hände. Sogar die Füße, wenn Sie darauf bestehen.«

»Ich will nicht erleben, dass Reinhard einen Anruf kriegt, weil irgendwer um seine Maschine herumschnüffelt. Am Ende düst er uns noch davon, und wir dürfen winke-winke machen.«

Der Regionalflughafen bei Baden-Baden war eine überschaubare Einrichtung. Da kannte jeder jeden. Ich rang kurz mit mir, sagte schließlich: »In Gottes Namen, versuchen Sie Ihr Glück. Aber lassen Sie Ihre Nurfreundin schwören, dass sie vorsichtig ist und den Mund hält.«

Podolsky hatte mir am frühen Morgen per Mail die versprochene Liste mit den Telefonnummern geschickt, von denen Saskia Hallberg in den vergangenen Wochen angerufen wurde. Auch in Lüdenscheid schien das Wochenende wieder einmal auszufallen. Ich leitete die Mail an Rolf Runkel weiter, verbunden mit der Bitte, nach unbekannten, nicht zuordenbaren Nummern zu suchen.

Noch eine zweite wichtige Mail fand ich in meinem Posteingang. Wolf Reinhard hatte sein praktisches Jahr an der Konstanzer Klinik im August des Jahres 2001 abgebrochen, schrieb die ehemalige Sekretärin seines Professors. Vier Wochen nach Dorles Tod. Ich bekam kalte Finger beim Lesen dieser Nachricht. Das unsichtbare Netz um unseren Verdächtigen zog sich zu.

Kurz darauf rief jedoch Harry aus Freiburg an und versetzte meiner gerade erst hochköchelnden Euphorie einen kräftigen Dämpfer.

»Auf einer Party ist er gewesen, der Schwabe, in der Nacht, wo es passiert ist. Der Kulturdezernent hat seinen Sechzigsten gefeiert, und mein oberster Chef ist auch dabei gewesen und schwört alle Eide, er hätte den Reinhard bis kurz vor Mitternacht noch gesehen. Da ist er mit seiner Frau heimgegangen, mein Chef, und der Reinhard ist immer noch da gewesen. Einen gelben Anzug hat er angehabt. Wie ein Leuchtturm, sagt mein Chef, ständig hätte er den gelben Kerl irgendwo leuchten gesehen. Wie sicher bist du dir eigentlich, was den Tatzeitpunkt angeht?«

»Eine Nachbarin hat aus seiner Wohnung am Samstagmorgen noch Geräusche gehört. Da hat er also noch gelebt.«

»Dann könnte es aber genauso gut in der Nacht von Sonntag auf Montag passiert sein. Oder in der von Montag auf Dienstag.«

Am Sonntag hatte Nina Seltenreich nichts mehr von Arne Heldt gehört. Allerdings war sie erst am Nachmittag aus Karlsruhe zurückgekehrt, anschließend länger laufen gewesen, und auch am Abend war sie nicht zu Hause gewesen, wenn ich mich richtig erinnerte.

Unser Zeuge, der den weißen Kombi in der Nähe des Tatorts gesehen hatte, konnte sich natürlich im Tag geirrt haben. Auch am Sonntag hatte es geregnet. Sogar dass der Mord noch einen Tag später geschehen war, hielt ich nicht für völlig ausgeschlossen, in diesem Punkt musste ich Harry leider recht geben.

»Jedenfalls«, fuhr er unerbittlich fort, »Samstagnacht ist der Reinhard außer Gefecht gewesen. Sie haben ihn am Ende praktisch ins Taxi tragen müssen, und der Fahrer hat die Schnapsleiche erst gar nicht mitnehmen wollen aus Angst, er kotzt ihm den Wagen voll.«

»Okay«, sagte ich ergeben. »Anderes Thema: Hältst du es für möglich, dass er sein Geld im Drogengeschäft verdient?«

»Für möglich halte ich bei Typen wie dem grundsätzlich alles. Drum bin ich ja Polizist geworden, weil ich so vieles für möglich halte. Aber falls das stimmen sollte, dann spielt er in der obersten Liga. Dann ist er einer von denen, die wir so gut wie nie kriegen.«

»Siehst du irgendeine Möglichkeit festzustellen, woher sein Geld kommt? Kennst du zufällig jemanden beim Finanzamt?«

»Die Villa hat er wie gesagt geerbt, das weiß ich. Der Großvater ist auch schon Mediziner gewesen, seinerzeit ein berühmter Chirurg hier an der Uniklinik.«

»Trotzdem. Das Flugzeug, seine teuren Autos, die Unterhaltskosten für die Villa …«

»Auf legalem Weg kann ich da gar nichts rausfinden, Alex, das brauch ich dir nicht zu sagen. Aber ich werd gern ein bisschen die Ohren offen halten«, versprach Harry, mein wiedergefundener Fastfreund. »Beim Finanzamt hab ich zwar keine Kontakte, aber eine alte Freundin bei der IHK, die Jana. Wir haben mal eine Weile zusammen gekegelt. Und die wollt ich sowieso mal wieder anrufen.«

»Könnte deine Kegelschwester mir vielleicht auch irgendwie eine kleine Speichelprobe von Reinhard besorgen?«

»Mein lieber Alex«, prustete Harry los. »Du bist mir ja vielleicht ein Schlawiner!« Er beruhigte sich wieder. »Ich könnt selber zu ihm hingehen und irgendwas erfinden von einer Anzeige wegen irgendwas. Aber einen gerichtsfesten Beweis gibt das nicht, das ist dir schon klar?«

Ich seufzte. »Das mit dem Besuch vergiss bitte gleich wieder. Wenn Reinhard mein Mann ist, dann steht er zurzeit unter Starkstrom und kriegt schon Schweißausbrüche, wenn er das Wort Polizei nur im Radio hört.«

Doch Harry spann den Faden weiter. »Ich könnt mit seiner Putzfrau anbändeln. Oder mich als Gärtner verkleiden? Vom Gärtnern versteh ich was. Vom Anbändeln – na ja – schon auch noch ein bisschen.«

Balke raufte sich wieder einmal das inzwischen auf einige Millimeter nachgewachsene Haupthaar, als er die unfrohe Botschaft hörte.

»Reinhard hat einen Doppelgänger zu diesem Bonzenbesäufnis geschickt«, schlug er spontan vor. »Oder er hat sämtliche Uhren verstellt. Oder … Ach, Mist, verdammter!«

»Ich rede in jedem Fall noch mal mit dem Zeugen, der den Kombi gesehen hat.«

Auf die Erinnerung von Menschen ist leider erschreckend wenig Verlass – das weiß jeder, der schon einmal Zeugen vernommen hat. Drei Augenzeugen desselben Vorfalls sind imstande, sich an drei völlig unterschiedliche Abläufe zu erinnern. Und jeder der drei ist der festen Überzeugung, seine Version sei die Richtige.

»Wie kommen wir sonst voran?«, fragte ich, mühsam eine Gähnattacke niederkämpfend. Die Nacht mit Theresa war kurz, schön und kräftezehrend gewesen.

Balkes Nurfreundin hatte zwischenzeitlich mit einem Wartungstechniker gesprochen, der sich regelmäßig um Reinhards Jet kümmerte. »Er gibt fette Trinkgelder, aber der Techniker hasst ihn trotzdem. Er sagt, Achtung, O-Ton: Reinhard sei ein arroganter Geldsack. Und er hat Carola noch mehr spannende Dinge erzählt.«

So flog Reinhard beispielsweise alle zwei, drei Wochen für

einige Tage nach Griechenland. Zielflughafen war jedes Mal Naxos.

»Sonst benutzt er seinen Flieger nur, um hin und wieder übers Wochenende zum Shoppen nach London zu jetten oder nach Paris. Er sitzt übrigens immer selbst im Cockpit. Er hat einen Pilotenschein.«

»Er sitzt selbst auf dem Pilotensitz…«, sagte ich nachdenklich.

»Denken Sie etwa gerade dasselbe wie ich?«

»Wann ist er denn zum letzten Mal geflogen?«

Balke begann zu grinsen. »Sie denken wirklich dasselbe wie ich.«

»Ich denke überhaupt nichts, ich überlege nur. Und was Sie denken, will ich lieber nicht wissen.«

»Arnes Verbindungslisten sind gestern Abend gekommen«, wechselte Balke das Thema. »Er hat mit seinem Handy praktisch nur Frau Hallberg angerufen.«

»Was genau heißt praktisch?«

Balke ließ mich noch zwei Sekunden schmoren, bevor er triumphierend hinzufügte: »Unter anderem zweimal die WR-Media in Freiburg. Einmal am dritten November, das war ein Donnerstag, und dann am siebten noch mal.«

Am dritten war Reinhard wieder einmal auf Naxos gewesen, hatte Balkes Carola schon herausgefunden.

»Er ist erst am Sonntag zurückgekommen.«

Heldt hatte ihn also wirklich kontaktiert. Wieder ein Teilchen mehr von dem großen Puzzle.

Balke hatte sich auch schon die Dienstreiseabrechnungen unseres ermordeten Kollegen angesehen.

»Er war leider nicht mal in der Nähe von Freiburg. Im November ist er dienstlich überhaupt nicht unterwegs gewesen.«

»Sie müssen sich nicht zwingend getroffen haben. Vielleicht hat er Reinhard auch nur am Telefon eine falsche Frage gestellt.«

Und damit unwissentlich die Katastrophe ausgelöst, die ihn selbst das Leben kosten sollte.

»Oder er ist nach Dienstschluss nach Freiburg gefahren. Er wäre der Typ dafür. Außerdem...«

Außerdem hatte er im Oktober mit Klara Vangelis irgendeinen Zwist gehabt wegen einer anderen Dienstreise.

»Genaueres weiß ich aber nicht.«

Vangelis hatte sich am Morgen bei mir wieder zum Dienst gemeldet. Immer noch nicht ganz gesund und von einem trockenen Husten geschüttelt, der einem beim Zuhören wehtat.

Ich begleitete Balke die Treppen hinunter, er bog links ab, um in sein Büro zu gehen, und ich bog rechts ab, da Vangelis zurzeit angeblich in unseren Labors zu tun hatte. Ich fand sie im Gespräch mit einem vollbärtigen Laboranten in weißem Kittel vor einem sonor brummenden Wärmeschrank.

Heldt hatte ihr in der letzten Oktoberwoche einen Dienstreiseantrag nach Mecklenburg-Vorpommern vorgelegt, um dort einen gewissen Norbert Hengstler zum Fall Pierre Selsky zu befragen.

»Den habe ich aber nicht unterschrieben, weil mein Budget sowieso schon im Minus war«, sagte sie. »Da war er beleidigt und hat behauptet, in Konstanz hätten sie ihm sogar eine Reise nach Berlin genehmigt, und dadurch hätte er einen Fall aufklären können.«

»Das stimmt. Die Akte habe ich gesehen.«

»Ich hatte aber trotzdem kein Geld für so eine halbe Weltreise. Dazu kam, er konnte oder wollte mir nicht mal sagen, was er sich von diesem Zeugen eigentlich versprochen hat. Und nur, um zwei Stunden mit jemandem zu schwatzen, muss er nicht so weit fahren. Das kann er genauso gut per Telefon erledigen, habe ich ihm gesagt.«

Und seit diesem Zusammenstoß hatte Heldt ihr keine Dienstreiseanträge mehr vorgelegt.

»Ich könnte mir vorstellen, dass er auf eigene Rechnung nach Freiburg gefahren ist«, sagte Vangelis. »Nur um mir heimzuzahlen, dass ich ihn bei seiner Arbeit behindere.«

»Hat er das so gesagt?«

»Das und noch ein paar andere Sachen, die ich nicht wiederholen werde.«

Am siebten November hatte Heldt also mit Reinhard telefoniert, überlegte ich auf dem Weg zurück in mein Büro. Und aus irgendeinem Grund schien er anschließend überzeugt gewesen zu sein, Dorles Vergewaltiger und Mörder aufgespürt zu haben. Er hatte den Fall Pierre Selsky zurückgestellt, um sich ganz auf Reinhard zu konzentrieren. Was hatte er unternommen in den Tagen zwischen diesem Gespräch und der Nacht, in der er starb? Erst am Donnerstag, vier Tage nach dem zweiten Telefonat, war er überzeugt gewesen, den richtigen Mann im Visier zu haben. Daraufhin hatte er das Wochenendtreffen mit Frau Hallberg kurzfristig abgesagt und eine große Überraschung angekündigt.

Was hatte er gewusst, was ich noch nicht wusste?

Als ich mein Büro wieder betrat, war Sven Balke schon wieder da.

»Reinhard landet auf Naxos immer nur kurz zwischen, um seine Maschine nachzutanken«, sprudelte er los, bevor ich die Tür hinter mir geschlossen hatte. »Anschließend düst er weiter in Richtung Osten. Angeblich nach Trabzon.«

Trabzon war eine Stadt im Nordosten der Türkei, an der Schwarzmeerküste, wurde ich aufgeklärt.

»Und jetzt wird's erst richtig spannend, Chef. Er hat jedes Mal Frauen dabei, hat mir Carola eben erzählt. Junge und hübsche Frauen, die irgendeine unverständliche Sprache sprechen. Beim Hinflug und beim Rückflug.«

Natürlich dachte ich sofort an das Bild mit den sich nackt am Pool rekelnden Schönheiten. Ging es bei diesen Flügen etwa gar nicht um Drogen, sondern um Menschenschmuggel? Aber weshalb brachte er die Frauen dann später wieder zurück? Privatjets wurden auf deutschen Flughäfen, wenn überhaupt, meist nur nachlässig kontrolliert, hatte Balke in Erfahrung gebracht. Und im Osten der Türkei vermutlich noch sehr viel lascher.

Wir setzten uns.

»Haben Sie schon Kontakt mit diesem türkischen Flughafen aufgenommen?«

Er hatte stattdessen eine Mail an die deutsche Botschaft in Ankara geschickt und auch postwendend Antwort erhalten.

»Sie schreiben, da im Osten, das ist tiefer Orient. Amtshilfeersuchen gehen da gerne mal verschütt, wenn kein Geldschein drangetackert ist.«

»Ich könnte ja noch verstehen, dass er schöne Frauen einfliegt«, sagte ich mit Blick zur Decke. »Was ich nicht verstehe: Wieso bringt er sie später wieder zurück?«

Das konnte sich auch Balke nicht erklären. Wir rätselten noch ein wenig herum, dann kam mein Mitarbeiter zum nächsten Punkt: »Rolf hat Frau Hallbergs Anrufliste abgearbeitet. Nur zwei Nummern sind auffällig.«

Eine davon gehörte zu einer Telefonzelle im Münchner Hauptbahnhof, die andere zu einer Zelle auf dem Marktplatz von Radeberg.

Balke sah mich triumphierend an, als er hinzufügte: »Die WR-Media arbeitet unter anderem für die Radeberger Brauerei. Und in München haben sie sogar zwei Kunden: BMW und die Allianz.«

Ich schloss die Augen, um besser denken zu können. »Er wird überlegt haben, wie Heldt ihm auf die Spur gekommen ist. Und die einzige mögliche Erklärung war Frau Hallberg.«

Herauszufinden, wo sie heute lebte, war nicht weiter schwierig gewesen.

»Sie wird ihm erzählt haben, dass sie aus Lüdenscheid stammt.«

»Zurzeit heißt sie immer noch Breker«, warf Balke finster ein.

»Der Telefonanschluss läuft vielleicht noch auf ihren Vater.«

Der nach wie vor Hallberg hieß.

»Sie hat mir von Anrufen erzählt, bei denen sich niemand gemeldet hat. Er hat ihre Stimme gehört und wiedererkannt. Nach dem ersten Versuch war er sich vielleicht noch nicht ganz sicher.«

Arne Heldt zu töten und Saskia Hallberg am Leben zu lassen wäre sinnlos gewesen.

»Wenn wir ihm nachweisen könnten, dass er sie angerufen hat …« Balke bekam schon wieder diesen fiebrigen Blick. »Dann wüssten wir wenigstens mal, dass wir dem Richtigen hinterherrennen, oder wie sehen Sie das?«

»Wir haben die Orte, wo die Telefonzellen stehen«, sagte ich langsam. »Wir wissen die Tage und die Uhrzeiten …«

»Und überall im öffentlichen Raum hängen heutzutage Videokameras.« Er sprang auf und lief davon.

Sekunden später folgte ich ihm ins Vorzimmer, um mir einen Cappuccino aus der Maschine zu lassen, und traf dort auf Sönnchen. Sie schaltete gerade ihren neuen Multifunktionskopierer ein, um alte Briefe und andere Dokumente einzuscannen.

»Sie haben heute frei, Frau Walldorf«, ermahnte ich sie. »Es ist Samstag. Und Sie sind seit Neuestem verheiratet.«

Aber sie lachte nur fröhlich. »Unter der Woche komme ich einfach nicht dazu. Und Sie wissen ja, Kaltenbach bringt uns um, wenn wir bis Jahresende nicht alles digital haben, was jünger als fünf Jahre ist.«

Ich schimpfte ein wenig mit ihr, weil sie ihren frisch angetrauten Ehemann vernachlässigte. Aber der kämpfte heute in einem kleinen Tennisturnier. »Der Christian verliert immer. Aber er kann es einfach nicht lassen. Hoffentlich verletzt er sich nicht wieder.«

Kurz darauf ging ich mit meinem duftenden Becher in der Hand an meinen Schreibtisch zurück, blieb kurz stehen, machte wieder kehrt.

»Liebe Frau Walldorf«, sagte ich demütig. »Vielleicht ist es doch ganz gut, dass Sie Ihren Mann heute im Stich lassen.«

»Geht's mal wieder nicht voran?«, fragte sie mitfühlend und ließ einen prall gefüllten Ordner auf den Schreibtisch krachen. Eine Wolke Staub flog auf.

Kurz darauf saß meine unersetzliche Sekretärin mir gegenüber, trank ihren Milchkaffee, und ich erzählte ihr die Geschichte von Dorle und Wolf Reinhard, von dem weißen Kombi und dem ärgerlichen Umstand, dass Reinhard für die fragliche Zeit ein fast schon zu perfektes Alibi hatte.

»Und wenn der Zeuge sich in der Uhrzeit vertan hat? Einer Cousine von mir ist das mal passiert. Ihre Armbanduhr ist immer mal wieder eine Weile stehen geblieben, und dann ist sie wieder ganz normal gegangen, und sie hat sich um ein Haar mit ihrem damaligen Verlobten verkracht. Aber am Ende ist trotzdem nichts draus geworden. Er hat dann ihre Freundin geheiratet.«

»Der Zeuge hat keine Armbanduhr. Und sein Handy hat er kaputt gemacht.«

»Woher weiß er dann, wie spät es war?«

26

Tobias Schildhaber war zu Hause, als ich um kurz vor Mittag an der Tür seines großen und repräsentativen Einfamilienhauses im Westen von Ziegelhausen läutete. Und er war nur mäßig begeistert von meinem Überraschungsbesuch. Sein braun-schwarzer Rottweiler Sigismund dagegen freute sich sehr über die unverhoffte Abwechslung in seinem vermutlich recht eintönigen Hundeleben.

Der Bereich vor der dunkelgrauen Eingangstür war überdacht. Zwei kräftige Säulen sorgten dafür, dass das Dach nicht herunterfiel.

»Mögen Sie vielleicht einen Tee?«, fragte Schildhaber missmutig, als wir sein riesiges Wohnzimmer betraten. »Ich habe mir gerade einen Darjeeling gemacht. Mit Kaffee kann ich nicht dienen.«

Ich akzeptierte sein Angebot. So würde er mich nicht bei der ersten falschen Bemerkung wieder vor die Tür setzen. Das zur Begleitung angebotene Schnäpschen lehnte ich dagegen ab. In dem ein wenig überheizten Haus roch es nach feuchtem Hund und Altmännerschweiß. Von meinem Platz auf einem breiten, ungeheuer bequemen Sessel hatte ich einen perfekten Blick auf den Neckar, wo gerade ein leeres Ausflugsschiff flussabwärts in Richtung Heidelberg fuhr.

»Seit meine Frau nicht mehr ist, ist mein Leben eine Wüste«, sagte mein Gastgeber seufzend. »Wenn Sigismund nicht wäre, ich weiß nicht, was geworden wäre.«

Der Genannte stand schwanzwedelnd vor mir und schnupperte interessiert an meinen Schuhen.

»Keine Angst«, sagte Schildhaber lahm und fügte hinzu, was jeder Hundebesitzer an dieser Stelle behauptete: »Er tut nichts.«

»Seit wann leben Sie schon allein?«, fragte ich, um das Gespräch in Gang und den immer noch misstrauischen alten Herrn bei Laune zu halten.

»Drei Jahre«, antwortete er matt. »Wir waren auf einem Törn von Livorno nach Malta. Sie musste sich übergeben. Wir dachten, sie hat vielleicht etwas Falsches gegessen. In Livorno waren wir am Vorabend Fisch essen, und da denkt man natürlich immer erst mal an so was. Aber es wurde einfach nicht besser, und dann hat sie das Bewusstsein verloren, und als ich den nächsten Hafen erreicht habe, das war Sorrent, da war sie schon tot. Herzinfarkt, haben die Ärzte später festgestellt. Dabei hatte sie nicht mal Schmerzen in der Brust.«

Ich erzählte ihm, dass auch meine Frau vor drei Jahren völlig überraschend gestorben war und mich mit meinen Töchtern allein gelassen hatte. Aber er schien mir kaum zuzuhören.

»Ich vermisse sie so«, murmelte er abwesend. »Ich habe es nicht mal geschafft, ein paar Sachen wegzuwerfen. Alles hier ist so, wie es war, als sie noch lebte.«

Sigismund machte es sich zu meinen Füßen gemütlich und betrachtete mich aus dunklen Augen wohlwollend.

»Er mag Sie«, stellte auch sein Besitzer fest. »Aber bilden Sie sich nichts darauf ein, er mag alle Menschen. Als Wachhund ist er eine Katastrophe. Wenn er die Tür öffnen könnte, dann würde er die Leute von der Straße hereinholen.«

Irgendwo im viel zu großen Haus schlug eine Uhr zehn Mal, obwohl schon Mittag war. Schildhaber erhob sich mühsam, verschwand kurz, ohne ein Wort zu sagen, erschien wieder mit einem Tellerchen, auf dem fünf Weihnachtsplätzchen kreisförmig arrangiert waren.

»Es geht noch mal um den Samstagabend vor zwei Wochen«, kam ich endlich zum Grund meines Überfalls, nippte an meinem Tee, nahm mir ein Plätzchen und überlegte, wie viele Kalorien so ein Ding wohl haben mochte.

Schildhaber nickte mit gefurchter Stirn. »Selbstverständlich erinnere ich mich. Der weiße Kombi.«

»Vor allem geht es mir um die genaue Uhrzeit.«

»Die Uhrzeit?« Verwirrt sah er auf. »Die sagte ich Ihnen doch, zwischen elf und halb zwölf war das.«

»Könnte es sein, dass Sie sich vertan haben? Das passiert jedem mal. Sie leben allein …«

»Ich bin zwar nicht mehr der Jüngste«, fiel er mir empört und laut ins Wort, »aber dement bin ich deshalb noch lange nicht.«

Zur Not könne es auch schon Viertel vor zwölf gewesen sein, gab er zu.

»Später aber bestimmt nicht. Wir gehen immer die gleiche Runde, und ich weiß genau, wie lange das dauert. An dem Abend waren wir außerdem eher schneller unterwegs, Sigismund und ich, wegen des scheußlichen Regens.«

»Wie können Sie sich so sicher sein? Sie sagen selbst, Sie haben unterwegs nicht auf die Uhr gesehen. Sie tragen keine Armbanduhr, sehe ich. Ihr Handy war kaputt, haben Sie selbst gesagt.«

»Trotzdem weiß ich genau, dass ich zur üblichen Zeit los bin mit Sigismund«, versetzte der Zeuge scharf. »Um zwanzig vor elf nämlich. Vielleicht war es fünf Minuten später, mag sein. Wir sind dieselbe Runde gegangen wie immer. Sigismund macht Regen überhaupt nichts aus, und wenn er nicht genügend Auslauf bekommt, dann weckt er mich am nächsten Morgen spätestens um sechs. Ich selbst schlafe natürlich auch besser, wenn ich vor dem Einschlafen noch ein paar Schritte …«

Sigismund schien mit den Ausführungen seines Herrn zufrieden zu sein und schloss die Augen.

»Sind Sie auf Ihrem Weg an einer öffentlichen Uhr vorbeigekommen? An einer Kirche vielleicht?«

»Hören Sie nicht, was ich sage?« Langsam stellte der Hundebesitzer seine Tasse wieder ab, aus der er noch nicht getrunken hatte. »Spreche ich so undeutlich? Wenn ich sage, ich bin um zwanzig nach elf los, dann bin ich um zwanzig nach elf los.«

»Eben sagten Sie noch, um zwanzig *vor* elf.«

Er schluckte, wurde kurz unsicher, fing sich aber gleich wieder. »Dann habe ich mich eben versprochen. Versprechen Sie sich niemals?«

»Doch, natürlich.«

»Na, sehen Sie. Gleich unterstellen Sie mir auch noch, ich hätte mich im Tag geirrt.«

»Das ist aber völlig ausgeschlossen.«

»Richtig. Völlig ausgeschlossen.«

»Es könnte nicht tatsächlich der Sonntagabend gewesen sein?«

»Das wird ja immer bunter!« Der Kopf des alten Herrn wurde bedenklich rot. »Zweifeln Sie an meinem Verstand, oder wie soll ich das jetzt verstehen?« Er nahm die Tasse wieder auf, beruhigte sich wieder. »Nein, es kann nicht am Sonntag gewesen sein.«

»Was macht Sie so sicher?«

»Weil ich am Sonntagvormittag nach Nürnberg gefahren bin, um einen alten Kollegen und Freund zu besuchen. Sigismund habe ich natürlich mitgenommen, und wir sind erst am Montagnachmittag zurückgekommen, weil wir nämlich bei meinem Freund übernachtet haben, und unseren Abendspaziergang haben wir deshalb am Sonntag in Nürnberg gemacht, und es hat übrigens nicht geregnet dort.«

»Meines Wissens hat es an dem Wochenende in halb Europa geregnet.«

Er senkte den Blick. Nahm sich ein Plätzchen, legte es wieder zurück. »Sie ... Sie haben recht, das war der Sonntag davor.«

Er sah wieder auf, wurde wieder laut: »Sehen Sie! Sie machen mich noch ganz verrückt mit Ihrer Fragerei!«

»War es denn nun zwanzig vor oder zwanzig nach elf?«

»Jetzt hören Sie mir mal bitte zu!« Herr Schildhaber erreichte nun eine Lautstärke, dass Sigismund erschrocken aufsprang und sichernd um sich sah. »Ich bin dreiundsiebzig, und das ist mir durchaus bekannt. Möglich, dass ich in manchen Dingen früher fitter war. Aber deshalb bin ich noch lange nicht dement. Ich hab schon noch alle Tassen im Schrank und sämtliche Latten im Zaun, da können Sie jeden fragen, der mich kennt. Jeden!«

Sigismund gähnte und legte sich wieder hin.

»Sie haben nicht auf die Uhr gesehen, als Sie losgingen.«

»Wozu sollte ich?«, erwiderte der alte Mann erschöpft. »Das brauchte ich ja nicht. Ich hatte mir einen Film angesehen, auf Arte, mit Alain Delon. Der ging bis Viertel vor zehn. Anschließend habe ich mir noch eine Dokumentation angesehen, ebenfalls auf ARTE, über die Geschichte des Islam. Meine Frau und ich waren in vielen islamischen Ländern. Die ganze Südküste des Mittelmeers sind wir entlanggeschippert. Das war in dem Jahr nach meiner Verrentung. Von Gibraltar hinüber nach Tanger, und dann die ganze Küste entlang bis Tel Aviv. Und deshalb hab ich sie mir angesehen, die Sendung über den Islam, und die ist bis halb elf gegangen. Sie können das jederzeit überprüfen, wenn Sie mir nicht glauben. Dann war ich noch rasch auf dem stillen Örtchen, was vielleicht verzeihlich ist, weil ich mir zu dem Film ein Bierchen genehmigt hatte, und später zu der Dokumentation noch eines, wenn Sie es ganz genau wissen wollen. Ich war aber keinesfalls betrunken, falls Sie das jetzt denken sollten. Von zwei Bierchen werde ich nicht betrunken, und auf gar keinen Fall bin ich senil …«

»Das weiß ich doch. Das weiß ich.«

»Von zwei Bierchen wird man ja wohl nicht unzurechnungsfähig, oder wie sehen Sie das?«

Erst nachdem ich ihm zweimal versichert hatte, dass ich seine Zurechnungsfähigkeit in keiner Weise anzweifelte, flaute Herrn Schildhabers neu aufkochende Empörung wieder ab.

»Es ist leider so, dass uns unsere Erinnerungen oft trügen«, versuchte ich meine Hartnäckigkeit zu erklären. »Das hat nichts mit dem Alter zu tun. Das passiert auch Jugendlichen, dass sie sich mal in der Uhrzeit vertun.«

Stundenlang hätte ich Geschichten erzählen können von Zeugen, die schworen, diesen oder jenen zu einer bestimmten Uhrzeit an einem bestimmten Ort gesehen, ja, sogar gesprochen zu haben. Und dann stellte sich – wie erst kürzlich geschehen – im Prozess heraus, dass der Mensch, den sie angeblich getroffen und gesprochen hatten, nachweislich zur fraglichen Zeit in den USA war und dort vor fünfhundert Augen- und Ohrenzeugen einen wissenschaftlichen Vortrag gehalten hatte.

Schildhaber blieb bei seiner Version, wurde immer ungehaltener, je länger ich bohrte. Schließlich gab ich auf und bedankte mich artig. Er war immer noch gekränkt, als er mich zur Tür brachte und sehr wortkarg verabschiedete.

Sigismund verschlief meinen Abschied.

»Prostitution?«, fragte Harry verwundert, als ich ihn während der Fahrt zurück in die Stadt anrief. »Du meinst, seine schöne Villa am Schlossberg ist in Wirklichkeit ein Puff?«

»Es würde manches erklären.«

»Ich frag mal die Kollegen von der Sitte. Wenn's so wär, dann müssten die es ja am ehesten wissen.«

»Könntest du das Haus vielleicht ein paar Nächte observieren lassen? Ich schicke dir auch einen offiziellen Schrieb, wenn es unbedingt sein muss.«

»Eine Observation krieg ich nicht durch, Alex. Vielleicht habt ihr im weltberühmten Heidelberg das Geld für so was. Wir hier in Freiburg nagen ständig am Hungertuch. Ich könnte höchstens dafür sorgen, dass hin und wieder eine Streife bei dem Schwaben vorbeifährt, falls dir das hilft.«

»Bloß nicht! Keine Uniformen und keine Streifenwagen. Er darf nicht mal den Hauch eines Verdachts schöpfen, dass wir ihn im Auge haben.«

»Und wenn wir das Haus observieren, dann wird's unweigerlich offiziell. Dann erfahren hier eine Menge Leute davon. Willst du das?«

Nein, das wollte ich natürlich auf gar keinen Fall.

Zurück am Schreibtisch, rief ich Klara Vangelis an und bat sie, ein kleines Team zusammenzustellen.

»Leute, die den Mund halten können, kurzfristig abkömmlich sind und zu Hause keinen Stress kriegen, wenn sie zwei, drei Tage weg sind.«

»Sollte kein Problem sein.«

»Wir brauchen zwei Autos. Eines davon muss ein dunkler Wagen der gehobenen Preisklasse sein, das andere am besten ein Kombi. Wir müssen einiges an Geräten mitnehmen. Sönnchen kümmert sich um die Hotelzimmer. Und, das hätte ich fast vergessen, es muss jemand mit, der was von Technik versteht. Abfahrt, sagen wir, vier Uhr. In drei Stunden.«

Um halb sechs kamen wir in Freiburg an. Inzwischen war es schon wieder dunkel, was uns sehr gelegen kam. Mein kleines Team versammelte sich am oberen Ende des stark abschüssigen Parkplatzes eines Tagungszentrums am Schlossberg. Das Anwesen gehörte dem Deutschen Caritasverband, und die Zimmerpreise waren, hatte ich von Sönnchen gehört, selbst für die notorisch unterfinanzierte deutsche Polizei bezahlbar. Mit von der Partie waren neben Klara Vangelis und Sven Balke Laila Khatari, das alte Schlachtross Rolf Runkel und ein sommersprossiger Techniker namens Hugo Herbst. Der Ort lag für unsere Zwecke ideal. Von unseren Zimmern hatten wir einen schönen Blick auf die Freiburger Altstadt mit ihren verwinkelten Gässchen und stolzen Türmen. Das Tagungszentrum verfügte über einen von der Straße aus größtenteils nicht einsehbaren Parkplatz, auf dem Autos mit fremden Kennzeichen nicht auffielen.

Und es lag nur zweihundert Meter von Wolf Reinhards Villa entfernt.

Während der junge, etwas übermotiviert herumwuselnde Techniker sich in einem kleinen Konferenzraum um den Aufbau der Geräte kümmerte, bezogen wir anderen unsere Zimmer. Meines war ein überraschend geräumiges Doppelzimmer mit Dachschräge, einem kleinen Schreibtisch und zwei eckigen, aber bequemen Sesselchen. Ich verstaute meine wenigen Sachen in Schrank und Bad, warf den Schlafanzug aufs weiß bezogene Bett und machte mich auf den Weg zurück ins Erdgeschoss.

Im Konferenzraum half Vangelis dem Techniker bei der Inbetriebnahme der Geräte. Runkel trug soeben einen zweiten Monitor herein und stellte ihn auf den Tisch, wo an einem futuristisch aussehenden Empfänger schon das bläuliche Display leuchtete. Daneben standen die beiden digitalen Recorder, deren Anschaffung mich im Juli eine Menge Überzeugungsarbeit bei Kaltenbach gekostet hatte. Auch ein zweiter Empfänger stand für den Fall der Fälle bereit. Ich hatte darauf bestanden, dass wir alles doppelt hatten.

An einer Seitenwand hing ein nachlässig abgewischtes Whiteboard. Rechts daneben stand ein Flipchart, vollgemalt mit bunten Kästchen und dynamischen Pfeilen. Die Luft war muffig und verbraucht, roch nach den Menschen, die hier vermutlich bis vor wenigen Stunden getagt und debattiert hatten.

Balke gesellte sich betont entspannt zu uns, gefolgt von einer aufgekratzten Laila. Nun waren wir komplett, und ich erklärte meinen Plan.

Balke und Vangelis übernahmen den ersten Part. Sie stiegen in einen cremefarbenen Opel Kombi aus unserem Fuhrpark, Balke nahm hinter dem Steuer Platz, Vangelis mit dem Handy am Ohr auf dem Beifahrersitz. Ich setzte mich in den vornehmen dunkelblauen Audi A6, unser bestes Stück im Stall, und wartete.

»Jedes Auto fährt höchstens einmal an dem Haus vorbei«, hatte ich meinen Mitstreitern eingeschärft. »Zurück wird grundsätzlich eine andere Strecke gefahren.«

Mein Handy trillerte. Es ging los.

»Sind auf der Straße«, sagte Vangelis halblaut und lachte gekünstelt, um eventuellen Beobachtern den Eindruck zu vermitteln, sie führe ein heiteres Privatgespräch. »Gleich müsste das Haus kommen … Da sehe ich es schon. Links, Moment, ja, das müsste gehen. Eine Lücke, ungefähr dreißig Meter von Reinhards Eingang entfernt. Da passt sogar ein Bus rein, und die Sicht müsste perfekt sein.«

Ich ließ den Motor an, rangierte aus der Parklücke. Jetzt begann mein Teil der Aktion.

»Sie müssen links parken.« Vangelis lachte wieder. »Gegen die Fahrtrichtung. Ich hoffe, die Freiburger Politessen verpassen Ihnen kein Knöllchen.«

Ich setzte den Blinker, bog auf die Wintererstraße ein. Die schmale und holprige Wohnstraße im Freiburger Nobelviertel machte vor mir eine weite Rechtskurve, sodass ich den Eingang zu Reinhards Anwesen zunächst nicht sehen konnte. Netterweise nieselte es ein wenig, und die Straße war menschenleer. Ich fuhr langsam, als würde ich nach einer Parklücke Ausschau halten. Die auch schon in Sicht kam, wie von Vangelis angekündigt, für unsere Zwecke perfekt gelegen. Ich brauchte nicht einmal rückwärts einzuparken, so groß war die Lücke. Handbremse, Motor aus, Licht aus und nun so schnell und unauffällig wie möglich die kleine Kamera ausrichten, die auf dem Armaturenbrett montiert war. Inzwischen hatte ich Laila am linken Ohr.

»Bisschen höher, so, ja, noch einen Tick nach rechts… okay. Kleines bisschen tiefer wieder. Genau so. Super.«

Ich packte meinen schwarzen Aktenkoffer, der auf dem Beifahrersitz lag und vollkommen leer war, stieg aus und machte mich auf den Weg zurück. Erst nach einigen eiligen Schritten durch den allmählich stärker werdenden Regen fiel mir ein, dass ich vergessen hatte, den Wagen abzuschließen. Ein Druck auf den Schlüssel in der Manteltasche – und schon blinkte es hinter mir. Ich überquerte in spitzem Winkel die Straße und war von Reinhards Villa aus schon nicht mehr zu sehen.

Kurze Zeit später betrat ich wieder den Raum, wo Laila und Rolf Runkel es sich vor den großen Monitoren mit jeweils einer Dose Cola bequem gemacht hatten. Vor Monitoren, die beide dasselbe Bild einer langweiligen, dunklen Straße zeigten. Auf einem kleinen Tisch standen eine Platte mit belegten Brötchen und ein Sortiment von Getränken, die Sönnchen vermutlich für uns bestellt hatte. Vangelis und Balke kamen fünf Minuten nach mir zurück.

»Den Schichtplan machen Sie bitte unter sich aus«, sagte ich. »Ich schlage vor, Sie wechseln sich alle zwei Stunden ab.«

»Bis wann?«, fragte Runkel aufmerksam.

»Mitternacht? Nein, sagen wir lieber, bis zwei Uhr nachts. Sicher ist sicher. Die Aufzeichnung läuft schon?«

»Logisch«, erwiderte Laila, die unseren Ausflug sichtlich genoss. Genauso hatte sie sich das Leben bei der Kripo vermutlich vorgestellt. Vangelis schüttelte die letzten Regentropfen aus ihrer schwarzen Mähne.

»Haben Sie auch alles noch mal getestet?«, fragte ich. »Funktioniert die Aufzeichnung wirklich?«

»Zweimal«, erklärte Laila, ohne das Lächeln zu verlieren. »Alles gut, Chef, wir haben's voll im Griff.«

Rolf Runkel schien weniger den Ausflug nach Freiburg als die Nähe der hübschen jungen Kollegin zu genießen.

»Nur blöd, dass es wieder mal pisst«, brummte Balke, und ich sah auf den Monitoren, was er meinte: Da die kleine Kamera durch die Frontscheibe des großen Audi blickte, verschleierten mehr und mehr Regentropfen das Bild.

»Um ein Auto zu sehen, reicht es«, behauptete ich. »Und falls Sie mal ein Kennzeichen nicht lesen können, dann muss eben jemand einen kleinen Spaziergang machen.«

»Wie geht es morgen früh weiter?«, wollte Vangelis wissen.

»Die Recorder lassen Sie natürlich durchlaufen«, entschied ich. Auch wenn nicht damit zu rechnen war, dass sich vor acht oder neun Uhr bei Reinhard etwas bewegte, ordnete ich an, die Observation schon um sechs Uhr wiederaufzunehmen. »Und die Handys bleiben bitte rund um die Uhr an.«

»Sie bleiben auch hier?«

»Diese Nacht, ja. Morgen muss ich zurück nach Heidelberg.«

Ich ging wieder hinauf in mein Zimmer, warf mich angekleidet aufs Bett, telefonierte mit Sarah, erfuhr, dass Louise wieder einmal bei ihrem geheimnisvollen Mick war und das Interesse an Führerschein und Vespa jetzt offenbar ganz verloren hatte. Anschließend telefonierte ich lange mit Theresa. Nachdem wir genug geturtelt hatten, schaltete ich den kleinen Röhrenfernseher ein und sah mir einen alten Western mit John Wayne an. Obwohl das Bild winzig und der Film langweilig war, hielt ich fast bis zum Ende durch. Dann steckte ich mein Handy ein und ging wieder hinunter. Inzwischen war es halb zehn.

»Tote Hose«, empfing mich Balke gähnend. »Reinhards Edelnutten haben heute anscheinend Ruhetag.«

»Die Sicht ist besser geworden«, sagte Vangelis, die mit geradem Rücken neben ihm saß. »Vor einer Stunde hat der Regen aufgehört.«

Auf den breiten Monitoren konnte ich beobachten, wie

ein heller Sportwagen, vermutlich ein italienisches Fabrikat, langsam an unserer Kamera vorbeifuhr und vor der Zufahrt zu den Reinhard'schen Garagen anhielt. Ein Mann gesetzten Alters quälte sich mit sichtlicher Mühe aus seinem flachen Fahrzeug und half dann seiner Beifahrerin, einer korpulenten Mittvierzigerin, beim Aussteigen aus dem Wagen, der nach Balkes Meinung ein Ferrari war. Die beiden gingen zum großen zweiflügeligen Stahltor, konnten eintreten, ohne einen Knopf gedrückt zu haben.

»Vor einer halben Stunde hat ein Cateringservice ein paar Kisten geliefert«, berichtete Vangelis. »Steigt wohl heute noch eine Party nebenan.«

Nur wenige Minuten später kamen die nächsten Gäste. In diesem Fall waren es drei Personen in einem Mercedes SUV: ein mittelalter Mann mit schütterem Haar und zwei blutjunge, offenherzig gekleidete Damen auf Stilettos. Die Farbe des Wagens schien dunkelblau oder schwarz zu sein. Die Kennzeichen beider Wagen waren nicht zu entziffern. Immer noch klebten Regentropfen vor dem Objektiv unserer Kamera.

»Ich dreh mal eine Runde«, verkündete ich, zog den Trenchcoat über, klappte den Kragen hoch und machte mich auf den Weg.

Das Handy hielt ich in der linken Hand versteckt, als ich die Wintererstraße entlanglief wie jemand, der spät von der Arbeit kommt und nur noch nach Hause möchte. Den Kopf hielt ich gesenkt, sodass mein Gesicht für Reinhards Überwachungskameras nicht erkennbar war. Drei Stück hatte Vangelis gezählt, als sie vorhin an der hohen Sandsteinmauer vorbeifuhr, die sein etwa zweieinhalb Meter über dem Straßenniveau liegendes Anwesen zur Straße hin begrenzte. Rechts war ein breites Kipptor in die Mauer eingelassen, das zu einer unterirdischen Garage führte. Darin fanden, wie ich wusste, mindestens drei Autos Platz.

Auf der anderen Straßenseite sah ich aus dem Augenwinkel unseren Audi stehen. Die Kamera war auf die Entfernung selbst bei genauerem Hinsehen nicht zu erkennen. Vor mir tauchte der Ferrari auf. Er parkte vor dem Garagentor, war gelb, wie ich jetzt erkennen konnte, und trug ein französisches Kennzeichen. Ich drückte den Auslöser des Handys. Davor stand der dunkle SUV. Auch dieser kam aus dem Ausland, aus Zürich. Hatte man jenseits der roten Mauer grenzüberschreitende Geschäfte zu besprechen? Wieder machte mein Handy leise »klick«.

In meinem Rücken kam das Geräusch von Reifen auf feuchter Straße langsam näher. Der Motor des Wagens war nicht zu hören. Dann verstummte auch das Reifengeräusch, Türen klappten, Schritte von harten Männersohlen und hohen Damenabsätzen zerhackten die Stille. Ich wagte nicht, den Kopf zu wenden, aus Sorge, dabei in die Linse einer Kamera zu blicken, die nicht der Polizei gehörte.

Ich musste eine ziemliche Strecke die Wintererstraße entlanggehen, bis ich ihr Ende erreichte und in einem weiten Bogen über die Immentalstraße und später die Längenhardstraße nach etwa zehn Minuten an meinen Ausgangspunkt zurückkehrte.

»Nach dem Tesla ist bisher nichts mehr gekommen«, begrüßte mich Laila Khatari, die jetzt eigentlich freihatte, sich jedoch wie ich in ihrem Zimmer gelangweilt hatte. »Also, ich kenn mich da ja nicht so aus, aber nach Puffbesuchern haben die Leute eigentlich nicht ausgesehen.«

»Der Tesla ist aus Lörrach«, sagte Balke mit schmalen Augen. »Und diesmal haben wir sogar die Nummer lesen können. Und, Laila, du hast keine Ahnung, wie vornehm und teuer Puffs sein können.«

Lörrach lag im Süden, an der Grenze zur Schweiz, und Balke hatte schon das Handy am Ohr.

»Ich hab's!«, rief Laila. »Es ist ein Swingerclub. Die vögeln sich jetzt da drüben das Hirn raus, machen Partnertausch und so, essen Austern dazu und saufen Champagner.« Aus ihrer Stimme klang viel Empörung und ein wenig Neid. »Und am Ende gehen sie alle zusammen in die Sauna und saufen noch mehr Champagner.«

»Du hast den Kaviar vergessen«, lachte Balke. »Kaviar soll auch gut sein für die Libido.«

»Echt?«, wunderte sich Laila. »Hab gedacht, das wären nur die Austern. Aber man lernt ja nie aus.«

Klara Vangelis rollte die Augen und schwieg.

27

Die teuren Wagen waren lange nach Mitternacht kurz nacheinander weggefahren, erfuhr ich beim Kaffee am Sonntagmorgen. Ich hatte überraschend gut geschlafen und fühlte mich wach und klar wie lange nicht mehr. Der Hausherr hatte seine Gäste persönlich zu den Wagen begleitet, die Verabschiedung war jedes Mal herzlich ausgefallen.

»Eine Viertelstunde später sind drüben die Lichter ausgegangen«, fügte Vangelis hinzu. »Danach waren nur noch hin und wieder Katzen auf der Straße.«

»Immerhin wissen wir jetzt, dass er zu Hause ist«, sagte ich.

»Ist euch das auch aufgefallen?«, fragte Balke mit dem Zeigefinger an der Nase. »Der Typ aus Zürich ist mit zwei Frauen gekommen, aber mit nur einer weggefahren.«

Wir sahen uns die entsprechenden Stellen zusammen an. Nach Mitternacht hatte der Regen wieder eingesetzt, aber dennoch war gut zu erkennen, dass nicht nur die Anzahl der Begleiterinnen sich verändert hatte.

»Es ist eine andere.« Laila tippte aufgeregt auf den Monitor. »Die zwei, die er mitgebracht hat, sind kleiner gewesen und molliger. Der Hungerhaken da könnt ja praktisch als Model gehen.«

Balke stöhnte auf und raufte sich die immer noch kaum vorhandenen Haare. »Ich würde echt zu gerne wissen, was da drüben läuft.«

»Das Mädchen ist noch nicht volljährig«, bemerkte Vangelis.

Balke zoomte die neue Begleiterin des Mercedesfahrers heran. Das Gesicht war wegen der schlechten Beleuchtung und des Regens nur schemenhaft zu erkennen. Dennoch waren wir alle der Meinung, dass Vangelis recht hatte. Was wir sahen, war das schmale Gesicht eines hellblonden Teenagers. Einer aufgetakelten Jugendlichen, die von ihrem dreißig Jahre älteren Begleiter recht unsanft herumgeschubst und zum Einsteigen in seinen großen Wagen genötigt wurde.

»Sie will nicht mit«, meinte Laila. »Sie hat Angst vor diesem Schweizer Macho. Hätt ich auch, ehrlich gesagt.«

Balke startete das Video wieder. Wir sahen den klotzigen SUV anfahren und die Rücklichter bald darauf um die Kurve verschwinden.

»Der Tesla gehört einem Lörracher Geschäftsmann«, berichtete Balke. Das hatte er noch in der Nacht herausgefunden. »Björn Burkhart. Seine Firma baut irgendwelche Apparate, hauptsächlich für die Schweizer Pharmaindustrie. Sein Führungszeugnis ist blitzblank.«

Um halb elf saß ich wieder an meinem Schreibtisch in Heidelberg.

»Radeberg ist ein Flop«, berichtete mir ein junger Kollege, dem Vangelis die Sache mit den Überwachungsvideos aufs Auge gedrückt hatte, da Runkel unbedingt hatte nach Freiburg mitfahren wollen. Auch am Morgen war mir nicht entgangen, wie er ständig Lailas Nähe suchte, ihr leicht zu deutende Blicke zuwarf, die sie jedoch nicht bemerkt oder gekonnt ignoriert hatte. Hoffentlich musste ich nicht demnächst ein ernstes Gespräch mit ihm führen. Schließlich war er doppelt so alt wie Laila, glücklich verheiratet und Vater ziemlich vieler Kinder.

»In Radeberg gibt's zwar eine Kamera, die die Telefonzelle im Visier hat«, fuhr der Kollege eifrig fort. »Gehört einem Handyladen, wo schon zweimal eingebrochen worden ist. Aber blöderweise hat's an dem Abend wieder mal so saumäßig geschüttet, dass man nur einen Schemen sieht. Eine Gestalt in hellem Mantel und mit schwarzem Schirm. Es ist ein Mann, das erkennt man gerade noch. Er geht in die Zelle, telefoniert kurz, spannt den Schirm wieder auf und rennt weiter. Wollen Sie es sehen?«

Ich verzichtete dankend. Verregnete Videos hatte ich mir in den vergangenen Stunden genug angesehen. Der junge Mann schwitzte ein wenig vor Aufregung. Seine Wangen waren gerötet, die Hände unruhig.

»Und München?«, frage ich bemüht milde.

Er ging mir auf die Nerven wie so vieles in den letzten Tagen. Ich war nervös. Überreizt. Und, obwohl ich doch so gut geschlafen hatte, schon wieder müde.

In München sah es besser aus.

»Die Telefonsäule steht in der Vorhalle neben der Rolltreppe ins Tiefgeschoss, und da ist auch nachts genug Licht. Und die Leute von der DB-Sicherheit haben unseren Mann tatsächlich auf einem Video gefunden.«

Einem Video, das von Rechts wegen längst hätte gelöscht werden müssen. Hin und wieder sind Schlampigkeiten auch ein Segen.

Stolz schob er sein mitgebrachtes Tablet über den Tisch. »Er ist es. Ganz klar zu erkennen.«

Der Mann, der mit zügigem Schritt auf die Säule mit dem magentafarbenen Schriftzug der Telekom zuging, sich dabei zweimal umsah, dann eine Nummer wählte, um den Hörer nur wenige Sekunden später wieder einzuhängen, konnte tatsächlich Reinhard sein. Oder auch ein anderer. Figur und Größe passten. Was leider nicht zu sehen war, war sein Gesicht.

»Damit kommen wir vor Gericht nie im Leben durch.« Enttäuscht hob ich die Hände, ließ sie auf den Schreibtisch fallen.

»Aber der Mantel«, insistierte der junge Kollege. »Es ist ein heller Wollmantel, ziemlich edles Teil. Ich hab ein Video im Netz gefunden, und da hat er auch so einen an. Vielleicht finden wir sogar raus, von welchem Hersteller der

Mantel ist. Meine Freundin arbeitet in einer Boutique, die hat einen Blick für so was. Und wenn Reinhard dann tatsächlich so ein Teil im Schrank hängen hat ...«

»Dann wird er uns den bestimmt nicht freiwillig zeigen. Und wenn doch, dann wird sein Anwalt behaupten, tausend Männer in Deutschland hätten so einen, und wahrscheinlich hätte er damit sogar recht«, fuhr ich den schwitzenden Kerl an.

Er duckte sich, sah mich an wie ein erschrockenes Kaninchen. Oder ein zu Unrecht gescholtenes Kind. Erschöpft fiel ich in die Rückenlehne, nahm die Brille ab, massierte meine brennenden Augen. Sagte schließlich sogar: »Entschuldigung.«

Was war nur los mit mir? Am Morgen war ich doch hellwach und ausgeschlafen gewesen. War es das ausgefallene Frühstück, das mir die Kräfte raubte?

»Gute Arbeit. Aber wirklich, jeder Richter Deutschlands lacht uns aus, wenn wir ihm mit so was kommen.«

»Wollen Sie das andere Video sehen? Das mit dem Mantel? Es ist von der Einweihung eines neuen Firmengebäudes vor zwei Jahren.«

»Natürlich«, sagte ich, um dem armen Kerl eine Freude zu machen, und setzte die Brille wieder auf. »Zeigen Sie her.«

Das Video stand auf YouTube, und der Mantel, den Reinhard bei der Eröffnungsfeier trug, sah dem in dem Filmchen aus München tatsächlich ähnlich. Der Ton war ausgeschaltet, sodass ich nur sehen konnte, wie der stolze Firmeninhaber einige launische Worte in ein Mikrofon sprach, seinen Sektkelch hob und den Gästen mit einer halbkreisförmigen Geste, breitem Grinsen und kaltem Blick zuprostete.

»Er hat das Glas in der linken Hand«, fiel meinem Mitarbeiter erst jetzt auf.

»Er ist Linkshänder«, sagte ich. »Aber was heißt das schon?«

Nun sahen wir uns die Videos aus Radeberg und München doch noch einmal an. In beiden Fällen hielt der Mann im hellen Mantel den Hörer in der Rechten und wählte mit der Linken.

Um kurz nach zwölf – ich war gerade im Begriff, Theresas Abnehmprojekt vorübergehend zu vergessen und in die Kantine zu gehen, um etwas ganz und gar Ungesundes und Kalorienschweres zu mir zu nehmen – rief Sven Balke an. In Freiburg herrschte Sonntagsruhe, und er hatte die Zeit genutzt, um eine gründliche Internetrecherche zum Thema »Swingerclubs in Südbaden« durchzuführen.

»Leider ein Flop«, sagte er. »In keinem Forum, auf keiner einschlägigen Homepage, nirgendwo ist irgendein Hinweis zu finden auf Reinhards Villa.«

»Die Leute, die bei ihm verkehren, stellen ihre Erfahrungen nicht ins Internet«, gab ich zu bedenken. »In diesen Kreisen ist man diskret.«

»Schon klar«, erwiderte mein frustrierter Mitstreiter. »Keiner von diesen Bonzen ist scharf darauf, einem seiner Angestellten plötzlich nackt gegenüberzustehen.«

Und selbst wenn, überlegte ich, als ich den Hörer auflegte. Selbst wenn Reinhard ein Bordell oder einen Swingerclub betrieb, selbst wenn dort aus dem Osten eingeschmuggelte Zwangsprostituierte ihre Dienste anboten, was wäre damit gewonnen? Schlimmstenfalls würde er zu einer Bewährungsstrafe verdonnert und müsste seinen Laden schließen. Um ihn eine Woche später unter neuer Adresse wieder aufzumachen. Und die Mundpropaganda würde melden: »Sie haben schon gehört, dass unser Freund sein Geschäft aus gewissen Gründen verlegen musste, Herr Doktor? Nein? Dann kennen Sie die neue Anschrift noch gar nicht?«

Sollte ich doch versuchen, auf der Basis meiner immer noch spärlichen Verdachtsmomente einen Durchsuchungsbeschluss für Reinhards Anwesen zu erwirken, und ihn einfach überrumpeln? In der Hoffnung, dass er sich vor Schreck verplapperte, auf die Knie fiel und zwei Morde und zwei Mordversuche gestand? Erstens würde ich die Genehmigung für die Durchsuchung angesichts der mageren Indizien nie und nimmer bekommen. Und zweitens würde mir Reinhard vermutlich kalt ins Gesicht grinsen und ich mich kurz darauf von einer Horde blutrünstiger Rechtsverdreher umzingelt sehen.

Zehn bis fünfzehn Prozent der Menschen waren Linkshänder, demnach gab es in Deutschland bis zu sechs Millionen Männer, die die linke Hand bevorzugten. Wie viele davon besaßen wohl einen hellen Wollmantel? Fünfzigtausend? Hunderttausend? Noch mehr?

Außerdem, das nur ganz am Rande: Reinhard hatte nach wie vor ein wunderbares Alibi für die Nacht, in der Arne Heldt starb. Zahlreiche angesehene Freiburger hatten ihn auf diesem verfluchten Empfang gesehen, wo er gegen Ende kaum noch fähig gewesen war, sich auf den Beinen zu halten. Wo er an dem Tag war, als auf Saskia Hallberg geschossen wurde, hatte Harry bislang nicht herausfinden können. Als Geschäftsmann war Reinhard viel unterwegs, und abgesehen von ihm selbst und seiner Sekretärin konnte uns vermutlich niemand sagen, wann der Firmeninhaber wo gewesen war. Und beide wollte ich nicht fragen.

Nachdem ich meine zwei Äpfel zu mir genommen hatte, saß ich wieder am Schreibtisch, grübelte finster vor mich hin, vermisste Sönnchens Tippen und Summen, die Aura von guter Laune, die sie immer verbreitete. Ich erwog Mögliches und Unmögliches, wurde wütend auf mich selbst, auf Reinhard und das Mistwetter, das schon wieder herrschte. Schließlich griff ich nach meinem Handy.

»Wann genau soll das gewesen sein?«, fragte die hörbar gestresste Frau am anderen Ende.

»In der Nacht vom zwölften auf den dreizehnten. Gegen Mitternacht. Vom Rathaus zur Wintererstraße.«

»Und was wollen Sie von dem Fahrer? Normalerweise geben wir solche Sachen nämlich nicht raus, wissen Sie? Ich hab meine Zeit auch nicht gestohlen …«

»Er hat mir einen großen Gefallen getan, Ihr Fahrer«, log ich tapfer, »und ich möchte ihm dafür eine kleine Belohnung zukommen lassen.«

»Eine Belohnung? Aha. Und was ist das denn für ein Gefallen gewesen, wenn ich fragen darf?«

»Das ist mir jetzt ein bisschen peinlich. Ich hatte zu tief ins Glas geguckt. Und Ihr Kollege hat mich netterweise ins Haus begleitet und sich wirklich rührend um mich gekümmert, und in meinem Suff hab ich ihm am Ende nicht mal ein Trinkgeld gegeben.«

Beim Wort Trinkgeld taute sie merklich auf. »Dann guck ich jetzt mal in meinen Computer, obwohl wir so was normalerweise … Ah, da haben wir ihn: Wintererstraße. Der Dreihundertzwölfer ist das gewesen, und den hat in der Nacht der … Der Jörg ist den gefahren, Jörg Heckler. Der fährt immer Nachtschicht, weil die Frau tagsüber arbeitet, und sie haben drei kleine Kinder.«

»Dann ist er im Moment zu Hause?«

»Ich geb Ihnen jetzt ausnahmsweise seine Handynummer, okay? Und verraten Sie ihm bloß nicht, woher Sie die haben, gell?«

»Heckler, ja?«, fuhr mich Sekunden später eine raue Männerstimme an. Im Hintergrund zankten Kinder lautstark. Eines davon schien gleich in Tränen ausbrechen zu wollen.

»Sie haben vor zwei Wochen einen Freund von mir gefahren, und er hat etwas in Ihrem Taxi verloren.«

»So? Was denn, bitte schön? Wenn im Auto was liegen bleibt, dann geb ich das beim Schichtwechsel in der Zentrale ab, dass das mal gleich klar ist.«

»Es ist ihm sehr peinlich. Deshalb ruft er Sie auch nicht selbst an. Aber erst mal würde ich gerne wissen, ob Sie ihn wirklich gefahren haben.«

»Wann soll das denn gewesen sein? Ich hab jedenfalls nichts gefunden.«

Das mehrstimmige Kindergebrüll im Hintergrund wurde lauter. Der Vater nahm das Handy vom Ohr und brüllte dagegen an. Als er wieder ins Mikrofon sprach, war seine Laune nicht besser geworden.

»Drei Buben, ich kann Ihnen sagen! Wenn man die Rasselbande wenigstens in den Garten scheuchen könnt, aber bei dem Sauwetter…« Er stieß einen tiefen Seufzer aus. »Also gut, noch mal: Wenn ich was find, wenn ein Fahrgast was liegen lässt, dann geben wir das grundsätzlich in der Zentrale ab. Irgendwas selber einsacken geht also gar nicht. Da könnt ich mir gleich die Kugel geben. Obwohl ich zurzeit nicht übel Lust dazu hab…«

»Es war in der Nacht von Samstag auf Sonntag vor zwei Wochen, gegen Mitternacht. In die Wintererstraße hinauf.«

»Doch nicht dieser Spinner im gelben Anzug?«

»Doch, das war er. Gelb ist seine Lieblingsfarbe. Und er war wohl ziemlich angesäuselt…«

»Angesäuselt?« Heckler lachte sarkastisch. »Stockbesoffen ist der Kerle gewesen. Ohne Gurt wär mir der glatt wieder aus dem Auto gefallen. Und wie wir dann bei seiner Villa gewesen sind, da hat er nicht mal aus eigener Kraft aussteigen können, so besoffen ist der gewesen. Hat immer nur dummes Zeug gelabert, wie schön das Leben ist und wie gut es ihm geht. Angeblich hat er was zu feiern gehabt, wollt unbedingt noch eine Runde ficken, wenn er daheim ist. Dabei hat er ohne fremde Hilfe kaum noch sitzen können, dieser Vollpfosten. Also ehrlich, wenn seine Kumpels nicht im Voraus gezahlt und mir so ein mordsmäßiges Trinkgeld gegeben hätten, ich hätt den nicht gefahren. Aber in dem Fall hab ich dann sogar noch bei ihm geläutet, eine alte Frau ist aus dem Haus gekommen, und zu zweit haben wir ihn dann zur Tür geschleift. Und gefickt hat der nicht mehr in der Nacht, das ist mal sicher.«

»Bezahlt haben also seine Freunde?«

»Zu dritt haben sie ihn gebracht. Sogar ein Stadtrat ist dabei gewesen und einer, den ich aus der *Badischen Zeitung* kenn. Besoffene nach Mitternacht, das ist wie Pest und Cholera zusammen. Sachen hab ich schon erlebt, ich kann Ihnen sagen. Einer hat mir mal eine Adresse gesagt, und wie wir dann da sind, da ist da nicht mal ein Haus, und dieser Schluckspecht hat doch glatt vergessen gehabt, wo er wohnt…«

Der vorübergehende Friede zwischen seinen drei Söhnen wurde schon wieder brüchig. Ich nutzte die Gelegenheit, um mich herzlich zu bedanken und das Gespräch zu beenden.

Immer noch bestand die Möglichkeit, dass Reinhard den Betrunkenen nur gespielt hatte. Blieb allerdings das Problem mit dem weißen Kombi, der zur falschen Zeit in Ziegelhausen stand. Zu einem Zeitpunkt, als Reinhard sich noch in Gegenwart von zig ehrenwerten Zeugen auf dem Empfang im Rathaus vergnügte.

Am Freiburger Schlossberg langweilte man sich allmählich einen Wolf, wie Balke sich ausdrückte. Reinhard hatten meine Mitarbeiter heute noch nicht einmal zu Gesicht bekommen.

»Wir hoffen alle, dass es am Abend wieder lustiger wird«, maulte er. »Wie lange soll das hier eigentlich noch dauern?«

»Die kommende Nacht müssen Sie noch überstehen, tut mir leid.«

Balke gähnte anstelle einer Antwort und versprach, sein Möglichstes zu tun, um wach zu bleiben.

»Was ist eigentlich mit Frau Vangelis?«

Die lag seit Mittag wieder im Bett, trank Kamillentee und versuchte, endlich wieder ganz gesund zu werden. Vor den Monitoren vertrat sie der Techniker mit den vielen Sommersprossen.

Sollte der verflixte weiße Kombi mit Arne Heldts Tod vielleicht überhaupt nichts zu tun haben? Oder war Reinhard doch nicht der Mann, den wir suchten? Könnte er jemanden beauftragt haben, Heldt an seiner Stelle zu ermorden? Einen seiner Geschäftsfreunde aus dem Land, aus dem die hübschen jungen Frauen kamen? Dort waren Auftragskiller vermutlich billig zu haben. Aber würde ein Profi sein Opfer auch im Namen des Auftraggebers foltern? Und hätte ein intelligenter Mann wie Reinhard seinem Vertreter ein Firmenfahrzeug zur Verfügung gestellt? So lange ich auch grübelte und spekulierte, es passte einfach nicht zusammen. Irgendwo in meinen Überlegungen musste ein kapitaler Fehler stecken. Oder ich war eben trotz allem auf der falschen Fährte unterwegs.

Nachdem ich mich eine Weile erfolglos an der Nase gekratzt, dreimal die Brille ab- und wieder aufgesetzt und einige Runden um meinen Schreibtisch gedreht hatte, wählte ich die Nummer von Nina Seltenreich. Sie nahm fast sofort ab, meldete sich keuchend.

»Bin gerade beim Laufen.«

»Es geht noch mal um diesen Samstagmorgen, als Sie die Klospülung gehört haben.«

»Ja?«

»Wie sicher sind Sie sich, dass es wirklich der Samstag war?«

»Zu hundert Prozent, wirklich. Ich habe mich ja gewundert, dass Arne überhaupt zu Hause war, weil er sonst an den Wochenenden eigentlich immer weg war. Und am Sonntag kann es nicht gewesen sein, weil ich die Nacht über in Karlsruhe geblieben und erst gegen Mittag zurückgekommen bin.«

»Dann ist da wohl nichts zu machen.«

»Samstagmorgen passt Ihnen nicht ins Konzept?«

»Leider nein, weil ...«

Mein Festnetztelefon unterbrach mich, eine wohlbekannte Nummer in Stuttgart, das LKA. Ich wünschte der Musikerin noch einen schönen Sonntagnachmittagslauf, legte das Handy zur Seite und nahm den Hörer ans Ohr. Die Anruferin war eine Laborantin, die ebenfalls Überstunden anhäufte.

»Wollt bloß sagen, es dauert noch ein bisschen«, sagte sie. »Vor morgen Mittag krieg ich das beim besten Willen nicht ...«

»Wovon reden Sie?«, unterbrach ich sie grob. »Was dauert noch?«

»Ja, Sie sind lustig. Diese blöden Haare, die wo Ihr Kollege mir geschickt hat. In Ihrem Namen nämlich, und da hab ich halt gedacht ...«

»Welche Haare denn? Welcher Kollege?«, fuhr ich die arme Frau an.

»Irgendwelche Haare halt, was weiß denn ich?«, pampte sie tapfer zurück. »Der Kollege heißt Balke, fragen Sie doch den! Ich reiß mir hier den Arsch auf, am Sonntag, und jetzt kommen Sie mir so, also wirklich!«

Sekunden später hatte ich den Auftraggeber am Handy. Er klang nicht wirklich schuldbewusst, als er mir seine Kompetenzüberschreitung beichtete. Über seine Freundin, die wirklich nur eine Freundin war, hatte er Haare von Wolf Reinhard besorgt. Haare, die an der Nackenstütze des Pilotensitzes seines Jets geklebt hatten. Diese hatte er ohne mein Wissen ans LKA geschickt und damit Geld ausgegeben, über das er nicht zu verfügen hatte.

»Hätte ich Sie gefragt, dann hätten Sie es mir verboten«, meinte er heiter.

»In Zukunft will ich so was nicht mehr erleben, ist das jetzt endlich bei Ihnen angekommen?«

»Absolut angekommen, Chef«, versicherte mein Mitarbeiter unerschüttert. »Ich werd's auch bestimmt nie wieder tun.«

Ich glaubte ihm kein Wort. Und vielleicht würde ich ihm morgen dankbar sein für seine Eigenmächtigkeit. Vielleicht hielten wir dann endlich den entscheidenden Beweis in Händen. Einen Beweis, der nur leider den kleinen Nachteil hatte, dass ich ihn niemandem zeigen konnte, ohne schweren Ärger zu bekommen. Illegale Beschaffung von Beweismitteln konnte einen Prozess platzen lassen und aus einem Staatsanwalt einen Feind fürs Leben machen.

Als ich die Papiere und Akten auf meinem Schreibtisch auf Stapel sortierte, um den Sonntag zum Sonntag zu machen und zu Hause endlich das überfällige Gespräch mit Louise zu führen, klingelte noch einmal das Telefon.

»Wir haben es!«, frohlockte Podolsky.

Sie hatten das Gewehr gefunden. Die Waffe, aus der die Kugel für Saskia Hallberg stammte, und auch die, die für mich bestimmt gewesen war. Sollten sich daran Reinhards Spuren finden, dann wäre ihm immerhin schon einmal der Mordanschlag auf Saskia Hallberg nachgewiesen, und ich durfte ihm endlich seine Rechte vorlesen.

»In einem Müllcontainer, stell dir das mal vor! Da lasse ich Knalltüte tagelang Gewässer und Wälder absuchen, und eben ruft mich einer an, der Hausmeister von einem Badeparadies in Lennep, er hat in einem Müllcontainer ein Gewehr gefunden, und was er jetzt damit tun soll ...«

Eigentlich sollte der Container schon am Freitag geleert werden, aber glücklicherweise litt die Lenneper Müllabfuhr zurzeit unter Personalnot wegen der auch dort grassierenden Grippe.

»Normalerweise macht der Mann sich nie die Mühe, da reinzuschauen. Aber sein Töchterchen hat das Handy vermisst, und da ist der arme Kerl also am heiligen Sonntag in die stinkende Kiste gestiegen ...«

»Hat er das Handy gefunden?«

»Hat er.« Podolsky lachte gallig. »Aber nicht im Container, sondern unterm Bett der jungen Dame, mit leerem Akku.«

Um zum Erfolg zu kommen, braucht es vieles. Intelligenz, Zeit und Lauferei, Akten, Gespräche, Mails und Telefonate. Aber eines braucht es immer auch: Glück.

Das Gewehr war bereits auf dem Weg nach Hagen, um dort noch in der Nacht kriminaltechnisch untersucht zu werden.

»Er wird Handschuhe getragen haben«, gab ich zu bedenken.

»Warten wir's ab«, erwiderte Podolsky unverwüstlich gut gelaunt. »Auch der Klügste macht irgendwann Fehler.«

»Wie geht's übrigens deiner Blase?«

»Bestens. Nichts zu klagen.«

Frau Hallberg ging es unverändert.

28

Der Sonntagabend gehörte meinen Töchtern. Wie so oft legten sie jedoch keinen Wert auf dieses Privileg, denn sie waren ausgeflogen, als ich gegen halb sechs Uhr abends meine leere und stille Altbauwohnung in der Kleinschmidtstraße betrat. Ich beschloss aufzubleiben, bis Louise nach Hause kam, um sie mir endlich vorzuknöpfen.

Balke hielt mich mit gelegentlichen Handynachrichten auf dem Laufenden. Vangelis war wieder auf den Beinen, ansonsten geschah in Freiburg den ganzen Abend über nichts, und meine Leute verrenkten sich allmählich die Kiefer beim Gähnen. Sollte Reinhard sich etwa gar nicht mehr in seiner Villa aufhalten, sondern – vielleicht durch den Wald an der rückwärtigen Grenze seines großen Grundstücks – längst das Weite gesucht haben? Hatte er trotz aller Vorsicht bemerkt, dass wir ihn beobachteten?

Obwohl meine Töchter am nächsten Tag Schule hatten, waren sie um elf immer noch nicht zu Hause. Anfangs hatte ich noch mit mir gerungen, ob ich in den Keller gehen sollte, um meinen alten Plattenspieler zu suchen. Aber dazu hatte ich mich dann doch nicht überwinden können. Beim Lesen war ich ständig eingenickt, und mein Drang zur Horizontalen wurde allmählich überwältigend. Schließlich platzte mir der Kragen, und ich rief sie an. Beide behaupteten, schon auf dem Heimweg zu sein. Bei Sarah entsprach das der Wahrheit, Louise ließ weiter auf sich warten, hatte mich offenbar angelogen.

Mehr denn je war ich überzeugt, als Vater ein Versager zu sein.

Als sie endlich auftauchte, abgehetzt, aber soweit ich es beurteilen konnte, nicht unter Drogen stehend, wimmelte sie mein dringendes Gesprächsangebot mit der Ausrede ab, sie müsse noch für eine Englischarbeit pauken, die morgen in der zweiten Stunde geschrieben werden sollte.

Frustriert warf ich mich ins Bett, fand aber trotz meiner Müdigkeit lange keinen Schlaf.

Es durfte einfach nicht sein.

Reinhard, dieser Dreckskerl, durfte mir nicht durch die Lappen gehen. Ich musste irgendeinen Dreh finden, irgendeinen Grund, ihn vorläufig festzunehmen. Aber wie? Wenn es schiefging, wenn es mit der Festnahme nicht klappte, dann würde er eine Stunde später irgendwo in den Weiten des europäischen Luftraums verschwunden sein.

Ruhelos wälzte ich mich hin und her, war inzwischen wütend auf mich selbst, auf Reinhard und die ganze Welt und obendrein bitter enttäuscht von Louise. Ich hätte jeden X-Beliebigen auf der Straße ohrfeigen können.

Draußen schien es ausnahmsweise einmal nicht zu regnen. Dafür tobte ein Sturm, der die Bäume zum Knarren und die Rollläden zum Klappern brachte.

Sollte die Waffe den Durchbruch bringen? Irgendwelche DNA-Spuren oder Fingerabdrücke nützten mir gar nichts, solange ich sie Reinhard nicht zuordnen konnte. Wenn ich ihm wenigstens den Diebstahl des braunen Van in Köln nachweisen könnte. Aber auch da gab es keine Spuren, keine Zeugen, nichts. Eines Morgens war der elf Jahre alte Van, der auf einem unverschlossenen Firmengelände gestanden hatte, einfach nicht mehr da gewesen.

Waffen hatten Seriennummern und standen nicht an Straßenrändern herum, wo man sie einfach stehlen konnte. Mit etwas Glück ließ sich vielleicht herausfinden, woher das Gewehr stammte, wer es in der Vergangenheit an wen verkauft hatte. Ich hatte ganz vergessen, Podolsky nach dem Hersteller des Gewehrs zu fragen und danach, um welchen Typ es sich handelte. Ob er sich wohl schon um die Vorgeschichte gekümmert hatte?

Irgendwann knipste ich das Licht wieder an, um noch einmal auf die Toilette zu gehen. Dabei fiel mein Blick auf den halb verdorrten Ficus auf der Fensterbank, den ich irgendwann im Oktober zum letzten Mal gegossen hatte.

Seufzend erhob ich mich. Einige Blätter hatte er noch. Es bestand noch Hoffnung.

Auf dem Weg zur Tür erstarrte ich.

Alain Delon, hatte Schildhaber gesagt, der einsame Hundebesitzer.

Plötzlich munter, hastete ich in die Küche, stieß mit dem linken großen Zeh gegen die noch nicht ganz offene Tür, unterdrückte den fälligen Schmerzensschrei samt dazugehörigem Fluch, machte Licht, trat vor den Altpapierhaufen neben dem Kühlschrank.

Es dauerte keine halbe Minute, bis ich die richtige Zeitung gefunden hatte. Und da stand es, schwarz auf weiß: *Nur die Sonne war Zeuge* mit Alain Delon, um zwanzig Uhr fünfzehn.

Allerdings nicht am Samstag, sondern schon am Freitag.

Nina Seltenreich hatte sich geirrt, und ich wusste auch schon, weshalb.

Und das war der Durchbruch.

Jetzt ging es voran.

Und wie so oft an mehreren Fronten zugleich.

Inzwischen war halb eins vorbei. Ich war wieder glockenwach, schickte der Jazzerin eine WhatsApp-Nachricht, die sie anderthalb Stunden später beantwortete: Sie war zu Hause und hatte nichts dagegen einzuwenden, dass ich sie gleich morgen früh um halb neun heimsuchen würde.

Als Sönnchen um sieben Minuten vor acht ihr Büro betrat, bat ich sie, den Mantel gar nicht erst auszuziehen. Zusammen fuhren wir nach Ziegelhausen hinaus.

Nina Seltenreich, die ich bisher nur von den Fotos auf

ihrer Homepage kannte, war kleiner, als ich sie mir vorgestellt hatte. Eine drahtige, schmale Frau in einem zitronengelben, seidig schimmernden Morgenmantel, mit herzlichem Lächeln im Gesicht und eisernem Händedruck ließ uns ein. Der Mantel war so lang, dass er ihr fast bis zu den nackten Füßen reichte. Den Schlüssel zur Dachwohnung hatte sie inzwischen schon von Herrn Dörflinger im Erdgeschoss organisiert. Außerdem hatte sie ihn gebeten, vorübergehend keine Musik zu hören, da die Polizei ein wichtiges akustisches Experiment durchzuführen habe. Den Schlüssel zu Arne Heldts Wohnung hatte ich selbst dabei.

Zusammen mit der zierlichen Musikerin stellte ich mich in ihr enges, mit mehr oder weniger zerquetschten Tuben, fantasievoll geformten Flakons, bunten Töpfchen und Fläschchen hoffnungslos überladenes Bad. Sönnchen stieg derweil die Treppe hinauf. Per Handy hielten wir Verbindung.

»Bin jetzt vor der Wohnung«, sagte sie ein wenig atemlos. Ich hörte im Handy das Schloss knacken und mit dem anderen Ohr, wie ein Stockwerk höher die Tür ging, dann Sönnchens Schritte über uns.

»Jetzt«, sagte sie.

In einem dicken Rohr links in der Ecke des winzigen Bads rauschte und gurgelte es. Nina Seltenreich nickte konzentriert.

»Noch mal?«, fragte Sönnchen am linken Ohr.

»Nein, das reicht erst mal.«

Dreißig Sekunden später drückte sie die Klospülung in der Dachgeschosswohnung des Studenten, der zurzeit in China war. Wieder rauschte und gurgelte es im dicken Rohr. Und wieder nickte die Jazzerin. Dann sah sie zu mir hinauf und lächelte nicht mehr.

»Sie hatten recht. Es klingt genau gleich.«

Rasch war geklärt, dass die schweigsame Alva aus dem Erdgeschoss am fraglichen Samstagmorgen die Pflanzen in

Thorsten Schracks Wohnung gegossen hatte. Einige gelb gewordene Blätter und verdorrte Blüten hatte sie abgezupft, in die Toilette geworfen und am Ende weggespült.

Während der Rückfahrt in die Stadt – der Verkehr hatte inzwischen weiter zugenommen – rief Sven Balke an. Auch die dritte Nacht war weitgehend ruhig verlaufen, und Klara Vangelis bestand darauf, jetzt endlich ganz gesund zu sein.

»Nur ein Gast war da. Um halb zehn ist ein aufgemotzter Neunhundertelfer mit Schweizer Kennzeichen vorgefahren, aus dem Tessin. Wir versuchen gerade rauszufinden, wie der Typ heißt. Er war Mitte fünfzig, ist nicht mal eine Stunde geblieben und wieder losgedonnert.«

»Ziemliche Strecke von Lugano nach Freiburg, um ein Schwätzchen zu halten. Sogar mit einem Porsche.«

»Die haben nicht nur geplaudert.«

Der Schweizer war allein gekommen, aber mit weiblicher Begleitung wieder weggefahren. »Sieht allmählich so aus, als würde Reinhard seine Mädels vermieten.«

»Sie denken an so was wie Sexsklavinnen?«

Balke spürte natürlich, dass ich nicht überzeugt war, und prompt kam sein Lieblingsspruch: »Man hat schon Pferde kotzen gesehen.«

Noch während unseres Telefonats hatte mein Handy einen wartenden Anruf gemeldet. »Harry« stand auf dem Display.

»Prima, dass du gleich zurückrufst!«, brüllte er, offenbar in höchster Aufregung. »Du glaubst nicht, was passiert ist.«

In der vergangenen Nacht hatten Schweizer Grenzbeamte am Grenzübergang Basel einen Porsche kontrolliert. Aus welchen Gründen, war nicht bekannt und auch nicht interessant. Interessant war, dass während des Gesprächs zwischen Fahrer und Zöllnern eine junge Frau aus dem Wagen gesprungen und – die Schuhe mit den hohen Absätzen in der Hand – auf Strümpfen zurück auf die deutsche

Seite der Grenze gerannt war. Dort hatte sie sich weinend und in einer unbekannten Sprache zeternd dem nächstbesten Mann in die Arme geworfen, der ihr in den Weg lief.

»Ein rumänischer Lkw-Fahrer, und der hat sie dann zu unseren Leuten gebracht«, verkündete Harry mit Behagen. »Die haben – frag mich nicht, wie – aus ihr rausgekriegt, wohin sie gehört. Sie kann nämlich kein Wort Deutsch, hat nur immer wieder ›Wolf‹ gesagt und irgendwas, was mit gutem Willen ›Freiburg‹ heißen könnt.«

Meine Hände waren schon bei seinen ersten Sätzen feucht geworden. »Wo ist die Frau jetzt?«

»Na hier. Im Moment ist grad eine Ärztin bei ihr.«

»Ist sie krank?«

»Sieht eher aus, als hätt sie einen Schock. Vielleicht steht sie auch ein bisschen unter Drogen. Koks oder Heroin, was weiß ich, was er ihr eingetrichtert hat, diese Drecksau, die elendige. Wenn du mich fragst, das Kind ist noch keine achtzehn. Aus dem Osten stammt sie, so viel ist wenigstens mal sicher. Den Rest finde ich im Lauf des Tages auch noch raus.«

»Ich bin in einer Stunde bei dir. Wartest du mit der Vernehmung auf mich?«

Harry lachte gutmütig. »Alex, ich weiß ja noch nicht mal, was für einen Dolmetscher ich bestellen muss und wo ich den auf die Schnelle herkriege. Russin ist sie jedenfalls nicht, Polin auch nicht und auch keine Rumänin.«

»Türkin vielleicht? Oder Kurdin?«

Harry hatte zwei Kollegen, die Türkisch sprachen.

»Die verstehen sie auch nicht. Einer von denen, der Serhat, kann sogar ein bisschen Kurdisch. Er meint, eventuell könnt sie Armenierin sein. Ich ruf dich an, sobald ich was weiß, okay?«

Noch ein dritter Anruf erreichte mich während der Fahrt. Dieses Mal war es Podolsky. Auch er war bester Laune.

»Meine Techniker haben an dem Gewehr Spuren von

einem Lederpflegemittel gefunden«, verkündete er. »Der Schlaumeier hat also tatsächlich Handschuhe getragen.«

»Mit DNA-Spuren ist nichts?«

»Der Tag ist noch nicht zu Ende. Er hat den Gewehrkolben beim Zielen an die Wange gedrückt. Daran hat er wohl nicht gedacht, dass er auch dabei Spuren hinterlässt. Wir werden ihn kriegen, das ist sicher. Aber eines kann ich dir jetzt schon sagen, und deshalb rufe ich dich an: Er ist Linkshänder.«

Wie es Frau Hallberg heute ging, wusste er nicht. Er versprach, mich zu informieren, sobald es aus Dortmund Neuigkeiten gab.

Gute oder schlechte.

Im Büro zurück, machte Sönnchen Kaffee für uns beide, und anschließend saßen wir noch ein wenig an meinem Schreibtisch zusammen. Ich vertilgte mit Behagen das Croissant, das sie mir entgegen meiner ausdrücklichen Anweisung mitgebracht hatte, wir ließen uns von der Morgensonne bescheinen und feierten unseren Durchbruch.

Und es kam sogar noch besser.

»Wir haben ihn am Arsch«, verkündete Balke in pastoralem Ton, als er noch während unseres Montagmorgen-Small-Talks anrief. Der DNA-Vergleich des LKA hatte zu einem eindeutigen Ergebnis geführt: Das Sperma an Dorles Körper stammte von Wolf Reinhard.

Damit war er zugleich des Mordes an Arne Heldt überführt. Dass er auch der Mann war, der versucht hatte, Saskia Hallberg und mich selbst zu erschießen, stand für mich außer Zweifel.

Die Stuttgarter Laborantin hatte offenbar keine Lust gehabt, noch einmal mit mir zu sprechen, und lieber bei unserer Telefonzentrale Balkes Handynummer erfragt.

Was mir leider immer noch fehlte, war ein gerichtsfester Beweis. Mit illegal beschafftem Spurenmaterial durfte ich mich bei der Staatsanwaltschaft nicht blicken lassen. Aber wir würden ihn finden, diesen Beweis, davon war ich jetzt überzeugt. Endlich wusste ich, dass wir auf der richtigen Fährte waren. Und das war ein großer, ein entscheidender Schritt vorwärts.

»Auch wenn Sie mich jetzt wieder ausschimpfen«, sagte Balke am Ende. »Was halten Sie davon: Rolf und ich gehen einfach zu ihm rüber und bitten ihn höflich um eine Speichelprobe.«

»Um Himmels willen, bloß nicht!«

»Aber wieso? Gibt er sie uns, ist er dran. Gibt er sie uns nicht, nehmen wir ihn in Beugehaft.«

»Und eine Stunde später hängen zehn Anwälte an meinem Hals, und noch eine Stunde später ist er wieder auf freiem Fuß.«

Lange hatte ich mich nicht mehr so wohl und entspannt gefühlt wie in diesen Sekunden, als ich den Hörer auflegte.

Auch Sönnchen strahlte.

Seit einer Stunde wusste ich, *wann* Wolf Reinhard unseren Kollegen getötet hatte. Aus dem Gutachten der Rechtsmedizin wusste ich, *wie* er es getan hatte. Und jetzt endlich wusste ich auch, *dass* er es getan hatte.

Auch in Freiburg schien heute die Sonne.

Nachmittags um halb drei stellte ich meinen Dienstwagen auf dem Parkplatz der Freiburger Kriminalpolizeidirektion an der Heinrich-von-Stephan-Straße ab. Der Himmel war hell, ein frischer Wind ging und machte einem das Atmen leicht. Immer noch fühlte ich mich großartig, auf der Siegerstraße, in Feierlaune.

Die junge Frau, die Wolf Reinhards Harem entkommen war, trug den Namen Milena Udunjan und stammte tatsächlich aus Armenien, hatte Harry inzwischen herausgefunden.

»Sonst sagt sie aber nichts«, berichtete er ein wenig abgekämpft, als wir in seinem großen Einzelbüro einen Kaffee im Stehen tranken. Auch er war alt geworden, fand ich, sah sogar deutlich älter aus als ich und wog außerdem schätzungsweise fünfzig Kilo mehr als damals. Und er hatte sehr viel weniger Haare auf dem Kopf als ich, von denen schon fast alle grau waren.

»Ich hab versucht, ihr klarzumachen, dass ich sie fortschicken muss, wenn sie nicht sagt, was mit ihr los ist. Da hat sie gottserbärmlich angefangen zu heulen. Sie zittert und heult Rotz und Wasser, aber sagen tut sie trotzdem nichts. Das sieht ein Blinder mit dem Krückstock, dass das Kind eine Heidenangst hat. Vor dem Schwaben natürlich, schon klar. Aber vor mir leider Gottes halt auch.«

»Wenn er sie wirklich als Zwangsprostituierte hierher verschleppt hat, dann hat sie wahrscheinlich vor sämtlichen Männern dieser Welt Angst.«

Durch die geschlossene Tür zum Nebenraum war hin und wieder leises Schluchzen zu vernehmen. Eine Frau sprach mit ruhiger Stimme auf Milena ein, aber sie schien sich nicht beruhigen zu können.

Als mein Plastikbecher leer war, klopfte es an der Tür. Der Dolmetscher war da, ein friedlicher Herr weit jenseits der sechzig mit gütigen Augen, einem mächtigem Schnurrbart und ruhiger, väterlicher Stimme.

Harry führte ihn in den Nachbarraum zu seinem Schützling und schaltete einen großen Monitor an der Wand ein, sodass wir das folgende Gespräch beobachten und mithören konnten.

Milena taute sofort auf, als sie ihre Muttersprache hörte, sprach dann rasend schnell mit schriller, immer wieder überkippender Stimme auf den verdutzten Dolmetscher ein. Sie war so aufgelöst und panisch, dass man allein vom Zusehen nervös wurde. So zeterte sie eine Weile in ihrer seltsamen Sprache, weinte zwischendurch immer wieder, schien den Dolmetscher zu beschimpfen und gleichzeitig

Rettung und Hilfe von ihm zu erhoffen. Sie war schätzungsweise einen Meter fünfundsechzig groß, schmal wie ein Kind, jedoch mit der Oberweite einer erwachsenen Frau. Auch ihre Miene war kindlich, die geröteten Wangen rundete noch ein wenig Teenagerspeck.

»Was weißt du über Armenien?«, fragte Harry irgendwann, der eine Zigarette nach der anderen rauchte, obwohl an der Tür zu seinem Büro ein nicht zu übersehendes Verbotsschild hing.

»Radio Eriwan«, erwiderte ich ratlos. »Diese Witze früher. Können Männer Kinder kriegen und so...«

Bei jedem der Worte des alten Übersetzers war zu spüren, wie sehr ihm das Unglück der jungen Frau ans Herz ging, wie gerne er ihr geholfen hätte. Aber wie jemandem helfen, der sich nicht helfen lassen will? Auch er war ein Mann. Milena verstand ihn, beantwortete seine Fragen, schüttelte jedoch sofort energisch den Kopf, sobald die Sprache auf Wolf Reinhard und seine Villa kam. Neben dem Dolmetscher saß eine von Harrys Kolleginnen. Auch sie war jung, passte im Alter zu der Armenierin, fand jedoch ebenfalls keinen Zugang zu ihr.

»Wo soll ich denn auf die Schnelle eine Frau hernehmen, die Armenisch kann?«, schimpfte Harry. »Hast du vielleicht eine Idee?«

Vor allem musste es jetzt schnell gehen, darin waren wir uns einig. Reinhard wusste mit Sicherheit längst, was in Basel geschehen war, und inzwischen waren vermutlich diverse Männer auf Milenas Fährte, mit denen nicht gut Kirschen essen war.

»Wie ist sie eigentlich hergekommen?«, fragte ich und trat an das gekippte Fenster, denn mir wurde allmählich übel von Harrys Qualmerei. Das Fenster ging zur vierspurigen Straße hinaus, wo schon der nachmittägliche Berufsverkehr herrschte. Auf der Fensterbank blühte etwa ein Dutzend bestens gepflegter Orchideen in den originellsten Farben.

»Schön, gell?«, sagte Harry, als er neben mich trat und mir seinen Rauch ins Gesicht hustete. »Kleines Hobby von mir.« Dann beantwortete er meine Frage: »Die Grenzer aus Weil haben sie in einem zivilen Fahrzeug hergebracht. Das hab ich extra so angeordnet. Wir haben sie in den Hof gelotst, wo das arme Ding aussteigen konnt, ohne dass wer zuguckt.«

Das war schon mal gut.

»Und was ist aus dem Porschefahrer geworden?«

Harry, für kurze Zeit ohne Glimmstängel zwischen den gelben Fingern, runzelte sorgenvoll die Stirn. »Den haben die Schweizer Grenzer ziehen lassen. Keine Ahnung, was für eine Geschichte er denen erzählt hat, weshalb seine Begleiterin abgehauen ist. Jedenfalls haben die Schweizer sie anscheinend geglaubt.«

Es klopfte wieder. Der Dolmetscher kam, um Bericht zu erstatten.

»Sie ist Filmschauspielerin«, begann er. »Und sie ist in Deutschland, um ihre Schwester zu suchen. Ihre ältere Schwester. Lilit heißt sie.«

»Woher stammt sie?«, fragte Harry ungeduldig. »Wie ist sie an Reinhard geraten?«

Der alte Mann hob hilflos die Hände. Milena hatte ihm nicht einmal verraten wollen, aus welchem Teil Armeniens sie stammt.

Als wir wieder allein waren, nippten wir eine Weile schweigend an unseren schon wieder fast leeren Kaffeebechern.

»Willst du's nicht mal probieren?«, fragte Harry und klang fast verzweifelt. »Du hast Töchter in ihrem Alter, du kannst mit so was eher umgehen als ich. Sonst muss ich sie wegschicken. So leid's mir tut. Wir sind kein Hotel.«

»Sie hat wahrscheinlich nicht nur Angst vor Reinhard. Sie hat auch Angst vor uns, weil sie nämlich todsicher keine Aufenthaltsgenehmigung hat.«

Harry nickte. An diesen Punkt hatte er offenbar noch gar nicht gedacht. »Papiere hat sie keine dabei. Überhaupt gar nichts hat sie dabeigehabt außer ein Höschen zum Wechseln und den üblichen Weiberkram im Handtäschchen.«

Wieder hingen wir eine Weile unseren Gedanken nach und sahen aus dem Fenster. Aus dem Nebenraum war jetzt nichts mehr zu hören.

»Was soll ich bloß machen?« Harry steckte sich nun doch wieder eine Zigarette an. »Einsperren kann ich sie nicht, laufen lassen will ich sie nicht. Soll ich sie in ein Hotel stecken? Und wer zahlt mir dann bitte schön die Rechnung? Und wer garantiert mir, dass sie nicht abhaut?«

»Ich nehme sie mit nach Heidelberg«, entschied ich.

»Das ist der schönste Satz, den ich bisher in der Sache gehört hab«, fand Harry und drückte warm meine Hand.

»Und was sagt Radio Eriwan?«, fragte er, als er Milena und mich zum Wagen begleitete. »Können Männer Kinder kriegen?«

»Im Prinzip nein. Aber es wird immer wieder versucht.«

Er lachte nur aus alter Freundschaft ein wenig.

29

Milena Udunjan saß im Fond meines Dienstwagens und starrte mit fiebrigem Blick nach vorn auf die Straße. Sie fürchtete sich auch vor mir, das war offensichtlich. Dennoch konnte ich spüren, dass sie sich mit jedem Kilometer ein wenig mehr entspannte, den wir uns von Freiburg entfernten. Obwohl ich an den hinteren Türen die Kindersicherung aktiviert hatte, befiel mich jedes Mal ein flaues Gefühl, wenn ich aufgrund des zunehmend dichter werdenden Verkehrs wieder einmal die Geschwindigkeit verringern musste.

Ständig murmelte sie Unverständliches vor sich hin, seufzte, stöhnte, fuhr sich wieder und wieder über das runde Gesichtchen mit der kleinen Nase und dem vollen Mund, an dem nur noch wenig Lippenstift klebte. Die dunklen Augen waren groß wie bei einem verängstigten Reh. Angespannt und fluchtbereit beobachtete sie, was um sie herum vorging, ob nicht plötzlich wieder von irgendwoher Gefahr drohte. Natürlich hatte der Dolmetscher ihr erklärt, wer ich war, wohin ich sie brachte und dass sie von mir nichts zu befürchten hatte. Aber sie schien ihm nur halb zu vertrauen.

Ich behielt nicht nur meinen jungen Fahrgast im Auge, sondern auch den nachfolgenden Verkehr. Lange tat sich nichts, aber hinter Offenburg hing plötzlich ein silbergrauer Porsche Cayenne mit Lörracher Kennzeichen an meiner hinteren Stoßstange. Die Scheiben waren dunkel getönt, sodass ich den Fahrer oder die Fahrerin nur schemenhaft erkennen konnte. Offenbar wurde eifrig telefoniert, denn ich sah den Menschen hinter dem Steuer wild gestikulieren. Plötzlich schlug der Cayenne einen Haken, der Motor röhrte auf, und er schoss davon. Auch Milena atmete auf.

Noch vor unserer Abfahrt hatte ich mit Theresa telefoniert und sie darauf vorbereitet, dass sie demnächst eine Untermieterin haben würde. Die Ärztin hatte mir erklärt, Milena habe keine Einstiche, die auf Heroinmissbrauch hindeuteten.

»Aber irgendwas hat sie intus. Vielleicht oral verabreichtes Heroin. Das wirkt zwar nicht so stark wie gespritztes, aber es hinterlässt keine Spuren. Ich denke, es ging den Kerlen darum, sie gefügig und abhängig zu machen.«

Beides war sie jedoch nicht. Weder gefügig noch abhängig.

»Sie haben sie nicht lange genug in ihren Krallen gehabt«, hatte die Ärztin gemeint, eine ruhige Frau mit weichen Gesichtszügen.

Ließ Reinhard die jungen Frauen zu diesem Zweck nach Deutschland fliegen und einige Zeit bei sich wohnen? Um sie hier drogenabhängig und willenlos zu machen? Aber was hätte er von dieser kostspieligen Behandlung, wenn er sie anschließend wieder zurück in ihre Heimat flog? Als Prostituierte wären die Frauen in Deutschland zehnmal mehr wert als in ihrem armen Heimatland.

Schon seit einigen Kilometern folgte uns ein weißer S-Klasse-Mercedes. Das Kennzeichen konnte ich nicht erkennen, da er sich hinter einem dunkelblauen Lieferwagen versteckte. Ich beschleunigte ein wenig, der Lieferwagen fiel zurück. Augenblicke später kam der Mercedes aus der Deckung, blieb jedoch auf Abstand. Ich beschleunigte weiter auf hundertvierzig, hundertfünfzig. Er blieb mit großem Abstand dran. Die Ausfahrt Baden-Baden wurde angekündigt. Ich bremste spät und hart, bog ab, ohne zu blinken. Der Mercedes fuhr weiter geradeaus. Niemand sah aus den Seitenfenstern. Am Steuer saß eine dunkelhaarige Frau unbestimmbaren Alters. Ich bog nicht in Richtung Baden-Baden oder Iffezheim ab, sondern fädelte mich wieder in den lebhaften und allmählich stockenden Verkehr auf der A5 ein. Fünf Uhr war vorbei, und es dämmerte rasch. Im Westen hingen wieder einmal regenschwangere Wolken.

Milena hatte aufmerksam beobachtet, was ich tat, und befriedigt genickt, als der weiße Mercedes verschwunden war. Vor dem Karlsruher Dreieck kostete uns ein langer Stau eine Dreiviertelstunde und weitere Nerven. Lkw-Unfall, erklärte das Radio, Rettungshubschrauber. Vermutlich hatte wieder einmal ein Trucker während der Fahrt seinen Bürokram erledigt, Mails beantwortet oder launige Nachrichten auf Facebook gepostet.

Wenige Minuten nach sechs zog ich die Handbremse vor Theresas Haus an der Keplerstraße in Neuenheim. In Milenas dunklen Augen flackerte noch einmal Angst auf. Angst um ihr Leben, Angst vor mir und dem, was nun auf sie zukam. Als meine Göttin lächelnd aus ihrer Haustür trat, wurde sie fast sofort wieder ruhiger.

Theresa verstrahlte eine Ruhe und Souveränität, die sofort auf ihren verstörten Gast abfärbte. Die beiden verstanden sich mit Blicken und Gesten, und ich war froh, offenkundig das Richtige getan zu haben. Arm in Arm gingen die beiden Frauen ins Haus, die verschiedener kaum hätten sein können. Theresa groß, füllig, selbstbewusst, mit honigblonder Lockenpracht, Milena klein, schmal, immer noch aufgeregt wie ein Kind vor der Bescherung und mit rabenschwarzem glattem Haar. Nur in zwei Dingen waren sie sich ähnlich, fiel mir auf, als ich sie so sah: Beide trugen enge Jeans und Schuhe mit hohen Absätzen.

»Du rufst mich an?«, rief ich Theresa nach, die mir nicht einmal einen Kuss gegönnt hatte.

Sie wandte sich um und nickte nur. Ihr Lächeln sagte: »Alles wird gut.«

»Hoffen wir es«, murmelte ich und ließ den Motor wieder an.

Sönnchen war längst nach Hause gegangen, stellte ich fest, als ich mein Büro wieder betrat. Interessante Neuigkeiten gab es nicht, und so machte auch ich mich bald auf den Heimweg. Ausgepowert vom Stress der vergangenen Tage, gleichzeitig voller Hoffnung, Wolf Reinhard vielleicht schon morgen Handschellen anlegen zu dürfen.

Um zur Ruhe zu kommen und meinen Kopf ein wenig auszulüften, entschloss ich mich spontan, nicht auf direktem Weg nach Hause zu gehen, sondern einen Spaziergang zu machen. Mit flottem Schritt machte ich mich auf den Weg in Richtung Innenstadt. Ich hatte Lust, mir etwas zu gönnen. Etwas zu kaufen, das mir Freude machte, ein neues Buch, eine CD, eine gute Flasche Wein. Oder mich nach einem guten und zugleich bezahlbaren Plattenspieler umzusehen für den Fall, dass mein alter doch nicht im Keller stehen sollte, weil ich ihn in einem Anfall geistiger Umnachtung beim Umzug nach Heidelberg weggeworfen hatte.

Die Bewegung tat mir gut. Der Wirbelsturm von Gedanken und Gefühlen in meinem Kopf flaute ab. Milena – unser Zufallsfund – war vielleicht das entscheidende Teil zum großen Puzzle. Das Teil, das aus einem großen Durcheinander mit einem Mal so etwas wie ein Bild entstehen ließ. Zu gerne hätte ich jetzt in Theresas Haus Mäuschen gespielt.

Ich erreichte den belebten Bismarckplatz. Erschöpfte Pendler warteten demütig auf ihre Straßenbahnen. Weibliche Teenager zeigten sich aufgekratzt den Inhalt ihrer bunten Tüten mit den Aufschriften billiger Kleidungsgeschäfte.

Auf der Hauptstraße, angeblich die längste Fußgängerzone Europas, herrschte das um diese Uhrzeit übliche Gedränge, und mit einem Mal fühlte ich mich fast glücklich. Bald würde das Drama ein Ende haben. Manches war noch unklar, aber wir waren auf dem richtigen Weg, daran gab es nun keinen Zweifel mehr.

Ich zwang mich, langsamer zu gehen, stöberte ein wenig in der Buchhandlung gleich am Anfang der Hauptstraße herum, fand jedoch nichts, was mich fesselte. So schlenderte ich weiter, betrachtete Schaufenster, deren Inhalt mich nicht interessierte, überlegte, wo man in Heidelberg wohl noch Plattenspieler kaufen konnte, beobachtete das Treiben der Menschen um mich herum. Die meisten hatten es eilig, wollten nach Hause oder noch rasch etwas besorgen, bevor die Geschäfte schlossen. Andere hatten Zeit wie ich, genossen den Abend, freuten sich vielleicht auf ein gemütliches Essen irgendwo.

Als ich auf Höhe des Zimmertheaters war, begann es wieder zu regnen. Ich klappte den Kragen hoch und beschloss, auf kürzestem Weg nach Hause zu gehen. Rechts ab ging es in die Sandgasse, wo ich letztens Michael Waßmer aufgesucht hatte. Der sich bisher noch nicht bei mir gemeldet hatte, wie mir jetzt erst auffiel. Allerdings hatte auch ich meine Ankündigung nicht wahr gemacht, ihm Fotos seines unbekannten Vaters zu schicken. Ich nahm mir vor, dies gleich morgen früh nachzuholen.

Hier war es plötzlich sehr viel ruhiger als auf der Hauptstraße, still geradezu. Rechts sah ich das Haus, in dem Arne Heldts Sohn wohnte. Nur hinter zwei Fenstern brannte noch Licht. Sollte ich meinerseits noch einmal den Kontakt zu ihm suchen?

Ja, das würde ich tun, beschloss ich spontan. Aus irgendeinem Grund hatte ich das Gefühl, dem jungen Mann etwas schuldig zu sein. Aber erst später, wenn alles vorbei war.

Eine Haustür klappte, eine schmale junge Frau trat einige Schritte vor mir auf die Gasse, zerrte hastig die Kapuze ihrer Winterjacke übers helle Haar und lief dann eilig vor mir her in Richtung Plöck, auf das Sträßchen mit seinen zahllosen Kneipen und kleinen, originellen Geschäften zu, wo wieder mehr Trubel herrschte. Die Sandgasse war nicht besonders gut beleuchtet, aber die dunkelblaue Jacke, das blonde Haar, die Bewegungen – war das vor mir etwa Louise? Und war sie nicht aus dem Haus …

Ich blieb stehen, fuhr herum. Sie konnte eigentlich nur aus dem abbruchreifen Fünfziger-Jahre-Mietshaus gekommen sein, wo Michael mitsamt seiner jämmerlichen WG hauste. »Mick« hatte Sarah den geheimnisvollen Freund ihrer Zwillingsschwester genannt. Sollte meine schlimmste Befürchtung wahr werden, dass sie ihre Beziehung deshalb vor mir geheim hielt, weil ihr Freund ein Junkie war?

Mit einem Mal hatte ich eiskalte Finger. Ich zückte mein Handy, war drauf und dran, sie anzurufen und zu fragen, wo sie steckte, ließ es dann aber bleiben. Ich musste in Ruhe mit ihr sprechen. Ohne Zeugen und ohne Aufregung, sonst war von vornherein klar, dass es schiefgehen würde.

Louise, falls sie es denn wirklich war, war inzwischen verschwunden, in die Plöck eingebogen, in Richtung Westen vermutlich, wo wir wohnten. Als ich die Ecke erreichte, war die junge Frau in der dunkelblauen Jacke schon nicht mehr zu sehen.

Die dunkelblaue Jacke hing an der Garderobe, als ich zwanzig Minuten später nach Hause kam. Sie war feucht und kalt, Tröpfchen klebten an der Kapuze.

Was sollte ich jetzt tun?, überlegte ich, als ich meinen nicht weniger feuchten Trenchcoat danebenhängte und ins Bad ging, um mir ein Handtuch für die Haare zu holen. Louise sofort zur Rede stellen? Oder lieber erst einmal zur Ruhe kommen? Mich sammeln, überlegen, was ich sagen sollte? Was ich ihr eigentlich vorwarf?

Nein. Ich musste es jetzt tun. Wenn ich wieder kniff, dann würden weitere Tage vergehen, bis sich eine Gelegenheit bot.

Sarah saß bei angelehnter Tür in ihrem Zimmer und tippte

auf der Tastatur ihres Laptops. Leise Musik hörte ich, überraschend melodisch. War das nicht Led Zeppelin? Seit wann gefiel ihr das, was sie noch vor Kurzem Opamucke genannt hätte? Louise dagegen hatte ihre Tür geschlossen und schien zu telefonieren. Sie gab sich Mühe, leise zu sprechen, sodass ich nicht mehr hörte als Raunen, gelegentliches Gickeln und zärtliches Murmeln. Es schien ihr gut zu gehen.

Mit der Hand auf der Klinke wartete ich auf das Ende des Telefongesprächs. Aber es zog sich. Und zog sich. Wie das unter Liebespaaren so ist: Man fand kein Ende.

Ich war hungrig, wurde mir bewusst. Den Tag über hatte ich kaum etwas gegessen. So wandte ich mich endlich ab, betrat die Küche, um den Kühlschrank zu inspizieren. Aber bevor ich die Tür öffnen konnte, legte mein Handy los.

Theresa berichtete gut gelaunt, sie und ihr schweigsamer Gast hätten das Abendessen schon hinter sich, Milena habe gegessen wie ein Grubenarbeiter am Ende einer Zwölfstundenschicht und sei anschließend noch am Tisch eingeschlafen. Jetzt lag sie in einem Bett in Theresas Gästezimmer im Obergeschoss. Meine Liebste hatte nochmals überprüft, ob auch wirklich alle Außentüren und Fenster verschlossen waren. Morgen beim Frühstück würde sie versuchen, mit Milena ins Gespräch zu kommen. Meiner Frage, wie das ohne Dolmetscher gehen sollte, wich sie aus, sagte nur, ich solle mir keine Gedanken machen. Sie schien die unerwartet über sie gekommene Mutterrolle zu genießen. Ich schenkte mir nebenbei zur Beruhigung meiner Nerven ein halbes Gläschen Spätburgunder ein und verkündete, ich werde gleich mit Louise sprechen und mich heute ebenfalls bald schlafen legen.

Aber daraus wurde nichts.

Als ich das Handy auf den Küchentisch legte, um endlich die Kühlschranktür zu öffnen, begann im Flur das Festnetztelefon zu trillern, und Augenblicke später stand die Welt auf dem Kopf.

»Er ist weg, Chef!«, schrie Balke panisch in mein linkes Ohr. »Eine Scheiße ist das, echt, ich…«

»Reinhard?«

»Fuck, ja! Und… Scheißescheißescheiße!«

»Beruhigen Sie sich, und reden Sie Klartext!«, bellte ich ihn an.

»Laila. Sie ist auch weg…«

Folgendes war in den vergangenen Minuten geschehen, entnahm ich seinem konfusen Bericht: Laila Khatari war um acht Uhr, nach Ende ihrer vorletzten Schicht des Tages, nach draußen gegangen, um sich ein wenig die Beine zu vertreten und eine Zigarette zu rauchen. Das hatte sie jedes Mal getan, wenn sie ihre zwei Stunden abgesessen hatte. Balke und Klara Vangelis hatten sie abgelöst. Kurz darauf waren die Monitore dunkel geworden, draußen war mit hoher Geschwindigkeit ein großer, stark motorisierter Wagen vorbeigefahren, den die beiden nicht gesehen, sondern lediglich gehört hatten.

»Irgendwer hat eine Jacke auf die Windschutzscheibe vor unsere Kamera geschmissen. Auf einmal waren wir blind, und bis wir begriffen haben, was los ist, war Reinhard schon weg und Laila auch. So ein Mist, so eine gottverfluchte Scheiße! Irgendwie muss er spitzgekriegt haben, dass wir ihn observieren, und… ich… weiß die Hölle.«

Sekunden, bevor das Bild weg war, hatten sie Reinhard noch gesehen, wie er aus der Tür trat und an der Briefkastenklappe herumfummelte.

»Seine drei Nobelschlitten stehen noch in der Garage, sagt Rolf, der gerade wieder reingekommen ist. Was machen wir denn jetzt?«

»Ich alarmiere die Freiburger Kollegen. Die Villa wird gestürmt, sofort, wegen Gefahr im Verzug. Im Haus müssen Leute sein, die irgendwas wissen. Vielleicht können die uns sogar sagen, welchen Wagen er fährt. Sie lösen umgehend eine Großfahndung aus. Am besten gleich europaweit, vor allem aber Frankreich und die Schweiz. Die Bundespolizei übernehme ich. Sämtliche Grenzen müssen ab sofort verschärft beobachtet werden. Sie klingeln bei allen Anwohnern. Irgendjemand muss den Wagen gesehen haben. Und vergessen Sie sein Flugzeug nicht. Das darf auf keinen Fall Starterlaubnis bekommen.«

»Bei dem Pech, das wir haben, gondelt er jetzt gerade über die Rheinbrücke bei Breisach.« Balke klang, als wäre er den Tränen nah.

»Wie hat das Auto denn geklungen?«

»Eher Sportwagen als Limousine«, keuchte Balke. »Mehr kann ich nicht sagen, beim besten… Moment… Lailas Handy ist aus, sagt Klara.« Nie hatte ich ihn so verzweifelt erlebt wie in diesen Sekunden. »Wie konnten wir nur so blöd sein? Wie konnten wir uns nur…«

»Hören Sie auf, sich Vorwürfe zu machen«, unterbrach ich ihn scharf. »Dafür ist morgen Zeit. Wir haben Reinhard eben unterschätzt. Auch ich.«

Eine halbe Stunde später kannten wir immerhin schon den Typ des Wagens, in dem Reinhard auf der Flucht war. Ein großer SUV der Marke BMW hatte ihn abgeholt und außerdem unsere Kollegin entführt. Eine Nachbarin hatte gerade aus dem Fenster gesehen, als eine ihr unbekannte junge Frau den Gehweg entlangschlenderte. Dann war der möglicherweise silberfarbene Wagen herangerast, hatte gestoppt, und als er wieder anfuhr, war der Gehweg leer gewesen. Weder auf das Kennzeichen noch auf die Personen, die in dem Wagen saßen, hatte die Zeugin geachtet.

Ein anderer Anwohner, ein pensionierter Bankangestellter, der gerade von einer Diskussionsveranstaltung über die Zinspolitik der EZB nach Hause kam, hatte den BMW ebenfalls gesehen, sich über dessen hohe Geschwindigkeit geärgert, konnte jedoch nur sagen, dass die Lackierung hell und das Kennzeichen wohl aus Freiburg war.

Ich selbst war zu diesem Zeitpunkt immer noch zu Hause und versuchte per Telefon, das Chaos irgendwie in den Griff zu bekommen und den Überblick zu behalten. Sämtliche Grenzposten im Südwesten Deutschlands hatten jetzt ein scharfes Auge auf silberfarbene SUVs. Bisher leider ohne Erfolg. Entweder Reinhard war, wie Balke befürchtet hatte, längst im Ausland. Oder aber – was ich für die wahrscheinlichere Variante hielt – er hatte nach wenigen Kilometern das Fahrzeug gewechselt.

Als ich um halb zwei Uhr nachts sterbensmüde ins Bett fiel, hatten wir weder von dem SUV noch von Wolf Reinhard oder noch von Laila irgendeine Spur. Nur ihr Handy – oder besser gesagt das, was davon noch übrig war – hatte man inzwischen gefunden. Am Straßenrand, etwa dreihundert Meter vom Ort der Entführung entfernt und in mehrere Teile zerbrochen.

30

Um kurz nach sechs war ich schon wieder auf den Beinen und erfuhr von Klara Vangelis, dass die Freiburger Kollegen Reinhards Villa nicht gestürmt, aber immerhin besichtigt hatten. Sie hatten einige ebenso attraktive wie verwirrte junge Frauen angetroffen, mit denen sie sich nicht verständigen konnten, sowie eine alte, übellaunige, aber immerhin gebrochen Deutsch sprechende Haushälterin. Diese hatte widerstrebend ausgesagt, ihr Chef habe am Vorabend mehrfach telefoniert, sei dann um kurz nach acht in die Garage gegangen und nicht zurückgekommen. Da er sie in der Regel nicht darüber informierte, wohin er ging und was er tat, hatte sie angenommen, er sei in einem seiner teuren Spielzeuge auf vier Rädern unterwegs zu irgendeinem Abendvergnügen.

Er hatte seine Flucht gründlich vorbereitet und dabei mindestens drei Helfer gehabt. Einer hatte im richtigen Moment die zerschlissene dunkelbraune Lederjacke vor die Linse unserer Kamera geworfen. Ein zweiter hatte den BMW gefahren, und mindestens eine weitere Person hatte Laila in den Wagen gezerrt und vermutlich sofort betäubt.

Nach dem ersten Briefing per Telefon machte ich mich auf den Weg in die Direktion. Kaum dort angekommen, hatte ich Harry an der Leitung. Auch er klang übernächtigt.

»Ich hab in der Nacht keinen Durchsuchungsbeschluss mehr gekriegt«, sagte er erschöpft. Reinhards Flucht kam einem Schuldeingeständnis gleich, fand auch er. Blieb nur noch die Frage zu klären, welcher Art diese Schuld war.

»Jedenfalls, der Kerle muss mächtig Dreck am Stecken haben«, meinte Harry und fügte noch ein deftiges: »Himmelherrgottsakrament noch emol!« hinzu.

An die Theorie, Reinhard würde am noblen Schlossberg ein Upper-Class-Bordell betreiben, glaubte ich inzwischen nicht mehr.

Mein Handy meldete eine neue Nachricht. Theresa, die von den Ereignissen der vergangenen Nacht natürlich keinen Schimmer hatte, berichtete munter, man sei schon wach und sitze gemütlich beim Frühstück.

»Sobald ich was weiß, hörst du von mir, mein Schatz.«

»Soll ich zu euch kommen?«, schrieb ich zurück.

»Erst mal nicht«, hieß es Sekunden später. »Lass es uns langsam angehen.«

In den folgenden Stunden standen die Telefone nicht still. Aber es ging nichts voran. Der BMW war gestohlen, nur anderthalb Stunden vor Reinhards Flucht in Vörstetten, einem Örtchen nördlich von Freiburg. Und er schien sich in Luft aufgelöst zu haben, falls er nicht in irgendeiner Garage stand und Reinhard längst mit einem anderen Fahrzeug unterwegs war. Hoffentlich hatte er Laila als lästige Zeugin nicht längst umgebracht, nun, da er sie nicht mehr brauchte. Und zwölf Stunden nach dem Aufbruch konnte er inzwischen weiß Gott wo sein.

Gegen Mittag wurden die Anrufe seltener, und dann begann diese elende Warterei, die mir oft am meisten zusetzte. Eine junge, unerfahrene und obendrein sehr sympathische und kluge Kollegin schwebte in höchster Gefahr, und ich konnte nichts tun, als am Schreibtisch zu sitzen und zu warten und zu hoffen. Eines war immerhin sicher: Reinhards Jet stand nach wie vor im Hangar am Baden-Airpark und würde sich bis auf Weiteres nicht von dort wegbewegen.

Theresa erlöste mich schließlich aus der erzwungenen Untätigkeit.

»Sie will reden«, schrieb sie. »Mit dir. Am besten, du kommst gleich, bevor sie es sich anders überlegt.«

Das ließ ich mir nicht zweimal sagen beziehungsweise schreiben.

Es wurde die vielleicht kurioseste, mit Sicherheit aber traurigste Vernehmung meiner bisherigen Laufbahn als Kriminalist.

Armenisch sei eine seltene und seltsame Sprache, erklärte mir Theresa noch im Flur nach einem eiligen, aber innigen Kuss. »Ich verstehe nicht ein Wort von dem, was sie sagt. Ich kann nicht einmal ihre Schrift lesen.«

Aber glücklicherweise gab es heutzutage Handys und Übersetzungsprogramme. Das auf Milenas abgegriffenem weißem Smartphone hatten die beiden so ungleichen Frauen schon eifrig benutzt.

»Wir haben viel gekichert in den letzten Stunden«, erzählte Theresa aufgeräumt und gab mir noch einen zweiten, längeren Kuss. Erst jetzt fiel ihr auf: »Wie siehst du denn aus, mein Gott?«

Ich gab ihr eine Kurzfassung dessen, was in der Nacht geschehen war. Dann betraten wir Theresas großzügig verwilderten und spektakulär unaufgeräumten Wintergarten. Ich solle mich auf einen Stuhl etwas abseits setzen, hatte sie mir im letzten Moment zugeflüstert, damit Milena sich nicht bedroht fühlte. Sie selbst nahm neben ihrem blassen, heute aber sehr viel munterer um sich blickenden Schützling Platz, legte ihre rechte Hand auf ihr Knie und ließ sie dort für die ganze Dauer des Gesprächs. Zwischen mir und den beiden Frauen stand ein breiter Tisch mit hellbraunem Rattangestell, auf dessen verstaubter Glasplatte kreuz und quer ein wildes Durcheinander von Bildbänden und bunten Zeitschriften lag.

Milena wirkte nicht nur ausgeschlafener, sondern auch selbstsicherer als gestern, vermied es aber dennoch, mich direkt anzusehen. Sie nahm ihr Handy zur Hand, das auf dem Tisch gelegen hatte, und begann, mit kindlich ernster Miene und krauser Stirn zu tippen.

»Sie heißt Milena Udunjan und ist siebzehn«, las Theresa die Übersetzung vor.

»Siebschen«, wiederholte Milena eifrig nickend und tippte auf ihre Brust. »Milena.«

Geboren und aufgewachsen war sie in einem Dorf mit Namen Idschewan, etwa zwanzig Kilometer westlich der Grenze zu Aserbaidschan. Von Beruf sei sie Filmschauspielerin, behauptete sie erneut.

»Es sind spezielle Filme«, sagte Theresa leise. »Filme, die vor allem Männer mögen. Sprich das Wort nicht aus, das dir auf der Zunge liegt. Sie hört es nicht gern.«

Natürlich erinnerte ich mich sofort an Reinhards Filmerei, wenn er mit Saskia Hallberg respektive Thurow im Bett herumturnte.

»Hat Reinhard in Armenien noch eine zweite Firma? Eine, die diese... speziellen Filme produziert?«

Nicht in Armenien, sondern im Nachbarland Aserbaidschan.

»Die Stadt heißt Ganja. Hab ich vorhin mal gegoogelt.«

Ganja war nur etwa hundert Kilometer Luftlinie von Milenas Heimatdorf entfernt, hatte rund dreihunderttausend Einwohner und verfügte außerdem über einen Flughafen.

»Frag sie bitte, in welcher Beziehung sie zu Reinhard steht.«

Das wusste Theresa schon. »Er hat sie nach Deutschland geholt, weil sie hier angeblich Schauspielunterricht bekommen sollte. Sie und die anderen Mädels haben in seiner Villa ein Luxusleben geführt, durften den Pool benutzen und die Sauna. Essen gab es im Überfluss. Und um sie vor den schrecklichen Krankheiten zu schützen, die hier bei uns grassieren, mussten sie jeden Morgen und Abend Tabletten nehmen.«

Milena nickte wichtig und ernst.

»Sie ist aber zum Glück nicht dumm und hat schnell begriffen, dass es die angeblichen Medikamente waren, die sie so schläfrig und apathisch machten.«

Danach hatte sie die Tabletten, sooft es ging, im Mund behalten und später wieder ausgespuckt. Auch vor der angeblichen Fortbildungsreise war sie schon in einigen Filmen aufgetreten.

»Softcore-Streifen«, erklärte Theresa. »Teenie-Sex.« Nur die, die sich dabei besonders geschickt und willig anstellten, kamen in den Genuss, nach Deutschland geflogen zu werden zur Spezialbehandlung.

»Er holt sie nach Freiburg, um sie abhängig und noch gefügiger zu machen…«

»Und nebenbei seinen Spaß mit ihnen zu haben«, fügte Theresa grimmig hinzu. »Jede musste mit ihm schlafen, sagt sie, und zwar nicht nur einmal. Sie hat sich anfangs geweigert, aber da hat es Schläge gesetzt und Essensentzug, und am Ende musste sie dann auch noch in den Porsche dieses Kerls aus Lugano steigen.«

»Wie sollte es weitergehen, wenn sie wieder in Ganja war?«

Theresa tippte etwas in Milenas Handy. Deren Miene verfinsterte sich, sie begann ebenfalls zu tippen, allerdings ungefähr fünfmal so schnell wie meine Göttin.

»Erst hieß es, sie dürfen in Deutschland bleiben und werden hier groß rausgebracht, in richtigen Filmen, ohne Sex. Aber von der alten Haushälterin haben sie unter der Hand erfahren, dass sie bald wieder zurückmüssen und weiter Sexfilme drehen. Allerdings solche, bei denen sich noch mehr Geld verdienen lässt«, las Theresa mit schmalen Augen vor.

»Wie ist sie überhaupt an Reinhard geraten?«

Wieder wurde getippt.

»Ihre Schwester… Sie ist auch Schauspielerin…«

Die Schwester hieß Lilit, das wusste ich schon, und war vier Jahre älter als Milena.

»Und… Sekunde… Sie ist verschwunden. Seit Monaten schon.«

Während Milena in der Anfängerabteilung gearbeitet hatte, war Lilit bereits aufgestiegen in die Profiliga.

»Profiliga?«

Dieses Mal musste ich ein wenig länger auf die Antwort warten. Milena tippte jetzt merklich langsamer als zuvor.

»Es ist ihr peinlich ... Filme ... Moment ... Sehr unanständig.«

»Auf Deutsch: die Hardcore-Abteilung.«

Der jungen Armenierin schien das Wort nicht fremd zu sein. Sie nickte mit verschämtem Lächeln und gesenktem Blick, wurde sogar ein wenig rot. Die Produktionsfirma residierte in einem heruntergekommenen Industriekomplex an der nordöstlichen Peripherie von Ganja.

»Früher wurden dort Nähmaschinen hergestellt«, las Theresa vor. »Für die halbe Sowjetunion.«

Genaueres konnte sie nicht sagen, da sie und ihre Kolleginnen den umzäunten und streng bewachten Bereich nie verlassen durften. In der Nähe war ein großes Aluminiumwerk, wusste sie noch, das Luft und Wasser vergiftete.

»Milena wollte eigentlich aufhören, obwohl sie für ihre Verhältnisse sehr gut verdient hat ...«

»Was heißt gut?«

»Pro Film fünfhundert Euro, umgerechnet.«

In ihrer Heimat vielleicht das Jahreseinkommen eines Polizisten.

»Weshalb hat sie trotzdem weitergemacht?«

»Wegen Lilit. Weil sie sie auf einmal nicht mehr gesehen hat.«

»Sind da ... schon öfter Frauen verschwunden?«

Fragende Blicke. Tippen.

»Davon weiß sie nichts. Die Bosse haben strikt darauf geachtet, dass die Mädels privat nicht allzu viel Kontakt hatten. Die Hardcore-Produktion war außerdem in einem anderen Gebäude untergebracht ... Moment ... Später sogar in einem anderen Stadtteil ... Ihr Chef hat Milena gefragt, ob sie auch in die andere Gruppe wechseln möchte... Dort wird angeblich noch besser bezahlt.«

»Wer war dieser Chef? Reinhard?«

Peter, wusste Milena nur. Kein Deutscher, sondern Österreicher.

»Sie fand ihn ganz nett... Netter jedenfalls als Reinhard. Den mag sie gar nicht.«

Unser Gast hörte nicht mehr auf zu nicken.

»Reinhard ist ein Schwein...«, las Theresa von Milenas zerkratztem Handy. »Ein – was mag das bedeuten? – perverses vielleicht? Ein perverses Schwein... Sie mussten alle mit ihm schlafen, oft zu mehreren. Er hat sie auch geschlagen. Auch wenn sie sich nicht gewehrt haben, hat er sie geschlagen und auf andere Weise gequält. Und außerdem hat er sie an seine Freunde verliehen. Das wollte sie aber nicht... Sie ist keine Hure.«

Milena sah mich mit großen Augen an, schüttelte zur Bekräftigung den kleinen Kopf, sagte: »Nix Porrniek!«

Dann tippte sie weiter.

»Sie hat das mit den Filmen nicht gerne gemacht, aber... Augenblick.«

Wenn man älter wurde, dann wurde man im Softporno-Bereich bald nicht mehr gebraucht, erfuhr ich. »Da lässt sich heute anscheinend nur noch mit echten Teenies Geld machen.«

Früher oder später musste man zur Hardcore-Abteilung wechseln oder aufhören.

»Hat es vielleicht auch so was wie eine Kinderabteilung gegeben?«, fragte ich ahnungsvoll.

Tippen, ratlose Blicke, Achselzucken.

»Das weiß sie nicht... Es gibt in Ganja viele Straßenkinder... Kinder, die...«, Theresa schluckte schwer, »die niemand vermisst, wenn...«

Jetzt war sie sehr blass, sah mir nicht mehr in die Augen.

»Hier sollten wir erst mal nicht weiterbohren«, sagte ich

in bemüht lockerem Ton, damit Milena meine Erschütterung nicht bemerkte. »Dieser Bursche scheint ja ein noch viel größeres Schwein zu sein, als ich in meinen schlimmsten Albträumen befürchtet habe.«

Theresa nickte erschöpft. Milenas dunkle Blicke flitzten besorgt von einem zum anderen. Es war ihr nicht entgangen, dass wir beunruhigt waren, verstört, plötzlich wortkarg. In was für ein Schlangenloch hatte ich da gegriffen? Was würde noch kommen, wenn ich weiterfragte, später irgendwann, wenn wir uns alle ein wenig erholt und das Gehörte verdaut hatten?

Und was war mit Milenas Schwester Lilit geschehen?

Das wollte ich nun doch noch wissen.

Peter hatte Milena erzählt, ihre große Schwester mache jetzt in Westeuropa große Karriere. Als sie sich von Reinhard hierherfliegen ließ, hatte sie deshalb gehofft, Lilit wiederzusehen. Was jedoch nicht geschehen war.

Theresa strich liebevoll über das blauschwarz glänzende Haar ihrer neuen Mitbewohnerin. Diese sah sie traurig an, lächelte schließlich, schien die kleine, harmlose Zärtlichkeit zu genießen. Es würde sehr lange dauern, bis ein Mann sie wieder streicheln und liebkosen durfte.

Im Lauf des Nachmittags wurde immer wieder irgendwo in Deutschland ein BMW SUV aus dem Verkehr gewunken. Immer waren es Nieten. In der Nähe von Paderborn wollte ein Fahrer nicht stoppen, als er die rote Kelle sah, und als die dortigen Kollegen ihn zwanzig Minuten später stellten, kam heraus, dass er schwer betrunken war und zudem seit Jahren keinen Führerschein mehr besaß.

Meine Mitarbeiter in Freiburg packten die Geräte zusammen, räumten ihre Zimmer und machten sich auf den Heimweg. Gegen vier Uhr kamen sie an, frustriert und übernächtigt, und wir veranstalteten ein kleines, lahmes Brainstorming, das zu keinen neuen Erkenntnissen oder Ideen führte. Dann gingen alle wieder an ihre Schreibtische und machten sich daran, Liegengebliebenes aufzuarbeiten. Das mitgebrachte Videomaterial wurde ergebnislos ein zweites und drittes Mal ausgewertet, das ganze Haus summte vor unterdrückter Hektik und Nervosität.

Aber es geschah nichts.

Weder kam der erlösende Anruf noch die alles verändernde Mail.

Als ich am Spätnachmittag allmählich aus dem Gähnen nicht mehr herauskam und kurz davorstand, alles hinzuschmeißen und nach Hause zu gehen, gab es dann plötzlich doch eine wichtige Neuigkeit: Wolf Reinhard hatte eine Schwester, Heike, hatte Rolf Runkel herausgefunden. Diese lebte im englischen Brighton, war verheiratet, Mutter zweier fast erwachsener Töchter und führte heute den Nachnamen ihres Mannes McBaldwin. Und auf eine Heike McBaldwin war im Grundbuch von Hagnau am Bodensee eine Immobilie eingetragen. Wolf Reinhards Elternhaus.

»Eine tolle Villa mit Seeblick«, erfuhr ich von meinem übermüdeten, zornigen, immer noch aufgewühlten Mitarbeiter per Telefon. »Steht aber die meiste Zeit leer. Die Leute sind da jedes Jahr bloß für zwei, drei Wochen. Was für eine Verschwendung!«

Mit dem für Hagnau zuständigen Polizeiposten in Meersburg hatte er bereits Kontakt aufgenommen. Zwei Beamte in Zivil waren in diesem Moment unterwegs, um unauffällig festzustellen, ob das Haus zurzeit bewohnt war. Deren Meldung kam auch bald, da man von Meersburg nach Hagnau mit dem Rad nur wenige Minuten brauchte. Die Villa am sanften Hang schien leer zu stehen. Alle Fensterläden waren geschlossen, nirgendwo war Licht zu sehen, kein Wagen stand auf dem Grundstück, kein Kamin rauchte. Aber das musste nichts heißen. Die Kollegen hatten sich vernünftigerweise nicht allzu nah an die Villa herangetraut. Und falls Reinhard sich dort versteckt hielt, dann tat er natürlich alles, um diesen Umstand zu verbergen. Für den Wagen gab es angeblich hinter dem Haus eine geräumige Garage.

Einer der beiden Meersburger Kollegen, ein frischgebackener Kommissaranwärter, war im Privatleben begeisterter Drohnenpilot. Sein Hightech-Fluggerät war angeblich so leise, dass man es selbst bei offenen Fenstern kaum hörte, und verfügte außerdem über eine hochauflösende Videokamera mit exzellenter Optik. Noch war es hell genug, um ein kleines Video aus der Luft zu drehen.

»Die Eltern sind vor acht Jahren gestorben«, berichtete Runkel einige Minuten später. »Der Sohn hat das Haus in Freiburg geerbt, die Tochter das am See.«

Inzwischen hatten wir Bilder von der Villa, von den Kollegen unauffällig mit den Handys geknipst. Das Haus war nicht so groß, wie die Bezeichnung Villa vermuten ließ, machte einen gediegenen und gut gepflegten Eindruck. Es lag an einer kleinen Straße, die sich durch Weinberge und Obstplantagen von Hagnau bis Meersburg schlängelte.

Das weitläufige Grundstück umgab ein schmiedeeiserner, weiß lackierter Zaun, eine niedrige Hecke verdeckte teilweise die Sicht auf das Haus. Die Doppelgarage, wo Reinhard möglicherweise seinen Fluchtwagen versteckt hatte, war von der Straße nicht zu sehen.

»Sieben Zimmer«, wusste Runkel empört zu berichten. »Über dreihundert Quadratmeter Wohnfläche, drei Bäder, Riesenterrasse. Wollen Sie auch wissen, wie viel Grund dazugehört? Fast zwanzig Ar!«

Dazu ein unverbaubarer Panoramablick über den Bodensee. Da konnte ein deutscher Staatsbediensteter schon ein wenig neidisch werden.

Die fünfundvierzig Minuten, die es dauerte, bis das Drohnenvideo vom Bodensee eintraf, kamen mir wie eine Ewigkeit vor. Nichts zerrt mehr an den Nerven, als helfen zu wollen, retten zu wollen und zur Untätigkeit verdammt zu sein.

»Hinter dem Haus sind frische Reifenspuren im Kies«, schrieb der Kollege in der Mail, an die das Filmchen angehängt war. Es war wirklich von verblüffend guter Qualität, und die Spuren im geharkten Kies waren deutlich zu erkennen. Von der Breite her könnten sie durchaus von einem großen SUV stammen, meinte der Kollege.

Reinhards Schwester vermietete ihr Feriendomizil hin und wieder, wussten wir inzwischen, um die laufenden Kosten zu decken. Allerdings hätten Urlauber sicherlich die Fensterläden geöffnet und spätestens jetzt, bei einbrechender Dämmerung, Licht gemacht. Unmittelbare Nachbarn, die man diskret hätte befragen können, existierten nicht. Niemand wusste zu sagen, ob in der vergangenen Nacht ein Wagen auf das Grundstück gefahren war. Reinhards Schwester zu kontaktieren wollte ich nicht riskieren, da ich nicht wusste, wie gut das Verhältnis zwischen den Geschwistern war.

Falls Reinhard sich dort versteckt hielt, überlegte ich, was mochte dann sein weiterer Plan sein? Er wusste, dass er nicht lange unentdeckt bleiben würde. Lag vielleicht im kleinen Hafen von Hagnau ein Motorboot, dessen Schlüssel in irgendeiner Schublade der Villa verwahrt wurden? Mit seiner Geisel im Kofferraum würde er es kaum riskieren, über die Grenze zur Schweiz zu fahren. Er konnte sich ausrechnen, dass die Grenzer längst sein Gesicht und den Wagen kannten. Nach Österreich wäre es in Zeiten offener Grenzen einfacher, aber auch dort bestand für ihn ein gewisses Restrisiko, erwischt zu werden. Mit einem Motorboot dagegen spätnachts über den See, in einer verschwiegenen Bucht anlegen und sich von einem seiner zahlreichen Geschäftsfreunde abholen lassen – das wäre eine praktikable und risikoarme Lösung für sein momentan größtes Problem.

Rasch war geklärt, dass beim Schifffahrtsamt Friedrichshafen tatsächlich ein Wasserfahrzeug auf den Namen

McBaldwin registriert war – ein Zwölf-Meter-Kajütboot mit Namen *Lazy Day*. Als Heimathafen war jedoch nicht Hagnau, sondern Meersburg eingetragen. Ich bat die dortigen Kollegen, ein Auge auf die Jacht zu haben. Am liebsten hätte ich sie an die Kette legen lassen, aber das war nach deutschem Recht nicht ohne zeitraubende Umstände möglich. Eine aufgeweckte Meersburger Kollegin hatte schließlich eine kreative Idee, die juristisch ebenfalls inakzeptabel, dafür aber effizient war: Sie verband die *Lazy Day* mithilfe einer kräftigen Leine mit der daneben liegenden Segeljacht und legte den Knoten so unseemännisch an und zurrte ihn so fest, dass er ohne Werkzeug oder langwieriges Gefummel nicht zu lösen war. Wie viele Verbrechen blieben wohl unaufgeklärt, wenn alle Polizisten dieser Welt ständig jede Dienstvorschrift befolgten?

Und wieder hieß es warten. Inzwischen war es halb acht geworden, und vor den Fenstern meines Büros war längst wieder Nacht. Dann kam die Meldung, die dem zermürbenden Stillstand endlich ein Ende machte: In der Villa war Licht, nicht ständig und nicht hell, aber durch die Ritzen der Klappläden deutlich zu erkennen. Vor allem hinter einem kleinen Fenster im ersten Stock, über der zweiflügeligen Haustür, funzelte hin und wieder ein unruhiger Schein, möglicherweise von einer Taschenlampe. Runkel konsultierte die Pläne – hinter diesem Fenster befand sich eine Gästetoilette.

Stress schlägt vielen Menschen auf die Blase. Und so abgebrüht und gewissenlos Wolf Reinhard auch sein mochte – zurzeit stand er unter enormem Stress. Und unsere arme Laila natürlich nicht weniger.

31

Gegen neun Uhr brachen wir auf. Klara Vangelis, die ihre Erkältung endlich überwunden zu haben schien, saß am Steuer, Balke lümmelte auf dem Rücksitz und versuchte, ein wenig Schlaf nachzuholen, ich hatte auf dem Beifahrersitz Platz genommen und telefonierte die meiste Zeit. Unser Fahrzeug war ein kräftig motorisierter großer Peugeot. Früher war Vangelis mit Leidenschaft und einigem Erfolg Ralleys gefahren, und entsprechend zügig kamen wir voran. Das Blaulicht auf dem Dach zuckte ununterbrochen, die Tachonadel pendelte zwischen hundertfünfzig und hundertachtzig, später, als wir auf der A81 unterwegs in Richtung Süden waren, jenseits der zweihundert.

Schließlich bat ich sie, langsamer zu fahren, da mir von der Raserei schwindlig wurde. Inzwischen war sichergestellt, dass Reinhard die Villa nicht mehr unbemerkt verlassen konnte. Außerhalb seines Blickfelds hatten die Kollegen vor Ort Straßensperren installiert mit Nagelmatten, die die Reifen jedes Fahrzeugs zerstören würden, das versuchen sollte durchzubrechen. Zudem wurde das Haus aus sicherer Entfernung observiert.

Entkommen würde er uns jetzt nicht mehr, aber das war auch nicht das, was mir Sorgen machte. Sorgen machte mir Laila.

Wie konnten wir sie aus Reinhards Gewalt befreien, ohne ihr Leben zu riskieren? Stürmen war in diesem Fall die allerletzte Option. Reinhard war mit Sicherheit bewaffnet. Wir wussten nicht, wie die Situation im Haus war, wir wussten nicht, wo er Laila untergebracht hatte, wie es um seine Nerven stand. Seine diversen Handynummern und die Nummer des Festnetzanschlusses der Villa kannten wir inzwischen. Die Handys waren natürlich nicht erreichbar.

Mit meinem Konstanzer Kollegen Köbele kam ich überein, dass ich versuchen würde, Reinhard anzurufen, sobald wir am Ort des Geschehens waren. Außerdem würde ich die Einsatzleitung übernehmen, da ich die Hintergründe am besten kannte, am ehesten einschätzen konnte, wie Reinhard reagierte. Die Tatsache, dass ich emotional in den Fall verwickelt war, dass mir Lailas Schicksal an die Nieren ging, dass ich mich schuldig fühlte an dem ganzen Elend, beschloss ich für diese Nacht außer Acht zu lassen. Köbele klang nicht traurig, dass ich ihm die Verantwortung abnahm für eine Aktion, die so leicht tragisch enden konnte.

Eine Stunde vor Mitternacht erreichten wir Hagnau.

Vangelis parkte den Wagen am Rand des kleinen Hafens. Den letzten halben Kilometer bis zu Reinhards Elternhaus würden wir sicherheitshalber zu Fuß zurücklegen, einzeln und auf verschiedenen Wegen. Wer konnte wissen, ob er nicht über solche Dinge wie Nachtsichtgeräte und Richtmikrofone verfügte?

Mein einsamer Weg durch die sternenklare, feuchtkühle Nacht führte einige Hundert Meter am schläfrig glucksenden See entlang. Ein angeberischer Vollmond spiegelte sich darin, was in besseren Zeiten ein romantischer Anblick gewesen wäre. Heute und angesichts der Umstände war mir der Mond vor allem eines: eine unwillkommene Lichtquelle.

Hinter dem Ortsschild bog ich rechts ab, es ging eine Steigung hinauf, und schließlich erreichte ich das asphaltierte Sträßchen, das nicht ohne Grund den Namen »Höhenweg« trug. Etwa zweihundert Meter vom See entfernt führte es parallel zum Ufer in Richtung Westen.

Bald kam die Villa in Sicht. Der Mond hatte sich freundlicherweise hinter eine Wolke verzogen, schien auf meiner Seite zu sein.

Auf einer Wiese nördlich der Straße stand – durch Gebüsch gut abgeschirmt – ein schwarzer Opel. Darin saßen zwei Kollegen aus Konstanz, Hauptkommissar Müllerschön und Kriminalrat Soder. Klara Vangelis und Sven Balke waren schon vor mir angekommen. Wir machten uns bekannt, schüttelten Hände, ließen uns einen Begrüßungskaffee aus einer großen Thermoskanne spendieren. Dann nahm ich mein Handy in die klamme Rechte und wählte die Festnetznummer, die ich schon während der Fahrt eingespeichert hatte.

Reinhard nahm nicht ab. Schließlich sprang ein Anrufbeantworter an. In der Hoffnung, dass dieser laut gestellt war oder Reinhard ihn später abhörte, nannte ich meinen Namen, schilderte ihm in sachlichem Ton die Ausweglosigkeit seiner Lage und bat um Rückruf. Meine Handynummer wiederholte ich sicherheitshalber zweimal.

Das Sondereinsatzkommando aus Göppingen war auf dem Weg zu uns, erfuhr ich, als ich das Handy sinken ließ. Nach menschlichem Ermessen blieben Reinhard jetzt nur noch zwei Möglichkeiten: Aufgeben oder Selbstmord. Letzteres hoffentlich, ohne zuvor seine Geisel zu töten.

Er fand eine dritte Möglichkeit: Er stellte sich tot. Selbst in der Toilette wurde nun kein Licht mehr eingeschaltet. Allerdings konnten wir über Richtmikrofone, die wir inzwischen an Bäumen in der Nähe des Anwesens installiert hatten, hin und wieder Schritte im Haus hören, manchmal auch leise Gespräche. Zum ersten Mal hörte ich bei dieser Gelegenheit seine Stimme. Für einen Mann war sie überraschend hoch und ein wenig quengelig. Einmal meinte ich auch, Lailas Stimme zu erkennen. Sie war noch am Leben und klang nicht panisch. Was gesprochen wurde, war natürlich nicht zu verstehen.

Der Mond hatte es vorgezogen, es sich für den Rest der

Nacht hinter seiner dicken, weichen Wolke bequem zu machen. Vom See her wehte ein unangenehm kühler und feuchter Wind und sorgte dafür, dass wir die meiste Zeit im Dienstwagen der Konstanzer saßen, der über eine Standheizung verfügte. Das Autoradio spielte Countrymusic. Erst nach einer Weile wurde mir klar, dass die Musik aus dem Smartphone eines der Kollegen kam. Auf der orange leuchtenden digitalen Uhr am Armaturenbrett wurde es Mitternacht, es wurde halb eins, und von Reinhard immer noch keine Reaktion auf meinen Anruf.

Schließlich verabschiedete ich mich, um mein Hotelzimmer zu beziehen, das die Konstanzer für mich reserviert hatten. Den Schlüssel hatten sie schon für mich entgegengenommen, sodass ich niemanden aus dem Bett zu klingeln brauchte. Ich war zugleich sterbensmüde und aufgewühlt von Sorgen und Zweifeln und fand lange keinen Schlaf.

Als das Handy mich weckte, war es vor den Fenstern immer noch dunkel, und ich hätte nicht sagen können, wie lange ich geschlafen hatte. Mein Bett war zerwühlt, mein Pyjama schweißnass. Blind tastete ich nach dem immer aufgeregter brummenden und musizierenden Handy, warf es dabei herunter, hob es wieder auf.

Das Display zeigte einen Namen an, der mich in Bruchteilen von Sekunden hellwach machte: Reinhard.

»Hallo?«, krächzte ich und fügte, nachdem ich mich geräuspert hatte, hinzu: »Prima, dass Sie anrufen.«

»Sie kriegen Ihre schnuckelige Kollegin zurück, sobald ich in Sicherheit bin«, hörte ich ihn mit heller, ein wenig höhnisch klingender Stimme sagen. Der Radiowecker auf dem Nachttisch zeigte rot flimmernd halb vier.

»Und wie genau stellen Sie sich das vor?«

Selbstverständlich hatte er auch jetzt wieder einen bestens durchdachten Plan.

»Eins: Sie lassen meinen Flieger nach Friedrichshafen bringen und volltanken. Zwei: Ich will einen gepanzerten Wagen, um damit zum Flughafen zu fahren. Das Ganze bis spätestens heute Mittag. Das ist zu schaffen, kommen Sie mir also nicht mit irgendwelchen Ausflüchten. Und drei: Wenn ich außer Landes bin, werde ich irgendwo landen und Ihre Kollegin laufen lassen. Ende der Durchsage.«

Seine Stimme klang ruhig und sachlich, wenn auch ein wenig angespannt.

»Welche Garantie kriege ich dafür?«

»Keine.«

»Und wo soll ich bitte schön in so kurzer Zeit einen gepanzerten Wagen auftreiben?«

»Organisieren Sie eine Ministerlimousine aus Stuttgart. Die haben mehr als genug davon rumstehen.«

»Ich weiß nicht, ob wir das alles bis heute Mittag schaffen.«

»Dann vertrödeln Sie keine Zeit. Wenn Sie Zicken machen, dann werfe ich Ihre Kollegin nach und nach in Einzelteilen aus dem Fenster, verstanden?«

»Ich kann das nicht allein entscheiden.«

»Dann geben Sie mir die Nummer des Menschen, der bei Ihnen das Sagen hat.«

»Das bin schon ich. Aber ich muss mich mit meinem Kollegen in Konstanz abstimmen. Hagnau gehört nicht zu meinem Beritt.«

»Dann stimmen Sie sich ab, Himmel Arsch! Worauf warten Sie? In einer Stunde will ich hören, dass die Sache läuft. Sonst fliegen die ersten Körperteile der süßen Laila durch die Gegend, verstanden? Sie werden sie schreien hören mit den tollen Mikrofonen, die Sie draußen haben montieren lassen. Und, Herr Gerlach, damit auch das gesagt ist: Versuchen Sie Tricks, irgendwelche Heldentaten, dann ist sie tot. Sie wissen, dass ich kein Problem damit habe, dem Mädel die Birne wegzublasen.«

»Wir werden keine Tricks versuchen. Das Leben der Geisel hat für uns grundsätzlich oberste Priorität.«

»Erzählen Sie mir keinen Scheiß! Ich weiß doch, wie ihr Bullen tickt. Wenn es hart auf hart kommt, dann ist euch die Geisel scheißegal.«

Ohne ein weiteres Wort legte er auf. Drei Uhr vierunddreißig, zeigte das Handy an.

Meine Behauptung, ich müsse mich erst mit irgendwelchen Kollegen abstimmen, war natürlich eine Lüge gewesen.

Ich hatte das Sagen.

Ich trug die Verantwortung.

Ich allein.

»Hinhalten«, lautete der erste und nächstliegende Vorschlag bei unserer improvisierten Lagebesprechung am frühen Morgen. Sieben mehr oder weniger übernächtigte Menschen saßen im ansonsten menschenleeren Frühstücksraum des Hotels *Wellenhof:* Klara Vangelis, Sven Balke, zwei Kollegen aus Konstanz, ein Vertreter des Polizeipostens Meersburg, der Leiter der SEK-Eingreifgruppe und meine unausgeschlafene Wenigkeit. Den SEK-Chef kannte ich von früher. Er hieß Gansmann, war ein etwas großspuriger, aber ansonsten brauchbarer Kollege. Als Einziger trug er Uniform.

Kaffee und Becher standen reichlich auf dem großen runden Tisch.

»Wir kochen ihn mürbe«, fuhr Balke fort. »Es gibt Probleme mit dem Flugzeug, es gibt Probleme mit dem Auto, nur noch eine halbe Stunde und dann noch eine halbe …«

»Vergessen Sie nicht: Der Kerl ist ein Sadist«, warf ich kraftlos ein. »Wahrscheinlich wartet er nur darauf, dass wir ihm einen Grund liefern, seinen perversen Trieben Auslauf zu lassen. Was Sie übrigens alle noch gar nicht wissen …«

Theresa hatte mich angerufen, als ich schon im Bett lag und nicht einschlafen konnte. Schon an ihren ersten Worten hatte ich gehört, dass es ihr nicht gut ging.

»Wir haben am Abend noch lange geredet«, begann sie mit matter Stimme. »Und ich fürchte, ich weiß jetzt, was mit den Frauen geschieht…«

Sie hatte ihre alten Kontakte spielen lassen, um den ungeheuerlichen Verdacht zu erhärten, der ihr beim mühsamen Gespräch mit Milena gekommen war.

»Er fliegt die Frauen nach Deutschland, um sie für eine Weile ihrem privaten Umfeld zu entziehen und um diesem Umfeld außerdem eine plausible Erklärung dafür zu liefern, weshalb manche von ihnen nicht wieder auftauchen.«

Ohnehin schien er Frauen zu bevorzugen, die in ihrer Heimat nicht gut vernetzt waren, oft aus dem Ausland stammten wie Milena und ihre Schwester Lilit.

»Sie haben keine Eltern mehr. Die Verwandtschaft, die sie vermissen könnte, ist weit verstreut und hat wahrscheinlich andere Sorgen. Die idealen Kandidatinnen also für seine… Behandlung.« Das letzte Wort hatte sie regelrecht ausgespuckt.

»Und weiter?«, hatte ich gefragt, als sie nicht weitersprach.

»Drittens werden sie drogensüchtig gemacht und so oft vergewaltigt, bis sie alles mit sich machen lassen. Alles.«

»Zureiten« nannte man diese Vorgehensweise in einschlägigen Kreisen.

»Wenn ihr Wille dann gebrochen ist, kommen sie zurück nach Ganja. Außerdem…« Erneut war Theresa verstummt. Dieses Mal brauchte ich jedoch nicht nachzufragen, denn sie sprach von selbst weiter: »Ich habe mit einem ehemaligen Kollegen von Egon gesprochen.« Dr. Egon Liebekind, ihr verstorbener Mann und mein früherer Chef, dem auch ich immer noch nachtrauerte. »Jeremias war viele Jahre bei Interpol für grenzüberschreitende organisierte Kriminalität zuständig. Er sagte mir, dass seit einiger Zeit vermehrt sogenannte Snuff-Filme auftauchen.«

»Ich dachte immer, die gibt's gar nicht?«

»So war es wohl auch lange Zeit. Alles, was man früher gefunden hat, entpuppte sich letztlich als Fake, hat mir Jeremias erklärt. Aber in den vergangenen zwei, drei Jahren hat sich das geändert. Was heute im Darknet für teures Geld verkauft wird, ist immer öfter echt.«

Wieder hatte ich eine Weile ihrem nervösen Atem gelauscht.

»Das meiste von diesem widerwärtigen Dreckszeug kommt aus dem Osten, sagt Jeremias. Manches spricht dafür, dass es irgendwo im Dreieck Armenien – Georgien – Aserbaidschan produziert wird.«

Manche Details in den Filmen deuteten darauf hin. Einrichtungsgegenstände, Türklinken, Lichtschalter, bestimmte Requisiten.

»Und die Frauen werden wirklich vor laufender Kamera umgebracht?«, hatte ich mit belegter Stimme nachgefragt, obwohl mir natürlich geläufig war, was der Begriff Snuff-Film bedeutete.

»Beweise gibt es letztlich keine, sagt Jeremias. Die Behörden in Aserbaidschan kooperieren eher zögerlich, vorsichtig ausgedrückt. Da fließt vermutlich eine Menge Schmiergeld.«

Reinhard nutzte seine Opfer also in mehreren Stufen aus: In der ersten drehte man sogenannte Teeniepornos mit ihnen. Geeignete junge Frauen wurden später nach Deutschland verfrachtet, um dort seiner speziellen Art der Gehirnwäsche unterzogen und anschließend in die »Profi-Abteilung« befördert zu werden. Statt Schauspielunterricht gab es Drogen und Gewalt, bis sie am Ende völlig apathisch waren und alles mit sich machen ließen. Und wenn sie dann nach einigen Jahren auch in der Hardcore-Produktion nicht mehr zu gebrauchen waren, folgte im schlimmsten Fall

Stufe drei: blutiger Mord vor laufender Kamera, üblicherweise im Zuge einer Vergewaltigung, gerne auch von mehreren Männern gleichzeitig. Das war möglicherweise auch Lilit widerfahren, die Milena in Ganja partout nicht mehr hatte finden können.

Theresa hatte mit der jungen Armenierin auch über ihre Zukunft gesprochen. Natürlich wollte Milena nach ihren jüngsten Erlebnissen nicht mehr nach Ganja zurück und ebenso wenig in die Armut ihres heimatlichen Dorfs. Theresa hatte ihr vorgeschlagen, vorerst bei ihr wohnen zu bleiben. Sie werde ihren Schützling nach Kräften bei der Stellung eines Asylantrags unterstützen, hatte sie mir erklärt. Meinen Einwand, dieser werde wohl kaum Aussicht auf Erfolg haben, hatte sie wütend abgeschmettert. Der Beamte, der über diesen Antrag zu entscheiden hatte, tat mir jetzt schon leid.

Balke legte das unrasierte Gesicht in die Hände, sagte wieder und wieder: »Fuck, fuck, fuck!«, was ich in diesem Zusammenhang äußerst unpassend fand. Ich wies ihn zurecht, und er bat um Entschuldigung.

»Für Emotionen haben wir jetzt wirklich keine Zeit.«

»Diese Sau, dieser…«, murmelte er noch und schüttelte den Kopf, als könnte dadurch etwas besser werden.

Auch Vangelis war blass, wärmte ihre Hände am dampfenden Kaffeebecher, starrte irgendwohin, wo es nichts zu sehen gab, und schwieg mit zusammengebissenen Zähnen.

Jedem in dieser rat- und fassungslosen Runde war anzusehen, dass er in diesen Minuten bereit gewesen wäre, Reinhard eigenhändig zu erschießen. Und zwar auf eine Weise, die zu einem langen, schmerzhaften Tod führte. Zu einem Tod, wie unser Kollege Arne Heldt ihn hatte erleiden müssen.

»Die aus meiner Sicht entscheidende Frage ist jetzt«, nahm ich den Faden schließlich wieder auf, »wie lange hält Laila durch?«

Vangelis erwachte aus ihrer Erstarrung, blinzelte mich irritiert an, trank einen großen Schluck. »Nicht besonders lange, fürchte ich.«

Was aus dem Haus zu hören war, ließ bisher nicht darauf schließen, dass Reinhard die Nerven verlor. Aber früher oder später würde sich das ändern. Spätestens wenn er begriff, dass wir uns nicht erpressen ließen. Dass wir nicht nachgeben würden, auch wenn er eine Kollegin als Geisel hielt.

Weil wir nicht nachgeben durften.

»Wir müssen ihm klarmachen, dass er die Sache nicht überlebt, wenn er ihr auch nur ein Härchen ausreißt«, forderte Balke.

»Der Mann ist so größenwahnsinnig und selbstverliebt, dass er uns nicht glauben wird. Er ist ein Psychopath und dabei leider ungewöhnlich intelligent. Er weiß ganz genau, dass wir ihn nicht einfach umlegen dürfen.«

»Von Gesetz wegen nicht«, schloss sich Gansmann mit schmalem Mund an. »Praktisch schon.«

Wieder entstand eine betretene Pause. Erst nach Sekunden wurde mir bewusst, dass alle Blicke auf mir ruhten. Man erwartete Entscheidungen von mir. Kluge Gedanken, pfiffige Ideen.

»Okay«, sagte ich also und fühlte mich unendlich schwach dabei. »Wir leiten alles in die Wege, die Überführung des Flugzeugs, das gepanzerte Auto. Den weiteren Ablauf entscheiden wir kurzfristig und situationsabhängig.«

»Was, wenn er durchdreht?«, wagte einer der Konstanzer Kollegen kleinlaut einzuwerfen. »Was machen wir dann?«

»Dann lassen wir uns was einfallen.« Ich erhob mich, gab das Signal zum Aufbruch. »Das SEK bleibt in Bereitschaft. Falls sich – wovon ich eher nicht ausgehe – eine Situation ergibt, die einen Zugriff erlaubt, dann müssen wir imstand sein, das Haus innerhalb von Sekunden zu stürmen.«

Gansmann, der SEK-Chef, hatte noch in der Nacht seinen Schlachtplan entwickelt. Jeder seiner Männer wusste schon, wohin er zu laufen hatte, sobald die Haustür offen stand. In welcher Reihenfolge die Räume zu stürmen und zu sichern waren, wer sich auf Reinhard stürzen würde und wer sich auf direktem Weg zu dem Zimmer im Obergeschoss zu begeben hatte, wo wir Laila vermuteten.

»Und falls sich keine Chance bietet?«, fragte Gansmann mit verbissener Miene. »Falls das Mädchen durchdreht?«

Vangelis sah mich an. »Wie wäre es mit einem Geiselaustausch? Ich gegen Laila. Sie ist wirklich zu jung und unerfahren, um so etwas lange durchzustehen.«

»Wäre doch eine Idee«, meinte einer der Konstanzer hoffnungsvoll.

»Vorläufig nicht«, entschied ich nach kurzem Überlegen. »Später vielleicht. Jetzt ist vor allem eines wichtig: Wir müssen ihn beschäftigt halten. Jede Art von Unruhe und Unsicherheit kann uns die Gelegenheit zum Zugriff verschaffen.«

Am Ende unseres nächtlichen Telefonats hatte Theresa mich mit verzagter Kleinmädchenstimme gefragt: »Alexander, kannst du mir erklären, was in Männern vorgeht, die sich so etwas ansehen? Die Geld dafür bezahlen, einer Frau beim Sterben zuzusehen, und auch noch Spaß dabei empfinden?«

Nein, das konnte ich nicht.

Dem Himmel oder wem auch immer sei Dank.

32

Dieses Mal machten wir uns gemeinsam auf den Weg zur Villa. Reinhard wusste, dass wir da waren, es gab also keinen Grund mehr, Verstecken zu spielen. Noch immer war es stockdunkel. In mir tobte ein Wirrwarr von Gefühlen. Wut. Hilflosigkeit. Verzweiflung. Auf halbem Weg fiel mir auch noch Louise ein, meine kleine, unwissende, naive Tochter, die vielleicht gerade im Begriff war, in ihr Verderben zu rennen.

Und ich muss gestehen, es war auch eine gehörige Portion Hass in mir. Was nicht sein durfte. Was von Rechts wegen ein dringender Grund gewesen wäre, den Fall, die Verantwortung unverzüglich abzugeben. Nach Heidelberg zurückzukehren, mich um meine Kinder zu kümmern und die Last einem anderen aufzubürden. Aber ich tat es nicht. Dies hier war mein Kampf. Und wenn es irgend möglich war, würde ich ihn gewinnen.

Schweigend erreichten wir den Höhenweg, bald kamen die inzwischen drei Fahrzeuge in Sicht, die, gedeckt von der hohen Hecke, auf der Wiese standen. Eines davon war ein mit Technik vollgestopfter Lieferwagen, der ab sofort unsere Einsatzleitzentrale bilden würde.

»Wie sieht es aus?«, lautete meine erste Frage an die Anwesenden, während ich mir die Hände rieb, um sie warm zu kriegen.

Über Nacht hatte es weiter abgekühlt. Inzwischen war es kurz nach sechs, der Himmel war immer noch dunkel und sternklar. Im Westen ging gerade der Mond unter, und im Osten zeigte sich ein zaghafter Schimmer des kommenden Tages. Der wohl wieder sonnig werden würde. In dem engen Kastenwagen war die Luft stickig. Es roch nach Elektronik,

Männerschweiß, unterdrückter Wut und lähmender Langeweile.

»Ruhig«, beantwortete ein junger Kollege meine Frage. »Seit Mitternacht ist alles ruhig gewesen. Nur einmal war was. Da hat er anscheinend telefoniert.«

»Das war mit mir.«

»Und Laila?«, fragte Vangelis.

Die hatte geschlafen. Oder sich still verhalten. Jedenfalls hatten unsere Richtmikrofone nichts von ihr gehört.

Ich tat, was mein Job war, sorgte für Aufmerksamkeit und verteilte die Aufgaben. Balke würde sich darum kümmern, dass Reinhards Jet nach Friedrichshafen kam. Vangelis übernahm es, eine gepanzerte Limousine zu organisieren. Ein ortskundiger Konstanzer Kriminalrat würde für den Fall, dass wir Reinhard ziehen lassen mussten, schon einmal seine Fahrtroute bis zum Flughafen nördlich von Friedrichshafen planen, ein zweiter würde sich um die Absicherung kümmern und die dafür benötigten Kräfte in Alarmbereitschaft versetzen. Diese Phase war der schwächste Punkt in Reinhards ausgeklügeltem Plan. Auch wenn das Fahrzeug gepanzert war, konnten sich unterwegs Gelegenheiten ergeben, ihn zu überrumpeln. Auch wenn im Augenblick noch niemand eine Vorstellung davon hatte, wie das gehen sollte.

Um mich herum wurde nun eifrig telefoniert, gemailt, geschimpft und geflucht. Am Baden-Airpark war um diese Uhrzeit nur die Nachtwache zu erreichen. Bei der Fahrbereitschaft der Landesregierung in Stuttgart war ebenfalls noch niemand greifbar, der eine so weitreichende Entscheidung treffen konnte, uns eine der gesicherten Staatslimousinen zu überlassen. Nur die Kollegen aus Konstanz kamen gut voran. Zusammen mit Gansmann studierten sie Karten, erwogen Routen, Ausweichrouten und Angriffspläne. Helikopter wurden in Bereitschaft versetzt, Hunde angefordert, Bereitschaftspolizei. Dazu zivile Fahrzeuge.

Schnelle und stark motorisierte, aber auch unauffällige Familienkutschen.

Ich hörte nur mit halbem Ohr zu, starrte die meiste Zeit auf die Monitore, wo sich nichts bewegte, lauschte auf das leise Rauschen der Lautsprecher. Das Einzige, was sich veränderte, waren die Lichtverhältnisse. Draußen dämmerte es, aus Schemen wurden Büsche, aus Gespenstern kahle Apfelbäume. Und irgendwann ging auch in der Villa das Licht an. Fast gleichzeitig drangen Geräusche aus unseren Lautsprechern. Schritte, Türenklappen, die Klospülung. Dann Stimmen. Reinhard klang herrisch und übellaunig, Laila ängstlich und verzagt. Verstehen konnte ich wieder nichts.

Ich versuchte, Reinhard anzurufen, hörte auf dem Umweg über unsere Richtmikrofone das Telefon trillern, das er vermutlich mit sich im Haus herumtrug. Aber er nahm mein Gesprächsangebot nicht an.

Jemand bot mir einen Becher Kaffee an, aber ich hatte keine Lust auf Kaffee. Obwohl ich in der Nacht kaum mehr als zwei, drei Stunden geschlafen hatte. Schließlich nahm ich doch einen. Ohne Milch und Zucker, obwohl ich schwarzen Kaffee eigentlich verabscheute. Vielleicht, um mich zu bestrafen, wofür auch immer.

Die Zeit wollte nicht vergehen, die Uhren schienen langsamer zu laufen als sonst, Minuten dehnten sich zu Ewigkeiten. Ich saß im Auge eines Orkans hektischer Geschäftigkeit und stand mehrfach kurz davor, einzunicken.

Gegen acht piepte mein Handy. Eine SMS. Podolsky. Dieses Mal zog er es vor, mir die Nachricht auf elektronischem Wege mitzuteilen: In der Nacht war Saskia Hallberg gestorben. Ohne noch einmal das Bewusstsein erlangt zu haben.

In der Villa war es jetzt wieder ruhig. Nur selten hörte ich Stimmen. Manchmal Schritte. Reinhard schien sich viel im Haus zu bewegen, rumorte herum, bereitete vermutlich schon seine Abreise vor. Von Laila meinte ich manchmal ein unterdrücktes Schluchzen zu hören. Aber das konnte auch Einbildung sein. Ergebnis meiner Selbstvorwürfe.

Um kurz nach neun wurde es in der Villa plötzlich laut. Was der Grund für den Streit war, fanden wir erst nach einiger Zeit heraus. Laila musste zur Toilette, und Reinhard keifte, das könne nicht sein, sie sei erst vor einer halben Stunde dort gewesen und solle gefälligst die Beine zusammenkneifen. Die Explosionsartigkeit seines Ausbruchs zeigte, dass da drüben allmählich die Nerven blank lagen.

»Halt die Fresse, du blöde Fotze!«, meinte ich zu verstehen. »Oder piss dir halt in die Hose!«

Laila wimmerte. Flehte. Weinte.

Reinhard tobte weiter.

Knallte irgendeine Tür zu.

Es klang wie ein Pistolenschuss.

Dann krachte es noch einmal, und dieses Mal schien es wirklich ein Schuss gewesen zu sein.

Mit einem Mal war es totenstill in unserem engen Wagen und in der Villa.

Dann vernahm ich ein Krächzen, das so klang, als käme es aus Lailas Mund.

Hatte er sie verletzt?

Wenn ja, wie schwer?

War dies der Moment, den Sturmangriff zu befehlen?

Mit allen damit verbundenen Risiken?

»'tschuldigung«, hörte ich Reinhard kleinlaut sagen. Er klang, als wäre er selbst erschrocken über das, was er eben getan hatte.

Laila antwortete etwas. Anscheinend war sie doch unverletzt.

»Das geht so nicht weiter«, sagte ich.

Ich griff nach dem Handy, wählte, hörte wieder das Trillern aus den Lautsprechern.

Dieses Mal nahm Reinhard ab.

»Was?«, herrschte er mich an. »Sie ist okay, keine Panik. Hab bloß ein Loch in die Decke geschossen.«

»Das geht nicht gut, Reinhard. Früher oder später …«

»Für Sie immer noch *Herr* Reinhard.«

»Früher oder später dreht das Mädchen durch, *Herr* Reinhard. Und eine Geisel, die die Nerven verliert, ist das Letzte, was Sie jetzt brauchen.«

»Was soll ich machen?« Er lachte kalt. »Hab leider keine bessere.«

»Doch«, sagte ich.

Wolf Reinhard hatte lange gezögert, bis er dem Geiselaustausch zustimmte. Erst mein – erlogenes – Argument, die harten Jungs vom SEK würden möglicherweise das Leben einer unerfahrenen jungen Kollegin riskieren, keinesfalls jedoch meines, hatte ihn letztlich überzeugt.

Als ich mit hämmerndem Puls und feuchten Händen vor der Haustür stand, fand ich sie angelehnt. Ich trat in die Kälte einer großzügigen, weitgehend in Weiß gehaltenen Eingangshalle. Kein Mensch war zu sehen. Dafür viele Türen und eine geschwungene, lichte und breite Marmortreppe, die zu einer umlaufenden Galerie hinaufführte. Ich drückte die schwere Haustür aus dunkelbraunem Holz mit dem Rücken ins Schloss.

Rechts von mir führte eine weiß lackierte, aufwendig verglaste Doppeltür – ich hatte mir vor dem Aufbruch ins Ungewisse die Pläne eingeprägt – in einen saalartigen Wohnraum, an den die große Terrasse mit Seeblick grenzte.

Von der Wand mir gegenüber gingen weitere Türen ab. Küche, Esszimmer und Toilette, wusste ich. Links, von der lichten Treppe teilweise verdeckt, ein zwei Stockwerke hohes Fenster, durch das ich das geschlossene Tor der Doppelgarage sah. Im Obergeschoss gingen von der Galerie weitere Türen ab. Bad, zwei Schlafzimmer nach Osten, drei weitere nach Süden, zum See hin, die Toilette direkt über mir und daneben ein Gästebad. Sämtliche Fenster waren außen mit weißen, kunstvoll geschmiedeten und sehr haltbar aussehenden Gittern versehen.

An den Wänden zwischen den Türen hingen große abstrakte und farbstarke Gemälde, die alle vom selben Künstler zu stammen schienen.

In dem großen Haus war es bis auf ein leises Summen aus dem Keller vollkommen still. Mich fröstelte nicht nur von der Kälte, die hier herrschte.

Ich rief: »Hallo?«, erschrak fast vor meiner eigenen Stimme.

Keine Reaktion.

Oder … vielleicht ein Rascheln von oben?

Jetzt erst entdeckte ich die kleine, unauffällige Kamera, die mich aus dem Halbdunkel unter der Galerie anglotzte. Auch an den Außenwänden hingen Kameras, an jeder Ecke. Diese Villa schien besser gesichert zu sein als manche Bank.

»Ich komme jetzt rauf, okay?«, rief ich versuchsweise.

»Okay«, klang es blechern von irgendwoher. »Aber schön langsam und immer dran denken: Ihre kleine Kollegin hat einen Pistolenlauf an der Schläfe.«

Ein unterdrücktes Schluchzen von Laila klang wie eine Bestätigung.

Zögernd stieg ich die Treppe hinauf, erreichte die Galerie. Auch hier hingen Gemälde. Kleinere als unten, aber ebenso expressiv und farbenprächtig.

Wie unten waren auch hier alle Türen geschlossen.

»Herr Reinhard?«, rief ich mit belegter Stimme. »Wie geht das hier jetzt weiter? Wo stecken Sie denn?«

Auch hier hingen Kameras. Eine über mir, die mich vermutlich nicht sehen konnte. Eine an der gegenüberliegenden Wand, eine rechts. Die Kameras waren so angeordnet, dass es auf der Galerie keinen Winkel gab, der nicht unter Beobachtung stand.

»Stehen bleiben!«, befahl Reinhards scheppernde Stimme,

die von überallher zugleich zu kommen schien. Vermutlich aus gut versteckten Lautsprechern. »Arme hoch und einmal ganz rumdrehen.«

Ich gehorchte.

»Jackett ausziehen«, ging es weiter. Jetzt klang er fast heiter. Spöttisch. Als würde er es genießen, mich wie eine Marionette fernsteuern zu können. »Super machen Sie das, Herr Gerlach. Und fallen lassen!«

Offenbar beobachtete er jede meiner Bewegungen mithilfe seiner Kameras.

»Jetzt die Hose, wenn ich bitten darf.«

So ging es weiter, bis ich schließlich in Unterhosen dastand. Selbst die durfte ich nicht anbehalten.

Ich musste einige Schritte von dem Kleiderhaufen wegtreten und die Hände im Genick verschränken.

»Und noch mal ganz rumdrehen! Sie haben ja Talent, Herr Gerlach. Vielleicht sollten Sie sich mal als Model bewerben, wenn Sie Ihren Job leid sind?«

»Danke. Ich werde darüber nachdenken.«

»Jetzt gehen Sie durch die Tür links von Ihnen und machen sie hinter sich zu. Ihre Klamotten dürfen Sie gleich wieder anziehen.«

Nachdem er sie gründlich nach Waffen und versteckten Mikrofonen durchsucht hatte, vermutlich.

Das Zimmer, das ich nun betrat, war offensichtlich ein Mädchenzimmer. Und es war erfreulicherweise sehr viel wärmer als auf der Galerie. Durch das Ostfenster, dessen Läden im Gegensatz zu allen anderen, die ich von außen gesehen hatte, nicht ganz geschlossen waren, fiel ein breiter Streifen Sonnenlicht herein. Ich drückte die Tür hinter mir zu, hörte kurz darauf eine andere klappen und leise Schritte.

Der Schlüssel wurde umgedreht.

Ich war Reinhards Gefangener.

Neben dem Fenster in Richtung Osten existierten noch

zwei weitere zum See hin, deren Läden jedoch ordentlich verriegelt waren. Das Sonnenlicht spiegelte sich auf golden glänzendem Parkett. Helle, moderne Möbel umgaben mich, luftige, mit Röschen verzierte Stores hingen an den Fenstern. Auch die Tapete an den Wänden schmückten Blümchen. In der Ferne sah ich den wuchtigen Turm der Hagnauer Dorfkirche in den leicht dunstigen, aber wolkenlosen Himmel ragen. Die Zeiger der Uhr standen auf halb zehn. Dahinter gleißte der See, als wäre die Welt eine Idylle und alles in perfekter Ordnung. Noch sehr viel weiter entfernt, im Morgendunst nur zu erahnen, blitzten die teilweise schneebedeckten Alpen.

Vor der Tür hörte ich Reinhard rascheln und schnaufen, während er meine Kleidung nach gefährlichen Dingen durchwühlte. Er würde nichts finden. Ich trat näher ans Ostfenster, stellte mich in die Sonne, um nicht zu frieren. Erst nach Sekunden wurde mir bewusst, dass ich splitternackt war und wegen des Sonnenlichts von draußen bestens zu sehen. Nun gut, dann wussten meine Kollegen jetzt immerhin, wo ich mich befand und dass ich noch lebte. Nach einigen Sekunden trat ich doch wieder zurück in den Schatten.

Über das schmale Bett links neben mir war eine lustig bunte Tagesdecke gebreitet. Darauf lagen zahllose Kissen kunterbunt herum und mittendrin ein alter, stellenweise haarloser und fast zu Tode geliebter Teddy, der mich misstrauisch beäugte. Vermutlich war er hier liegen geblieben, weil er gegen die Konkurrenz moderner Sprechpuppen mit Cloudkontakt und Spracherkennung nicht mehr bestehen konnte. Während Reinhard immer noch meine Sachen durchwühlte, meine Kollegen draußen um mein Leben fürchteten, fragte ich mich, ob der kleine, magere Bär wohl blöken mochte, wenn man ihn auf den Bauch drehte.

Nicht alle waren einverstanden gewesen mit dem Geiselaustausch. Klara Vangelis hatte noch einmal angeboten, sich als Ersatz für Laila zur Verfügung zu stellen. Balke hatte sich bedrückt am Kopf gekratzt und geschwiegen. Die Konstanzer hatten Einwände gehabt. Nur Gansmann war sofort und ohne Einschränkungen auf meiner Seite gewesen.

Die Tür krachte auf, meine Kleidung flog in hohem Bogen ins Zimmer, und noch bevor ich den Kopf gedreht hatte, war sie schon wieder zu.

Während ich mich gemächlich ankleidete, hörte ich Reinhard mit jemandem sprechen, immer noch im rauen Befehlston, dann Lailas ängstliche, ungläubige Antwort. Offenbar hatte sie bisher nichts von ihrer bevorstehenden Freilassung gewusst. Ich hörte ihre leichten Schritte und wenig später die Haustür ins Schloss donnern.

Von nun an war ich allein mit einem sadistischen, zu allem bereiten mehrfachen Mörder. Mit einem hochintelligenten Killer, der schon einmal auf mich geschossen und nichts mehr zu verlieren hatte.

Vier Optionen hatten wir vorhin zusammen erwogen. Vier Chancen für mich, dieses selbst gewählte Abenteuer lebend zu überstehen: Sollte es mir gelingen, das Haus unbemerkt zu verlassen, dann konnte das SEK es Sekunden später stürmen und Reinhard überrennen, bevor er einen klaren Gedanken gefasst hatte. Meine zweite Chance war die, die Balke schon am Morgen vorgeschlagen hatte und die bei Geiselnahmen so gut wie immer versucht wird: den Täter ermüden. Ihn mürbe zu machen, hinzuhalten mit Versprechungen, angeblichen Problemen bei der Erfüllung seiner Forderungen. Und ihn dann, wenn ihm zum ersten Mal die Augen zufielen, zu entwaffnen und kampfunfähig zu machen, was in diesem Fall meine Aufgabe wäre. Option drei war, auf seine Forderungen einzugehen und zu warten, bis er mich freiließ, um ihn dann außer Gefecht zu setzen. *Wenn* er mich denn freiließ.

Die letzte und gefährlichste Möglichkeit schließlich war die Stürmung der Villa, während ich noch in Reinhards

Gewalt war. Diese würde nur dann gewählt werden, wenn er durchdrehte und ich ohnehin in Lebensgefahr schwebte.

Schon gestern hatten Harry und seine Leute begonnen, Reinhards Geschäfts- und Privaträume in Freiburg zu durchsuchen, um eine Bestätigung von Milenas Behauptung zu finden, seine zweite Firma in Aserbaidschan mache ihren Umsatz mit der Herstellung pornografischer Filme. Von meinem Verdacht, es könnte dort auch Schlimmeres produziert werden, sehr viel Schlimmeres, wusste Harry noch nichts.

Wer konnte wissen, ob außer den armen Frauen womöglich auch Kinder vor laufenden Kameras ihr Leben lassen mussten? Es gab hoffentlich nicht viele Menschen auf dieser heute so trostlosen Welt, die an solchen Abartigkeiten Interesse und gar Spaß hatten. Die wenigen aber, denen so etwas gefiel, suchten in den finstersten Ecken des Internets danach und waren vermutlich bereit, Unsummen dafür zu bezahlen.

Die Deutsche Botschaft in Baku war inzwischen informiert, und vielleicht, hoffentlich, wimmelte es demnächst auch in Reinhards Studios in Ganja von Polizisten.

Und ich stand hier, in dieser adretten, friedlichen, durchsonnten Villa am großen, ruhigen See, in einer Landschaft, die nicht von dieser Welt zu sein schien, und irgendwo in meiner Nähe trieb sich der Mistkerl herum, der mit diesen widerlichen Schweinereien reich geworden war.

»Herr Reinhard?«, rief ich wieder. »Was ist denn jetzt? Was passiert jetzt?«

Ich erhielt keine Antwort.

In der Ferne meinte ich, etwas klappern und klirren zu hören. Saß dieser Irre etwa beim Frühstück? Tatsächlich meinte ich, Kaffeeduft wahrzunehmen.

War dies – viel früher als erhofft – die Gelegenheit zu türmen? Aus dem Fenster zu springen und Haken schlagend davonzulaufen? Dann wäre er allein im Haus, und den Rest würden Gansmanns Männer mit Freude erledigen.

Inzwischen wieder anständig bekleidet, trat ich noch einmal ans Fenster. Dieses Mal, um zu sehen, was sich darunter befand. Bis zur mit Steinplatten belegten Terrasse hinunter waren es etwa drei Meter. Nicht ungefährlich, so tief zu springen, aber zu schaffen. Hier, im oberen Stockwerk, waren die Fenster unvergittert. Eine Hollywoodschaukel sah ich unter mir, die mit einer grauen Schutzhülle verkleidet war, gestapelte eisengraue Gartenstühle an der Wand, einen zusammengeklappten Tisch mit schon leicht verwitterter Kunststoffplatte. Ich hob die Hand zum messingfarbenen Fenstergriff.

»Denken Sie nicht mal dran!«, tönte Reinhards Stimme in meinem Rücken. Ich fuhr herum, die Tür war immer noch verschlossen.

»Bitte, Herr Gerlach.« Er lachte selbstgefällig. »Halten Sie mich nicht für blöd. Ich kann Sie sehen und hören, egal, wo ich bin im Haus. Sie können nicht mal in der Nase popeln, ohne dass ich es mitkriege.«

Auch hier gab es offenbar eine Kamera, auch wenn ich sie nicht entdecken konnte, sosehr ich auch um mich blickte. Ich nahm die Hand vom Fenstergriff und sank auf das Bett. Möglicherweise trank er seinen Kaffee im Esszimmer, direkt unter mir, und ich wäre genau in sein Schussfeld gesprungen.

Also doch Option zwei: abwarten. Auf die Sekunde zu hoffen, in der er unaufmerksam wurde. Auch er konnte in der Nacht nicht viel geschlafen haben und in der davor ebenso wenig. Auch er war nur ein Mensch. Und ich war ihm körperlich mit Sicherheit überlegen. Ich war ein wenig eingerostet, aber nahkampfgeschult, kannte die Tricks, wusste, wie man auch einen kräftigen und bewaffneten Mann mit zwei, drei Handgriffen kampfunfähig macht. Wenn man es schaffte, in seine Nähe zu kommen.

Jetzt erst sah ich, dass der Fenstergriff ein Schlüsselloch hatte. Er hätte sich vermutlich nicht einmal drehen lassen. Wieder stieg mir Kaffeeduft in die Nase. Vielleicht saß er auch in der Küche. Dort gab es eine Tür als direkte Verbindung zur Garage, hatte ich mir eingeprägt.

Schon nach wenigen Minuten auf dem Bett befand ich mich in einem merkwürdigen Zustand zwischen apathischer Schläfrigkeit und höchster Anspannung. Ständig bereit, den Kampf aufzunehmen, mein Leben zu verteidigen, während ich zum Nichtstun und zur Langeweile verdammt war.

In der Ferne schlug die Kirchturmuhr zehn Mal. In zwei Stunden sollten Reinhards Jet und die gepanzerte Limousine bereitstehen. Beides würde nicht klappen, wusste ich schon jetzt. Dieses Spiel auf Zeit barg natürlich immer gewisse Risiken in sich. Je länger es dauerte, desto nervöser und unberechenbarer wurde der Geiselnehmer. Noch wirkte Reinhard entspannt und siegessicher. Noch glaubte er, an alles gedacht, die Sache unter Kontrolle zu haben. Das würde sich im Lauf der kommenden zwei Stunden ändern.

Leise, schnelle Schritte auf der Treppe, auf der Galerie, der Schlüssel wurde gedreht, die Tür schwang auf, und herein trat Wolf Reinhard, unbewaffnet, mit zwei großen braunen Keramikbechern in den Händen und etwas Flachem unter dem Arm. Er trug eine schwarze Jeans, die um die Taille herum ein wenig spannte, und ein ebenfalls schwarzes T-Shirt ohne Aufdruck. Drei Schritte vor mir blieb er stehen und grinste auf mich herab, als wären wir alte Freunde, die gerade irgendeinen netten Schabernack ausgeheckt hatten.

»Na?«, sagte er grinsend. »Alles gut so weit?«

Er war ungefähr so groß wie ich, aber breiter und weicher. Sport war offenkundig nicht seine Leidenschaft. Das breite Gesicht war blass und ein wenig verquollen, das blonde Haar wirr und ungekämmt. Und, was mir gar nicht gefiel, der Blick der ein wenig vorstehenden grauen Augen war hellwach.

»Nett hier, nicht wahr?«, sagte er im Plauderton und ohne mich aus den Augen zu lassen. »Ich fand immer, das hier ist das schönste Zimmer im ganzen Haus. Fast den ganzen Tag Sonne, Aussicht ohne Ende. Aber nehmen Sie sich doch einen Kaffee, bitte.«

Er hielt mir einen der handgetöpferten Becher hin, ich nahm ihn, er trat zurück bis zur Wand und hielt nun plötzlich doch eine mattschwarze Pistole in der Linken, die er hinter seinem Rücken hervorgezaubert hatte. Die Waffe kam mir sehr bekannt vor – richtig, es war eine Heckler&Koch-Polizeipistole. Vermutlich Arne Heldts verschwundene Dienstwaffe.

»Bilden Sie sich keine Schwachheiten ein, Herr Gerlach«, sagte er, und nun war das Grinsen aus seinem Gesicht verschwunden. »Ich kann mit dem Ding umgehen. Bin zwar kein Meisterschütze, aber auf die Entfernung treffe ich Sie aus der Hüfte.«

Als ich den Becher langsam an die Lippen führte, zielte die Mündung, ohne zu zittern, exakt zwischen meine Augen.

Reinhard stellte seinen Becher auf die Fensterbank, legte die Waffe daneben, setzte sich, ohne den Blick eine Sekunde von mir zu wenden, auf einen weiß lackierten Stuhl im Rokokostil und zog das flache Ding unter seinem Oberarm hervor, das sich als Tablet-PC entpuppte. Er drehte das Gerät in meine Richtung, und ich konnte mich selbst auf dem Bett sitzen sehen, etwas dümmlich dreinschauend und mit einem Kaffeebecher in der Rechten.

Nach der Perspektive des Bilds musste die Kamera in der linken Ecke der gegenüberliegenden Wand versteckt sein. Vielleicht in dem Kästchen, das dort unschuldig über der Vorhangstange hing, jedoch kein Loch zu haben schien?

Sollte er sich etwas weiter von der Waffe entfernen, überlegte ich, selbst erstaunt über meine Ruhe und Kaltblütigkeit, sollte er nur ein wenig näher an mich herankommen, dann würde ich ihm den brühheißen Kaffee ins Gesicht schütten, und zwei Sekunden später wäre der Spuk zu Ende.

»Ich kann nichts erkennen auf dem Bildschirm«, log ich. »Könnten Sie vielleicht…?«

Er lachte auf, legte den Flachcomputer zur Seite und nahm dafür die Pistole wieder in der Hand. Auch als er sich den ersten behaglichen Schluck aus seinem Becher gönnte, behielt er mich im Auge. Mit einem Blick, der viel zu wach und konzentriert war angesichts der Umstände. Vermutlich stand er unter Drogen. Speed oder etwas MDMA-Haltiges. Etwas, das einen lange munter und aufmerksam hält.

»Das war mal das Zimmer Ihrer Schwester, nehme ich an.«

Reinhard schüttelte amüsiert den Kopf.

»Seit unsere Eltern tot sind, gehört ihr das Haus, aber das wissen Sie natürlich längst. Sie ist mit einem eingebildeten Verlagslektor verheiratet und hat zwei Töchter, verzogene Prinzessinnen, wie sie im Buche stehen. Aber früher war das hier mal mein Zimmer.«

»Sie sind in Meersburg zur Schule gegangen?«

Beschäftigt halten. Nicht zur Ruhe kommen lassen. Und auf die Sekunde warten, in der er abgelenkt ist.

Meine harmlose Frage schien er nicht gehört zu haben. Unvermittelt war Reinhard in irgendwelchen Gedanken und Erinnerungen versunken, sein Blick war jetzt abwesend, die Mündung der Pistole sank langsam herab. Er würde doch nicht etwa…?

»Wirklich ein schönes Haus«, versuchte ich ihn einzulullen, während ich meine Muskeln anspannte. »Beneidenswert, in so einem Ambiente aufwachsen zu dürfen.«

Immer noch reagierte er nicht. Ich machte mich sprungbereit. Die Entfernung betrug ungefähr drei Meter, zwei große Sprünge, nicht einmal eine Sekunde, und ich…

Plötzlich war er wieder da, sein Blick wieder klar.

»Stimmt«, sagte er tonlos. »Sie haben recht, es ist ein schönes Haus.«

»Ihr Vater war Arzt?«

»Was soll das, Herr Gerlach?«

Die Waffe war jetzt wieder auf den Punkt zwischen meinen Augen gerichtet, und das leise Grinsen in seinem Gesicht schien mir vermitteln zu wollen, er wüsste genau, was in meinem Kopf vorging. Ein Lausbubengrinsen, das ihn fast sympathisch wirken ließ. Mir gegenüber saß ein vierzigjähriger und beruflich erfolgreicher Mann, der tief im Inneren noch ein Kind war, wurde mir in diesem Moment bewusst. Ein manchmal trotziges, manchmal bösartiges Kind, das in seiner Wut gerne Dinge kaputt machte und Tiere quälte.

»Schon mein Opa war Arzt.« Er lachte. »Der berühmte Professor in Freiburg.« Dann ließ er die Waffe wieder sinken. »Wenn ich das Studium nicht geschmissen hätte, dann könnte man sagen, wir Reinhards sind eine Medizinerdynastie. Meine Schwester ist Fachärztin für Urologie. Erst als sie geheiratet hat, ist sie zur Mutterkuh mutiert.«

»Wieso eigentlich?«, fragte ich beiläufig und ohne ihn anzusehen. »Wieso haben Sie Ihr Studium so kurz vor dem Ende abgebrochen?«

»Aber Herr Gerlach!« Sein Grinsen wurde noch ein wenig breiter. Er hob die Pistole, zielte, als wäre es ein Spiel, über Kimme und Korn auf meine Stirn. »Sollte ich Sie so unterschätzt haben? Ich täusche mich selten in Menschen.«

Sollte ich es riskieren? Oder setzte ich damit mein Leben aufs Spiel? Stellt man heikle Fragen, wenn man nur eine Zeigefingerbewegung vom Tod entfernt ist? Andererseits – er würde nicht abdrücken. Er brauchte mich. Ich war seine Lebensversicherung. Sollte er mich erschießen, würde es keine Minute dauern, bis er Handschellen trug. Oder tot in seinem Blut lag.

Ich riskierte es also, sagte leichthin das kurze, alles entscheidende Wort: »Dorle.«

Aus den Augenwinkeln beobachtete ich Reinhards Reaktion. Sein Blick verschleierte sich wieder. Die Pistole sank wieder herab. Aber dieses Mal dauerte der Aussetzer nur kurz.

»Soll ich Ihnen was sagen?«, fragte er in plötzlich emotionslosem, geschäftsmäßigem Ton. »So gefällt mir das hier sehr viel besser. Mit diesem verängstigten Fötzchen hat es keinen Spaß gemacht. Mit Ihnen, das ist eine Sache auf Augenhöhe. Deshalb habe ich Sie auch nicht gefesselt. So hat es irgendwie was Sportliches, finden Sie nicht auch?«

»Sportlich fände ich es, wenn Sie keine Waffe hätten. Oder ich auch eine.«

»Ein Shooting wie in *High Noon*?« Er lachte glucksend. »Das würde Ihnen gefallen?«

Ich wurde nicht schlau aus dem Irren. Seine Stimmungen schienen ständig zu schwanken, und immer, in jeder Sekunde, war da dieses Eisige in seinem Blick, in seinen Augen, die niemals mitlächelten.

»Es würde mir überhaupt nicht gefallen«, versetzte ich schärfer als beabsichtigt. »Aber es wäre fair. Ich hätte eine Chance.«

»Stimmt«, sagte er leise. »Eine Chance haben Sie nicht. Und das ist gut so. Sie sehen es natürlich anders. Aber ich finde es gut so.«

»Wieso sind hier eigentlich überall diese Kameras?«

Reinhard sah mich zufrieden grinsend an. »Insgesamt fünfzehn Stück allein im Innenbereich. Draußen sind noch ein paar mehr davon. Und in jedem Raum eine Gegensprechanlage. Alles ist per WLAN vernetzt, und im Keller steht eine Notstromversorgung für mindestens achtundvierzig Stunden. Das sage ich jetzt für Ihre Kollegen, falls die mithören. Damit sie nicht auf so kindische Gedanken kommen, wie den Strom abzustellen.«

»Sie können hören, dass wir reden, aber sie verstehen nichts.«

Falls es ihnen nicht inzwischen gelungen war, dieses Hightechgerät vom LKA herbeizuschaffen, mit dessen Hilfe sie in der Lage wären, unsere Unterhaltung aus mehreren Hundert Metern Entfernung mitzuhören, indem sie per Infrarotlaser die Schwingungen der Fensterscheibe abtasteten.

»Sie denken gerade an diese Lasergeräte, nicht wahr?«, sagte Reinhard nicht unfreundlich. »Sie denken, ich hätte netterweise vergessen, den Fensterladen ordentlich zu verriegeln. Hab ich aber nicht. Ich sagte ja schon: Ich mag es gerne sportlich. Ich liebe die Herausforderung.« Plötzlich wurde seine Stimme laut: »Hallo an alle, die das hier hören, ich habe alles im Griff! Ihr habt keine Chance. Versteht ihr? Null Chance! Was immer euch auch gerade durch den Kopf geht, vergesst es. Es wird nicht klappen!«

Jetzt kugelte er sich fast vor Lachen, vergaß für einen Moment, auf seine linke Hand zu achten. Aber bevor ich meine Chance realisierte, zielte er schon wieder auf meinen Kopf. Er war nervös, was kein Wunder war, rutschte fast ständig auf seinem Stuhl herum, sein Blick kam selten für länger als eine, zwei Sekunden zur Ruhe.

»Dieses Haus ist ein Hochsicherheitstrakt«, sagte er, jetzt wieder kalt und sachlich. »Heike ist paranoid, seit hier mal eingebrochen wurde. Es ist nicht mal viel geklaut worden, waren wohl mehr so Gelegenheitsganoven, die gesehen haben, dass das Haus unbewohnt ist. Eine alte analoge Nikon-Kamera, eine billige Stereoanlage aus der Küche, zweihundert Euro. Die Bilder, die zusammen ein paar Hunderttausend wert sind, haben sie nicht mal angerührt. Heike hat anschließend die Panik gekriegt, wollte sogar das Haus verkaufen, aber das hat sie dann doch nicht über sich gebracht. Stattdessen haben sie und ihr superschlauer Stecher das Beste und Teuerste an Überwachungstechnik einbauen lassen, was sie kriegen konnten. Die Fenster im Erdgeschoss haben neue, stärkere Gitter gekriegt, und die Haustür, da brauchen Sie schon eine Handgranate, um die ohne zwei Schlüssel und einen sechsstelligen Code aufzukriegen. Keine Maus kommt auch nur auf das Grundstück, ohne dass der stille Alarm losgeht. Und so…«, jetzt grinste er mir wieder auf seine entwaffnende Weise ins Gesicht, »… hat am Ende doch alles sein Gutes, nicht wahr? Wären die Deppen damals hier nicht eingestiegen – sie sind übrigens zwei Wochen später geschnappt worden –, dann säßen wir zwei Hübschen jetzt nicht so gemütlich beieinander.«

Er stellte den Kaffeebecher, an dem er nur kurz genippt hatte, auf die Fensterbank zurück, und seine Miene wurde plötzlich fast mitleidig.

»Was auch immer Sie vorhaben, Herr Gerlach, und natürlich haben Sie irgendwas vor, es wird nicht funktionieren. Und was immer Ihre Kollegen da draußen planen, ich werde in jedem Fall genug Zeit haben, Sie umzulegen, bevor ich selber draufgehe.«

Die meisten Täter, mit denen ich während meiner bisherigen Polizistenlaufbahn beruflich zu tun hatte, waren Idioten gewesen. Einfach strukturierte Gemüter mit schlichten, leicht zu durchschauenden Gedanken.

Hier war es anders.

Reinhard war das Gegenteil eines Idioten. Er war ein hochintelligenter, vollkommen skrupelloser Mann, der Spaß dabei empfand, anderen Schmerzen zuzufügen.

»Wir haben uns verstanden?«, fragte er, jetzt plötzlich wieder fröhlich lachend.

Er war irre, kein Zweifel.

»Ihnen ist doch klar, dass es mir auf eine Leiche mehr oder weniger nicht ankommt?«

Er nahm seinen Becher von der Fensterbank, klemmte das Tablet wieder unter den Arm und erhob sich.

»Muss Sie jetzt leider ein Weilchen allein lassen«, erklärte er mit herumirrendem Blick. »Muss noch ein paar Sachen organisieren. Sie machen keinen Ärger, ja? Sie sind viel zu clever, um sich sinnlos in Schwierigkeiten zu bringen, oder?«

In seinen Augen schimmerte jetzt etwas Neues, von dem ich nicht hätte sagen können, was es war. Wahnsinn? Mordlust? Wartete er vielleicht nur darauf, dass ich ihm einen Grund bot, mir in den Kopf zu schießen?

Unsinn.

Ich war seine Lebensversicherung.

Er brauchte mich.

Andererseits wurde ich mir nicht darüber klar, wie logisch er noch denken konnte. Seine Stimmungsschwankungen, dieses Hin und Her zwischen Euphorie und plötzlicher Nachdenklichkeit machten mir Sorgen. Er stand unter Drogen. Er hatte in den vergangenen achtundvierzig Stunden keine ruhige Minute gehabt. Ohne chemische Hilfsmittel würde er im Stehen einschlafen.

»Natürlich«, erwiderte ich mit Blick in meinen Becher. »Natürlich kommt es Ihnen auf einen Mord mehr oder weniger nicht an.«

Plötzlich spielte wieder das lauernde, überhebliche Grinsen um seine wulstigen, immer ein wenig feuchten Lippen. Und die Pistole zielte wieder zwischen meine Augen.

»Na los, sagen Sie es schon! Sprechen Sie es aus, na los!«

»Ich habe gesagt, was ich zu sagen habe.«

»Sie spielen auf diese blöde Geschichte mit der kleinen Nutte an.«

Vergewaltigung und Mord waren alles andere als blöde Geschichten, hätte ich gerne geantwortet. Stattdessen sagte ich: »Sie hatten damals eine Freundin in Konstanz. Saskia, richtig?«

Er nickte erst nach langem Zögern. »Also gut, wenn es Sie glücklich macht: Die Kleine war die Tochter von einer Nachbarin. Die Mutter war eine eingebildete Schnepfe. Ich hätte sie auch haben können, wenn ich nur gewollt hätte.

Hab ich sogar überlegt, ein flotter Dreier mit Saskia und der anderen. Die Kleine, die war schon eher mein Geschmack: neugierig und frech und scharf wie eine Rasierklinge.«

»Sie hat Sie angemacht?«

»Sie sagen es. Sie wird hin und wieder was gehört haben, denke ich. Saskia war ja ziemlich hemmungslos beim Vögeln, und zum Kinderzimmer nebenan war nur eine Wand. Das wird sie heiß gemacht haben, diese kleine, geile Fotze.«

»Hat sie Sie angesprochen?«

Wieder veränderte sich Reinhards Miene von einer Sekunde zur nächsten. Sie wurde verschlossen. Grimmig rückte er seinen Tablet-PC unterm Arm zurecht, ging zur Tür, ohne mich noch einmal anzusehen. Die Audienz war beendet.

Ich nippte an meinem Becher. Die Kaffeebohnen waren überlagert, die inzwischen auf Trinktemperatur abgekühlte Brühe bitter, aber trinkbar. Milch und Zucker hatte Reinhard nicht für nötig gehalten oder nicht gefunden.

»Das mit dem Flieger läuft?« Schon in der Tür, wandte er sich noch einmal um.

»Soweit ich weiß, läuft alles, wie Sie es verlangt haben. Meine Leute rufen Sie an, sobald Ihre Maschine in der Luft ist.«

»Schon mal geflogen in so einer Kiste?«

Ich schüttelte den Kopf. »Habe auch kein Verlangen danach.«

»Wird sich leider nicht vermeiden lassen. Sie werden mich ein Stück begleiten müssen.«

Ich versuchte, gleichgültig zu klingen, als ich fragte: »Wohin? In die Mongolei? Auf irgendeine Südseeinsel?«

»Das erfahren Sie noch früh genug.« Er lachte gallig, nahm einen Schluck aus seinem Becher. »Oder auch nicht. Wir werden sehen.«

»Jedenfalls irgendwohin, wo man Sie nicht ausliefert.«

»Gut mitgedacht«, sagte er mit anerkennendem Nicken.

»Wie wäre es mit Aserbaidschan?«

Er zuckte mit keiner Wimper.

»Die liefern leider aus«, erwiderte er gelassen. »Kasachstan, Usbekistan, diese ganzen anderen Kanackistans nicht. Afghanistan sowieso nicht, aber das ist derzeit eher nicht das Land, wo man sich auf Dauer wohlfühlt.«

Wieder lachte er. »Soll ich Ihnen mal was verraten, Herr Gerlach? Letztlich ist alles immer nur eine Frage des Geldes. Sogar hier bei uns im ach so anständigen Deutschland – letztlich kriegen Sie für Geld alles. Hängt nur davon ab, wie hoch der Haufen ist, den Sie auf den Tisch legen können.«

»Bei Mord hilft Ihnen alles Geld der Welt nichts.«

»Wollen wir wetten?«

»Sie werden vor Gericht kommen. Ich werde es vielleicht nicht miterleben, aber man wird Sie schnappen. Vielleicht nicht heute, vielleicht nicht morgen, aber irgendwann. Und dann kommen Sie in den Knast. Für immer.«

»Nein«, erwiderte er, nun ebenfalls bitterernst. »Sie werden es nicht erleben. Mag sein, dass Sie am Ende recht behalten. Aber bis dahin werde ich noch viele lustige Jahre haben. Ein ruhiges, komfortables Haus am Kaspischen Meer vielleicht, oder von mir aus wirklich in der Südsee, weiß der Teufel. Geile Weiber, schnelle Autos, guten Wein. Was juckt es mich, was in fünf Jahren ist oder in zehn? Jetzt muss ich erst mal aus diesem beschissenen Land rauskommen mit seinen beschissenen Gesetzen und kleinkarierten Polizisten. Dieses Land, wo jeder, der irgendwas auf die Beine stellen will, mit so vielen Vorschriften und Steuern beharkt wird, bis ihm die Lust vergeht.«

»Ihrer Firma scheint es ja so schlecht nicht zu gehen«, versetzte ich zornig.

Die Stimmung war nun endgültig gekippt.

Das Geplänkel war zu Ende.

Die Masken waren gefallen.

»Weil ich auf Ihre Scheißgesetze pfeife!«, keifte Reinhard

mich an. »Weil jeder, der hier Erfolg hat, der es zu was gebracht hat, automatisch als Verbrecher gilt. Wenn Sie sich in Deutschland an alle Gesetze halten wollen, dann müssen Sie entweder Beamter werden, oder Sie können sich gleich die Kugel geben. Aber sogar das ist bestimmt verboten. Gilt Selbstmord in diesem gelobten Land nicht als Störung der öffentlichen Ordnung?«

33

Minuten später lernte ich Reinhard von wieder einer anderen Seite kennen. Ich hatte es mir auf dem Bett mit der bunten Tagesdecke bequem gemacht, mich mit dem Rücken an die Wand gelehnt und die Füße hochgestellt, obwohl ich die Schuhe nicht ausgezogen hatte.

Unvermittelt begann er unten zu brüllen und zu toben. Ich hörte ihn die Treppe hinaufhasten, die Tür krachte auf, donnerte gegen die Wand, schlug zurück und knallte – wie ich mit Befriedigung beobachtete – gegen seine Stirn.

»Diese Ärsche!«, geiferte er mit wutverzerrtem Gesicht und fuchtelte mit seiner Pistole herum. »Diese Drecksärsche, diese verfickten Saftsäcke!«

Es gab Probleme mit dem Jet. Er war aufgetankt und startbereit, ein Pilot war gefunden, aber nun erhielt er keine Starterlaubnis, weil der Nachweis irgendeiner technischen Prüfung nicht vorlag.

»Der B-Check ist im September gemacht worden, verdammte Scheiße noch mal!«, wurde ich in ohrenbetäubender Lautstärke belehrt. »Und der Nachweis liegt im Bordbuch, wo er hingehört. Mich verarscht ihr nicht, hört ihr? Mich nicht!«

Er riss die Waffe hoch, die Kugel schlug nur wenige Zentimeter neben meinem rechten Ohr in die Wand ein. Verputz spritzte herum, weißer Staub nebelte mich ein.

»Das erzählen Sie dem Falschen«, sagte ich ruhiger, als ich in diesen Sekunden war. »Ich kann da leider nichts machen.«

»Oh doch!«, fauchte er und zielte immer noch auf mich. »Das können Sie sehr wohl.«

In kurzer Folge drückte er noch dreimal ab. Die Staubwolke wurde größer, ein Klümpchen Putz traf mich am rechten Ohr, es tat teuflisch weh. Oder hatte mich eine der Kugeln gestreift? Unwillkürlich fasste ich hin, aber es schien nicht zu bluten.

Reinhards Lautstärke schwoll weiter an. Was nun folgte, war jedoch nicht mehr an mich gerichtet: »Wenn die Kiste nicht in zehn Minuten in der Luft ist, dann fließt hier Blut, verstanden, ihr Blödärsche da draußen? Und ich will sie sehen! Sie soll über den See fliegen, Höhe maximal tausend Fuß, damit ich das verdammte Kennzeichen lesen kann, verstanden? In spätestens dreißig Minuten will ich die Kiste vorbeifliegen sehen, oder es gibt ein Massaker, ist das jetzt angekommen?«

Ich wurde mir nicht darüber klar, ob seine Aufregung nur gespielt oder echt war. Vielleicht halb und halb. Jetzt grinste er plötzlich wieder, nahm die Pistole in beide Hände, zielte konzentriert auf meine Stirn…

Drückte wieder ab…

Dieses Mal spürte ich den Luftzug des Geschosses, das haarscharf über meinen Schädel hinwegpfiff. Wieder staubte Gips, flogen Brocken durch die Luft.

»Nächstes Mal ziele ich genau fünf Zentimeter tiefer«, sagte Reinhard und verschwand so schnell, wie er gekommen war.

Der Schlüssel wurde im Schloss gedreht.

Ich war wieder allein.

Der einsamste Mensch der Welt, aber fürs Erste in Sicherheit.

Erst als Reinhard schon wieder im Erdgeschoss herumkramte, begann ich wieder zu atmen und den weißen Staub aus meinen Haaren zu strubbeln.

Alle fünfzehn Minuten verkündete die Kirchturmuhr gewissenhaft die Zeit. Viertel nach zehn, halb elf…

Reinhard geisterte ständig im Haus herum. Vielleicht aus

innerer Unruhe, vielleicht auch aus der Überlegung heraus, dass ein Überraschungsangriff schwierig war, wenn man draußen nie genau wusste, wo er sich gerade aufhielt. Und ich konnte nichts tun, als dazusitzen und mir die Sonne ins Gesicht scheinen zu lassen, da er mich mithilfe seiner Überwachungstechnik ständig unter Kontrolle hatte.

Ich nahm den Teddy auf, setzte ihn neben mich, gegen ein kleines zitronengelbes Kissen gelehnt, damit er es bequem hatte.

Der Streifen Sonnenlicht wanderte weiter und weiter nach links und wurde allmählich schmaler. Bald würde ich im Schatten sitzen.

Dong, dong, dong – Viertel vor elf.

Der Kaffee machte sich bemerkbar. Ich musste zur Toilette. Eine Weile unterdrückte ich den Drang aus Angst vor den Umständen und Unannehmlichkeiten, die die Aktion mit sich bringen würde. Aber irgendwann ging es nicht mehr.

»Herr Reinhard!«, rief ich. »Ich muss mal.«

Erst dachte ich, er hätte mich nicht gehört, aber dann drehte sich plötzlich der Schlüssel im Schloss, ohne dass ich zuvor Schritte gehört hatte. Die Tür ging auf, wieder bis zur Wand. Fürchtete er, ich hätte mich dahinter versteckt, um über ihn herzufallen?

Er war jetzt auf Strümpfen. Wollte er auf diese Weise verschleiern, wo er sich aufhielt? Mit der Waffe im Anschlag ging er so weit rückwärts, bis das Geländer der Galerie ihn stoppte.

»Aufstehen«, kommandierte er nicht unfreundlich. »Und immer schön langsam. Gaaanz langsam, okay?«

Ich gehorchte.

»Sie wissen, wo das Klo ist.«

Ich fand die richtige Tür ohne Zögern.

»Die Tür bleibt offen«, erklärte er in meinem Rücken schroff. »Wir sind unter uns. Und gepinkelt wird im Stehen, klar? Meine Schwester hat hier im Augenblick nichts zu melden.«

Den Sinn seines letzten Befehls verstand ich nicht, aber weshalb sollte ich ihm den Gefallen nicht tun? Je mehr er den Eindruck gewann, ich spielte sein Spiel mit, desto unaufmerksamer würde er werden. Hoffte ich.

»Was ist mit Ihrem Flugzeug?«, fragte ich über die Schulter.

Das war inzwischen in der Luft. In wenigen Minuten erwartete Reinhard, seinen Jet über den Bodensee rauschen zu sehen. Vielleicht war er deshalb noch zappeliger und nervöser als zuvor.

Ich ließ mir Zeit.

Jetzt gab es auch noch Ärger mit der gepanzerten Limousine, erfuhr ich, als ich mir übergründlich die Hände wusch und mit bescheidenem Erfolg versuchte, mithilfe des kleinen hellblauen Handtuchs den Gips aus meinem Gesicht und von meinen Schultern zu wischen. Der Fahrdienst der Landesregierung weigerte sich mit Hinweis auf irgendwelche Vorschriften, einen Wagen herauszurücken.

»Was denken Sie?«, fragte Reinhard, als ich an ihm vorbei in mein Mädchenzimmer zurückging. »Kann das stimmen?«

»Ich kenne mich mit diesen Vorschriften so wenig aus wie Sie. Aber meine Kollegen werden schon ein passendes Auto auftreiben. Das Letzte, was die tun werden, ist, mein Leben zu riskieren.«

Er schnaubte verächtlich, erwiderte jedoch nichts.

»Haben Sie auch Hunger?«, fragte er, als wir wieder in meinem sonnigen Gefängnis standen. »Mir hängt der Magen in den Kniekehlen. Der Kühlschrank ist leer und abgetaut. Und wir zwei haben heute noch einen langen Tag vor uns.«

»Lassen Sie sich doch was bringen. Was hätten Sie denn gerne?«

»Sushi wäre cool«, erwiderte Reinhard, als ich mich wieder neben den alten Teddy setzte, meinen neuen Freund. Er tippte schon auf seinem Tablet herum, das er auch jetzt bei sich trug. »Nein, das hier gefällt mir besser: Romantikhotel mit Gourmetrestaurant. Von denen lassen wir uns ein feines Frühstück bringen. So richtig nobel, ja? Wäre das okay für Sie?«

Dieser Irre fragte mich allen Ernstes, ob ich mit seiner Wahl einverstanden war. Schon zückte er sein Handy, sah mich an. »Die Nummer des Einsatzleiters haben Sie im Kopf?«

»Rufen Sie in Gottes Namen die Hundertzehn an«, sagte ich mit vor plötzlich aufkochender Wut gepresster Stimme. Nicht nur seine Stimmung schwankte jetzt ständig. »Wieso gehen Sie mir mit so einem Scheiß auf den Geist?«

Er stand neben der Tür an der Wand, die Waffe wieder einmal auf mich gerichtet, und war plötzlich erneut in irgendwelchen Gedanken versunken. Die Mündung zielte nicht mehr auf mich, sondern auf einen Punkt meterweit von mir entfernt. War jetzt der Zeitpunkt, mich auf ihn zu werfen und ihn – Pistole hin, Gefahr her – zu verdreschen, bis ihm die Sinne vergingen?

Aber nein, er war schon wieder da, sein Blick wieder klar und kalt.

»Finden Sie das einen angemessenen Ton zwischen zwei kultivierten Menschen?«, fragte er frostig. »Ich biete Ihnen ein kostenloses Vier-Sterne-Frühstück an, und Ihnen fällt nichts Besseres ein, als mich blöd anzumachen?«

Ich atmete tief durch, fuhr mir mit der linken Hand übers Gesicht. »Bin ein bisschen angespannt. Ist ja vielleicht kein Wunder...«

Wortlos wandte er sich ab, und Augenblicke später hörte ich ihn auf der Galerie mit ruhiger, souveräner Geschäftsführerstimme telefonieren.

Den Teddy hatte ich inzwischen Wilson getauft in Erinnerung an einen Film mit Tom Hanks. Darin ging es um einen Piloten, der über dem Pazifik abstürzt und auf einer menschenleeren Insel strandet. Sein einziger Gesprächspartner ist jahrelang ein weißer Ball, dem er mit seinem eigenen Blut ein Gesicht gemalt und den er Wilson getauft hatte. Ich meine, weil der Ball von einer Firma dieses Namens stammte.

Dieses Mal öffnete sich die Tür langsam, Reinhard trat zögernd ein, sagte ohne ein Lächeln, ohne auf mich zu zielen oder mich überhaupt anzusehen: »Frühstück kommt.«

Kraftlos kippte er gegen die Wand neben der Tür, stand mit leerem Blick da wie ein übergroßer Schuljunge, der vor dem Lehrerzimmer eine Stinkbombe geworfen hat und erwischt wurde. Wegen des Frühstücks war er nicht hier, das war mir klar.

»Diese Sache in Konstanz«, begann er denn auch schließlich mit gesenktem Blick. »Sie haben ganz richtig getippt, die kleine Fotze hat mich angebaggert. Beim ersten Mal war's im Treppenhaus. Sie fand meine Kawa geil und hat gefragt, ob ich sie mal ein Stück mitnehme.«

Etwas wie ein verträumtes Lächeln geisterte über sein käsig blasses Gesicht, das eben noch wie tot gewesen war. »Ich hab sie immer noch, die Kawa. Steht unten in der Garage. Bin aber ewig nicht mehr gefahren damit. Eine Schande. Eine Schande, echt.«

»Und? Durfte sie?«

»Was? Ach so. Sie hat keinen Helm gehabt. Hab dann nur eine kleine Runde um den Block mit ihr gedreht, damit sie mich in Frieden lässt.«

Seltsamerweise hatte ich überhaupt keine Angst mehr. In mir waren jetzt nur noch Leere und Kälte. Er sah mir wieder ins Gesicht. Betreten, unterwürfig fast, um Vergebung bittend. Bahnte sich hier so etwas wie ein umgekehrtes Stockholm-Syndrom an? Hier versuchte nicht die Geisel, sich dem Geiselnehmer sympathisch zu machen, sondern der Täter warb um das Verständnis seines Opfers? Er bedrohte mich ständig mit der Waffe und wollte gleichzeitig mein Freund sein.

»Und das war alles?«, fragte ich harmlos. »Einmal um den Block fahren?«

»Klar war es nicht alles«, erwiderte er gequält. »Zwei Tage später hat Saskia Schluss gemacht. Einfach so, von jetzt auf nachher. Weiß nicht, warum, bis heute nicht. Vielleicht hab ich sie mal zu hart rangenommen. Obwohl ihr das sonst gefallen hat. Sie hat sofort aufgelegt, wenn sie meine Stimme gehört hat. Handys hat man damals ja noch nicht so viel gehabt. Dabei hatten wir doch so genialen Sex. Und auf einmal wollte sie nicht mehr, die dumme Schlampe. Sie hat die Tür nicht aufgemacht, wenn ich geläutet habe, hat wieder aufgelegt, wenn ich angerufen habe. Zwei oder drei Wochen später bin ich dann noch mal hin, wollt sie bequatschen, es sich noch mal zu überlegen. Irgendwie bin ich ins Haus gekommen. Es war spät, schon fast Mitternacht. Aber sie hat noch Licht angehabt, ich hatte es von draußen gesehen. Sie hat wieder nicht aufgemacht. Wir haben uns durch die Tür gezofft, durch die geschlossene Tür. Ich wollte wissen, ob sie einen anderen hat, ob es das ist. Ob der es ihr besser besorgt als ich. Was ich falsch gemacht habe. Es war doch alles gewesen wie immer. Am Ende hat Saskia behauptet, es sei wegen ihrem Mann. Sie könne es einfach nicht mehr, und ich solle mich verpissen. Dann hat sie sogar gedroht, sie holt die Bullen, wenn ich nicht verschwinde. Bin ich also abgezogen, total gefrustet, hatte auch schon bisschen was getrunken. Ich wieder runter zu meiner Kawa, voll sauer und angepisst, und wer steht da und grinst mich blöd an? Das Fötzchen. Wie gesagt, es war schon um Mitternacht. Sie grinst bis an die Ohren und meint, nachts würd es doch keiner sehen, wenn sie ein paar Kilometer ohne Helm mitfährt.«

»Und Sie haben ihr den Gefallen getan.«

Reinhard schien sein Flugzeug vergessen zu haben, das jeden Moment im Tiefflug an uns vorbeidüsen musste.

Als ich überlegte, ob ich ihn daran erinnern sollte, fiel es ihm plötzlich wieder ein. Er murmelte etwas Unverständliches, verschloss hastig die Tür. Ich hörte Fensterläden quietschen, dann für eine Weile nichts als das Säuseln eines leichten Winds an der Hausecke und schließlich das rasch näher kommende Brausen eines tief fliegenden Düsenflugzeugs. Kurz sah ich die blendend weiße Maschine ihre Bahn in Richtung Osten ziehen, zügig Höhe gewinnen und bald im hellen Dunst verschwinden, der immer noch über dem See hing.

Reinhard hatte seinen Willen bekommen. Der erste Teil seiner Forderungen war erfüllt.

In einer knappen Stunde lief sein Ultimatum ab. Dann würde es kritisch werden. Mir war sonnenklar, dass der gepanzerte Wagen um zwölf nicht vor der Tür stehen würde. Und um eins vermutlich auch noch nicht.

Wieder wurde der Schlüssel gedreht. Reinhard stellte sich wieder neben die Tür und sprach an dem Punkt weiter, an dem er vor wenigen Minuten abgebrochen hatte.

»Ja, ich hab ihr den Gefallen getan, verdammt, der kleinen Nutte. Wir sind aus der Stadt raus, ich hab ein bisschen aufgedreht, sie hat sich an mich gekrallt wie ein Äffchen und gequiekt vor Vergnügen. Mit hundertzwanzig bin ich durch Allensbach gedonnert. Vor Radolfzell hab ich gewendet, und wir sind wieder zurück. Und auf einmal merke ich, diese dreckige kleine Schlampe, diese geile Fotze mit ihren Mädchentitten fasst mir zwischen die Beine…«

»Sie haben angehalten…«

»Da war gerade ein Wäldchen, wie bestellt, ein Parkplatz, ein Waldweg. Ich da rein, es war fast Vollmond, und sie war schon nass zwischen den Beinen wie ein Putzlappen.«

»Es war nicht ihr erstes Mal, nehme ich an.«

»Hab jedenfalls nichts davon gemerkt, dass die kleine Schlampe noch Jungfrau gewesen wäre.«

Gedankenverloren betrachtete er die Nägel seiner rechten Hand. Die Linke mit der Pistole hing jetzt kraftlos herab.

»So weit verstanden«, sagte ich ruhig. »Aber wie …?«

»Ich weiß es nicht«, behauptete er nach langem Grübeln müde. »Glauben Sie es oder glauben Sie es nicht, ich weiß es nicht.«

»Sie wissen nicht, warum Sie sie umgebracht haben?«

»Es war … Ich meine, es hat Streit gegeben. Vielleicht hab ich sie ein bisschen zu hart angefasst, weiß nicht. Sie hatte keine Ahnung, wie Sex funktioniert, hat rumgezappelt wie … Wie Teenies eben zappeln beim Ficken. Wenn sie nicht wie ein Brett daliegen. Und auf einmal, da ist sie … Voll ausgetickt ist sie, hat angefangen rumzukreischen, keine Ahnung, mag sein, ich hab ihr wirklich ein bisschen wehgetan, und auf einmal liegt sie da, ich immer noch auf ihr drauf, die Hände um ihren blöden, dürren Hals, und zuckt nicht mehr. Zuckt einfach nicht mehr, das kleine Dreckstück.«

Die Tatsache, dass Dorle erwürgt wurde, hatte damals in keiner Zeitung gestanden. Dieses Detail konnte nur der Täter wissen. Der jetzt vor mir stand und mich verlegen angrinste, als könnte ich ihm Absolution erteilen.

»Und Sie lassen die Leiche einfach liegen und fahren gemütlich nach Hause. Sie haben damals noch hier gewohnt, nehme ich an, in diesem Haus?«

Er schlug die grauen, ein wenig vorstehenden Augen nieder, wagte nicht mehr, mir ins Gesicht zu sehen, stand an der Wand wie ein schuldbewusstes Kind.

»Sie haben gehofft, Sie kommen davon, werden nicht erwischt, und so war es dann ja auch. Anfangs konnten Sie es wahrscheinlich selbst nicht ganz glauben …«

Mechanisch schüttelte er den Kopf. Murmelte zusammenhangslos: »Mit Saskia, das war ja schon vorbei.«

»Hat sie es gewusst? Dass Sie Dorle…?«

»Gewusst nicht, Blödsinn! Klar, sie könnte uns gesehen haben, die Kleine und mich, durchs Fenster. Aber dann wäre sie doch am nächsten Tag zur Polizei. Vielleicht hat sie auch den Mund gehalten, weil sie Angst hatte, dass ihr Mann davon erfährt und ihr dumme Fragen stellt. Das Studium hab ich dann geschmissen und bin erst mal weg. Hatte sowieso keine Lust, Arzt zu werden. Nie gehabt.«

»Sie haben damals schon gerne gefilmt«, versuchte ich, das Gespräch unauffällig in eine andere Richtung zu lenken.

»Hab ich, ja.« Wieder nickte er, immer noch in Gedanken versunken. »Filmen war das, was mir wirklich Spaß gemacht hat. Das Studium habe ich mir bloß angetan, weil mein Alter mich sonst enterbt hätte.«

»Sind Sie dann gleich nach Freiburg gezogen?«

»Erst mal bin ich rumvagabundiert. Paar Wochen London, zwei Monate Stockholm, ein halbes Jahr Mailand. Dann habe ich mich wieder nach Deutschland getraut. Habe in München versucht, bei der Bavaria zu landen, als Kameramann oder so was. Aber die wollten mich nicht, weil ich ja null Ausbildung hatte. Später hab ich in Köln gejobbt, bei einer kleinen Produktionsfirma. Werbefilmchen für irgendwelche Scheißunternehmen, Privatschulen, Hotels, Golfplätze, solcher Bullshit. Das Schlimmste waren die privaten Aufträge. Langweilige Hochzeiten, Jubiläen von sabbernden Greisen, plärrende, nach Kacke stinkende Babys. Dann war ich wieder in Berlin, dachte, vielleicht geht was in Babelsberg. Und am Ende habe ich mir gesagt, diesen Kleinscheiß, den kann ich genauso gut auf eigene Rechnung produzieren. Gelernt hatte ich inzwischen genug.«

Die Linke mit der Pistole hing immer noch schlaff herab. Reinhard war mit seinen Gedanken weit in seiner Vergangenheit.

Ich dagegen war ganz in meiner Gegenwart.

Unendlich langsam schob ich die Füße von mir, rutschte auf dem Bett nach vorn in Richtung Kante, aber bevor ich den Boden berührte, riss Reinhard den Kopf hoch und war wieder da. Und Arne Heldts Dienstwaffe zielte wieder zwischen meine Augen.

»Sorry«, sagte ich, »mein linkes Bein ist eingeschlafen.«

»Setzen Sie sich genauso hin wie vorhin. Rücken an die Wand, Füße aufs Bett.«

Ich gehorchte.

»Wie es aussieht, lässt sich eine Menge Geld mit dem verdienen, was Sie Kleinscheiß nennen«, sagte ich harmlos.

Sein Blick war wieder kalt, wach und ausdruckslos.

»Ich komm zurecht«, antwortete er nach einer Weile gleichmütig. »Die Eltern haben mir einiges vererbt. Heike hat das Haus hier gekriegt und das Mietshaus in Konstanz …«

»Etwa das, wo Ihre Freundin und Dorle …?«

»Mein Vater hat es gekauft, als er nicht mehr wusste, wohin mit seiner vielen Kohle. Dann gab's noch zwei Häuser in Freiburg, die sind an mich gegangen. Den Schuppen an der Wintererstraße, den hat mein Opa gebaut.«

»Da hatten Sie ja ein feines Startkapital.«

Wieder versuchte ich, Reinhard in die Richtung zu locken, wie er in Wirklichkeit sein Geld verdiente. Aber auf dem Ohr hörte er nichts.

Und mich interessierte ja auch noch etwas anderes: »Und dann, fünfzehn Jahre später, taucht mein Kollege bei Ihnen auf und geht Ihnen mit lästigen Fragen auf die Nerven.«

»Was denn für ein Kollege?«, fuhr er mich finster an. »Weiß nichts von einem Kollegen.«

Was sollte das jetzt? Im Grunde hatte er schon durch seine heftige Reaktion zugegeben, dass Heldt ihn kontaktiert hatte, und damit auch alles Weitere. Weshalb stritt er es jetzt ab? Aus Scham etwa? War die Erinnerung an die Ermordung von Arne Heldt noch so frisch, dass er nicht daran denken wollte? Als er mir vorhin von Dorles letzter Stunde erzählte, hatte er am Ende erleichtert gewirkt. Vielleicht brauchte er wieder ein wenig Zeit, bis er über seinen zweiten Mord sprechen konnte.

Aber selbst wenn er schwieg, wir hatten seine DNA, und diese stimmte mit der des Täters überein, sowohl im Fall Heldt als auch im Fall Dorle.

Vermutlich war er einfach nur verrückt.

Gleichviel. Er würde lebenslänglich bekommen, so oder so. Hätte ich es zu entscheiden, mit anschließender Sicherheitsverwahrung.

Für immer.

Das Handy in seiner Hosentasche begann zu randalieren.

34

»Hoch mit Ihnen!« Reinhard drückte mir seine Waffe so hart an die Schläfe, dass es wehtat. »Ich hab einen Job für Sie.«

Ich musste langsam, gaaanz langsam aufstehen von meinem bunten Lager und vor ihm das Zimmer verlassen. Mit der Mündung der Pistole am Hinterkopf stieg ich gaaanz langsam die Treppe aus weiß-grauem Carraramarmor hinab, die in elegantem Schwung ins Erdgeschoss hinunterführte.

Die Kellertreppe war aus Beton, gerade und deutlich schmaler als die erste. Im Schloss der weiß lackierten Stahltür am unteren Ende steckte ein Schlüssel, aber die Tür war nur angelehnt. Im düsteren Keller war es noch kälter als in der Halle. Es roch modrig, nach Heizöl, altem Staub und ein wenig nach Schimmel. Hier müsste öfter mal gelüftet werden, dachte ich automatisch. Als hätte es irgendeine Bedeutung für mich, ob dieses Haus in zehn Jahren noch stand oder in sich zusammengefallen war.

An mich selbst sollte ich denken. Meine Situation hatte sich verändert, und das bedeutete, es konnten sich unerwartete Gelegenheiten auftun.

Vor einer weiteren Stahltür, diese war dunkelblau, befahl Reinhard hinter mir scharf: »Stopp!«

Ich hörte ihn rascheln, dann das Tuten seines Handys. Eine leise quäkende Stimme. Reinhard hörte zu, antwortete knapp: »Wir kommen jetzt. Und keine Tricks!« Dann zu mir: »Weiter!« Ich zog die schwere Tür auf, betrat einen blendend hellen Raum, von dem eine dritte Metalltür ins Freie führte. Links daneben war ein vergittertes, vor Schmutz fast blindes Fenster. Jenseits der Tür befand sich das untere

Ende der Außentreppe, die an der Nordwand der Villa zum Keller ging. Viel verstaubtes Gerümpel stand hier herum, ausgemusterte Möbel, ein rostiges Dreirad, ein rotes Bobbycar, dem das Lenkrad fehlte und ein Hinterrad, stapelweise Kartons.

»Keine Dummheiten«, raunte Reinhard mir ins Ohr. Er hielt sich jetzt dicht hinter mir und missbrauchte mich als Sichtschutz und Kugelfänger. »Eine falsche Bewegung, und Sie sind Geschichte.«

Seine Waffe drückte hart gegen mein Genick.

»Tür aufmachen ... Gut ... Noch ein Stück ... Brav machen Sie das.«

Auf rauem, verdrecktem Betonboden voller regenfeuchtem Laub und Papierfetzen standen zwei aufeinandergestapelte grünliche Styroporkisten. Unser Frühstück.

Ich spürte, wie Reinhard sich klein machte, um den Scharfschützen, die jetzt hoffentlich jede seiner Bewegungen durch ihre Zielfernrohre beobachteten, keine Angriffsfläche zu bieten. Obwohl wir uns etwa zwei Meter unterhalb des Bodenniveaus befanden und höchstens aus einem Hubschrauber zu sehen gewesen wären.

Langsam ging ich in die Knie, packte die Kiste, die überraschend leicht war, hob sie an, ließ sie fallen, wirbelte herum und ...

Mein Schlag, in den ich all meine Kraft und Hoffnung legte, ging ins Leere, streifte nur Reinhards rechten Unterarm. Ein Schuss peitschte, traf mich jedoch nicht, jedenfalls fühlte ich keinen Schlag, ein Querschläger jaulte durch den Kellerraum, und als ich Reinhard wieder sah, stand er zwei Meter von mir entfernt, hielt die leicht zitternde Waffe mit beiden Händen und zielte wieder einmal auf meine Stirn.

»Böser Fehler«, sagte er kalt. »Sehr, sehr böser Fehler.«

Sekundenlang schwiegen wir uns an. Schließlich kommandierte er scharf: »Umdrehen! Hinknien!«

Ich gehorchte – was blieb mir übrig? –, hörte ihn leise näher kommen, fühlte noch den Schlag am Hinterkopf …

Als ich wieder zur Besinnung kam, lag ich am Fuß der Kellertreppe, vor der weißen Stahltür, in deren Schloss jetzt kein Schlüssel mehr steckte. Mein Kopf dröhnte, mir war übel, und hinter dem Rücken waren die Handgelenke stramm zusammengebunden, vermutlich mit einem dieser verfluchten und fast unzerstörbaren Nylonkabelbinder, den Reinhard zur Strafe extra festgezogen hatte. Schon jetzt fühlte ich meine Finger nicht mehr.

Was nun?

Erst einmal liegen bleiben, ruhig atmen, zu mir kommen, nachdenken.

Liegen bleiben war bei Weitem der einfachste Teil.

Atmen verstärkte die Kopfschmerzen.

Nachdenken ging gar nicht.

In meinem Kopf herrschte ein Chaos wie in einem brennenden Hühnerstall.

Warten, bis es besser wurde.

Es schien nicht besser werden zu wollen.

Auch nach Minuten war mir immer noch speiübel, wieder und wieder krampfte sich mein Magen zusammen, und es kostete mich eine Menge Willenskraft, dem Brechreiz nicht nachzugeben.

Hinsetzen vielleicht? Wenn ich ganz flach atmete und jede schnelle Bewegung vermied?

Nicht leicht, wenn man die Hände nicht zur Verfügung und zugleich rasende Kopfschmerzen hat. Schließlich schaffte ich es aber doch, mich durch Strampeln, Rucken und Schieben so zu drehen, dass ich auf dem Rücken und mit dem Kopf zur Wand lag.

Wo steckte überhaupt Reinhard, dieses Schwein?

Ich lauschte eine Weile, aber im Haus war alles still. Kein Rascheln war zu hören, keine Schritte, nichts.

Vorsichtig stemmte ich die Füße gegen die gegenüberliegende Wand, schob mich Zentimeter für Zentimeter über den Fliesenboden, versuchte, mich auf die Ellbogen zu stützen. In meinem Schädel arbeitete eine Hammerschmiede, jeder einzelne Knochen schien mir wehzutun, mein Magen protestierte aufs Schärfste, aber am Ende saß ich tatsächlich mit dem Rücken zur Außenwand und fühlte mich ein wenig besser.

Was wohl die Kollegen draußen dachten? Sie hatten den Schuss gehört. Vielleicht hatte ich gebrüllt bei meinem misslungenen Versuch, Reinhard die Waffe aus der Hand zu schlagen. Wussten sie, dass ich noch lebte? Bereiteten sie in diesem Moment die Stürmung des Hauses vor? Wie viel Zeit mochte vergangen sein seit meiner so kläglich gescheiterten Heldentat?

Für einen kurzen Moment schäumte die irrwitzige Hoffnung in mir auf, die Stürmung sei schon vorüber, Reinhard längst in Handschellen, und meine Kollegen hätten in der Aufregung nur vergessen, mich zu informieren.

Offenbar hatte auch mein Gehirn Schaden genommen bei dem Schlag gegen den Hinterkopf.

Da! Jetzt hörte ich doch etwas: Schritte. Leise Schritte. Eine Tür knarrte, Reinhard kam die Treppe herunter, vom Obergeschoss ins Erdgeschoss. Kurz darauf sah ich ihn am Geländer über mir. Mit spöttischem Grinsen blickte er auf mein Elend herab.

»Frühstück können Sie jetzt natürlich vergessen«, sagte er befriedigt. »Das haben Sie sich verscherzt.«

»Wie spät ist es?«, brachte ich mit Mühe heraus.

»Halb zwölf vorbei. Bald geht's los. Sind Sie fit? Sie müssen den Wagen fahren.«

»Fit?« Fast hätte ich gelacht. »Mir ist kotzübel. Wenn ich in diesem Zustand fahre, kommen wir keine hundert Meter weit.«

Er sah mich eine Weile nachdenklich an, überlegte vielleicht, ob das wieder ein neuer Trick von mir war. Schließlich wandte er sich ab mit den Worten: »Ich hole Ihnen einen Kaffee. Der bringt Sie wieder auf die Beine.«

Zwei Minuten später kam er zu mir herunter, einen großen, dampfenden Becher in der Hand, und begann, mir in kleinen Schlucken die schwarze, bittere und kochend heiße Brühe einzuflößen. Außerdem musste ich zwei Tabletten schlucken. Ein Schmerzmittel, behauptete Reinhard.

»Sind verschreibungspflichtig und ziemliche Hämmer. Aber ich bin ja praktisch Arzt, nicht wahr?«

Anfangs rebellierte mein Magen noch, aber dann wurde mir tatsächlich besser.

Oben begann ein Telefon zu trillern.

In einem Ton, der meinen Kopf in äußerst unangenehme Resonanzen versetzte.

Reinhard stellte den Becher neben mir auf den Boden, hastete die Treppe hinauf. Ich hörte, wie er sich meldete und fast sofort wieder zu fluchen und zu brüllen begann.

Unter keinen Umständen durfte ich in dieses Flugzeug steigen, überlegte ich, als ich eine Viertelstunde später wieder auf meinem Bett saß und mit meinem neuen Freund Wilson ratlose Blicke tauschte. Meine Hände waren immer noch am Rücken gefesselt, die Finger offenbar nicht mehr vorhanden. Reinhard tobte rasend vor Wut im Erdgeschoss herum, fluchte, knallte Türen, fluchte wieder. Angeblich steckte der gepanzerte Mercedes in einem Stau auf der A 81, hatte er vorhin erfahren. Nicht absehbar, wann der sich auflöste. Den Stau gab es tatsächlich, hatte er herausgefunden, wodurch seine Laune jedoch nicht besser wurde.

Wie sollte ich es verhindern? Wie konnte ich es vermeiden, das Flugzeug zu betreten?

Welche Möglichkeiten und Chancen hatten meine Kollegen, die sich jetzt irgendwo dort draußen ebenfalls die Hirne zermarterten, mich während der Fahrt zu befreien?

Reinhard würde mir vom ersten bis zum letzten Meter unserer Fahrt die verfluchte Waffe an den Kopf halten. In einem Wagen mit schusssicheren Scheiben und Türen, die zur Not sogar den Salven eines schweren Maschinengewehrs standhielten.

Ich könnte einen Unfall inszenieren, absichtlich von der Straße abkommen. Oder gegen einen Betonpfeiler donnern und auf die Airbags hoffen. Wenn ich die richtige Geschwindigkeit wählte, dann würden wir beide überleben, und es könnte mir gelingen, Reinhard zu überwältigen. Falls ich vor ihm das Bewusstsein wiedererlangte.

Jedenfalls würden so viele wertvolle Sekunden voller Unsicherheit und Verwirrung entstehen. Sekunden, in denen ein Scharfschütze Reinhard erledigen konnte. Sekunden, in denen alles geschehen konnte. Gutes wie Schlechtes.

Andererseits: In dem Moment, in dem Reinhard die Ausweglosigkeit seiner Situation begriff, war ich ein toter Mann. Ich müsste ihm im Moment des Unfalls oder kurz darauf die Waffe entreißen. Doch war ein Risiko, selbst ein großes, nicht allemal besser als der sichere Tod?

Einen kritischen Moment würde es geben, und das war mit Sicherheit auch Reinhard bewusst: das Umsteigen vom Wagen in den Jet. In dieser Phase würde er den Scharfschützen vielleicht ein Ziel bieten.

Die Situation in Friedrichshafen kannte er ebenso wenig wie ich. Hatte er schon einen Plan für diesen Umstieg, oder baute er auf seine Schläue, sein Improvisationstalent und sein Glück?

Was würde ich tun, wäre ich an Vangelis' Stelle, hätte ich die Verantwortung zu tragen?

Ihre einzige Chance war im Grunde, Reinhard in eine unvorhergesehene, unübersichtliche Situation zu bringen. Verwirrung zu stiften und dann innerhalb von Sekundenbruchteilen die hoffentlich richtige Entscheidung zu treffen. Genau auf so etwas würde er natürlich lauern. Weil jeder Geiselnehmer, der nicht von allen guten Geistern verlassen ist, mit so etwas rechnet.

Wie auch immer – irgendwann würde hoffentlich die eine Sekunde kommen, die eine unüberlegte Bewegung Reinhards, die den Scharfschützen Gelegenheit für den finalen Rettungsschuss bot. Die Tötung des Geiselnehmers, wenn das Leben der Geisel anders nicht zu retten ist.

Vielleicht würden sie etwas am Auto manipulieren, sodass es nach wenigen Kilometern stehen blieb. Reinhard würde kreischen und toben, ein anderes Fahrzeug verlangen, das natürlich erst beschafft werden musste, was wieder seine Zeit dauern und neue Unwägbarkeiten und Möglichkeiten schaffen würde …

Eines würde er als Allerletztes tun: mich erschießen. Ich war seine Lebensversicherung. Er brauchte mich, er brauchte mich, er brauchte mich …

So erwog ich Chancen und Risiken und Optionen, bis mir schwindlig wurde. Die Kirchturmuhr schlug zwölf Mal. Jetzt wurde es ernst. Oder auch nicht, falls Vangelis auf Zermürbung setzte.

Denn das hätte ich an ihrer Stelle getan: Schwierigkeiten mit der Landeerlaubnis in Friedrichshafen. Die Flughafenleitung will keine Schießerei auf dem Vorfeld riskieren. Schwierigkeiten mit dem Wagen. Er hat einen Unfall gehabt, dem Fahrer ist schlecht geworden, Ersatz muss erst gefunden werden. Tausend und eine Möglichkeit, die Sache zu verzögern. Und jede einzelne davon würde zum immer gleichen Ergebnis führen: Reinhard würde noch nervöser, noch gereizter werden und damit unberechenbarer.

Unten tirilierte wieder einmal das Telefon. Ich hörte Reinhard in ruhigem Ton seine Anweisungen geben: »In die Garage, richtig … Rückwärts, genau … Die linken Türen offen lassen … Ja, beide natürlich … Und den Kofferraum auch.«

Der Stau hatte sich offenbar aufgelöst. Der Wagen kam doch fast pünktlich.

Seine Stimme wurde leiser. Für eine Weile konnte ich nichts mehr verstehen, weil er vielleicht ein Zimmer betreten oder eine Tür geschlossen hatte.

Dann wurde er wieder laut.

Es gab neuen Ärger.

Schon hörte ich ihn wieder die Treppe heraufhasten. Wieder einmal flog die Tür gegen die Wand.

»Diese Arschlöcher!«, brüllte er mich mit hochrotem Gesicht an. »Sie sind schon bei Überlingen, und jetzt hat diese Scheißkarre angeblich einen Motorschaden. Die verarschen mich doch! Was sagen Sie? Verarschen die mich?«

»Woher soll ich das wissen?«

Immerhin stand der Jet inzwischen auf dem Vorfeld des Bodensee-Airports, erfuhr ich, und wurde zurzeit noch einmal nachgetankt.

»Eine Stunde«, kreischte Reinhard mit überkippender Stimme. »Eine Stunde gebe ich diesen Saftsäcken noch. Dann wird es anfangen wehzutun, Ihnen wehzutun, verstanden?«

»Passen Sie auf, wohin Sie schießen«, erwiderte ich ruhig. »Als Invalide nütze ich Ihnen nichts mehr.«

Er begann, die Nerven zu verlieren. Wir waren auf dem richtigen Weg.

Wilson sah mich traurig an und fragte sich vermutlich, ob ich ihn nicht mehr lieb hatte.

Unten wurde jetzt fast ständig telefoniert. Unentwegt hörte ich Reinhard schimpfen und zetern. Offenbar wurde der Mercedes, der von einer Firma in Rastatt stammte, zurzeit repariert. Angeblich irgendein Problem mit der Motorsteuerung. Bis dreizehn Uhr würde es leider doch nicht zu schaffen sein. Noch einmal gewährte Reinhard – vor Wut schäumend – Verlängerung.

»Viertel nach!«, hörte ich ihn schreien. »Keine Sekunde länger, klar? Fünfzehn Minuten, und wenn die Karre dann nicht in der Garage steht, dann können Sie sich Ihren Boss in handlichen Portionen abholen, gottverdammte Scheiße noch mal!«

»Es geht los.« Wieder einmal drückte mir Reinhard die gestohlene Waffe ins Genick, schob mich durch die Tür auf die Galerie hinaus. Die gefühllosen Hände immer noch am Rücken gefesselt, immerzu die Mündung am Kopf, stiegen wir langsam, gaaanz langsam die Treppe hinab.

Ich hatte die Geräusche gehört, als der Wagen kam, jedoch nichts sehen können, da sich das Ganze an der Rückseite der Villa abspielte.

Anschließend war Reinhard eine Weile im Erdgeschoss herumgelaufen, und ich hatte merkwürdige Geräusche gehört wie das Schleifen einer großen Plane am Boden, allerhand Geklapper und Gerumpel.

Wie erwartet, ging es dieses Mal in die Küche, von dort durch eine breite Tür in die geräumige, hell erleuchtete Garage, wo der vornehm nachtblau glänzende Mercedes mit offenen Türen auf uns wartete. Daneben stand der silberne SUV, in dem Reinhard aus Freiburg geflohen war. Fahrräder lehnten an rauen Betonwänden, teilweise rostig und alle verstaubt. Gute Fahrräder, die einmal teuer gewesen waren, aber offensichtlich selten benutzt wurden. An der Rückwand ein Motorrad. Ein altes, chromglänzendes Motorrad mit rot lackiertem Tank. Reinhards Kawasaki. Es roch nach Metall, Staub und heißem Motorenöl.

»Stopp!« Reinhard verlieh seiner Anweisung mit dem harten Pistolenlauf Nachdruck.

Ich fühlte, wie eine kalte Klinge zwischen meine Handgelenke fuhr und mit einem schnellen Ruck die Fessel durchschnitt.

Aufatmend nahm ich die Hände nach vorne, massierte abwechselnd die Gelenke, setzte mich dann gehorsam auf den Fahrersitz. Nur sehr allmählich kehrte Gefühl in meine

Finger zurück. Meine Kopfschmerzen waren verschwunden, wurde mir erst jetzt bewusst.

Jetzt wusste ich, womit er sich in den vergangenen Minuten beschäftigt hatte: Alle Fenster bis auf die Windschutzscheibe und die vordersten Teile der Seitenfenster waren mit schwarzer Folie abgeklebt.

Reinhard nahm hinter mir Platz, gleichzeitig zogen wir die Türen zu, die mit sattem Klang ins Schloss fielen. Ferngesteuert öffnete sich das breite Garagentor.

Ich drückte den Startknopf.

Der Motor sprang bereitwillig an.

35

»Hab ich in einem Film mit Clint Eastwood gesehen«, hörte ich Reinhard mit gedämpfter Stimme sagen, »das mit den Scheiben. Und, Herr Gerlach, wir haben es nicht eilig. Nicht dass es einen Unfall gibt. Und damit Sie es nicht vergessen …« Der Druck der Mündung wurde noch einmal schmerzhaft. »Wenn irgendwas passiert, wenn Ihre Kollegen irgendeinen Scheiß versuchen – Sie sind in jedem Fall der Erste von uns beiden, der ins Gras beißt.«

Ich schob den Wahlhebel der Automatik auf »D«, nahm den Fuß von der Bremse. Der Mercedes setzte sich in Bewegung. Kies knirschte unter den Rädern des tonnenschweren Luxuspanzers. Im Standgas umrundete ich die Nordwestecke der Villa, wurde plötzlich von der Sonne geblendet. Das schmiedeeiserne Tor der Einfahrt stand offen.

»Rechts«, befahl Reinhard durch die Zähne und spähte mit höchster Konzentration an meinem Ohr vorbei nach vorn.

Die schmale Straße, in die ich einbog, lag verlassen vor mir. Links blitzte der See in der Mittagssonne, über uns wölbte sich ein stahlblauer Himmel. Kaiserwetter. Ein Wetter, um Helden zu zeugen. Kein Wetter zum Sterben. Sacht trat ich ein wenig aufs Gas. Sanft beschleunigte der Wagen, die Automatik schaltete hoch.

Das ungewohnte Licht schmerzte immer noch in meinen Augen. In den Fingern kribbelten tausend fleißige Ameisen, aber ich fühlte das Lenkrad inzwischen. Eiskalt waren meine zittrigen Finger und dennoch schweißnass. Und mit einem Mal fiel die Angst über mich her, die ich vielleicht die ganze Zeit gehabt, jedoch nicht zugelassen, nicht gefühlt hatte. Am ganzen Körper brach mir der Schweiß aus.

Hoffentlich, hoffentlich machten meine unsichtbaren Kollegen jetzt keinen Unsinn. Hoffentlich machten sie mich nicht zum Spielball irgendwelcher Verzweiflungsaktionen. Kalkulierten meinen Tod womöglich als Kollateralschaden ein.

Was Vangelis niemals tun würde.

Nie.

Hoffentlich nie.

Gansmann vielleicht, aber Vangelis nicht. Und sie war taff genug, den SEK-Chef an der kurzen Leine zu halten. Ein Weingut kam in Sicht, »Aufricht«, den Namen hatte ich irgendwo schon einmal gehört oder gelesen, ein dunkler, hoher Giebel, davor eine Abzweigung.

»Rechts«, hörte ich Reinhard durch das Rauschen in meinen Ohren zum zweiten Mal sagen.

Das kurvige Sträßchen wand sich etwa einen Kilometer durch sanft gewellte Wein- und Obstfelder. Die Sonne beschien die friedliche Hügellandschaft. Im Rückspiegel sah ich immer noch den See glänzen und blitzen.

Die Bundesstraße kam in Sicht.

Aber wir erreichten sie nicht.

»Was ist denn das für ein Scheiß?«, kreischte Reinhard auf dem Rücksitz. »Wieso gibt's hier keine Auffahrt mehr?«

»Weil die vermutlich vor zehn Jahren abgebaut worden ist«, erwiderte ich tausend Mal gelassener, als ich mich fühlte. »Wir müssen auf dem Kulturweg bleiben, bis wir in Hagnau sind.«

»Und wieso ist da drüben Stau?«

Auf der B 31, die wenige Meter neben dem asphaltierten Kulturweg entlangführte, standen ungezählte Lkws, Pkws mit einheimischen Nummern, aber auch Holländer, Russen, Bulgaren.

»Alles Ihnen zu Ehren. Sie halten die Straße für Sie frei. Wenn Sie mögen, können Sie sich was darauf einbilden.«

»Na, danke«, knurrte Reinhard. »Verarschen kann ich mich selber.«

Nach etwa zwei Kilometern erreichten wir Hagnau und das vordere Ende des Staus auf der Bundesstraße. Ein uniformierter Kollege winkte uns auf die vollkommen leere Hauptstraße. Auch die Gegenfahrbahn war frei.

Reinhard atmete auf. Aber schon verstärkte sich der Druck hinter meinem Ohr wieder.

»Was soll das jetzt?«, fragte er heiser.

Mitten im Ort stand ein Streifenwagen mit zuckendem Blaulicht quer. Ein einsamer junger Kollege schwenkte emsig seine rote Kelle und bedeutete mir, links abzubiegen.

»Sie wollen uns von der Bundesstraße runterhaben. Sie können nicht erwarten, dass man die ganze B 31 von Friedrichshafen bis ...«

»Doch!«, kreischte Reinhard. »Genau das erwarte ich, genau das! Stopp! Stopp! Es wird nicht abgebogen! Anhalten! Halten Sie an! Stopp!«

Gehorsam trat ich auf die Bremse. Wenige Meter vor den Füßen des Kollegen mit der Kelle kamen wir zum Stehen. Ich signalisierte ihm mit Gesten, dass wir geradeaus fahren wollten, beobachtete, wie er mit rotem Kopf in sein Funkgerät sprach.

»Das ist ein Trick!«, geiferte Reinhard. »Die wollen mich auf irgendein Seitensträßchen lotsen, und dann ...«

»Sie können nicht anders«, schnitt ich ihm das Wort ab. »Es dürfen keine Unbeteiligten gefährdet werden.«

»Die sollen keinen Scheiß machen, dann wird überhaupt niemand gefährdet«, bellte er. Und nach kurzer Pause sehr viel leiser: »Hören die eigentlich mit, was wir hier reden?«

»Was denken Sie denn?«

»Hier ist irgendwo eine Wanze versteckt?«

»Mindestens eine. Was würden Sie machen, wenn es umgekehrt wäre?«

Reinhard schnaubte und schnaufte. War sich unsicher,

ob er es gut oder schlecht finden sollte, dass Menschen irgendwo da draußen jedes seiner Worte hörten und verstanden.

Der rotgesichtige Polizist vor meiner Kühlerhaube ließ das Funkgerät sinken, nickte mir zu und trat mit großer Geste zur Seite. Der Streifenwagen rangierte ein wenig ungeschickt herum und fuhr dann langsam in unserer Richtung vorneweg. Der Kollege mit der Kelle war sichtlich erleichtert, das erste große Abenteuer seines Polizistenlebens ohne Schaden überstanden zu haben.

Unsere Fahrbahn war – abgesehen von dem blau blinkenden Streifenwagen vor uns – weiterhin leer. Auf der Gegenfahrbahn dagegen stand ein endloser Stau. Auch hier wieder Lkws aus aller Welt, Lieferwagen mit Fahrern, die hektisch telefonierten, Pkws mit mehr oder weniger entspannten Insassen.

Unentwegt fühlte ich die harte Mündung hinter dem rechten Ohr.

Reinhards Mund kam so nah, dass ich seinen heißen, feuchten Atem spüren konnte. »Sie machen mir keinen Scheiß, ja?«

»Ich hänge viel zu sehr am Leben«, erwiderte ich heiser. »Ich werde brav sein, versprochen.«

Ich weiß nicht, wer von uns beiden in diesen Minuten mehr Angst hatte vor einem plötzlichen Knall, einem Lichtblitz, einem überraschend vom Himmel fallenden Hindernis.

Hagnau blieb hinter uns. Der Stau auf der Gegenfahrbahn setzte sich ruckelnd in Bewegung. Der Streifenwagen beschleunigte auf siebzig. Rechts neben der Straße kam ein adrettes Schlösschen in Sicht, das jetzt offenbar ein Tagungszentrum war. Hinter uns nichts als leere Straße. Nein, doch nicht. Weit, weit entfernt sah ich im Außenspiegel jetzt auch dort Blaulicht. Man hielt uns den Rücken frei.

Und dem SEK das Schussfeld.

Aus seiner Sicht hatte Reinhard das Richtige getan. Solange wir uns in belebter Umgebung befanden, waren meinen Kollegen die Hände gebunden. Für einen schwachen Moment war ich froh, jetzt nicht Klara Vangelis zu heißen. Nicht die Entscheidungen treffen zu müssen. Nicht zwischen zwei Übeln wählen zu müssen. Ich brauchte nur zu lenken und den Abstand zum Führungsfahrzeug konstant zu halten.

Ein gelber Wegweiser: Friedrichshafen, zwölf Kilometer. Bei unserem jetzigen Tempo noch zehn Minuten. Dort würde es ein Stück durch die Stadt gehen, und dann, in fünfzehn, höchstens zwanzig Minuten, würde es wirklich ernst werden.

Todernst.

Im Außenspiegel sah ich, dass uns jetzt mit großem, gleich bleibendem Abstand zwei oder drei dunkle Fahrzeuge folgten. Schwere Limousinen mit getönten Scheiben. Das SEK. Meine Rettung oder mein Tod.

Eine winzige, aber vielleicht entscheidende Kleinigkeit hatte Reinhard, der Fuchs, nicht bedacht: Ich konnte im Spiegel sehen, was sich hinter uns abspielte, er nicht. Weit zurück schien auch etwas am Himmel zu schweben. Ein Hubschrauber? Jedoch so weit entfernt, dass weder Reinhard noch ich ihn hören konnten. Und war da etwa noch ein zweiter, höher und noch weiter entfernt?

Rechts von uns lag der See wie flüssiges Quecksilber und spiegelte das weiße Licht der Mittagssonne. Links Weinberge, Obstplantagen, Weinberge, Obstplantagen. Dann thronte wieder ein Schloss inmitten von Rebenreihen. Allmählich gelang es mir, mich ein wenig zu entspannen. Mit Überraschungen war vorläufig nicht zu rechnen.

Aber dennoch – ständig war da das unangenehme Wissen in meinem Kopf: Jederzeit, jede Sekunde konnte um uns herum der Krieg ausbrechen.

Auf der Gegenspur herrschte jetzt normaler Verkehr.

Hinter Immenstaad gab es wegen eines defekten Lkws kurz noch einmal Aufregung. Die Bremslichter des Streifenwagens leuchteten auf, der Druck hinter meinem rechten Ohr wurde wieder schmerzhaft. Der Fahrer des Sattelzugs und irgendwelche Menschen, die ihm helfen wollten, standen auf der Straße und begutachteten einen platten Reifen an der Zugmaschine. Ich fühlte, wie Reinhards Hand zitterte. Meinte, seinen Angstschweiß zu riechen. Vielleicht auch meinen eigenen. Meine Hände hatten sich unwillkürlich um das Lenkrad verkrampft.

Nachdem die Personen die Fahrbahn freigegeben hatten, fuhr der Streifenwagen wieder an.

Kurz darauf fiel mir auf, dass es plötzlich keinen Gegenverkehr mehr gab. Die dunklen Limousinen hinter uns schienen aufgerückt zu sein. Die Hubschrauber, es waren tatsächlich zwei, flogen sehr tief und kamen jetzt rasch näher. Die wollten doch nicht etwa …? Nur noch Sekunden, dann würden sie zu hören sein. Auch für den Wahnsinnigen auf dem Rücksitz.

»Ist irgendwas?«, fragte Reinhard, dem meine Irritation nicht entgangen war.

»Nein, nein«, beeilte ich mich zu lügen. »Alles im grünen Bereich. Sie werden nichts versuchen, keine Angst.«

»Das wollen wir hoffen.« Der Druck der Pistolenmündung hinter dem rechten Ohr wurde wieder härter. »Und wenn eure Helis noch ein Stückchen näher kommen …«, offenbar war sein Gehör besser als meines, »… dann gibt's hier drin ein Schlachtfest!«

Jetzt hörte ich es auch. Das rasch lauter werdende Knattern kam jedoch nicht von hinten, sondern mehr von rechts.

Ein kleiner rot lackierter Hubschrauber flog im Tiefflug vom See her auf uns zu, schwenkte, als er nur noch etwa hundert Meter entfernt war, nach rechts, ging noch tiefer und begleitete uns dann in gleich bleibendem Abstand.

»Was?«, schrie Reinhard, der ihn nicht sehen konnte. »Was ist das jetzt?«

»Fernsehen«, erwiderte ich ruhig. »Sie kommen in die Nachrichten.«

Rasend vor Aufregung und Zorn riss er die Verkleidung vom rechten hinteren Fenster, ließ die Scheibe herunterfahren, feuerte in rascher Folge einige ungezielte Schüsse ab. Der Pilot riss die Maschine nach rechts. Sekunden später war der rote Hubschrauber verschwunden.

Befriedigt schnaufend fuhr Reinhard die Scheibe wieder hinauf, versuchte, den Sichtschutz wieder anzubringen, aber die Klebestreifen schienen nicht mehr recht halten zu wollen. Leise vor sich hin fluchend, gab er schließlich auf.

Auch die beiden Helis hinter uns fielen jetzt zurück.

Lautlos atmete ich auf.

Ein großes Industrieareal kam in Sicht. »Airbus«, las ich, »Defence & Space«.

»Geil, was?«, kommentierte Reinhard. »Da werden Satelliten gebaut und Jagdflieger und so Sachen.«

Ursprünglich wollte er Ingenieur werden, erzählte er mir mit kindischem Stolz, um irgendwann hier zu arbeiten. Doch dann hatte sein Vater ihn gezwungen, Medizin zu studieren, und er hatte sich den Traum vom Fliegen später auf andere Weise erfüllen müssen.

Ein gelbes Schild am Straßenrand verkündete, dass wir unseren Bestimmungsort erreichten. Ich kannte mich hier nicht aus, war nur vor Jahrzehnten als Jugendlicher einmal in Friedrichshafen gewesen, während eines Campingurlaubs mit meinen Eltern. Aber Ortskenntnis war in diesem Fall nicht nötig, denn ich brauchte nur dem Streifenwagen zu folgen.

Der Bodensee-Airport war schon ausgeschildert. An einer großen Kreuzung standen wieder einmal uniformierte Kollegen auf der Straße, blockierten alle anderen Spuren und winkten uns trotz roter Ampel nach links.

An jeder Abzweigung, an jeder Kreuzung, die wir passierten, standen jetzt blau blinkende Einsatzfahrzeuge und sorgten dafür, dass uns niemand in die Quere kam, dass ich nicht anhalten musste. Immer öfter wurden wir von Neugierigen am Straßenrand fotografiert und gefilmt. Anscheinend hatte die aufregende Nachricht schon die Runde gemacht. Ich sah Kinder auf den Schultern ihrer Väter, die uns mit offenen Mündern betrachteten wie einen Zirkus, der mit Tschingderassa, bunten Wagen und tanzenden Bären durch die Stadt zog.

Ich selbst war in einem merkwürdigen, nicht einmal unangenehmen Trancezustand, funktionierte wie ein Automat, fuhr Auto wie ein Roboter. Manchmal dachte ich an Louise und fragte mich, wie es ihr jetzt wohl ging. Ob sie wusste, was ihr Vater gerade trieb? Wenn es schlecht lief, würde sie in wenigen Minuten ein Waisenkind sein. Merkwürdigerweise ließ mich diese Erkenntnis so gleichgültig wie die Nachricht, dass es an Weihnachten wieder einmal regnen würde. Für einen kurzen Moment erinnerte ich mich, wie ich Laila vor langer Zeit den Rat gegeben hatte, nicht aufzuhören, an das Gute im Menschen zu glauben. Glaubte ich an das Gute in dem Wahnsinnigen auf dem Rücksitz? Ich glaubte überhaupt nichts in diesen Minuten. Ich war damit beschäftigt zu überleben.

Mein Körper und mein Kopf waren trotz der Apathie in meinem Kopf ständig in höchster Alarmbereitschaft, der Puls rumpelte so heftig, dass ich kaum noch etwas hörte. Aber dieser Alarm kannte kein Ziel. Es gab keine Chance zu fliehen, davonzulaufen, auf einen Baum zu klettern, wie es unsere Urahnen in den Steppen Afrikas bei Gefahr getan hatten. So wie ich musste sich ein zum Tode Verurteilter fühlen, der im ersten Morgengrauen zum Schafott geführt wird.

Auch Reinhard schien jetzt aufs Äußerste angespannt zu sein. Jedenfalls hörte ich nichts mehr von ihm außer seinem schnell und ein wenig keuchend gehenden Atem. Auch für ihn ging es bald um Leben oder Tod.

Ohne dass ich hätte sagen können, wie es passiert war, befanden wir uns plötzlich auf einer vierspurigen, gut ausgebauten Umgehungsstraße. Rechts und links Industrieanlagen, große, gut gefüllte Parkplätze. Bald musste ich erneut abbiegen, es ging noch um einige Kurven und Ecken, um einen Kreisverkehr, und dann sah ich wieder einmal einen uniformierten Polizisten vor mir stehen, der mir den Weg in eine schmale Straße wies. Wir passierten ein einladend offen stehendes Gittertor und erreichten das Flughafengelände. Der Streifenwagen vor mir schaltete das Blaulicht aus und fuhr zügig zur Seite.

Reinhards Citation stand auf einer großen, sicherlich eigens für uns geräumten Freifläche. Rechts erstreckte sich eine Reihe von Hangars, alle Tore fest geschlossen, dahinter ragte der Tower in den Himmel, in dem jetzt gewiss auch einige Menschen feuchte Hände hatten. Etwa zweihundert Meter dahinter standen drei Fahrzeuge der Flughafenfeuerwehr bereit für den Krisenfall. Polizei war jetzt nicht mehr zu sehen.

Überhaupt keine Menschen waren mehr zu sehen.

Das ganze weitläufige Flughafengelände war wie ausgestorben.

Selbstverständlich war der Flugverkehr eingestellt.

Reinhard dirigierte mich mit knappen, heiseren Kommandos direkt neben die Maschine, deren Tür offen stand. Eine Klapptreppe mit vier, fünf Stufen führte hinauf.

Ich zog die Handbremse und stellte den Motor ab, und für Sekunden herrschte vollkommene Stille. Auf manchen der Hangardächer hinter uns luden in diesem Moment die Scharfschützen ihre Präzisionsgewehre durch und justierten ein letztes Mal die Zielfernrohre.

Aber Reinhard würde ihnen keine Gelegenheit zum

Schuss bieten. Noch wusste ich nicht, wie er die vielleicht acht oder zehn Meter bis zu seinem geliebten Flugzeug lebend zurücklegen wollte, aber ich war mir sicher, er hatte auch für diesen Teil seiner Flucht einen Plan.

»Fenster runterlassen«, sagte er leise hinter mir.

Dazu musste ich erst die Folie abreißen. Dann summte der Fensterheber.

Frische, kühle Luft strömte herein.

Immer noch herrschte diese unwirkliche Stille.

Als wäre die Welt stehen geblieben.

Ein ganz leichter Wind ging. Es roch nach Abgasen und etwas Aromatischem, das ich für Kerosin hielt.

Dann, endlich, doch ein Geräusch, das mir signalisierte, dass ich noch nicht tot war: Weit entfernt wurde ein Motor angelassen. Ein Porsche vielleicht. Aufheulend fuhr er an, war schon kurz darauf nicht mehr zu hören.

Warum piepste nicht wenigstens ein Vogel in dieser apokalyptischen Stille?

Reinhard reichte mir etwas nach vorne.

Etwas Weiches.

Eine karierte Decke.

»Aussteigen«, befahl er. »Und noch mal zum Mitschreiben: Machen Sie eine falsche Bewegung, versuchen Sie abzuhauen …«

»Ich weiß«, seufzte ich, stieg aus und entfaltete die Decke. Ich musste sie als Sichtschutz hinter meinem Rücken hochhalten.

In dieser Sekunde begriff ich, was Reinhards Plan war. Und dass er funktionieren würde.

36

Wolf Reinhard befahl mir, zur hinteren Tür zu gehen, um meinen Kollegen die Sicht zu versperren. Auf der anderen Seite bildete das Flugzeug den Sichtschutz. Die Tür öffnete sich erst nur einen Spalt, dann ganz, und einen Moment später stand er vor mir, durch die karierte Decke und seinen Jet für den Rest der Welt unsichtbar und durch meinen Körper vor verirrten Kugeln geschützt. Mit der linken Hand drückte er mir seine Waffe in die Rippen, und wir gingen, er rückwärts, ich vorwärts, Schrittchen für Schrittchen auf die Treppe zu.

Wie es aussah, würde ich wohl doch in dieses verfluchte Flugzeug steigen.

Und jetzt hörte ich ihn doch, den Vogel. Es war allerdings kein Piepmatz, sondern eine Krähe. Es war doch noch Leben um mich herum! Wir waren nicht allein auf dieser erstarrten Welt. Keine Ahnung, wo der empört krächzende schwarze Vogel saß. Aber ich liebte ihn dafür, dass er da war.

Immer noch hämmerte mein Puls. Schweißperlen liefen langsam meinen Rücken hinab.

Die unterste Treppenstufe kam näher.

Noch zwei kleine Schritte.

Noch einer.

»Wir bleiben auf Tuchfühlung«, zischte Reinhard. »Halten Sie die Decke so hoch, wie Sie können.«

Geduckt und mit eingeknickten Knien stieg er rückwärts vor mir hinauf, die Waffe wieder einmal auf meine Stirn gerichtet, und – grinste.

»Bis hierher ist es schon mal ganz gut gegangen«, meinte er und klang plötzlich geradezu entspannt. »Wissen Sie was, Herr Gerlach? Wir sind ein gutes Team, wir zwei.«

Eine kleine Schwachstelle hatte sein Plan, wurde mir bewusst, als ich meinen rechten Fuß auf die erste Stufe setzte: Falls sich Kollegen in der Maschine versteckt hatten, dann würde Reinhards so fein ausgeklügelter Plan in wenigen Sekunden spektakulär scheitern.

Dann würde er sterben in dem Augenblick, in dem er die Maschine betrat.

Und ich ebenfalls, weil er im letzten Augenblick seines missratenen, nichtswürdigen Lebens noch den Abzug drücken würde.

Vielleicht traf er mich nicht richtig, und ich durfte weiterleben? Selbst einen Kopfschuss konnte man überleben. Frau Hallberg war dieses Glück im Unglück allerdings nicht vergönnt gewesen.

Wie weit entfernt das alles jetzt war. Laila, Saskia Hallberg, Louise – wie fremd, wie seltsam.

Wie viele Millionen Soldaten mochten sich gefühlt haben wie ich in diesen Sekunden, wenn ihre Unteroffiziere sie mit der Waffe in der Hand aus den Schützengräben trieben, ins gegnerische Feuer, Tausende, damit einige Hundert von ihnen die paar Meter bis zu den Gräben des Feindes schafften? Sie wussten es und waren dennoch gerannt, sich die Seele aus dem Leib brüllend, um ihre Angst zu übertönen, mit der winzigen Hoffnung im Herzen, dass sie zu den Auserwählten gehören würden, zu den wenigen, die weiterleben durften, während ihre Kameraden um sie herum mit den Gesichtern in den Dreck fielen.

Reinhard stand schon auf der obersten Stufe, betrat, weiter rückwärtsgehend, den schlanken Jet, grinste mich immerfort an wie ein Schuljunge, dem ein fantastischer Streich gelungen ist.

Kein Schuss fiel.

Niemand erwartete uns im Inneren der Maschine.

Dann war auch ich drin.

Es gab noch ein wenig Aufregung und scharfe Worte, weil

ich die Treppe hochfahren musste und mich dabei ein wenig ungeschickt anstellte. Dabei waren doch lediglich ein Knopf zu drücken und ein Hebel umzulegen. Schließlich war die Tür zu, und wir atmeten beide auf.

Um ein Haar hätte ich das dämliche, selbstgewisse Grinsen meines Todfeindes erwidert.

Er wollte mich also tatsächlich mitnehmen auf seinen Flug ins Ungewisse.

Als seine Lebensversicherung auf zwei Beinen.

Denn er brauchte mich immer noch.

Reinhard stand im schmalen Gang zum Cockpit und zielte weiter mit der Waffe auf mich.

Und wir waren definitiv allein in diesem Flugzeug, das zu klein und überschaubar war, als dass sich jemand hätte darin verstecken können.

Vangelis verfolgte also einen anderen Plan.

Aber welchen?

Sprangen vielleicht die Triebwerke nicht an?

Waren vielleicht die Tanks fast leer?

Vielleicht, vielleicht, vielleicht …

Ich konnte nicht denken, und das machte mich wütend.

Was gut war, denn dadurch fiel diese ekelhafte, wattige Trance von mir ab, und ich fand allmählich in die Realität zurück. Mein Blick klärte sich, die Lähmung löste sich, die mich kampf- und handlungsunfähig machte, seit wir – vor wie vielen Stunden? – die große Garage bei Hagnau verlassen hatten.

»Und jetzt?«, fragte ich wieder einmal. »Was ist jetzt?«

»Jetzt gehen Sie rum und ziehen alle Fensterblenden runter. Ihre Leute da draußen brauchen uns nicht zu sehen.«

Während ich tat wie geheißen, schaltete Reinhard die Innenraumbeleuchtung ein. Das Interieur des schmalen Jets hatte keinerlei Ähnlichkeit mit dem Plastikdesign einer

Passagiermaschine. Die Fenster waren größer, die acht mit cognacbraunem Leder bezogenen Clubsessel breiter und tausend Mal bequemer als die Sitze der Economy Class. Auf jeder Seite des Rumpfs gab es zwei Gruppen dieser luxuriösen Sitzgelegenheiten mit einem noblen kleinen Tisch aus edlem Holz dazwischen. Fernseher hingen von der Decke herab, gegen die Langeweile. Irgendwo war todsicher eine gut und teuer bestückte Bar versteckt. Der marineblaue Teppichboden war frisch gesaugt. Der Rest war eine Mischung aus weißer Stoffbespannung und dunklem Edelholz.

»Hinsetzen!« Reinhard deutete mit der Waffe auf den linken der beiden Sessel in der ersten Reihe. Er war nicht drehbar, stellte ich fest, oder zumindest wusste ich nicht, welcher Hebel zu ziehen war, um die Blockade aufzuheben. So saß ich jetzt mit dem Rücken zum Cockpit. Und damit zu Reinhard.

Ich hörte ihn näher kommen. Er hatte mich links platziert, was ein kleiner, aber vielleicht entscheidender Fehler war. Sollte es zum Kampf kommen, dann war ich als Rechtshänder im Vorteil, weil ich kräftig Schwung holen konnte und seine Linke in meiner Reichweite war.

Inzwischen hatte ich einen Entschluss gefasst: Dieses Flugzeug würde nur starten, wenn ich nicht mehr am Leben oder nicht mehr an Bord war.

»Anschnallen«, befahl Reinhard in meinem Rücken.

Das Gurtschloss war schwer und solide, rastete mit hörbarem Geräusch ein.

»Gurt schön straff ziehen … Mehr, da geht noch was!«

Ich zog, so fest es nur ging.

Und wieder fühlte ich den harten Lauf am Hinterkopf.

Immer noch stand er hinter mir. Sehr nah hinter mir. Absolut in Reichweite meiner Fäuste. Was dachte er jetzt? Was plante er? Warum zögerte er?

Glaubte er etwa, man würde es draußen nicht bemerken, wenn hier drin ein Schuss fiel? Bildete er sich ein, er könnte mich jetzt erschießen und nicht fünf Sekunden später ein toter Mann sein?

Nein, so dumm konnte er unmöglich sein.

Aber er zögerte immer noch. Worauf wartete er?

»Sie haben recht«, sagte er endlich leise und klang auf einmal wieder verlegen und verzagt. »Ich war's. Selbstverständlich war ich's.«

»Was?«, fragte ich vielleicht eine Spur zu unwirsch, zu selbstbewusst. »Was waren Sie?«, fügte ich ruhiger hinzu.

»Wenn Sie es unbedingt hören wollen: Ja, ich hab ihn kaltgemacht, den Sauhund, den blöden.«

37

Arne Heldt hatte Reinhard angerufen, unter falschem Namen. Wollte angeblich einen PR-Film gedreht haben für seine neue Buchhandlung in Heidelberg.

»Er hätte Geld geerbt und wollte die Sache ganz groß aufziehen. Filialen gründen, Konkurrenten übernehmen, bla bla bla. Die Sache ist mir gleich komisch vorgekommen, weil wie ein Buchhändler hat er echt nicht geklungen. Aber man kann sich seine Kunden nicht aussuchen, und wenn er partout sein Geld aus dem Fenster werfen wollte, warum sollte ich ihm nicht dabei helfen?«

Am elften November, schon einen Tag nach dem Telefonat, hatte man sich getroffen, um die Details des Auftrags zu besprechen.

»Im Schlossrestaurant sind wir gewesen, Abendessen auf Firmenkosten. Und da ist mir dann endgültig klar geworden, dass der Typ nicht koscher war. Der war viel zu handfest und unkultiviert, um sich für Bücher zu interessieren. Hat mir eine Story erzählt, er hätte früher schon mal eine Buchhandlung gehabt, in Konstanz. Auf die Tour wollte er natürlich rausfinden, ob ich da schon mal war. Bin ihm aber nicht auf den Leim gegangen. Armin Holder hat er sich genannt, der Sauhund, der dreckige. Armin Holder.«

Ich saß jetzt ganz still, wagte kaum zu atmen, um Reinhard nicht aus seinen Erinnerungen zu reißen. Wie so viele Täter wollte er reden. Musste er reden. Es sich von der Seele reden, wie man so treffend sagt. Und solange er sprach, blieb ich am Leben.

Seine Stimme wurde noch leiser, als er fortfuhr: »Ich hab immer schon davon geträumt, mal einen Menschen zu foltern. Sie werden es nicht verstehen, das ist mir klar. Ich verstehe es ja selbst nicht so richtig. Immer hatte ich diese Fantasien. Habe das Blut gesehen vor meinem geistigen Auge und die Angst im Blick meines Opfers, die Panik. Wie es sich windet, schwitzt wie ein Schwein im Schlachthof, das schon das Blut seiner Artgenossen riecht, ihr jämmerliches Gequieke hört, keine Luft mehr kriegt. So bin ich nun mal, ich kann ja nichts dafür. Und bei diesem feinen Essen am Schlossberg, da hab ich auf einmal gewusst: Der ist es. Dieser Trottel da, an dem probiere ich es aus. Mir war klar, er war entweder ein Bulle oder ein Privatschnüffler, den mir irgendwer auf den Hals gehetzt hat. Er war so blöd gewesen, sein Jackett an der Stuhllehne hängen zu lassen, wie er zwischendurch pinkeln musste. Damit hatte ich seine Adresse, seinen Namen, und dass er ein Bulle war, hatte ich ja schon geahnt. Das Komische war nur: Er hat nicht gewirkt, als wäre er in offizieller Funktion unterwegs. Bullen kommen doch sonst immer zu zweit. Eher wie ein Kopfgeldjäger hat er auf mich gewirkt. Einer, der auf eigene Rechnung arbeitet.«

Wieder schwieg Reinhard eine Weile. In der Ferne bellte ein Hund. Kaum zu hören in der luftdicht verschlossenen Maschine.

»Anfangs habe ich erwartet, dass er Geld verlangt. Dafür, dass er seine ungewaschene Fresse hält. Dass er mich nicht anzeigt.«

»Sie sind ein guter Menschenkenner«, wagte ich anzumerken.

»Das bin ich«, erwiderte Reinhard ungerührt. »Sie übrigens auch. Aber jetzt halten Sie die Klappe und hören zu. Sie werden der Einzige sein, der diese Geschichte hören wird. Der Einzige, verstehen Sie, was ich sage?«

»Glauben Sie etwa …«

»Sie …« Jetzt kam er nach vorn, das Gesicht plötzlich wieder von Hass verzerrt. »Sind hier etwa auch Mikros?«

»Wenn ich das Sagen hätte, dann wären in jeder Ecke welche.«

Schon hatte ich die Mündung der Pistole wieder am Kopf.

»Ihr Pech«, keuchte Reinhard. »Das war ein großer Fehler.«

»Sie werden mich töten?«

Der Druck ließ wieder ein wenig nach. »Jetzt noch nicht. Und es wird mir nicht annähernd so viel Spaß machen wie bei diesem Heldt, diesem Arschloch, diesem verblödeten Beamtentrottel mit seinem Dackelblick, diesem ...«

Die Hand mit der Pistole zitterte jetzt heftig. Reinhard redete sich mehr und mehr in Rage.

»Und, hat es Spaß gemacht?«, fragte ich frech. »War es das, was Sie sich erhofft hatten?«

»Besser«, erwiderte er, plötzlich wieder leiser und mit einem gequälten Keuchen in der Stimme. »Geil war's. So geil, dass mir mehr als einmal fast einer abgegangen ist. Wie der Sauhund immer schwächer wurde, wie er nicht mehr gezappelt hat, sondern nur noch ein bisschen gezuckt. Wie ich ihm den Pimmel abgeschnitten habe und die Eier und dann das mit den Augen ... So geil war's, so, so geil.«

Ich hatte Mühe, meinen Speichel herunterzuschlucken.

»Hätte eigentlich nicht gedacht, dass Sie mir draufkommen«, fuhr Reinhard fort, jetzt wieder mit normaler Stimme. »Aber es ist okay. Ja, es ist okay.«

Er nahm die Waffe weg, trat zwei Schritte zurück, sagte: »Wir fliegen dann jetzt. Sobald ich in Sicherheit bin, in ein, zwei Stunden, lege ich Sie um. Oder auch nicht. Je nachdem, worauf ich dann gerade Lust habe. Im Grunde sind Sie ja kein übler Kerl.«

»Das war Heldt auch nicht«, versetzte ich rau.

Meine rechte Hand lag jetzt auf dem Gurtschloss.

Meine Chancen schätzte ich auf fünfzig zu fünfzig.

Eher weniger als mehr.

»Nein, echt«, hörte ich Reinhard durch das tosende Rauschen in meinen Ohren sagen. »Im Grunde kann ich Sie gut leiden.«

»Danke sehr.«

Ich täuschte einen Hustenanfall vor und löste gleichzeitig den Gurt.

»Da müssen Sie sich nicht gleich verschlucken«, sagte Reinhard heiter und klopfte mir ungeschickt mit der Rechten auf den Rücken. »Ich muss Ihnen jetzt leider …«

Etwas raschelte. Ich ahnte mehr, als dass ich hörte, wie er ausholte, um mir wieder seine Waffe an den Kopf zu schlagen, duckte mich weg, sein Schlag ging daneben, wodurch er für einen Moment die Standfestigkeit verlor, sich sogar festhalten wollte. Aber da hatte er schon meinen Kopf in der Magengrube, meine Rechte umklammerte sein linkes Handgelenk, als wir gemeinsam zu Boden stürzten. Ein Schuss krachte und noch einer, aber die Kugeln gingen weit daneben.

Reinhard war groß und kräftig, aber völlig untrainiert, und ich wäre ihm auch überlegen gewesen, hätte ich in diesen Sekunden nicht um mein Leben gekämpft. Das Überraschungsmoment war auf meiner Seite, ich war in der besseren Position, meine aufgestaute Wut verlieh mir ungeahnte Kräfte, machte mich unverwundbar. Mit der freien Linken drosch ich meinem Feind so lange ins Gesicht, bis er aufhörte, sich zu winden.

Als ich schwer atmend wieder zur Besinnung kam, hielt ich Arne Heldts Pistole in der Hand. Dieses Mal zielte sie auf Wolf Reinhards von der Anstrengung gerötete und schweißbedeckte Stirn.

Taumelnd kam ich auf die Füße, richtete die Mündung zwischen seine jetzt so ungläubig und entsetzt starrenden graublauen Augen.

38

Sekundenlang hielt er meinem Blick stand. Wagte kaum zu atmen, sah natürlich den Hass in meinen Augen, diesen abgrundtiefen Hass.

Er begriff fast sofort, welche Überwindung es mich kostete, nicht einfach abzudrücken. Ich wäre davongekommen. Mit einem kleinen Disziplinarverfahren natürlich, mit einigen Scherereien, aber ich wäre davongekommen. Ohne Gerichtsverfahren, ohne Strafe, ohne Versetzung oder Degradierung. Aber mit jeder Sekunde, die ich verstreichen ließ, veränderte sich die Situation zu meinen Ungunsten. Wurde aus einem in Notwehr abgegebenen Schuss ein Mord. Ich konnte schlecht behaupten, ihn im Affekt oder im Handgemenge erschossen zu haben, nachdem wir uns zuvor fünf Minuten lang wie zwei Idioten angestarrt hatten.

Mein Atem beruhigte sich allmählich. Auch Reinhard schien sich ein wenig zu entspannen. Hoffnung zu schöpfen.

»Das mit Frau Hallberg«, sagte ich schließlich mit rauer Stimme, »das hat wahrscheinlich nicht ganz so viel Spaß gemacht.«

Es dauerte, bis er den Mund öffnete. »Irgendwie schon auch«, gestand er schließlich. »Da war's mehr so die sportliche Herausforderung. Dorle und der Bulle, da war es eine Sache unter vier Augen gewesen. Bei Saskia, das war praktisch in aller Öffentlichkeit. Das Gewehr zu besorgen war easy. Es ist unglaublich, wie leicht so was geht, wenn man genug Geld mitbringt. Den alten Van zu klauen – auch geschenkt. Aber dann ist es am Ende doch noch verdammt eng gewesen. Ich hab gesehen, wie Sie gekommen sind,

Ihren Opel mit der Heidelberger Nummer, wie Sie sich an der Tür so förmlich und distanziert begrüßt haben, wie Saskia Ihre kleine Kollegin fortgeschickt hat. Dann sind Sie rein, und dann war lange nichts mehr. Und ich hab auf glühenden Kohlen gesessen in meiner Karre hinter den dunklen Scheiben. Ich wusste, Sie quatschen jetzt da drin, und ich wusste ja auch, worüber. Aber dann – als wäre irgendeine galaktische Macht auf meiner Seite – fängt es an zu schütten, im Haus geht das Licht an, und da steht sie. Ich brauchte nur noch abzudrücken, und das Problem war gelöst. Weil ich nicht wusste, was sie Ihnen schon alles erzählt hatte, musste ich Sie natürlich auch umlegen, tut mir leid. Ich dachte übrigens, ich hätte Sie erwischt. Aber Sie sind wohl ein bisschen schneller gewesen als ich, Kompliment dafür!«

Jemand bollerte von außen gegen die Tür des Jets.

»Herr Gerlach!«, hörte ich Klara Vangelis rufen. »Wir kommen jetzt rein, okay?«

»Sekunde noch«, rief ich zurück. »Ich brauche noch einen Augenblick.«

»Wofür?«, fragte Reinhard mit plötzlich wieder schreckensweitem Blick. »Ich hab alles gesagt. Was wollen Sie denn noch?«

»Ihre Firma in Aserbaidschan.«

»Das?« Fast hätte er gelacht. »Da ist doch nichts Verbotenes dabei. Pornos gibt's überall auf der Welt. Hat's immer gegeben, seit Menschen zeichnen und malen können.«

»Die Frauen. Die, die verschwinden.«

Jetzt irrte sein Blick ab. Der Markt verlange ständig nach jungem Fleisch, wurde ich in geschäftsmäßigem, schon wieder herablassendem Ton aufgeklärt. Wurden die Darstellerinnen älter – und man wurde rasch älter in diesem Gewerbe –, dann musste der Nachwuchs schon bereitstehen.

»Und dann wird noch ein allerletzter Film mit den Frauen gedreht.«

»Ja klar«, erwiderte er, verblüfft von meinem aggressiven Ton. »Ist doch logisch, dass irgendwann das letzte Mal ist.«

»Was machen Sie mit den Leichen?«

»Leichen? Welche Leichen?«, schrie er, nun in heller Panik.

Ich beugte mich ein wenig herunter, drückte die Mündung der Waffe in sein linkes Auge, bis sich seine hässliche, weinerliche Visage vor Schmerz verzerrte. Er begann zu wimmern und zu winseln.

»Gibt keine Leichen!«, keuchte er. »Wie kommen Sie denn auf so einen Scheiß? Sie denken doch nicht…?«

Jetzt war der Groschen gefallen.

»So was trauen Sie mir zu?«, hauchte er.

»Natürlich.«

»Für so ein… ein Megaarschloch halten Sie mich?«

»Natürlich.«

Es gebe keine Snuff-Filme, behauptete er. Was bisher ein Gerücht gewesen war, würde auch weiterhin ein Gerücht bleiben. Reinhard war jetzt so entsetzt, so voller Panik und Angst, dass ich ihm sogar glaubte, dass die verschwundenen Frauen nicht ermordet wurden, zerstückelt vor laufenden Kameras.

Stattdessen wurden sie verkauft.

Nach drei, vier Jahren in diesem elenden Geschäft, das Reinhard immer noch sein Business nannte, waren sie so heruntergekommen, drogenabhängig, phlegmatisch, entkräftet und willenlos, dass man sie dem anspruchsvollen und zahlungskräftigen Publikum nicht mehr zumuten konnte. Da man sonst keine Verwendung für sie hatte, wurden sie verkauft.

»An Araber hauptsächlich. Diese reichen Scheichs im Orient drücken locker noch ein paar Tausend Dollar ab für so eine abgewirtschaftete Fotze. Was sonst soll ich mit ihnen machen? Sie auf die Straße setzen, wo sie verhungern? Oder vom nächstbesten Kerl vergewaltigt und am Ende tatsächlich abgemurkst werden?«

Mein rechter Zeigefinger führte plötzlich ein Eigenleben.

Erneut bollerte es an der Tür. »Herr Gerlach, bitte!« Klara Vangelis klang jetzt ein wenig besorgt. Immer noch hörte man deutlich, dass sie bis vor Kurzem noch an einer schweren Erkältung laboriert hatte.

Immer noch starrten wir uns in die Augen.

Reinhard wagte nicht einmal mehr zu blinzeln.

Langsam, gaaanz langsam zog ich den Abzug durch.

Es machte »klick«.

Mit einem dramatischen Seufzer fiel Reinhard in sich zusammen.

»Haben Sie es gewusst?«, krächzte er, als ich die Waffe in den Hosenbund steckte und zur Tür ging.

»Was?«, fragte ich gleichgültig und ohne mich umzuwenden.

»Dass sie … Dass das Scheißding leer war?«

»Ich hatte gehofft, es ist noch eine Patrone drin«, erwiderte ich ungerührt, legte den Hebel um und drückte den grünen Knopf mit der Beschriftung *open.* »Aber anscheinend habe ich die Schüsse nicht richtig mitgezählt.«

Eine Mordserie. Zwei englische Ermittler.